Jürgen Seibold

Maultaschen-Komplott

Jürgen Seibold

Maultaschen-Komplott

Roman

Silberburg-Verlag

Jürgen Seibold, 1960 geboren und mit Frau und Kindern im Rems-Murr-Kreis zu Hause, ist gelernter Journalist und arbeitet als freier Autor. Beim Silberburg-Verlag hat er bisher Kriminal- und Unterhaltungsromane sowie einen Ausflugsführer veröffentlicht.

Sie wollen mehr wissen über Ronald und seine Freunde ?

Kein Problem: Online gibt es Infos, auch zu Aktionen rund ums Buch ...
www.juergen.seibold.de

1. Auflage 2012

Umschlaggestaltung: Christoph Wöhler, Tübingen, unter Verwendung einer Fotografie von Wilhelm Mierendorf, Stuttgart.
Lektorat: Bettina Kimpel, Tübingen.
Druck: Gulde-Druck, Tübingen.
Printed in Germany.

ISBN 978-3-8425-1209-2

Es ist ein seltsames Gefühl, wieder im Ferienhaus am Bopser zu sitzen.

Didi hat mir noch einmal den Schlüssel gegeben, und er traute sich noch nicht einmal zu fragen, warum ich mich dort für ein, zwei Wochen einschließen wollte – und warum ich mir obendrein noch seine alte mechanische Schreibmaschine ausgeliehen habe. Wenn ich fertig bin mit meiner Geschichte, werde ich sie ihm zuerst zu lesen geben, dann wird er schon alles verstehen. Und vielleicht macht das Manuskript dann noch die Runde: meine Eltern, Peer, Frau Späth.

Vermutlich auch Tina. Man wird sehen.

Hier ist jedenfalls alles vorbereitet. Ich habe zu trinken und zu essen, im Hintergrund läuft das Radio und den Tisch mit der Schreibmaschine habe ich so ans Fenster geschoben, dass ich auf die herbstlich eingefärbten Laubbäume schauen kann, wenn mir mal ein paar Minuten lang nichts einfällt. Im Papierkorb liegen die Testseiten, mit denen ich geübt habe, inzwischen klappt es schon recht gut mit dem Tippen, und an die Geräusche kann man sich gewöhnen: das laute Klackern der Typenhebel, wie sie die Buchstaben aufs Farbband hämmern, das helle »Kling«, wenn der rechte Seitenrand erreicht ist, das kräftige »Ratsch«, mit dem der Schalthebel das Papier auf die neue Zeile einstellt.

Außerdem stehen Handfeger und Schaufel bereit, um am Ende des Tages die ausgehackten a, o, b, d und g, e, q und p zusammenzukehren, die sich durch das Gehämmer der mechanischen Schreibmaschine über die Stunden hinweg rund um meinen Arbeitsplatz ansammeln werden. So hat es jedenfalls Jobst, der Buchautor, erzählt, wenn er sich mal wieder an seine glorreichen Zeiten in den Achtzigern erinnert hat. Hm … Jobst und seine Geschichten!

Aber stopp: Ich will der Geschichte ja nicht vorgreifen. Nun los …

Kapitel 1 | *Der Streit*

Alles war perfekt.

Ich hatte mich vom unsympathischen, hochdeutsch redenden Immobilienhai Ronald D. Wimmer in den netten, schwäbelnden Roland Derendinger zurückverwandelt und war nun mit Tina zusammen, die mich aber unbeirrt weiter Ronald nannte.

Peer, mein Freund aus Obdachlosentagen, hatte angefangen, für meine Eltern zu arbeiten – und schon nach wenigen Wochen hatte er sich mit seinem immensen Fachwissen als ehemaliger Weinhändler beinahe unentbehrlich gemacht. Fast wäre ich eifersüchtig geworden, weil mir mein Vater und mein älterer Bruder, die das Weingut gemeinsam betrieben, ständig von meinem Freund vorschwärmten, anstatt bewundernd zu mir aufzuschauen, aber Peer hatte sich das Lob nach den harten Jahren auf der Straße allemal verdient.

Einmal im Monat – die Idee hatte meine Mutter gehabt und sie meinem Vater als seine untergejubelt – kamen Peers »Kollegen«, die Obdachlosen aus seiner alten Clique, nach Uhlbach raus und halfen auf dem Weingut. Hannes, Klaus und sogar der großmäulige Kalle räumten Fässer um oder fegten den Hof, sie sortierten beschädigte Flaschen aus oder übernahmen kleinere Arbeiten im Wengert. Kevin wiederum fehlten für körperliche Arbeit Lust und Talent, und als er eines Tages erwähnte, dass er früher einmal eine Zeitlang in einer Computerwerkstatt gejobbt hatte, saß er meistens im Büro und kümmerte sich dort um die Hard- und Software, wobei sich herausstellte, dass er alle Probleme spielend löste. Mein Vater bezahlte ihnen einen anständigen Stundenlohn, und am Ende des Tages hockten alle im Wengerterkeller beisammen, der guten Stube für alle Veranstaltungen auf dem Hof, und ließen sich ein deftiges Vesper und guten Wein schmecken.

Ohnehin war das Weingut meiner Eltern so etwas wie ein Treffpunkt meiner diversen Freunde geworden. So schaute zum Beispiel auch Didi, der Ehemann meiner Jugendliebe Betty, der sich vor zwei Jahren in meinem auf den Kopf gestellten Leben als guter Freund erwiesen hatte, ab und zu auf ein Viertele vorbei.

Tina und ich hatten eine kleine Wohnung gefunden, in einem Eckhaus am Eugensplatz. Droben unterm Dach war es gemütlich eng, die Miete war dank der Beziehungen von Tinas Eltern bezahlbar, und von unseren Fenstern aus hatten wir einen herrlichen Blick auf den Talkessel und bis hinüber zum Killesberg und zum Kräherwald. Mir war wichtig gewesen, dass unsere neue Bleibe mit der U15 erreichbar war – schließlich hatte diese Stadtbahnlinie für Tina und mich einige Bedeutung. Und nun hielt die Linie direkt vor unserem Haus.

In der Wohnung unter uns wohnte eine alte Bekannte: Gunda Späth, die Märchenerzählerin. Das Haus beim Nordbahnhof, aus dem ich sie einst vergeblich zu vertreiben versucht hatte, war inzwischen abgerissen, und meinem Nachfolger als Projektbetreuer war es tatsächlich gelungen, sie aus dem Gebäude zu klagen. Anfangs war die kleine alte Frau untröstlich gewesen, aber die schöne neue Wohnung, die gute Aussicht, die Nähe zur Stadtbahnhaltestelle und vor allem der spektakuläre Anblick des an der Kreuzung sehr schmal auslaufenden Häuschens besänftigten sie schnell. Und wir hatten inzwischen ein gutnachbarschaftliches Verhältnis – weit mehr, als nach den Erlebnissen vor zwei Jahren zu erhoffen war.

Mit Immobilien hatte ich immer noch zu tun, aber nun suchte ich für Hausbesitzer eher nach Wegen, mit ihren Gebäuden auch Geld zu verdienen, ohne die Häuser abreißen und die Mieter rauswerfen zu müssen.

Wie gesagt: Alles war perfekt.

Dann kam eines Abends Tina sehr niedergeschlagen nach Hause. Ich saß im Esszimmer über ein paar Unterlagen, sie kam herein, klatschte mir die Post mitten auf die Papiere und sah mich mit ihrem Blick an, den ich so gut kannte und der bedeutete: Wann fragst du mich eigentlich endlich, wie es mir geht?

Ich tat ihr den Gefallen. »Na, wie geht's dir heute?«

»Beschissen«, brummte sie und ging in die Küche hinaus.

Ich hörte sie draußen lautstark werkeln, irgendwann sprang das Mahlwerk des Kaffeeautomaten an und schließlich suchte ich meinen Kram unter der Post hervor, packte alles zusammen und legte es zu den anderen Unterlagen in das offene Schrankfach.

In der Küche brannte die Luft. Tina saß mit wütender Miene auf einem unserer Barhocker, und auf der kleinen Verlängerung der Arbeitsplatte, die als Frühstückstisch diente, stand neben ihrem Kaffeebecher auch meiner. Tina hatte eine Motivtasse mit der Aufschrift »… und denk daran, dass es schlimmer kommen könnte!«.

Ich wusste, dass auf der anderen Seite der Tasse der Satz »Und es kam schlimmer …« stand.

»So schlimm?«, fragte ich.

Tina nickte, schniefte und nippte an ihrem brühend heißen Milchkaffee.

»Was ist denn?«

»Das Café Büchse wird zumachen müssen.«

In dem Obdachlosentreff in der Büchsenstraße bediente Tina ehrenamtlich, und dort hatte ich sie auch das erste Mal getroffen.

»Oh! Warum das denn?«

»Weil diese Leute den Hals nicht voll bekommen können!«

Tina war richtig laut geworden, sie sprang auf, ging hin und her, setzte sich wieder, nahm einen großen Schluck Kaffee, verbrannte sich dabei, setzte die Tasse mit lautem Knall wieder ab und fluchte wie ein Bierkutscher.

»Und diese Leute sind …?«

Ich sprach ganz leise, Tina stand offensichtlich ganz kurz vor der Explosion.

»Gierig?«, schnappte sie.

Dabei funkelte sie mich an, aber ich hatte doch nichts falsch gemacht. Zumindest war ich mir keiner Schuld bewusst. Spielte sie gerade etwa auf meine aus heutiger Sicht unrühmliche Vergangenheit als Immobilienverwerter an?

»Das ist unfair!«, dachte ich, und sie konnte mir den Satz förmlich vom Gesicht ablesen.

»War nicht so gemeint«, sagte sie und legte mir eine Hand auf den Arm.

»Na, jetzt erzähl schon«, ermunterte ich sie und goss ihr etwas kalte Milch nach.

»Du kennst doch Herrn Blarer?«

»Dem alten Mann gehört das Gebäude, in dem das Café Büchse untergebracht ist, richtig?«

»Ja, richtig. Und leider auch falsch: Herr Blarer ist gestern gestorben, heute früh war seine Todesanzeige in der Zeitung. Und heute gegen acht war schon so ein aalglatter Typ da, der Fotos vom Innenraum des Cafés machte, mit einem Lageplan hantierte und sich die hinteren Räume zeigen ließ.«

Ich kannte solche Typen, früher war ich selbst einer von ihnen gewesen.

»Haben den die Erben geschickt?«

Tina nickte.

»Respekt, die sind ja von der schnellen Truppe.«

»Kann man sagen. Als Frau Doeblin, die bis zuletzt als Sekretärin für den alten Blarer gearbeitet hat, gegen halb elf kam, um uns zu warnen, war der Typ schon wieder weg.«

»Und jetzt?«

Sie zuckte mit den Schultern und trank von ihrem Kaffee.

»Ihr habt doch einen Mietvertrag, so schnell passiert da schon nichts, du wirst sehen.«

— o —

Ich hatte mich selten so gründlich geirrt. Tags darauf wurde Tina wie alle anderen Helfer und Mitarbeiter am frühen Abend zu einer Besprechung ins Café Büchse gebeten. Ich wartete draußen vor der Tür, und als sie nach einer knappen halben Stunde wieder auf die Straße trat, war klar, dass es um die Zukunft des Obdachlosentreffs schlecht stand.

»Das sieht nicht gut aus«, schniefte Tina. »Das Café muss dichtmachen, vielleicht schon sehr bald. Die suchen einen Käufer für das ganze Areal, und falls der alles abreißen will …«

Wir waren eine Weile ziellos auf der Königstraße herumgeschlendert und hatten uns schließlich im Irish Pub auf zwei freie Plätze ganz in der Ecke gezwängt. Dort saßen wir nun vor zwei Glas Guinness und Tina beschrieb mir das ganze Elend.

Es war noch schlimmer, als ich befürchtet hatte. Zwar galt für das Café Büchse ein Mietvertrag mit fairer Kündigungsfrist, aber eine Klausel räumte dem Eigentümer bei Abriss oder Verkauf ein Sonderkündigungsrecht ein, dessen Fristdauer allein davon abhing, für wann der Abriss des Gebäudes oder die veränderte Nutzung durch den Käufer geplant war. Und das konnte manchmal schnell gehen, da hatte Tina recht.

Natürlich war das keine Sache von Tagen oder Wochen, aber die Zeit würde wahrscheinlich nicht für die Suche nach einem neuen Domizil für das Café Büchse reichen – und womöglich würde sich nirgendwo in dieser immer schicker werdenden Stadt ein Plätzchen für eine neue Wärmstube finden. Wer wollte in dieser schönen, teuren Stadt schon einen Treff für Obdachlose im Haus haben?

Den Vorschlag machte ich trotzdem. »Wir könnten uns doch nach neuen Räumlichkeiten umsehen, ich könnte meine alten Kontakte in der Immobilienbranche nutzen, und vielleicht könnten sogar deine Eltern oder deren Bekannte helfen.«

Ich fand die Idee nicht schlecht, genau über solche Beziehungen waren wir ja auch an unsere Dachwohnung am Eugensplatz gekommen. Aber Tina war sichtlich enttäuscht von meinem Vorschlag. Wahrscheinlich hatte sie gehofft, ich würde nur eben mal das Visier herunterklappen, mich auf mein

Streitross schwingen und alle Kaufinteressenten mit angesetzter Lanze aus der Stadt jagen.

»Ja, schon gut«, maulte sie nach einer Weile, »du bist ja schon wieder so vernünftig.«

Sie trank ihr Guinness aus, legte genug für zwei Bier und etwas Trinkgeld auf den Tisch und schlurfte mit hängendem Kopf aus dem Pub. Der Typ hinterm Tresen grinste mich schadenfroh an, und weil er auch noch einem Schauspieler ähnlich sah, der in den Siebzigern immer die besonders wackeren Ritter gespielt hatte, zischte ich ihn drohend an.

»Sag jetzt bloß nichts, du Held!«

Er rieb noch immer am selben Glas und sah mir verblüfft hinterher, als ich schon draußen stand und mich nach Tina umsah.

— o —

In der Dachwohnung am Eugensplatz brach die Eiszeit aus. Tina hatte plötzlich wahnsinnig viel zu tun, natürlich vor allem außer Haus, und wenn ich abends kuscheln wollte oder mehr, hatte sie Kopfweh oder war zu müde. Nach zwei Tagen war es mir zu blöd, und ich stellte sie zur Rede.

»Jetzt hörst du bitte mal mit dem Babykram auf, ja?«

Sie saß mir am Esstisch gegenüber, den Kopf schwer auf die linke Hand gestützt, und sah kauend hoch.

»Ws mnst du?«

»Tu nicht so scheinheilig. Du bist sauer, weil ich noch nicht losgerannt bin und Alfons Blarers Erben ordentlich die Meinung gegeigt habe, bis sie völlig geplättet sofort einen Vertrag unterschreiben, dass sie vielleicht das ganze Viertel abreißen, das Café Büchse dabei aber unbehelligt lassen.«

Sie kaute und schluckte, und allmählich schlich sich ein Lächeln auf ihr Gesicht.

»Stimmt«, nickte sie. »Also: Worauf wartest du noch?«

»Auf das Taschentuch.«

»Welches Taschentuch?«

»Na, der Ritter im Film lässt sich von seiner Herzdame immer ein Taschentuch zustecken, bevor er zu seinen Heldentaten aufbricht.«

Tina zog eine halb geleerte Packung Papiertaschentücher hervor, die ziemlich zerknittert und kein bisschen herzdamenhaft wirkte.

»Nö.« Ich schüttelte mit gespielter Entrüstung den Kopf. »Dafür nicht.«

Und dann mussten wir beide lachen. Das Abendessen war damit gerettet, der Abend selbst noch nicht, denn natürlich ging Tina das drohende Ende des Café Büchse auch weiterhin durch den Kopf.

»Hast du denn irgendeine Ahnung, was wir machen könnten?«, fragte sie, als die erste Flasche Primitivo schon fast leer war.

»Wir könnten mit den Erben reden, könnten an ihr soziales Gewissen appellieren.«

Tina trank ihr Glas leer und lachte dabei, es klang etwas hohl und glucksend, auf keinen Fall aber zuversichtlich.

»Harro hat mir da Sachen erzählt …« Sie deutete mit dem Daumen der linken Hand nach unten. »Wenn davon auch nur ein Bruchteil stimmt, können wir uns solche Gespräche schenken.«

Harro Speckler war der Geschäftsführer des Café Büchse, was nach mehr klang, als es war: Er stellte die Hälfte der fest angestellten Belegschaft dar, und er musste die Dienstpläne für die ehrenamtlichen Helfer schreiben.

»Aber ich wüsste nicht, was wir sonst machen könnten«, sagte ich. »Die Klausel im Vertrag ist eindeutig, im besten Fall könnt ihr noch ein bisschen Zeit für eine Übergangslösung rausschinden – aber nicht einmal darauf würde ich mich verlassen. Mit bebaubaren Grundstücken in der Stadtmitte ist gutes Geld zu verdienen.«

Tina seufzte und ging in die Küche, um eine neue Flasche zu holen. Irgendwann an diesem Abend, und vor allem einige Gläser später, hatte sie die vermeintlich rettende Idee. Trotz des Weins war es eine Schnapsidee, und Tina, die ihren Plan nur noch lallend beschreiben konnte, schlief mitten im Satz ein.

Ich schaffte sie ins Bett hinüber und hoffte, dass sie sich am nächsten Morgen an nichts mehr würde erinnern können.

— ○ —

»Und, wie packen wir's nun an?«

Tina hatte eine Kopfschmerztablette genommen, aber ihre Augen funkelten schon wieder unternehmungslustig.

»Was?«, fragte ich, obwohl ich schon ahnte, was nun kam.

»Na, unseren Plan von gestern Abend! Oder erinnerst du dich womöglich nicht mehr?« Sie lachte und machte mit ihrer Hand eine Bewegung, als trinke sie ein Glas leer.

»Ach, das meinst du. Du weißt schon, dass das Blödsinn ist, oder?«

»Wieso denn? Die wollen das Areal doch verkaufen – dazu brauchen sie einen Investor, und den bringen wir ihnen. Und zwar einen, der das Café Büchse erhält oder ihm meinetwegen wenigstens neue Räume zur Verfügung stellt!«

»Ja, klar«, brummte ich. »Solche Wohltäter stehen in Stuttgart ja an jeder Ecke, kein Problem.«

»Nein, natürlich nicht. Aber wir finden einen, glaub mir, wir müssen nur gründlich genug suchen!«

Ich drückte ihre Hand und lächelte sie an. »Du bist süß, wenn du dich in was reinsteigerst, aber …«

Das letzte Wort ließ ihre Miene schlagartig entgleisen. Jetzt sah sie genauso aus, wie man es nach dem Weinkonsum vom Abend zuvor erwarten durfte – nur die Wut in ihrem Blick war eine unangenehme Überraschung.

»Du willst mir also nicht helfen!«

»Aber Tina, schau doch mal …«

»Richtig?«

»Natürlich helfe ich dir, aber unser Plan sollte auch Aussicht auf Erfolg haben, meinst du nicht?«

»Und das hat er nicht?«

Der trotzige Unterton ihrer Stimme verhieß nichts Gutes für das weitere Gespräch.

»Nein, Tina, das hat er nicht.«

Ich hatte keine Lust auf Spielchen, und wie naiv ihre Schnapsidee war, würde ihr selbst auch klar werden, sobald sich die Nebel der halb durchzechten Nacht verzogen hatten.

»Hat er wohl!«

Damit stand sie auf, trug ihr Geschirr zum Spülbecken, schnappte sich die Jacke vom Haken und marschierte ohne ein weiteres Wort, aber mit einer verbiesterten Miene aus der Wohnung. Da Tina, wenn sie sauer war, die Holztreppen im Hausflur gerne besonders laut hinuntertrampelte, konnte ich hören, dass sie nur eine Etage nach unten stürmte.

Ich trank meinen Kaffee aus, dann ging ich ebenfalls einen Stock nach unten und drückte die Klingel neben dem Türschild mit der Aufschrift »Späth«. Nach dem zweiten Klingeln waren hinter der Tür schlurfende Schritte zu hören, und schließlich blitzte mich Gunda Späth durch einen schmalen Spalt an.

»Was hen Se denn jetzat wieder verkehrt gmacht?«

Es war eher eine Feststellung als eine Frage, und für einen Moment fühlte ich mich zurückversetzt in das Abbruchhaus im Nordbahnhof, wo mich die alte Frau ebenfalls nie freundlich begrüßt hatte – damals kein Wunder, schließlich wollte ich sie aus ihrer Wohnung ekeln.

»Darf ich rein?«

Kurz zögerte sie und machte Anstalten, mir die Tür vor der Nase zuzuschlagen, dann erhellte ein Grinsen ihr faltiges Gesicht. »Alde Agwohnheit, ’tschuldigung.«

Damit gab sie den Weg frei und deutete den Flur entlang, wo sich, wie ich längst wusste, ihr plüschig überfrachtetes Wohnzimmer befand.

Tina saß in der Mitte der altmodischen Couch mit Blümchenmuster, und zwischen den links und rechts von ihr aufgehäuften Kissen schien sie beinahe zu versinken. Auf der Lehne des einzigen Sessels war Strickzeug abgelegt, da saß also Gunda Späth – und mir blieb nur der Stuhl mit seinem durchgesessenen Sitzpolster.

»Was willst du hier?« Tina musterte mich über den Rand ihrer dampfenden Tasse hinweg, sie war noch immer sauer.

»Reden?«

»Worüber denn? Du hilfst mir ja eh nicht.«

Gunda Späth kam aus der Küche herüber und brachte eine volle Tasse für mich mit, dem Geruch nach zu urteilen, hatte sie für ihr Gebräu den Nachbarskater ausgekocht.

»Spezialmischung«, raunte sie mir zu und setzte sich zufrieden lächelnd in ihren Sessel. »Zucker han i scho nei.«

Die Flüssigkeit drehte sich noch vom Umrühren, ich konnte bis zum Boden der Tasse sehen, über dem sich irgendwelche Trübstoffe mitdrehten. Die alte Frau lächelte mich an und deutete ermunternd auf die Tasse, und Tina beobachtete mich, als müsse ich eine Mutprobe bestehen, um mich weiter mit ihr in einem Raum aufhalten zu dürfen. Ich nippte vorsichtig – das Zeug war heiß und nicht gerade lecker, aber es schmeckte nicht halb so übel, wie es roch.

»Gut«, schwindelte ich und nickte ihr mit geheuchelter Anerkennung zu. »Und wogegen hilft das?«

»Kommt drauf a.«

»Ach? Und worauf?«

»'s hilft, wo's fehlt, Ronald.«

»Na dann«, sagte ich, nahm einen größeren Schluck und wunderte mich ein wenig, warum Gunda Späth mich plötzlich beim Vornamen nannte.

»Die Tina hot gmoint, dass se Ihr Hilfe bräucht, ond dass Sie aber net recht wellat. Worom des?«

Ich skizzierte ihr noch einmal Tinas grandiose Idee vom erfundenen Investor und reichte auch gleich tausend Gründe nach, warum das nie und nimmer funktionieren konnte. Den stichhaltigsten brachte ich zum Schluss vor: dass ein fiktiver Investor niemals reales Geld auf den Tisch legen konnte – und genau darauf waren die Erben von Alfons Blarer ja wohl aus.

Daraufhin wiegte Gunda Späth nachdenklich den Kopf und sah dann lange Tina an, die unter dem Blick der alten Frau allmählich etwas kleiner zu werden schien.

»Was denn, Frau Späth?«, fragte sie schließlich trotzig. »Haben Sie eine bessere Idee?«

»No net«, sagte die Alte. »Aber vielleicht fallt mir no was ei.«

»Sie könnten die Erben doch verwünschen«, schlug ich vor, »wie mich vor zwei Jahren!«

Damals hatte sie mit einer Laugenstange vor meiner Nase herumgefuchtelt und mir den Fluch verpasst, dass mir jedes Mal ein Missgeschick passierte, wenn mir etwas Schwäbisches begegnete – was mir turbulente Wochen und eine gründliche Läuterung beschert hatte.

»Noi, noi, des derf i jetzat erscht amol nemme – der Greiff dät mir sonscht was vrzähla!«

Sie lachte, aber dass sie einen Heidenrespekt vor dem Mann hatte, wusste ich ja trotzdem. Reinhard Greiff aus Degerloch hatte ihr, nachdem sie mich verwünscht hatte, ordentlich die Leviten gelesen und dafür gesorgt, dass ich meinen Fluch wieder loswurde – mir war bis heute nicht ganz klar, welchen Rang er innerhalb der Stuttgarter … nun ja, sagen wir: Zaubererinnung hatte, aber die Rolle als Historiker und gelegentlicher Artikelschreiber für die hiesige Tageszeitung war wohl eher Fassade.

»Und was könnten wir sonst machen, um das Café Büchse zu retten?«

»Neie Räum?«, fragte Gunda Späth und sah uns beide an.

»Hat Ronald auch schon vorgeschlagen. Aber wir finden sicher nichts, zumindest nicht schnell genug.«

»Ond den Inveschtor bitta, dass er Räum fürs Café reserviert?«

Da mussten wir beide lachen, und schulterzuckend stimmte sie schließlich mit ein.

»Aber das mit dem erfundenen Investor ist trotzdem eine Schnapsidee«, beharrte ich und erntete von Tina einen finsteren Blick.

»Du hast doch nur keine Lust, dich für etwas zu engagieren, was mir wichtig ist.«

Damit stand sie auf, nickte Gunda Späth noch kurz zu und rauschte wort- und blicklos an mir vorbei zur Tür. An den Schritten draußen im Treppenhaus hörte ich, dass sie wieder nach oben ging, und kurz darauf fiel unsere Wohnungstür krachend ins Schloss.

»Und jetzt?«

»Ha, jetzat drenksch erscht amol dein Tee leer.«

»Was ist da eigentlich drin?«

»Des willsch net wissa, Ronald, glaub's mir.«

Dabei grinste sie so hintergründig, dass ich ihr sofort recht gab – und dass sie mich nun nicht mehr nur beim Vornamen nannte, sondern auch noch duzte, ließ mich zunehmend misstrauisch werden, aber der warme Tee lullte mich angenehm ein.

— o —

Eine halbe Stunde später verabschiedete ich mich von Gunda Späth und kletterte die Treppe hinauf. Ich fühlte mich leicht benebelt, aber was da vor der Wohnungstür lag, ließ trotzdem keine Zweifel aufkommen: Zwei Plastiktüten und zwei Rollkoffer enthielten ganz offensichtlich meine Kleider und das Waschzeug. Hatte Tina mich rausgeworfen? Wegen dieses einen Streits?

Ich hämmerte gegen die Tür, hörte tatsächlich Tinas Schritte näher kommen, aber sie sagte keinen Ton und ließ mich auch nicht herein.

»Mensch, Tina, jetzt mach schon diese blöde Tür auf!«, flehte ich sie an. »Das ist doch nicht dein Ernst! Du kannst mich doch nicht rauswerfen, nur weil ich mal eine deiner Ideen nicht so toll finde!«

»Pff«, war von drinnen zu hören, dann entfernten sich die Schritte wieder.

Ich wartete noch ein paar Minuten, aber als sich nichts mehr tat, schnappte ich die Tüten und einen der Koffer und schleppte alles einen Stock tiefer. Als ich den zweiten Rollkoffer unten abstellte, schwang dort die Tür auf und Gunda Späth sah verblüfft zwischen mir und meinem Gepäck hin und her.

»Sie haben einen neuen Mitbewohner«, sagte ich und drängte mich mit dem Koffer an ihr vorbei. Die kleinen Rollen holperten über den unebenen Holzboden, und gefolgt von ihrem munteren Klack-klack ging ich den Flur entlang und nahm Kurs auf Gunda Späths Gästezimmer, das direkt hinter dem Wohnzimmer lag. Dann kam ich wieder heraus, um den Rest hineinzutragen.

»Was soll des jetzat?«

Gunda Späth sah mir mit großen Augen zu, und schließlich trippelte sie aufgeregt hinter mir her.

»Ganz einfach: Offenbar hat Tina Ihre Spezialmischung auf eine Art geholfen, dass sie mich jetzt auf die Straße setzt. Und weil Sie das Zeug gebraut haben, werden Sie mir jetzt auch helfen.«

»Du schwätzsch domms Zeig, Ronald! Was hot denn des mit meim Tee zom do?«

»Wegen eines Streits über eine solche Kleinigkeit setzt man nicht den Mann, den man liebt, vor die Tür. Und mir ist auch ganz anders zumute – das liegt sicher auch an Ihrem Tee. Also hat das Zeug auch mit Tina etwas angestellt, so dass sie im Moment … na ja … etwas ungewohnt reagiert. Und bis das verflogen ist, wohne ich übergangsweise bei Ihnen. Lange kann die Wirkung ja nicht anhalten, oder?«

Sie kaute auf ihrer Lippe.

»Lohnt es sich vielleicht gar nicht, dass ich auspacke? Kommt Tina in ein, zwei Stunden herunter und alles ist wieder gut?«

»Ha … noi, eher net.«

»Morgen früh?«

»Ha …«

Gunda Späth wand sich, und mir schwante Böses. Ich ließ mich auf das Gästebett sinken und sah sie kopfschüttelnd an. Dazu musste ich noch nicht einmal nach oben schauen: Sie war wirklich eine kleine Frau, eine sehr kleine.

»Was haben Sie da nur angestellt, Frau Späth?«

Sie sah untröstlich aus, setzte sich neben mich auf das Bett und starrte mit gerunzelter Stirn auf den Boden.

»Und jetzt?«

Sie zuckte mit den Schultern. »Soll i ons an Tee …?«

»Bloß nicht.«

Stumm saßen wir eine Weile nebeneinander, dann sah sie mich an.

»Aber … dem Greiff verrotsch nix, Ronald, gell?«

Sie bat mich um etwas? Oje! Dass es so schlimm war, hätte ich nun doch nicht vermutet.

— o —

Das Haus am Eugensplatz war recht hellhörig, und Gunda Späths Gästezimmer lag direkt unter unserem Schlafzimmer. Die halbe Nacht hörte ich von oben Tinas Schluchzen, ab und zu flog ein Buch oder etwas in der Art gegen die Wand, dann war sie wohl eingeschlafen, und am frühen Morgen ging sie oben auf und ab, schimpfte vor sich hin, knallte mit den Türen und machte mit allem Möglichen einen Heidenlärm.

Von halb acht an hörte ich sie nicht mehr, weil nun der Krach von unten dominierte. Irgendwelche Handwerker schienen mit Werkzeug zu werfen, schlugen alte Fliesen ab und flexten neue zurecht, dazwischen riefen sie sich irgendwelche Kommandos oder Fragen zu, die ich sehr deutlich hören, aber nicht verstehen konnte. Mit der Ruhe im Haus war es vorbei, seit die Apotheke im Erdgeschoss geschlossen hatte und dort die Umbauarbeiten für die neue Nutzung liefen. Giuseppe Florento, unser Vermieter, rückte zwar nicht mit der Sprache raus, was dort künftig stattfinden würde – aber dem Glänzen seiner Augen nach kassierte er dafür eine sehr stattliche Miete.

Hoffentlich war der neue Betreiber des Ladengeschäfts mit guten Nerven gesegnet, denn vor einigen Wochen war neben Frau Späth die vierköpfige Familie Kross-Krampenbach eingezogen: ein umweltbewegtes Paar mit zwei nervtötenden Kindern – zum Glück waren Thorben und Soraya unter der Woche üblicherweise die meiste Zeit im Waldorfkindergarten. Doch wann immer sie hier waren, beschallten die lieben Kleinen und mehr noch ihre hysterisch veranlagte Mutter Simona das Haus mühelos. Von Vater Sebastian war dagegen so gut wie nichts zu hören – vermutlich hatte er nicht viel zu sagen in der Familie, hatte sich still in sein Schicksal gefügt und fegte schweigend zusammen, was seine durchgeknallte Brut in Schutt und Asche legte.

Im Moment war es besonders schlimm. Soraya hatte sich erkältet, wie mir Tina am Tag, bevor sie mich vor die Tür setzte, erzählt hatte. Mutter Kross-Krampenbach nahm den wahrscheinlich harmlosen Infekt zum Anlass, das Kind mit wehklagendem Jammern und gelegentlichen cholerischen Ausbrüchen in Grund und Boden zu pflegen. Gestern Abend war mir obendrein der kleine Thorben schniefend über den Weg gelaufen, vermutlich lag er inzwischen auch schon dick eingemummelt mit der Wärmflasche im Bett und trug Wadenwickel unter fair gehandelten Schafwollsocken.

Gunda Späth brühte einen Tee auf und wollte ihn schon in die Wohnung nebenan bringen, als sie meinen strengen Blick aufschnappte, beleidigt zurück in die Küche schlurfte und ihr Gebräu dort schimpfend in den Ausguss schüttete.

»Was würden Sie denn machen, wenn diese Familie Ihnen Ihren Zaubertee nicht dankt und Sie verpetzt? Wer weiß, vielleicht kennen die Herrn Greiff ja auch, oder sie erzählen es den anderen Eltern im Waldorfkindergarten und so zieht das allmählich Kreise, bis Herr Greiff irgendwann …« Ich hatte ihr beim Abendbrot ins Gewissen geredet, doch als sie jedes Mal erschrocken zusammenzuckte, wenn ich Greiffs Namen auch nur erwähnte, tat sie mir fast schon wieder leid. Aber ich musste stark sein: Hatte sie mir nicht vor zwei Jahren mit ihrem blöden Fluch jede Menge Ärger eingebrockt – und war sie nicht auch jetzt schuld daran, dass mich Tina aus der gemeinsamen Wohnung geworfen hatte? Zumindest zum Teil? »Also: Schluss mit diesen Spezialtees, ja?«

Sie zuckte mit den Schultern.

»Aber dem Greiff verrotsch nix, gell?«

»Nein, erst einmal nicht.«

»Was soll des hoißa: erscht amol?«

»Ich möchte, dass Sie diesen Mist wieder in Ordnung bringen, den Sie Tina und mir eingebrockt haben. Drehen Sie da irgendetwas, ich will nicht, dass Tina und ich uns trennen, dass wir uns streiten oder in zwei verschiedenen Wohnungen schlafen!«

»Des goht doch net. Du hosch grad gsagt, i soll koin von meine Schbezialtees meh kocha – ond ohne an Gegatee müssa mr halt oifach warta, bis sich die Tina wieder eikriagt. Aber …«

»Aber?«

»Aber des ka daura. Der Tee war a Experiment, a neie Mischong – do drmit han i no koi große Erfahrung, woisch, Ronald? Ond weider romprobiera derf i jo net, hosch selber gsagt!«

Na super!

»Und jetzt?«

Sie zuckte mit den Schultern.

»Sie machen es sich aber einfach, Frau Späth!«

»Net doch eher du, Bua?«

»Ich? Warum ich?«

»Ha, du versemmelsch's mit dr Tina, ond d' Schuld gibsch mir.«

»Wieso soll ich das versemmelt haben?«

»Wenn d' Tina di om Hilfe bittet, ond du kriagsch dr Arsch net hoch – do ka mei Tee eigendlich nix drfiar, woisch?«

So ging das noch eine Weile hin und her, dann hörte ich über uns die Wohnungstür ins Schloss fallen, und Tina polterte die Treppe herunter, schnell und laut. Kurz hielt ich den Atem an und schielte zu Frau Späths Wohnungstür, aber Tina klingelte nicht und klopfte nicht, sondern hastete einfach die Treppe weiter hinunter und unten aus dem Haus. Vom Gästezimmer hatte man, wenn man sich ein wenig aus dem Fenster beugte, einen ganz guten Blick auf die Straßenkreuzung und einen Teil der U15-Haltestelle, und tatsächlich marschierte Tina drunten auf die Stadtbahnstation zu. Sie drehte sich nicht um zum Haus, aber ihrer Körperhaltung nach zu urteilen, war sie wütend. Oder wild entschlossen. Oder beides.

Kapitel 2 | *Eintopf mit Folgen*

Als ich aus der Stadt zurückkam, zwei Baumwolltaschen voll mit den Einkäufen, die mir Frau Späth aufgetragen hatte, war es mir, als falle oben eine Tür ins Schloss, und danach hörte ich Schritte im Treppenhaus, bis auch ganz oben die Wohnungstür zugezogen wurde. Ich linste am Geländer vorbei nach oben, konnte aber niemanden sehen.

Ziemlich sicher war also Tina gerade bei Frau Späth in der Wohnung gewesen, aber als ich durch den Flur ins Wohnzimmer kam, saß die alte Frau dort auf dem Sofa und las in einem dicken Buch.

»Hallo, Frau Späth. Alles klar?«

»Ha, freilich, Bua, ällas en beschder Ordnung.«

»Gibt's was Neues von Tina?«

Für einen Augenblick verengten sich ihre Augen ein wenig, aber dann strahlte sie mich auch schon wieder freundlich an. »Noi, wie kommsch do drauf, Ronald?«

»Sie war doch gerade hier bei Ihnen, oder?«

»Dei Tina?« Sie schüttelte heftig den Kopf und versuchte, entrüstet dreinzublicken. »Awa, wo denksch na! Bei mir doch net!«

»Ich hab gerade die Tür gehört, und dann ging sie nach oben in unsere Wohnung. Oder wohnt dort neuerdings noch jemand?«

Eigentlich hatte ich die Frage rhetorisch gemeint und ziemlich pampig vorgebracht, aber insgeheim gab es mir einen Stich: Was, wenn nun womöglich doch jemand …?

»Noi, Bua, do wohnt bloß die Tina. Zmindescht woiß i nix anders.«

Sie zwinkerte mir zu, aber auf solche Späßchen hatte ich gerade keine Lust.

»Also war sie hier, bei Ihnen, jetzt gerade, vor ein paar Minuten!«

»Noi, noi, Ronald, wenn i's doch sag! Wahrscheins isch se bei denne Kross-Krampabachs gwäsa. Do sen doch dr Bua ond des Mädle krank, vielleicht hot se denne Hilfe abotta. Woisch doch, wie se isch.«

Das wusste ich allerdings, und tatsächlich würde es zu Tina passen, wenn sie den Müslis von nebenan ihre Hilfe angeboten hätte. Trotzdem … Ich musterte Frau Späth, aber die lächelte so zuckersüß und unschuldig drein, dass ich mir nicht vorstellen konnte, dass sie mir einfach so ins Gesicht lügen könnte.

Meinetwegen, war sie halt nebenan gewesen.

»Ond jetzt koch i ons was Guats, gell, Ronald?« Sie wuchtete sich vom Sofa hoch, nahm mir die beiden Taschen aus der Hand und schlurfte in die Küche hinüber.

Ich holte mir ein Bier aus dem Kühlschrank, schaltete den Fernseher ein und machte es mir gemütlich, bis das Essen fertig war. Doch noch bevor draußen die Pfanne zischte und die Teller klapperten, schlief ich ein und hatte einen seltsamen Traum von einer wütenden Tina, einer verzauberten Suppe und einer mysteriös kichernden Gunda Späth.

— o —

Gegen halb neun wachte ich auf, und im Fernsehen lief irgendeine romantische Komödie. Ich sah eine dralle Dunkelhaarige im viel zu engen Kostüm, einen leidend dreinblickenden Schwarzhaarigen in Anzughose und weit fallendem Pulli und dazu noch ein paar andere Schauspieler aus der üblichen Besetzungsliste der deutschen Fernsehunterhaltung – und im Sessel neben dem Sofa sah ich Gunda Späth, die sich die Augen tupfte und ebenso gebannt wie gerührt zum Bildschirm hinschaute.

Mühsam kämpfte ich mich aus den Polstern, das Knarzen der Sofafederung verriet mich, und die alte Frau fuhr herum.

»Ah, bisch aufgwacht? Wart gschwend, Bua, i mach dir 's Essa nommol warm. Dauert bloß oin Moment, 's isch glei gschäha!«

Damit war sie auch schon in die Küche hinausgeeilt, nicht ohne vorher noch einen prüfenden Blick zum Fernseher zu werfen, und tatsächlich war keine fünf Minuten später vor mir der Tisch gedeckt: mit tiefem Teller, Besteck, einem leeren Glas neben der halb vollen Bierflasche und einem dampfenden Kochtopf auf zwei übereinandergelegten Untersetzern.

»Ich dachte, Sie mögen es nicht, wenn ich im Wohnzimmer esse? Wegen der Soßenflecken, der Krümel und so weiter?«

»Ach, heit will i mol net so sei. Ond no kannsch nebaher no den scheena Film mit mir agucka.«

Darauf hätte ich gut verzichten können. Auf dem Bildschirm schmachteten sich die Hauptdarsteller an, und im Hintergrund war eine schlanke Blondine zu sehen, die das Paar eifersüchtig beobachtete – es war sonnenklar, dass sie noch für Ärger sorgen und die beiden zumindest eine Zeitlang auseinanderbringen würde.

Ich lud mir den Teller voll, Frau Späth hatte eine Art Eintopf gekocht, der zwar dampfte wie verrückt, aber eigentlich gar nicht besonders heiß war. Löffel um Löffel schaufelte ich in mich hinein, und weil das Essen zwar ungewöhnlich, aber doch sehr lecker schmeckte, nahm ich noch zweimal nach, bis ich völlig erschöpft ins Sofa zurücksank.

Ein paar Minuten lang sah ich der Blondine dabei zu, wie sie heimlich Unterlagen durchstöberte und sich, als die dralle Dunkelhaarige in den Raum sah, schnell hinter der Tür versteckte. Dann wollte ich Frau Späth für ihr Essen loben, aber das Geräusch, das sich aus mir Bahn brach, hatte mit Dankbarkeit wenig zu tun.

Panisch sprang ich auf, rannte den Flur entlang und schaffte es mit Ach und Krach noch auf die Toilette, wo ich für die nächste halbe Stunde kniend vor der Keramik verbrachte.

— o —

»Was kann i denn drfür, dass du des Lammfloisch net verdragsch?«

Gunda Späth wirkte untröstlich, aber ich traute ihr weniger als der Blondine vorhin im Film. Mir war noch immer speiübel, meine Beine zitterten und ich fühlte mich schwach wie nach einer langen Krankheit – trotzdem stand ich mit geballten Fäusten vor der alten Frau und funkelte sie wütend an.

»Sie haben mir etwas ins Essen getan, das brauchen Sie gar nicht abzustreiten!«

»Ha, freilich han i was neido: Lammfloisch, Zwiebla, Knofel, Paprika, Schmalz, a Prise …«

»Schluss damit, verarschen kann ich mich allein! Womit haben Sie diesen Eintopf verzaubert? Jetzt geben Sie's endlich zu! Tina war hier, und Sie haben sich mit ihr gegen mich verbündet!«

»I? Ha noi! Des bildesch du dir bloß ei! Des Exodischsde en meim Eitopf war der Koriander, ond do isch niemols netta nix Zauberts dra gwäsa, i schwör!«

Tatsächlich hob sie die rechte Hand und streckte Daumen, Zeige- und Mittelfinger aus. Mir entging allerdings auch nicht, dass zur selben Zeit ihre linke Hand hinter dem Rücken verschwand.

Gerade wollte ich wieder lospoltern, da rührte sich mein Magen wieder und ich rannte ins Klo zurück. Eine halbe Stunde später hatte ich keine Lust mehr, mich mit der alten Frau zu streiten. Ich packte meine paar Habseligkeiten zusammen, bedachte Gunda Späth im Hinausgehen noch mit einem wütenden Blick und marschierte so erhobenen Hauptes, wie es mein noch immer verdrehter Magen eben zuließ, zur Wohnungstür hinaus.

Die Tür schlug unmittelbar hinter mir zu, und mir war es, als hätte ich im letzten Moment noch Gunda Späth auf dem Flur gesehen, wie sie die rechte Faust in ihre flache linke Hand sausen ließ. Das triumphierende »Tschacka!« konnte ich noch durch die geschlossene Tür hören, doch da war es schon zu spät zum Umkehren. Die Tür war zu, und im Schloss wurde jetzt der Schlüssel zweimal herumgedreht, dann entfernten sich in der Wohnung leise Schritte.

Ich horchte noch kurz, aber das Geschrei von Kross-Krampenbachs kranken Kindern übertönte alles. Oben schien ebenfalls die Tür zuzufallen, aber wegen des Krachs von nebenan war ich mir da nicht ganz sicher.

Schließlich ließ ich mich auf die Stufen der Holztreppe sinken und dachte nach. Ich hatte keine Ahnung, wo ich nun hin sollte. Eine Möglichkeit wäre gewesen, bei Tina zu klingeln und es mit einer Aussprache zu versuchen, besser noch mit einer Entschuldigung. Aber dazu hatte ich noch weniger Lust als auf eine Nacht im Park – außerdem rumorte mein Magen schon wieder, und ich machte mich eiligst auf den Weg hinunter ins Erdgeschoss.

Völlig zu Recht vermutete ich, dass mein Magen ein ruhiges, vernünftiges Gespräch ohnehin nicht zulassen würde. Und als ich endlich die Straße erreichte und die Gerüche und Geräusche der abendlichen Stadt auf mich eindrangen, war ich heilfroh, wenigstens noch rechtzeitig die Büsche am gegenüberliegenden Gartenzaun zu erreichen.

Danach ging's etwas besser. Ich sah mich um, aber niemand schien mich zu beachten, und von meiner kleinen Erleichterung über den Gartenzaun hinweg hatte offenbar auch keiner etwas mitbekommen.

Die U15 fuhr gerade stadteinwärts an die Haltestelle heran, aber die würde ich nicht rechtzeitig erreichen – und das Geruckel der Bahn wäre außerdem ganz sicher auch nicht das, was mein Magen jetzt brauchte. Also tappte ich stattdessen die Kernerstraße hinunter, sah im Vorübergehen noch einmal zum zweiten Stock »meines« Hauses hoch. Gunda Späth stand an einem Fenster, halb hinter der Gardine verborgen, aber das Licht im Zimmer zeichnete ihre Silhouette überdeutlich nach. Etwas weiter links lehnte Sebastian Kross-Krampenbach am offenen Fenster und sah über die Stadt hinweg. Er hatte eine nicht angezündete Zigarette recht lässig im Mundwinkel hängen. Dann war von drinnen eine strenge Frauenstimme zu hören, der Mann verschwand sofort vom Fenster und die weggeschnippte Zigarette landete auf dem Gehsteig.

Etwa hundert Meter weiter erreichte ich die nächste Kreuzung, und linker Hand stand ein Haus, das fast wie eine Kopie des Gebäudes wirkte, in dem ich mir bis vor kurzem noch mit Tina die Dachwohnung geteilt hatte. Der Gedanke an Tina drehte mir sofort den Magen um, ich rannte ein paar Meter und beugte mich würgend in ein Gestrüpp, das einen schmalen weißen, mit schwarzen Graffiti besprühten Metallkasten umgab.

Als ich aus dem Grün wieder auftauchte, musterte ich das Haus etwas genauer. Es war etwas niedriger als sein Gegenstück oben am Eugensplatz und hatte eine rotbraune Fassade, die nach oben hin etwas heller wurde. Auch der kreisrunde Erker, mit dem beide Gebäude zur Kreuzung hin abschlossen, reichte hier nicht bis zum Dachgeschoss hinauf. Mein Blick blieb an den Fenstern der obersten Etage hängen, dann schaute ich wehmütig die Kernerstraße hinauf, wo oben an der Haltestelle meine Tina …

Ein stechender Schmerz fuhr mir in den Magen, und sofort steckte ich wieder bis zu den Schultern in dem Gestrüpp und erleichterte mich. Nach ein paar Minuten kam ich wieder aus dem Busch hervor, setzte mich auf die kleine Mauer am Rand der Grünfläche, wischte mit dem Ärmel über den Mund und atmete ein paar Mal tief ein und aus.

»Joi, Mensch, was hast du bloß gegessen?«

Ein schlanker, eher klein gewachsener Typ Ende dreißig stand neben mir und sah mich besorgt an. Offenbar war er die Kernerstraße oder das gegenüberliegende Stäffele heruntergekommen und ich hatte ihn bisher noch nicht bemerkt, weil ich entweder konzentriert auf das Haus geschaut oder mit geschlossenen Augen im Busch gesteckt hatte. Er hatte schwarzes Haar, dunkle Augen und er lächelte mich freundlicher an, als das unter den gegebenen Umständen zu erwarten war.

»Grüß dich, mein Name ist Tamás.«

Es hörte sich an wie »Tamasch« und klang nach einem ungarischen Vornamen.

»Hallo, ich bin Ronald«, antwortete ich und streckte ihm die Hand hin.

»Lass lieber«, winkte er ab.

Stattdessen reichte er mir ein Papiertaschentuch.

»Danke, kann ich brauchen«, grinste ich schwach und wischte mir die Hände sauber.

»Und? Was hast du nun gegessen?«

»Lamm, aber da war garantiert irgendetwas ...« Ich wollte schon über Gunda Späth und ihre kleinen Tricks schimpfen, als mir gerade noch einfiel, wie es wirken musste, wenn einer sich erst mehrmals übergibt und hinterher von den Zauberkräften seiner Nachbarin faselt. »Damit war irgendetwas nicht in Ordnung«, sagte ich deshalb nur.

»Das kommt vor. Und jetzt? Geht's besser?«

»Ja, jetzt geht's mir wirklich wieder ganz gut, danke. Inzwischen müsste auch alles draußen sein.« Ich deutete auf das Gebüsch hinter mir.

»Und was machst du hier?«, fragte Tamás. »Also, ich meine: abgesehen von ...« Er nickte zu dem Gestrüpp hin.

»Ich überleg mir, wo ich heute Nacht schlafen kann.«

»Obdachlos?«

»Seit gerade eben, ja. Kennst du das Haus oben am Eugensplatz, wo die Apotheke drin war?«

Tamás nickte. »Klar, das ist doch das Eckhaus gegenüber der Haltestelle.«

»Da hab ich mit meiner Freundin unter dem Dach gewohnt.« Mir wurde schon wieder etwas flau. Gerade so, als würde schon allein der Gedanke an Tina meinen Magen aufwühlen. »Die hat mich gestern rausgeschmissen. Danach bin ich einen Stock tiefer bei einer befreundeten Nachbarin untergekommen.«

»Oh, das wird deine Freundin aber nicht gern gesehen haben.«

»Nicht, was du denkst: Die Nachbarin ist an die siebzig, und sie ist eine Freundin von uns beiden – deshalb glaube ich auch, dass sie mich mit ihrem Lammeintopf rausekeln wollte.« Mein Magen krampfte sich bei jedem Gedanken an Tina, Gunda Späth und das Haus, in dem ihre Wohnungen lagen, schmerzhaft zusammen. »Hat geklappt: Ich hab ihr vorgeworfen, dass sie …«

Oh, Mist, schon wieder fast verplappert!

»… dass sie das Essen absichtlich … äh …«

»Du spinnst ja, das riskiert doch keiner: verdorbenes Lammfleisch, nur um dich loszuwerden? Das kann übel ausgehen, glaub mir!«

»Wieso? Hast du das auch schon versucht?«

»Bloß nicht: Ich bin Koch, da könnte ich einpacken!« Tamás lachte.

»Ich weiß ja, dass das etwas seltsam klingt«, fuhr ich fort. »Aber schau: Heute komme ich heim, ich habe für die alte Frau eingekauft. Und wie ich ins Haus komme, geht oben ihre Tür, Schritte auf der Treppe sind zu hören, und danach fällt die Tür der Wohnung ins Schloss, in der ich mit meiner Freundin gewohnt habe. Ist doch klar, dass die bei Frau Späth war.«

»Späth? Ist das diese Siebzigjährige?«

Ich nickte. »Kennst du sie?«

»Nein, auch dich kannte ich ja bisher nicht – obwohl ich ja jeden Tag am Eugensplatz vorbeikomme. Und ich arbeite auch nicht weit davon entfernt: Ich koche für den ungarischen Konsul und seine Gäste, droben in der Haußmannstraße.«

»Nobel«, nickte ich. »Da hätte ich heute lieber bei dir gegessen, was?«

»Wenn du Pörkölt magst, auf jeden Fall.«

»Was ist das?«

»So heißt das ungarische Essen, das ihr Teutonen Gulasch nennt.« Er grinste.

»Ach, dann gibt es in Ungarn gar kein Gulasch, sondern nur dieses … Pörkölt?«

»Nein, natürlich gibt es bei uns auch Gulasch, auch wenn man das anders ausspricht – doch das entspricht eher eurer Gulaschsuppe. Aber egal: Du hast gesagt, dass du gerade keine Bleibe hast?«

»Ja, weil mich Frau Späth mit ihrem Lammeintopf vergrault hat. Ich war so sauer, weil ich wirklich überzeugt war, dass sie dieses Essen ver… Na ja, lassen wir das. Jedenfalls bin ich mir noch immer sicher, dass sie das mit Absicht gemacht hat. Und als ich mal ein paar Minuten nicht im Klo kniete, habe ich meine Sachen gepackt und bin wütend raus aus der Wohnung. Da hat sie gleich hinter mir abgeschlossen, und dem Triumphgeheul nach hatte sie damit ihr Ziel erreicht.«

»Und jetzt suchst du also eine neue Wohnung?«

»Ja, aber heute werde ich wohl irgendwo im Park unterschlüpfen müssen. Mal sehen, ob ich in den nächsten Tagen was finde – in Stuttgart ist das nicht so einfach.«

»Hast du Geld?«

»Reich bin ich nicht, aber eine vernünftige Miete kann ich natürlich bezahlen. Wieso fragst du?«

»Hm …« Er wand sich ein wenig, dann gab er sich einen Ruck. »Ich hätte ein Zimmer für dich. Dort oben.« Er deutete zu dem Eckfenster im Dachgeschoss hinauf. »Das könntest du haben. Gleich jetzt, aber …«

»Aber?«

»Ich bin gerade etwas knapp bei Kasse, also müsstest du einen Vorschuss auf die Miete zahlen.«

»Wie viel nimmst du denn im Monat?«

Er nannte mir einen Betrag, der mir fair vorkam.

»Und wie viel Vorschuss?«

Nun wand er sich wieder. »Äh … eine Monatsmiete? Oder vielleicht sogar etwas mehr?«

»Soll das so eine Art Kaution werden?«

»He, stimmt, ich könnte das ja als Kaution nehmen! Aber sind da nicht eher drei Monatsmieten üblich? Oder vier?«

Nun musste ich doch lachen.

»Und … äh … ich bräuchte das Geld in bar.«

»Wie: gleich jetzt oder was?«

»Wär prima, aber morgen früh reicht es auch noch. Ich kann dir sagen, wo der nächste Geldautomat steht.«

»Danke, das weiß ich selbst.« Ich deutete die Straße hinauf. »Du erinnerst dich?«

»Ja, klar, das Haus am Eugensplatz.« Er zuckte mit den Schultern.

Ich sah ihn eine Weile an, dann stand mein Entschluss fest. »Meinetwegen, nenn es Kaution, das geht in Ordnung. Du scheinst im Moment Geld nötiger zu brauchen als ich, und die Miete für das Zimmer ist okay. Es ist doch nicht irgendwie die totale Bruchbude oder so?«

»Nein!«

»Na gut, dann schlag ein!«

Er sah meine Hand an, und als er sicher sein konnte, dass sie inzwischen sauber und trocken war, drückte er sie mir kräftig.

Ich folgte ihm zu seiner Wohnung hinauf, er zeigte mir mein Zimmer – und der fabelhafte Blick auf die nächtliche Stadt, auf die vielen Lichter im Kessel und am gegenüberliegenden Hang machte mich sprachlos. Für dieses Zimmer war die Miete mehr als fair.

Kapitel 3 | *Neue Freunde*

Als Untermieter konnte man es schlechter erwischen als mit Tamás unter einem Dach. Gleich am nächsten Morgen hatte er mir geholfen, mein Gepäck zu holen, das ich bei meinem überstürzten Aufbruch vor Gunda Späths Wohnungstür hatte stehen lassen. Im Kühlschrank standen immer irgendwelche Leckereien, die er aus der Konsulatsküche mitbrachte oder die Resultate von privaten Experimenten waren. Tamás hatte mir den Keller, die Speisekammer und den Kühlschrank gezeigt und mir versichert, dass ich alles öffnen und mich nach Kräften von allem bedienen dürfe, worauf kein Zettel mit einem handgeschriebenen »Nein!« klebte. Solche Zettel hatte er an seiner Wohnzimmerbar angebracht, an einigen teuer aussehenden Weinflaschen im Keller und an ein paar Schachteln in der Speisekammer, in denen die unterschiedlichsten exotischen Zutaten wild durcheinanderlagen.

Ich versprach, mich an alle »Nein!«-Zettelchen zu halten, was mir auch wirklich nicht schwerfiel – die unbeklebte Auswahl war überreichlich, und ab und zu, wenn ich in seiner Abwesenheit mal wieder allzu ausgiebig probiert hatte, steckte ich einen Geldschein in das Haushaltssparschwein auf der Küchenarbeitsplatte: ein unten abgeflachter Fußball aus Porzellan, in grün und weiß bemalt und mit dem Schriftzug FERENCVÁROSI TORNA CLUB 1899 bedruckt – Tamás hatte mir vor dieser Scheußlichkeit gleich beim ersten Rundgang mit feierlicher Stimme erklärt, dass er seit seiner Geburt Fan und natürlich auch eingetragenes Mitglied des Budapester Vereins Ferencváros sei.

Sonst war mit Tamás aber alles in Ordnung.

Seine Wohnung war preiswert, aber gemütlich eingerichtet. Die Räume waren hell und alle Fenster in Richtung Talkessel boten eine wunderbare Aussicht über die Stadt. Die Kaffeemaschine, alle Küchengeräte und das sonstige Handwerkszeug eines Kochs vom Messer bis zum größten Topf waren erstklassig – die übrige Technik in der Wohnung war eher rückständig. Der Fernseher war nicht viel größer als das Display meines Laptops, einen DVD-Recorder gab es ebenso wenig wie Kabelanschluss, und das in der Küche hemdsärmelig an die Unterseite eines Hängeschranks geschraubte Radio gab selbst die neuesten Hits im Blechkistensound der Sechziger von sich.

Wenn Tamás in seiner Küche werkelte, störte das nicht besonders: Das Zischen der Pfanne und das Schmurgeln der Soßen hätten jedem ordentlichen HiFi-Sound ohnehin schnell den Garaus gemacht. Und vor dem Fernseher sah ich meinen Vermieter auch später so gut wie nie sitzen.

Er erzählte mir, dass er normalerweise morgens gegen zehn aus dem Haus ginge, um für den Konsul und seine Mitarbeiter das Mittagessen zuzubereiten, und am frühen Nachmittag wieder zurückkomme. Dann ginge es etwa um fünf Uhr noch einmal in die Haußmannstraße, wo es abends auch mal länger gehen könne – der Konsul hatte wohl häufig Gäste, und dass die von Tamás fabrizierten Leckereien der Stimmung guttaten, glaubte ich gerne.

Nach zwei Tagen hatte er abends das erste Mal frei, und freudestrahlend schlug er mir vor, für uns zu kochen – es sollten wohl noch zwei Bekannte von ihm dazukommen, mit denen ich mich sicher gut verstehen würde. Diesmal kam er erst gegen halb fünf heim, weil er nach seiner Mittagsschicht noch in der Stadt gewesen war, um die Zutaten für unser Essen zu kaufen.

Bald darauf roch es aus der Küche herzhaft nach Paprika, natürlich, und als ich nachsehen wollte, was Tamás kochte, wimmelte er mich ab und schickte mich in den Keller, um ein paar Flaschen Wein zu holen. Ich sollte diesmal einen ganz bestimmten Tropfen nehmen, und zwar einen, auf dem ein »Nein!«-Zettel klebte. Der Besuch musste ein ganz besonderer sein.

Danach sollte ich den Tisch decken, und als es klingelte, ging ich zur Tür, weil Tamás bei dem Radau, den er gerade in der Küche veranstaltete, die Glocke sicher nicht gehört hatte. Ich fuhr mir noch kurz mit den Fingern durch die Haare, dann zog ich die Tür auf.

Vor mir standen zwei Frauen. Eine war eher untersetzt und etwas mollig, lässig angezogen und die kurzen schwarzen Haare piekten von ihrem Kopf aus in alle Richtungen. Sie strahlte mich an und reichte mir die Hand, dann fiel mir auf, dass sie wie eine etwas rundere und jüngere Variante von Tamás wirkte. Wir begrüßten uns, sie zog mich während des Händedrucks zu sich heran, packte mich an den Schultern und deutete links und rechts einen Kuss auf meine Wange an.

»Ich bin Márta, die Schwester von Tamás«, sagte sie und drehte sich zu ihrer Begleiterin um. »Und das ist Beáta.«

Ich streckte auch ihr die Hand hin, aber sie ergriff sie nicht, sondern nickte nur.

»Bea reicht«, sagte sie mit einer unglaublich warmen, etwas rauen Stimme.

Beáta war gut einen Kopf größer als Márta, sie trug ein langes Kleid, das ihre schlanke Figur gut zur Geltung brachte. Ihre dunkelbraunen Haare waren etwas mehr als schulterlang, in der Mitte gescheitelt und glatt und bis auf ein paar widerspenstige Strähnen hinter die Ohren gekämmt. Wohin sie schaute, konnte ich nicht sagen: Ihre Sonnenbrille verwehrte den Blick auf ihre Augen.

»Ronald«, stellte ich mich vor.

»Ich weiß«, sagte Márta fröhlich. »Tamás hat mir schon von seinem neuen Mitbewohner erzählt.«

»Oh, danke für die Beförderung – aber ich bin nur der kleine Untermieter deines Bruders.«

Márta lachte schallend und ging an mir vorbei aufs Wohnzimmer zu, Bea hielt sich exakt einen Schritt hinter ihr, beachtete mich nicht weiter und setzte sich schließlich kerzengerade auf den Stuhl, der dem Eingang am nächsten stand.

Die Küchentür schwang auf, und mit einer ungeheuer intensiv nach Paprika und Knoblauch riechenden Dampfwolke schoss Tamás durch die Tür. Er flog geradezu auf seine Schwester zu, drückte sie und stemmte sie hoch und schwenkte sie mit in der Luft baumelnden Beinen im Halbkreis hin und her. Dann wandte er sich Bea zu, nahm ihre auf dem Tisch liegende Hand, hob sie ein wenig an und drückte ihr einen Kuss auf den Handrücken.

Ein leichtes Lächeln huschte über Beas Gesicht, ansonsten blieb sie unbewegt. Tamás zeigte auf den freien Stuhl neben ihr und nickte mir auffordernd zu, dann huschte er wieder in die Küche hinaus, gefolgt von seiner Schwester, und gleich danach kehrten die beiden zurück, brachten Schüsseln herbei, flitzten wieder hinaus und brachten weitere Schüsseln, bis sich der Tisch fast bog vor Salat, Fleisch und Beilagen.

Ich hatte im ersten Moment ein schlechtes Gewissen, dass ich die beiden so fleißig arbeiten ließ, ohne selbst mit Hand anzulegen, aber Tamás hatte mich zum Hinsetzen aufgefordert – und außerdem genoss ich es, neben dieser geheimnisvollen Frau zu sitzen. Während ich den Wein entkorkte und die vier Gläser füllte, beobachtete ich sie aus den Augenwinkeln – und ich war zunehmend beeindruckt. Volle Lippen, eine große Nase und große Augenbrauen, ein kräftiges Kinn und ein paar Fältchen um die Mundwinkel und links und rechts der Nase – eigentlich entsprach Beas Gesicht nicht den gängigen Schönheitsidealen, aber der ernsthafte Ausdruck und das markante Profil mischten sich auf eine Weise, die ich … doch: die ich sehr attraktiv fand.

»Herrlich!«, schwärmte Márta, wedelte sich über ihren gefüllten Teller etwas Luft zu und sog sie geräuschvoll durch die Nase ein. » Csirke Paprikás! Mein Gott, wie lange habe ich das schon nicht mehr gegessen!«

Meinen Teller hatte Tamás ebenfalls schon vollgepackt: ein Hühnerschlegel schwamm fast in einer orangefarbenen Soße, in der eine Menge Fettaugen und rote Tupfen, vermutlich von

Paprika, zu sehen waren. Umgeben war der Schlegel von kleinen Teigstückchen, die aussahen wie zerfallene oder zerfledderte Spätzle. Es roch wirklich ausgezeichnet, ich konnte Mártas Begeisterung nachvollziehen.

Nun füllte Tamás auch Bea den Teller, sie ließ es ruhig geschehen, bedankte sich, als er fertig war und sich setzte, mit einem Nicken in seine Richtung und griff nach dem Besteck. Für einen Moment schien es mir, als habe sie sich in zwei, drei schnellen Versuchen an die Gabel herangetastet, aber ich konnte mich auch täuschen. Jedenfalls sah sie die ganze Zeit geradeaus, als wisse sie ohnehin schon, wo Messer und Gabel lagen.

»Und was ist dieses Paprika … äh … nun?«, fragte ich und löste damit lautes Lachen aus. Auch Bea gönnte sich ein Grinsen. »Hähnchen mit …?«

»Hühnchen, nicht Hähnchen«, korrigierte mich Tamás. »Ich nehme für Csirke Paprikás ein möglichst altes Suppenhuhn.«

Ich sah daraufhin wohl etwas enttäuscht auf meinen Teller hinunter, denn er lachte gleich wieder.

»Keine Sorge, das Fleisch ist frisch. Ich meine ein Suppenhuhn, das vor dem Schlachten möglichst lange gelebt hat. Ältere Hühner schmecken intensiver, aber das kannst du nur Ungarn servieren – und Leuten, die wissen, worauf es beim Csirke Paprikás ankommt.«

»Also Leuten wie mir«, grinste ich und deutete auf die Teigflecken neben dem Schlegel. »Und das sind ungarische Spätzle, oder was?«

»So ähnlich. Tarhonya sind Nudeln, ähnlich wie eure Spätzle, aber mit einem Teig nur aus Eiern, Mehl und Salzwasser, der nach dem Kneten durch ein spezielles Sieb ins heiße Wasser gedrückt wird.«

»Jetzt hör schon auf«, mischte sich Márta ein. »Ich verhungere ja noch vor dem vollen Teller! Guten Appetit jetzt endlich mal!« Und damit schaufelte sie sich lachend den ersten Löffel voll.

Wir unterhielten uns prächtig, lachten viel und nach dem Kaffee begann Márta mit den Händen einen langsamen Rhythmus zu klatschen, summte eine kleine Melodie und darüber begann Bea die zweite Stimme zu singen. Tamás schloss die Augen, und auch mir ging Beas Gesang durch und durch.

Als das Lied zu Ende war, applaudierten Tamás und ich laut und anhaltend, und die beiden Frauen deuteten im Sitzen eine Verbeugung an. Irgendwann gegen halb eins gingen sie wieder, wir verabschiedeten uns alle, Márta gab mir wieder zwei Küsse auf die Wangen, und Bea drückte mir die Hand.

Erst als sie gegangen waren und wir die Küche aufräumten, erfuhr ich von Tamás ganz nebenbei, dass Bea seit ihrer Geburt blind war und dass sie und Márta nicht nur ein Paar waren, sondern seit einigen Jahren auch in einer Band zusammen spielten, die gerade erst einen neuen Proberaum in Hedelfingen bezogen hatte.

»Dahin nehm ich dich mal mit«, versprach Tamás.

— o —

Auf den Besuch im Proberaum der Blind Balkan Bitches, wie sich Mártas Band nannte, freute ich mich schon – umso mehr, da meine Tage jetzt recht einförmig verliefen. Ich wusste nicht recht, was ich mit mir anfangen sollte, ich hatte keine Termine und keine aktuellen Aufträge, also schaute ich recht oft am Eugensplatz vorbei.

Tina ging seit meinem Rauswurf jeden Tag in die Büchsenstraße, und wenn ich ihr folgte, ganz zufällig natürlich, konnte ich durchs Fenster hindurch gut erkennen, wie sie und einige andere diskutierten, wie sie sich Plakate zeigten mit den neuesten Entwürfen, wie sie Slogans ausheckten und verwarfen – die kleine Gruppe schien sich prächtig zu verstehen, und wenn ich draußen ganz zufällig vorbeischlenderte, musste ich nur darauf achten, dass Tina der Straße den Rücken zukehrte. Die anderen kannten mich nicht – bis auf Harro Speckler, der Leiter des

Cafés, der sich für die Treffen natürlich auch Zeit nahm und den ich manchmal kurz gesehen hatte, wenn ich Tina von ihrer Schicht abholte.

Gunda Späths Lammeintopf zeigte noch immer Wirkung, obwohl sich längst nichts mehr davon in meinem Körper befinden konnte. Ich war mehr denn je davon überzeugt, dass dies nicht am Zustand des Fleisches oder an einer herkömmlichen Zutat lag. Wann immer ich Tina sah, wann immer ich an sie dachte, fuhr es mir stechend in den Magen – da ich aber trotzdem wissen wollte, was sie unternahm, musste ich das wohl aushalten.

Tina und Speckler blieben meist länger im Café Büchse, und wenn die anderen schwatzend und lachend weggingen, konnte ich immer wieder ein paar Fetzen ihrer Unterhaltungen aufschnappen. Es war allerdings nicht viel, was ich auf diese Weise erfuhr: »Lenkungskreis« nannten sie ihre Gruppe, und es ging darum, Demonstrationen für den Fortbestand des Café Büchse zu organisieren.

Nach knapp einer Woche täglicher Treffen schien an einem Montag die erste Demo unmittelbar bevorzustehen. An den Wänden des Cafés lehnten Plakate aus dicker Pappe, die an lange Holzstangen geschraubt waren. Die Slogans konnte ich nicht lesen, aber ich hörte einige von ihnen, als Tina und die anderen zur Probe drinnen in einer Reihe zwischen den Tischreihen durchmarschierten und lautstark »Draußen bleiben!« und »Hände weg! Das Büchse bleibt!« skandierten.

Es klang erst zaghaft, dann recht schmissig, und am Ende stimmte auch der Rhythmus, aber an »Das Büchse« würde ich mich noch gewöhnen müssen. Als die Rufe verstummten und der »Lenkungskreis« die Plakate wieder an die Wand lehnte, machte ich mich schnell davon und eilte die Rolltreppe zur Unterführung hinunter, bevor mich Tina oder Speckler entdecken konnten.

— o —

Der Rest des Montags war vergangen wie im Flug, und weil ich nicht recht wusste, wohin mit mir, schlenderte ich in die Innenstadt hinunter und hielt auf die Klett-Passage zu. Vor dem SSB-Kundenzentrum traf ich Hannes, der aber keine Zeit für ein Schwätzchen hatte: Er war mit ein paar »Kollegen«, wie er die anderen Obdachlosen nannte, beim Neckartor verabredet, wo hinter den Büschen am Rand des Parks so etwas wie ein kleiner Tauschtag stattfinden sollte.

Ein jüngeres Pärchen, das beobachtet hatte, wie ich mit Hannes sprach und wie der direkt darauf eilig fortging, sah mir misstrauisch hinterher. Wahrscheinlich verdächtigten sie mich, den armen alten Mann mit seinem zerschlissenen Rucksack und seinen prall gefüllten Plastiktüten verjagt zu haben. Ich warf ihnen kurz einen genervten Blick zu, den sie natürlich auch falsch verstanden – dann trollten sie sich, tuschelnd und immer wieder vielsagend zu mir herübersehend.

In der Passage war viel los, aber ich traf nach Hannes niemanden mehr, den ich kannte. In der Schalterhalle war das übliche Getöse zu hören, und schließlich kehrte ich dem ganzen Gewimmel den Rücken, schaute noch ein wenig dem Treiben vor dem Nobelhotel gegenüber zu und wollte gerade nach Hause gehen, als einige Trillerpfeifen und vereinzelte Rufe von der Königstraße her meine Aufmerksamkeit erregten.

Ich sah auf die Uhr: Montags hatten zu diesem Zeitpunkt immer die Kundgebungen gegen den unterirdischen Bahnhof begonnen – aber das Projekt hatte sogar die Bürgerbefragung bestanden, also konnte der Radau kaum mehr das Bahnhofsprojekt zum Thema haben. Aus Langeweile schlenderte ich dem Lärm entgegen.

Am oberen Ende der Treppe und des Laufbands von der Klett-Passage zur Königstraße hinauf standen einige Männer und Frauen unterschiedlichen Alters. Sie hatten sich gelbe Warnwesten umgehängt, einige trillerten lautstark mit ihren Pfeifen, andere hielten Plakate hoch und skandierten ihre Parolen. Mittendrin war Tina, die so laut rief, wie sie nur konnte, den Mund weit aufgerissen und den Kopf schon leicht gerötet. Ich krümmte mich ein wenig, weil ich erneut Magenschmerzen bekam, und als ich wieder auftauchte, achtete ich darauf, dass zwischen mir und ihr genug Passanten waren, damit sie mich nicht sehen konnte. So beobachtete ich das Treiben eine Weile.

Es war ein trauriges Bild. Hier das kleine Häuflein der Engagierten, die für den Erhalt des Café Büchse demonstrierten, nur gut ein halbes Dutzend, und drum herum die achtlos vorübereilenden Menschen auf dem Weg zur Bahn oder zu einem der Ladengeschäfte. Ab und zu wurde Tina von jemandem angerempelt, und Harro Speckler wandte sich fluchend ab und rubbelte an seiner Jacke herum – ein Passant hatte ihm wohl mit seiner Roten Wurst Senf auf den Ärmel geschmiert.

Plötzlich stand eine junge Frau vor mir und hielt mir einen knallbunten selbstgebastelten Flyer hin, auf dem in riesigen Lettern geschrieben stand: »Investoren gesucht! Wer rettet das Café Büchse? Stuttgart, zeige dein soziales Gewissen!« und so weiter. Die Frau sah mich fast flehend an, offenbar war sie bisher noch keinen einzigen ihrer Zettel losgeworden, und aus den aufgesetzten Taschen ihrer Jacke lugten bündelweise weitere Flyer.

Ich nahm ihr den Flyer ab, zog noch ein Bündel aus ihrer Jacke, und bevor sie protestieren konnte, war ich damit schon im Gewimmel der Passanten untergetaucht. Sie kam mir nach, als sie aber sah, wie ich die Zettel verteilte und mich immer wieder geschickt einigen Eiligen in den Weg stellte, die nun eben notgedrungen stehen blieben und sich einen Zettel geben ließen, war sie zufrieden, strahlte mich dankbar an und machte sich auch selbst wieder an die Arbeit.

Sollte sie es Tina doch später erzählen – ein Unbekannter, der beim Verteilen half: Egal, wie genau sie ihn beschreiben konnte, Tina würde mich niemals hinter dieser Person vermuten. Und das Mädel hatte mir einfach leidgetan, zumal ich das Engagement von Tina und ihren Helfern ja eigentlich richtig fand.

Nach ein paar Minuten hatte ich alle Zettel verteilt und beobachtete die kleine Demo aus sicherer Deckung heraus weiter.

Zum Glück stand ich nun auf der gegenüberliegenden Seite, denn schon sah ich die junge Frau von vorhin auf Tina zugehen. Ganz aufgeregt erzählte sie ihr etwas, dann sahen die beiden angestrengt in die Richtung, in der ich vorhin die ersten Flyer verteilt hatte.

Nach einer halben Stunde war die Aktion vorüber, und meiner Einschätzung nach hatten sie nicht allzu viel Aufmerksamkeit für ihr Anliegen wecken können. Ein paar ältere Herrschaften, die Tina und die anderen aus einiger Entfernung zugesehen hatten, schienen etwas enttäuscht, dass nichts weiter geschah, und sie gingen auf Tina zu. Die drückte ihnen Flyer in die Hand, und die Herrschaften tappten in meine Richtung davon, während sie sich die Slogans auf den Zetteln laut vorlasen.

»Ach, a Café?«, hörte ich eine Dame mit blaugrauen Haaren sagen, als die kleine Gruppe an mir vorbeikam. »I han denkt, die wellat nommol an zwoita Bahhof baua!«

Als ich gerade gehen wollte, kam noch einmal Leben in die Demo. Drei jüngere Männer waren vom Bahnhofsvorplatz quer über die vielbefahrene mehrspurige Straße auf Tina und ihre Mitstreiter zugerannt, nun redeten sie auf die Demonstranten ein, steckten ihnen Visitenkarten zu, und einer hielt ein Megaphon hoch, das er in der linken Hand trug.

Tina schien ihn abwimmeln zu wollen, schüttelte heftig den Kopf und wich Schritt um Schritt zurück. Ich wollte ihr schon zu Hilfe eilen, da mischte sich ein großer, schlanker Mann mit langen Haaren, die er zum Pferdeschwanz gebunden hatte, ein und drängte sich zwischen Tina und den Megaphon-Typen. Er gab den beiden ebenfalls eine Visitenkarte, schien zu vermitteln, und eifersüchtig beobachtete ich, wie sich Tina dabei ein wenig hinter ihn drängte, als fühle sie sich in seiner Nähe sicher.

Schließlich trollten sich die drei Männer mit dem Megaphon, Tina verabschiedete sich von ihren Mitstreitern und ging, begleitet von ihrem neuen Bekannten mit dem Pferdeschwanz, davon. Ich überlegte mir noch kurz, ob ich den beiden folgen sollte, aber das kam mir dann doch zu albern vor, also spazierte ich die Königstraße entlang und landete schließlich in dem Irish Pub, in dem mir Tina zum ersten Mal ausführlich von den Problemen erzählt hatte, die dem Café Büchse bevorstanden.

Ein paar Gläser Guinness später machte mir der Wirt klar, dass ich jetzt besser wieder aufwachen und nach Hause gehen sollte.

— ○ —

Die nächsten Abende verbrachte ich viel in Kneipen und Bars, schlug die Zeit tot. Und da ich mich seit Tinas Rauswurf immer noch nicht um neue Immobilienaufträge bemüht hatte, lungerte ich tagsüber entweder in der Nähe des Eugensplatzes herum oder ich verschlief die Zeit, in der Tamás für seinen Konsul kochte, und kroch müde aus den Federn, wenn mein Vermieter den Nachmittagskaffee fertig hatte. Es war ein Elend mit mir. Wann immer ich an Tina dachte, wurde mir übel, und ich dachte oft an sie.

So verging die ganze Woche ohne besondere Vorkommnisse, wie es so schön heißt, und nur über den Donnerstagabend ärgerte ich mich wirklich. Da war ich ziellos durch die Innenstadt gestreunt, und als ich gegen zehn nach Hause kam, lag ein Zettel auf dem Tisch: »Schade, dass du nicht da warst, wollte dich zur Probe der Bitches mitnehmen.«

Kapitel 4 | *Tinas Bürgerbewegung*

Dann war wieder Montag. Der Tag der nächsten Café-Büchse-Demo.

Gegen halb sechs traf ich am unteren Ende der Königstraße ein und suchte mir ein Plätzchen vor einem der Schaufenster, von wo aus ich die zweite Montagsdemo voraussichtlich gut beobachten konnte. Harro Speckler stand am Abgang zur Klett-Passage und sah sich immer wieder um, und wann immer er jemanden aus dem Lenkungskreis in der Menge entdeckte, streckte er seine Arme aus und fuchtelte wie wild, um die Mitstreiter anzulocken.

Zehn vor sechs waren bis auf Tina alle Mitglieder der Gruppe eingetroffen, soweit ich mich an sie erinnern konnte. Schließlich kam auch Tina und der Anblick des großen, schlanken Typs an ihrer Seite versetzte mir einen Stich – zusätzlich zu dem Magendrücken, an das ich mich inzwischen fast schon gewöhnt hatte. Mit den beiden kamen auch die drei Männer mit dem Megaphon, die nach der ersten Demo kurz für Aufregung gesorgt hatten. Einer der drei zog an einer Metallstange etwas hinter sich her, das sich wenig später als mobiles Sprecherpodest entpuppte, an dem auf der einen Seite die Metallstange als Griff zum Ziehen oder Schieben angebracht war und einige Rollen auf der gegenüberliegenden Seite.

Ein anderer der drei Männer schwang sich auf das Podest und schaltete das Megaphon ein, das sofort ein fürchterliches Pfeifen von sich gab, bis er den Lautstärkeregler etwas korrigierte. Der zweite Mann trillerte mit einer überdimensionalen Pfeife, der dritte hatte sich eine Pauke umgehängt und schlug nun mit zwei großen Klöppeln kräftig auf sie ein. Schnell lichtete sich die Menge um das Podest, erste Passanten blieben neugierig stehen und bildeten einen Halbkreis.

»Draußen bleiben!«, rief der Mann in sein Megaphon, und immer wieder: »Draußen bleiben!« Er wippte etwas im Takt der Worte mit, drehte sich im Kreis und versuchte mit der linken Hand die Umstehenden zum Mitklatschen zu bewegen. Doch niemand rührte einen Finger, nur ein angetrunkener Passant zeigte ihm den Vogel, grölte herüber: »Des hoißt ›Oba bleiba!‹, du Schpacko!«, und torkelte weiter die Königstraße entlang.

Ich drängte ein wenig nach vorn, was ich, ohne entdeckt zu werden, riskieren konnte, weil Tina mit dem Rücken zu mir stand und Speckler völlig irritiert in die Runde starrte, weil er offenbar nicht ganz verstand, was da gerade um ihn herum losgetreten wurde.

»Draußen bleiben!«, rief der Mann mit dem Megaphon unverdrossen weiter, dann skandierte er: »Hände weg! Die Büchse bleibt!« Einige der Umstehenden sahen sich nun noch ratloser an als zuvor schon.

»Was für a Büchse?«, sagte eine ältere Frau vor mir, und ihre Freundin schüttelte nur missbilligend den Kopf: »Mir sen Tupperla liabr! Aber die jonge Leit hen halt koi Ahnung!«

Nun stand ich in der dritten Reihe und konnte die Männer auf und neben dem Podest besser sehen. Sie trugen knallgrüne Jacken, auf denen hinten der Firmenname »demomobil gmbh« prangte, darunter der Slogan: »Wir bringen Sie auf die Straße!« Dasselbe stand auch an der Seite des Podests, verbunden mit einer Stuttgarter Telefonnummer und einer passenden Internetadresse. Und Aufkleber auf Megaphon und Pauke schienen dieselbe Aufschrift zu tragen, waren aber zu klein bedruckt, als dass ich sie von meinem Platz aus hätte entziffern können.

Tina kletterte nun auf das Podest, ließ sich das Megaphon geben und sah sich kurz um, bevor sie losredete. Die Menge ahnte wohl, dass nun erklärt würde, was es mit dem Auflauf hier auf sich hatte, und es wurde etwas ruhiger um das Podest herum. Auf ein Zeichen von Tina hörten endlich auch der Trommler und der Trillerpfeifenmann mit ihrem Krawall auf.

Ein Stück die Königstraße hinauf kam Bewegung in die Menge, ein Mikrofongalgen ragte über die Leute hinaus, und bald wurde auch die tragbare Kamera sichtbar, die auf das Podest zupflügte, vorneweg eine schlanke Frau mit wuscheliger Lockenmähne, die ihren beiden Mitarbeitern immer wieder aufmunternd zuwinkte und sich ohne falsche Rücksichtnahme neben der Kamera in die erste Reihe drängte.

Tina sah ganz erschrocken auf die Kamera, die sie nun ins Visier genommen hatte, sie folgte dem Blick der wuschelmähnigen Fernsehfrau und sah den Mann mit dem Pferdeschwanz etwas abseits stehen, der die Fernsehfrau kurz mit einem Winken begrüßte und dann Tina ermunternd zunickte.

»Liebe Mitbürger«, begann sie, verschluckte sich aber und räusperte sich, was verstärkt durch das Megaphon ordentlich Lärm machte und weitere Schaulustige anlockte. »Liebe Stuttgarter, wir stehen heute hier, um … um für eine Einrichtung zu kämpfen, die uns allen sehr am Herzen liegt.«

Sie wirkte noch sehr nervös, aber tapfer hielt sie die ungewohnte Situation aus und kam allmählich auch in Schwung. Ich war mächtig stolz auf Tina, nur der Typ mit dem Pferdeschwanz verhagelte mir die Laune – weil er ebenfalls mit stolzem Blick Tinas Auftritt verfolgte.

Was denkt sich dieser Typ eigentlich?

»In der Büchsenstraße, nur ein paar Meter von den Ladengeschäften unserer Innenstadt entfernt, gibt es eine Wärmestube für Obdachlose: das Café Büchse, in dem Wohnungslose und andere, die an den Rand unserer reichen Gesellschaft gedrängt wurden, etwas Warmes zu trinken und Backwaren vom Vortag bekommen können. Wir …«, sie deutete auf einige der Männer und Frauen, die sich neben und hinter ihr aufgereiht hatten und ihre Plakate hochhielten, »wir alle arbeiten dort ehrenamtlich, und wir tun das gerne – weil es uns gutgeht, besser als den Wohnungslosen, und weil wir dafür auf diese Weise Dank sagen wollen.«

Einzelne »Bravo!«-Rufe wurden laut, zwei ältere Männer wandten sich ab und brummten etwas wie: »Die wellat bloß wieder Geld von ons!«, aber insgesamt wurde die Menschentraube um das Podest schnell größer. Manche klatschten, viele reckten die Köpfe, um Tina besser sehen zu können. Die Fernsehfrau tuschelte kurz mit ihrem Kameramann, dirigierte den Mikrofongalgen etwas nach vorn und nickte Tina zu, beide Daumen erhoben.

»Die Obdachlosen sind froh, dass es das Café Büchse gibt – und wir sind froh, dass wir dort helfen dürfen. Aber jetzt ist das Café bedroht: Das ganze Areal zwischen Büchsen- und Kienestraße, zwischen Schloß- und Heustraße soll abgerissen und neu überbaut werden. Das wäre das Ende des Café Büchse!«

»Ha, Mädle, no müssat dia Lompa halt wieder mol was schaffa, anschdatt sich von eich ommasonscht Kuacha brenga z' lassa!«

Der Zwischenruf stammte von einem älteren Mann, dessen grobporige Knollennase darauf hindeutete, dass er gerne mal Durst hatte. Er schwang seinen Gehstock über sich in der Luft und sah sich mit blödem Grinsen um, ob er wohl auch von allen Beifall bekäme. Doch stattdessen entstand um ihn herum ein kleiner Tumult, drei weißhaarige Damen gingen mit ihren Handtaschen auf ihn los und schlugen den Störenfried mit einigen Treffern am Oberkörper in die Flucht.

Tina stand sprachlos auf dem Podest und starrte dem Alten hinterher. Die Fernsehfrau bemerkte, dass ihre Augen feucht wurden, und sofort zupfte sie den Kameramann am Ärmel, der daraufhin schnell auf Tinas Gesicht zoomte.

Eine der drei weißhaarigen Damen drängte mit ihren Freundinnen im Schlepptau nach vorn und ließ sich von ihnen auf das Podest hinaufhieven. Sie schnappte sich das Megaphon, tätschelte Tina den Arm, dann rief sie: »Wellat ihr wirklich, dass mir en onsrer reicha Schtadt uff solche Deppa hörat wie den herzlosa Trampel von grad äba?«

Sie nahm das Megaphon herunter und blickte streng in die Runde. Keiner machte einen Mucks. Daraufhin hielt sie das Megaphon wieder vor den Mund.

»Mir älle sottat helfa, wenn's de Arme an dr Kraga goht! Mir älle – scho, weil's ons so guatgoht, ond dene andre mitta onder ons so schlecht! Ond deshalb sollat die Inveschdora ihre Fenger vom Café Büchse lassa! Die sollat draußa bleiba!«

Wieder senkte sie das Megaphon und hielt es Tina hin.

»So, Mädle«, raunte sie ihr zu, »ond jetzat schrei deine Schprüch, als wärsch dr Mick Dschägger, no hosch se en dr Dasch!«

Tina lächelte sie unter Tränen dankbar an, dann rief sie: »Draußen bleiben! Draußen bleiben!«

Die Ersten fielen in ihren Singsang ein, und die alte Dame klatschte im Takt mit.

»Hände weg! Das Büchse bleibt!«

Immer mehr erhoben ihre Stimme, immer mehr klatschten mit, der Trommler schlug wieder den Takt, und irgendwann gab der Mann mit der Trillerpfeife mit hochrotem Kopf auf, weil er sich trotz größter Mühe in dem allgemeinen Rufen und Klatschen und Trommeln kein Gehör mehr verschaffen konnte.

Der Kameramann hielt drauf, der Mikrofongalgen schwang mal hier- und mal dorthin, und die Fernsehfrau strahlte sehr zufrieden zu Tina hinauf.

— o —

Mit ihrer Demo hatte Tina den Vogel abgeschossen, und sie wurde dank des beachtlichen Medienechos praktisch über Nacht zum Gesicht und zur Stimme einer neuen Bürgerbewegung.

Den Startschuss gab das SWR-Fernsehen mit seiner Landesschau, für die noch während der Demo ein aktueller Beitrag zusammengeschnitten wurde, den die quirlige Reporterin, die ich auf der Königstraße gesehen hatte, kommentierte. Danach ging es weiter: Kurze Einblendungen in den Regionalnachrichten und etwas längere in den SWR-Radioprogrammen, und immer verabschiedete sich die Fernsehfrau mit einem fröhlichen »Für den SWR, live aus Stuttgart, Ihre Fanny Fürchtle«.

Am Tag darauf begannen auch die lokalen Zeitungen über die Demo zu berichten, Onlinemagazine stiegen ebenfalls auf das Thema ein, und nachdem in der örtlichen Presse das Leben des jüngst verstorbenen Alfons Blarer ausgebreitet, die Erben vorgestellt und für das große Grundstück, auf dem sich auch das Café Büchse befand, der Begriff »Blarer-Carré« geprägt worden war, fand sich das Thema bald auch in den überregionalen Medien wieder. *Stern* und *Focus* brachten eher neutrale Beiträge, der *Spiegel* geißelte die Gier der Immobilienmakler und die *taz* brachte die Vermarktung des Blarer-Carrés in Verbindung mit den vielen schwäbischen Hausbesitzern in Berlin. *Handelsblatt* und *Financial Times* dokumentierten die Entwicklung von Grundstückspreisen und Immobilienfonds, die *Zeit* rückte ein Dossier zum Thema »Milliarden erben in der Krise« ins Blatt, und die *Süddeutsche* machte sich im Streiflicht auf der ersten Seite über die seit dem Streit um den Tiefbahnhof so engagierten Stuttgarter lustig.

Der krönende Abschluss dieser Woche war die Fernsehsendung *Nachtcafé* mit dem beliebten SWR-Moderator Wieland Backes. Das Thema im Schloss Favorite lautete an diesem Freitag »Reich trifft arm – die Rendite selbstloser Hilfe«, und Tina saß mit in der Talkrunde und durfte von ihrer Demo erzählen, vom Café Büchse und von ihrem Wunsch, diese soziale Einrichtung trotz der hochtrabenden Pläne für das schicke Blarer-Carré zu erhalten. Als sie munter draufloserzählte, inzwischen schon erstaunlich gewandt im Rampenlicht, wurde am unteren Bildrand eingeblendet: »Tina Bertholdt, Fabrikantentochter und ehrenamtliche Obdachlosenbetreuerin«. Ich sah die Zeilen kaum, denn ich hatte nur Augen für Tina. Sie war hübscher als je zuvor, wie sie so vor Eifer glühte, und es riss mir fast ein Loch in die Brust, dass sie mich davongejagt hatte.

Am Samstag blieb ich lange liegen, danach sah ich den Stapel an Zeitungen und Zeitschriften durch, die ich mir seit Montag gekauft hatte, und schnitt alle Artikel aus, die sich mit Tina und ihrer Aktion befassten. Das dauerte mehr als eine Stunde, den gut gefüllten Ordner stellte ich ins Regal neben die DVDs, auf die ich Tinas Fernsehauftritte gebrannt hatte.

Gegen drei kam Tamás nach Hause, sah mich Trübsal blasend auf dem Sofa liegen und scheuchte mich in die Küche, wo er sich sofort daranmachte, allerlei Zutaten für eine deftige Gulaschsuppe vorzubereiten und mich von einer kleinen Handreichung zur nächsten zu treiben. Als ich kurz vor fünf meinen Teller zum dritten Mal geleert hatte und pappsatt auf meinem Stuhl nach hinten sank, grinste mich Tamás an.

Um fünf musste er wieder zur Arbeit, und wenn ich das Gekritzel auf seinem Wandkalender in der Küche richtig entziffert hatte, stand für seinen Chef heute hoher Besuch an, verbunden mit entsprechend viel Arbeit in der Küche. Und doch saß Tamás hier ganz entspannt vor mir und grinste, als habe er gerade jetzt alle Zeit der Welt.

»Na, du Heulsuse, geht's jetzt besser?«

»Wie man's nimmt. Jetzt habe ich Bauchschmerzen, hab zu viel von deinem Gulasch gegessen.«

Er verdrehte die Augen. »Das heißt Gulyás, du Teutone, merk dir das doch endlich mal!« Er sprach es etwa »Gujahsch« aus, und als ich mich ebenfalls daran versuchte, musste er lachen. »Immerhin: Jetzt ist es der Bauch, nicht mehr das Herz, richtig?«

Ich nickte.

Er trank sein Wasserglas leer und holte ein Schnapsglas und eine kleine, bauchige Flasche an den Tisch. »Davon einen, dann geht's dir auch im Bauch wieder besser.« Damit war er auch schon draußen. Ich hörte ihn die Schuhe anziehen, dann streckte er noch einmal den Kopf herein und hob den Zeigefinger: »Einen!«

Ich lachte, und fort war er.

Aus der bauchigen Flasche schenkte ich mir das Schnapsglas voll, es war ein kräftiger Kräuterlikör, der gar nicht mal übel schmeckte und tatsächlich schon nach ein paar Minuten begann, in meinem Magen für etwas mehr Ordnung zu sorgen. Ich schickte dem ersten Glas noch etwas Verstärkung hinterher, und mir wurde ganz warm im Bauch und gemütlich zumute. Ob das auch gegen meinen Liebeskummer half, der sich nun, als es der Verdauung wieder besserging, erneut zu regen begann?

Die Antwort lautete »Nein!« und wurde spät in der Nacht von Tamás gerufen, der entsetzt die komplett geleerte Flasche auf dem Tisch stehen und mich direkt daneben vornübergebeugt liegen sah. Er schleifte mich ins Gästezimmer hinüber, brummte etwas von »bazd meg!«, ließ mich rücklings aufs Bett plumpsen und angezogen dort liegen, und selbst im Hinausgehen schimpfte er noch: »Menj vissza anyádba!« – er übersetzte mir das später, aber ich lasse es hier lieber im Ungarischen stehen.

Ohnehin tat ihm die Schimpferei am nächsten Morgen leid, und mir tat es leid, dass ich seinen Lieblings-Kräuterlikör geleert hatte. Zum einen, weil Tamás sich beklagte, dass er nun wieder ewig suchen müsse, bis er irgendwo Nachschub gefunden habe – und zum anderen, weil der Likör zwar meinem Magen geholfen hatte, aber der Kopf nun einen schmerzhaften Preis dafür bezahlte.

— o —

Tamás hatte sich für den Abend von einem hohen Gast ein dickes Lob verdient und von seinem Chef einen freien Vormittag. Also hatte er am nächsten Morgen nach Kaffee, Rührei mit Speck und zwei Brötchen mit Zungenwurst, dick mit scharfem Senf bestrichen und mit sauren Gurken garniert, noch Zeit, mit mir über meine Probleme mit Tina zu reden. Erst ließ er mich erzählen, was mit der Zeit immer mehr in Gejammere ausartete, dann riss ihm irgendwann der Geduldsfaden.

»Du bist echt ein Waschlappen, weißt du das?«

»Danke, Tamás, sehr hilfreich.«

»Jetzt gehst du rüber zum Eugensplatz, klingelst Sturm, rennst hoch und nimmst deine Tina in den Arm.«

»Ach, die hat sich doch schon längst in diesen Typen verknallt, der immer mit ihr zu den Demos geht.«

»Quatsch, das bildest du dir nur ein!«

»Sie hat mich rausgeworfen, schon vergessen?«

»Ja, aber doch nur weil dieser Tee …« Ein Lächeln erhellte sein Gesicht. »Genau, das ist es: Frau Späth soll einen neuen Tee brauen, und dann kommt alles wieder in Ordnung.«

Ich schüttelte den Kopf. »Die darf nicht mehr. Ich hab sie letztens auf der Straße getroffen, die war fix und fertig. Ich weiß nicht wie, aber offenbar ist ihr dieser Greiff draufgekommen, er hat sie ins Gebet genommen. Es steht wohl irgendein Treffen oder eine Art Konferenz ins Haus, hier in Stuttgart, und da darf sie sich im Vorfeld nichts mehr zuschulden kommen lassen, wie sie meinte. Na ja, und jetzt traut sie sich nicht einmal mehr, am offenen Fenster ihre Zimmerpflanzen zu besprechen.«

»Die macht … was?«

»Zaubersprüche und so was gibt's für alles Mögliche. Und wenn ich sie richtig verstanden habe, sprechen Pfennigbäume auf andere Formeln an als Ficus Benjamini.«

»Hä?«

»Egal. Auf jeden Fall wird sie für mich nichts drehen, und sie wird mir auch Tina nicht wieder zurückbringen mit ihren Zaubertricks.«

»Schade, das wäre das Einfachste gewesen.«

»Ja.«

Tamás dachte nach, stocherte noch ein wenig auf seinem Teller herum, schob Brötchenkrümel und Eireste hin und her, dann fiel ihm etwas ein.

»Du hast doch vorhin gesagt, dass dieser Typ, dieser …«

»Ferdinand«, half ich ihm. »Ferdinand von Wentzinger.«

»Meinetwegen. Also: Dieser Ferdinand geht mit Tina zu den Demos.«

»Genau, und es sieht ganz so aus, als habe er Connections in die Fernsehbranche – jedenfalls kannte er diese Fanny Fürchtle, die Reporterin, die mit ihrem Bericht von der Montagsdemo die Bewegung so richtig ins Rollen brachte.«

»Sauber!« Tamás nickte anerkennend, hob aber gleich abwehrend die Hände, als ich ihn deswegen böse anfunkelte. »Der tut also etwas für Tina, hilft ihr und unterstützt sie.«

»Prima, Tamás. Reit nur noch ein bisschen drauf herum, vielen Dank!«

»Jetzt wart halt mal. Wenn der ihr hilft und wenn du glaubst, dass er deshalb bei ihr einen Stein im Brett hat … dann hilf du ihr doch auch! Vielleicht sogar noch ein bisschen mehr als dieser Ferdinand.«

»Aha? Und wie soll ich das bitteschön anstellen? Trag ich zwei Plakate statt einem und blase nebenbei noch die Trillerpfeife? Außerdem glaubst du ja wohl selbst nicht, dass Tina mich nach unserem Streit da überhaupt mitmachen lassen will.«

»Nein, so meine ich das auch gar nicht. Du hast doch eigene Talente, bring die ein und hilf ihr damit!«

»So? Und was soll das sein?«

»Na, warst du früher nicht einer dieser üblen Immobilienspekulanten? So ein richtiger Hai, der alles wegbeißt, was sich zwischen ihn und den großen Geldgewinn stellt?«

Ich zuckte mit den Schultern. »Ja, schon, aber das ist lange her.«

Eigentlich waren es nur zwei Jahre, und mit Immobilien hatte ich noch immer zu tun, wenn auch auf viel nettere (und weniger einträgliche) Art als früher. Aber irgendwie hatte ich mit der Vergangenheit gründlich abgeschlossen, schon Tina zuliebe – aber Tina …

»Sag mal«, fragte Tamás ungläubig, »heulst du jetzt eigentlich gleich los, oder was?«

»Ich?« Empört riss ich die Augen auf, schniefte kurz und schüttelte entrüstet den Kopf. »Blödsinn!« Ein paar Mal musste ich zwinkern, dann fühlten sich meine Augen wieder trockener an. »Und was meinst du jetzt mit dieser seltsamen Immobiliengeschichte?«, fragte ich ihn, um ihn von mir abzulenken.

»Was? Ach so: Dieses Blarer-Dingens …«

»Carré. Blarer-Carré.«

»Das ist doch eine Immobilie, und was für eine!«

»Ja, und?«

»Na, die hätte sich der alte Ronald doch ganz sicher nicht entgehen lassen.«

»Wenn er einen Auftraggeber gehabt hätte, also entweder den Eigentümer oder einen Investor.«

»Genau!« Tamás grinste über das ganze Gesicht, aber ich verstand kein Wort. »Ronald muss wieder ran!«

»Fängst du jetzt auch noch mit dieser Schnapsidee an, mit der auch Tina schon ankam? Dass ich so tun soll, als habe ich einen Investor an der Angel?«

»Hat dir Tina das auch schon vorgeschlagen? Na, ist doch super: Dann mach das doch einfach, und – schwupps! – seid ihr wieder zusammen, das Café Büchse ist gerettet und alles in bester Ordnung!«

Ich tippte mir langsam an die Schläfe und sah ihn tadelnd an.

»Wieso? Mach das doch einfach! Mensch, die Leute sind so gierig nach Kohle, die machen für Geld alles – und wenn du so tust, als könntest du mit dem dicken Scheck winken, springen die doch sofort drauf an, glaub mir!«

Das war ja nett gemeint, aber ich sollte so schnell wie möglich Tamás schonend beibringen, dass er von Gulaschsuppe deutlich mehr verstand als von der Immobilienbranche. Doch der war nicht mehr zu bremsen.

»Mensch, Ronald, du marschierst in deinem besten Anzug in die Bank rein, laberst die mit deinen alten Sprüchen bewusstlos und schon hast du das Projekt in der Tasche!«

»Tamás, hör mal«, begann ich, aber mein ungarischer Freund war ganz aus dem Häuschen.

»Dann spielst du den Eigentümern vor, dass du einen stinkreichen Typen an der Hand hast, der alle anderen locker überbieten kann, daraufhin lassen die ihre anderen Kaufinteressenten abblitzen und – zack! – bist du der letzte Investor, der übrig bleibt, und kannst mit dem ganzen Blarer-Dingens …«

»Carré!«

»Von mir aus auch Haché … machen, was du willst. Und natürlich bleibt das Café Büchse bestehen, Tina fällt dir heulend vor Rührung um den Hals und ihr …« Er unterbrach sich, tupfte ein paar Tränen aus den Augen und sah mich an, als würde nun er gleich losheulen.

»Tolle Idee«, sagte ich und tätschelte ihm den Arm, »genau so machen wir das.« Damit stand ich auf, schlug die Gästezimmertür hinter mir zu und ließ mich aufs Bett fallen, um endlich meine Ruhe vor dieser Schnapsidee zu haben.

Das Dumme war nur: In meinem Kopf begann es schon zu arbeiten … Was, wenn ich wirklich einen Auftrag für dieses Carré an Land ziehen konnte? Oder einen Investor?

Eine Stunde lang versuchte ich diese Gedanken wieder loszuwerden, dann setzte ich mich auf, nahm einen Block und einen Stift und begann zu schreiben: »Auftrag Blarer-Verkauf? Immobilienfonds?«

Kapitel 5 | *Ronald D. Wimmer kehrt zurück*

Für den nächsten Morgen hatte ich zum ersten Mal seit dem Rauswurf durch Tina den Wecker gestellt, und als Frühaufsteher Tamás gegen sechs durchs Wohnzimmer in die Küche schlurfte, traute er seinen Augen nicht, als er mich am Tisch über mein Laptop gebeugt sah. Eine Weile saß er mir stumm gegenüber, trank seinen Kaffee und schmierte sich ein Brot, aber dann hielt er es nicht mehr aus.

»Was machst du da eigentlich?«

»Was du mir geraten hast.«

»Echt?«

Ich nickte.

»Und was genau meinst du damit?«

»Na, du hast doch gestern gesagt, Ronald würde sich ein Sahneprojekt wie das Blarer-Carré nicht entgehen lassen, richtig?«

»Ja, und?«

»Tja, und jetzt bereite ich Ronalds Rückkehr vor.«

»Aha?«

Er schlürfte lautstark etwas Kaffee, biss von seinem Brot ab und lehnte sich genüsslich zurück, offensichtlich gespannt darauf, was ich ihm nun erzählen würde.

»Seit ich mit Tina zusammen bin …« Oder war, ging es mir kurz durch den Kopf, aber ich verdrängte den schmerzhaften Gedanken gleich wieder. »Also, seit etwa zwei Jahren bin ich wieder Roland Derendinger, habe Kontakt zu meiner Familie in Stuttgart-Uhlbach und kümmere mich zwar noch immer um die Renovierung und teilweise auch Verwertung von Immobilien, aber auf eine Art, für die ich keine Drecksau sein muss.«

»Das hast du schön gesagt«, grinste Tamás und prostete mir mit seinem Becher zu.

»Von Ronald D. Wimmer, dem erfolgreichen Widerling, sind mir nur ein paar tausend Euro auf dem Konto und mein Spitzname Ronald geblieben.«

»Und jetzt willst du ihn wieder aktivieren?«

»Genau, du hast es erfasst. Und damit das glaubwürdig wird, habe ich mir eine kleine Legende gestrickt, was Ronald D. Wimmer in den vergangenen zwei Jahren getrieben haben könnte. Und wo.«

Ich drehte das Laptop so, dass Tamás lesen konnte, was ich geschrieben hatte. Er las sich alles aufmerksam durch, leider langsamer, als ich gehofft hatte, und grinste mich dann breit an.

»Und?«

»Nicht schlecht, Ronald!«

»Würdest du mir das glauben?«

»Ich schon, aber auf mich zielt das Ganze ja wohl nicht ab, oder?«

»Stimmt.«

»Und jetzt geht es darum, dass wir die Geschichte noch ein bisschen glaubhafter machen.«

Ich sah auf die Uhr. Es war höchste Zeit für meinen ersten Termin, auch wenn mein Gesprächspartner noch nichts von unserem Treffen ahnte.

— o —

Hannes saß auf dem krummen Baum am Eckensee und ließ sich ein Käsebrot schmecken. Neben ihm auf dem Ast lag eine Tüte mit dem Werbeaufdruck einer Bäckerei in der Hospitalstraße, und aus seinem alten Rucksack lugten zwei Gurken hervor. Unter dem Baum schlenderten Spaziergänger hindurch, ab und zu pfiff Hannes einer jungen Frau hinterher, und manchmal zogen Eltern ihre Kinder weg, die stehen geblieben waren und zu dem munteren Vogel dort droben hinaufgeschaut hatten.

»Na, Hannes, dir scheint's heute ja prächtig zu gehen«, sagte ich und setzte mich neben ihn auf den Ast.

Hannes nickte und pfiff noch einmal kräftig, bis ihm die Blondine im kurzen Rock einen genervten Blick zuwarf und den Mittelfinger reckte.

»Die gefällt mir«, kicherte Hannes, »die hat Feuer, die Kleine.«

Ich deutete auf die Bäckertüte und die Gurken. »Läuft's gut im Moment?«

»Klar, super. Seit Peer bei deinem Vater arbeitet, haben wir anderen seine Anlaufstellen unter uns aufgeteilt. Ich hab die Bäckerei abbekommen, die gleich beim Café Büchse um die Ecke liegt. Nette Leute dort, und die halten mir sogar den Platz neben der Tür frei – die wollten mich erst wegscheuchen, bis Peer mitgegangen ist und ihnen erklärt hat, dass ich sein Nachfolger sei und er inzwischen einen festen Job habe.« Er lachte. »Na ja, und die Sache mit der Markthalle klappt halt auch jeden Samstag. Diesmal habe ich einem der Gemüsefritzen geholfen, der hat mir reichlich mitgegeben, die Gurken sind noch übrig.«

»Freut mich. Sag mal: Wo ist denn Kevin?«

»Bei deinem Vater.«

»Ach? Aber ihr wart doch diesen Monat schon in Uhlbach draußen – hilft Kevin jetzt mehrmals im Monat?«

»Dein Vater und dein Bruder haben wohl Probleme mit ihrem PC, und Kevin, dieser Computerfreak, richtet ihnen die Anlage heute neu ein.«

Dass Kevin, der schüchterne, stotternde Kollege aus der Clique von Hannes, Ahnung von Computern hatte, wusste ich – und das war auch der Grund, warum ich unbedingt mit ihm reden musste.

»Ist dein Rechner auch kaputt?«, fragte Hannes und nickte zu meinem Rucksack hin, in dem ich tatsächlich mein Laptop verstaut hatte.

»Ja«, log ich. »Ich fahr dann mal raus nach Uhlbach, mal sehen, was Kevin für mich tun kann.«

»Mach das, und jetzt weg hier, du verscheuchst mir die Mädels!« Er lachte, gab mir einen Klaps, biss in sein Käsebrot und sah sich wieder nach jungen Frauen um.

— o —

Meine Mutter ging gerade am Fenster vorbei, als ich meinen alten Kombi vor dem Wohnhaus ausrollen ließ. Sie winkte mir kurz zu, und bis ich aus dem Wagen gestiegen war, stand sie auch schon in der Haustür und wischte sich die Hände an der Schürze trocken.

»Ja, Roland, schee, dass de kommsch. Vom Middag sen no Schbätzla übrig, ond a Soß ond an Kartoffelsalat kannsch au no kriaga!«

»Ich will eigentlich mit Kevin reden. Ist er da?«

»Ja, der schraubt em Büro am Computer rom, aber nochher kommt er no ruff zu ons ond isst an Kuacha mit. Komm, Bua, i mach dir dia Schbätzla warm, gell?«

Ich ließ mich gerne überreden, und als ich gerade den dritten Teller Spätzle mit Soß vertilgt hatte und nun mit dem Löffel die Reste vom Porzellan schabte, kam Kevin herein, mit Staubflusen in den verstrubbelten Haaren und die Finger schwarz vor Dreck.

»Was hast du denn angestellt?«, fragte ich ihn. »Ich dachte, du bringst hier den Computer in Ordnung. Hat mir jedenfalls Hannes vorhin erzählt.«

»Ja, m-m-mach ich auch, ver-versuch ich, aber sch-schau selbst.« Er hielt mir die Hände hin. »M-m-mit all d-dem Sch-schtaub und Dr-Drrreck im Ge-Gehäuse. Pfff!«

»Ah, Herr Kevin«, flötete meine Mutter, die ihn gehört hatte und jetzt mit einem randvollen Kuchenteller hereinflitzte. »Waschat Se sich doch kurz drüba em Gäschteklo die Händ, ond no gibt's Kuacha!«

Kevin strahlte, als er den Teller sah, war in Rekordzeit wieder mit sauberen Händen zurück und fiel sofort über die je zwei Stück Käsekuchen und Donauwellen her.

Meine Mutter sah zwischen ihrem mit Spätzle vollgestopften Sohn und dem Kuchen mampfenden Gast hin und her. »Schee«, sagte sie und strahlte.

»Schmeckt's?«, kam es brummend von der Tür her.

Mein Vater tappte herein, setzte sich zu uns, griff sich eine Kuchengabel aus dem kleinen Bastkörbchen in der Tischmitte und wartete, bis ihm Mutter ebenfalls einen Kuchenteller hingestellt hatte.

»Ond?«, fragte er Kevin schließlich, als er sich die Backen ordentlich mit Käsekuchen vollgestopft hatte. »Goht des Glomp jetzt wieder?«

»Kl-kl-klar g-g-geht das. Ich hhhhab zw-wei Hände voll Sch-schtaub r-rausge-geholt. Zw-wei!«

»Ja, scho recht, Bua. Ond no isch jo guat, wenn jetzat ällas wieder draußa isch, gell?«

Kevin verdrehte genervt die Augen, aber als er mein Zwinkern bemerkte, musste er dann doch grinsen. Mein Vater war kein schlechter Kerl, aber Computer existierten eindeutig außerhalb seiner Welt. Für Käsekuchen und Donauwellen galt das nicht, und als er seinen Teller leer hatte, kam Mutter schon mit Nachschlag.

Schließlich trollte sich mein Vater, ließ mir im Vorübergehen noch seine Pranke auf die Schulter fallen, woraufhin sich Kevin lieber zur Seite duckte, und Vater ging lachend nach draußen. Meine Mutter hantierte in der Küche, und ich nutzte die Gelegenheit, unter vier Augen mit Kevin zu reden.

»Hast du denn heute und morgen Zeit, auch mir ein bisschen zu helfen?«

Kevin zuckte mit den Schultern. »Ist d-dein Rrrechner auch vvvöllig ver-verstaubt?«

»Nein«, sagte ich, »eher nicht. Aber trotzdem könnte ich deine Hilfe gut gebrauchen.«

»Und wwworum ge-geht's d-d-dann?«

»Ich … Also, ich …«

Tina kam mir in den Sinn, begleitet vom üblichen Magenstechen – meinen Eltern hatte ich noch gar nicht erzählt, dass sie mich aus der Wohnung geworfen hatte, und auch Kevin und die anderen »Kollegen« von Hannes hatten immer einen guten Draht zu ihr gehabt und wussten ebenfalls noch nicht Bescheid.

»Jjjetzt sssag schschon. Rrrreicht ja, w-w-wenn ich hhhier rrrrumsto-stottere.«

In der Küche hörte ich, dass das Spülwasser ablief. Mutter konnte jeden Moment wieder hereinkommen.

»Gehen wir raus?«, fragte ich Kevin.

Der nickte nur, schnappte sich noch ein letztes Stück Käsekuchen und folgte mir in den Hof hinaus und zu einem der Schuppen hinüber. Hier draußen war niemand sonst zu sehen, hinter dem Haus war ein Traktor zu hören, der gerade wegfuhr.

»Die Sache ist etwas heikel«, begann ich. »Und du darfst nichts meinen Eltern erzählen – und auch Tina nicht, ja?«

Kevin sah mich fragend an, aber dann zuckte er mit den Schultern.

»Gut. Also ... Du hast doch dieses Theater um das Café Büchse mitbekommen, oder?«

»K-k-klar, wwwer nicht?«

»Okay, und um das Café geht es auch. Tina organisiert diese Demos und hat ja auch schon viel Aufmerksamkeit auf das Thema gelenkt, und ich würde gerne auf eine etwas andere Art versuchen, dem Café Büchse zu helfen. Und dazu bräuchte ich dich – als Computerkäpsele.«

Kevin grinste.

»Ich bräuchte ein paar Homepages, die du mir basteln solltest.«

Nun sah er ein wenig enttäuscht aus. Internetseiten waren wohl nicht die hohe Schule für PC-Cracks.

»Jetzt wart mal ab, Kevin! Es geht da nicht um irgendwelche banalen Seiten. Du erinnerst dich doch noch, dass ich früher als Immobilienverwerter aktiv war und mich damals Ronald D. Wimmer genannt habe?«

»Na-na-natürlich, hhhältst d-d-du mmmich für bl-blöd?«

»Dieser Ronald wird jetzt wieder aktiv.«

»Ach?«

»Ich stell mir Folgendes vor: Wimmer, dieser Saukerl …« Ich machte eine kurze Pause, und Kevin zwinkerte mir auch prompt verschmitzt zu. »Wimmer war gut zwei Jahre lang im Ausland, erst in London, da war ich früher wirklich schon mal, dann in Katar, Dubai und so, hat dort Kontakte geknüpft und eine kleine, aber sehr exquisite Firma aufgezogen, mit der er weltweit sauteure Immobilienprojekte realisiert.«

»I-ich hhhab aber k-k-keine Ahnung vvvon Immo-mo-bi-bilien.«

»Das macht nichts, dein Part ist ein anderer. Diese Firma hat natürlich eine Homepage, und diese Homepage sollst du bauen und ins Netz stellen. So richtig mit Referenzen, schönen Bildern, Firmeninfos – und die Internetadresse muss einmal auf .com, einmal auf .co.uk und dann noch auf das Länderkürzel von Dubai oder Katar enden.«

»D-das ist ›ae‹.«

»Schön, also ›.ae‹ – und wir sollten einen international klingenden Firmennamen finden, der für alle drei Länderendungen noch frei ist.«

»Hast d-du schon ein p-paar Ideen?« Kevin war nun doch interessiert, und mir fiel auf, dass er weniger stotterte, wenn es um das Themengebiet ging, in dem er sich auskannte.

Ich zog einen Zettel aus der Tasche, auf den ich einige mögliche Firmennamen notiert hatte.

»Okay, check ich für d-dich. B-bis wann brauchst d-du's?«

»Je früher, desto besser. Aber das ist noch nicht alles. Ich will ja auch eine Mailadresse auf der Homepage haben, eine Firmenanschrift und eine Telefonnummer.«

»Und wwwelche?«

»Inzwischen gibt es überall auf der Welt diese Businesszentralen, wo man sich einmieten kann, mit Sekretärinnenservice und allem Drum und Dran – in London kenn ich so einen Laden, aber für Dubai müsstest du mir bitte so etwas recherchieren.«

»M-mach ich. Aber …«

»Was aber? Brauchst du einen Rechner? Ich kann dir einen bereitstellen. Ach so, und du hast ja keine Bleibe – möchtest du, dass ich dir einen Büroraum zur Verfügung stelle? Wäre kein Problem.«

»Nnein, d-das mmach ich llieber vom Internnetcafé aus, es g-gibt d-da einen T-typen in C-cannstatt, d-dem rrichte ich ab und zzu d-die Rrechner, d-da kann ich grratis ssurfen, sso llange ich wwill.«

»Gut. Aber irgendetwas ist doch noch mit dir, oder?«

»B-bisher sssind d-das aber d-doch nnnur einfache Hhomepages. Und d-du sssagtest vvvorhin ...«

Sah ganz so aus, als habe Kevin angebissen. Ich gönnte mir ein leichtes Lächeln.

»Stimmt, das hab ich gesagt. Und das hab ich auch so gemeint.« Ich setzte mein breitestes Grinsen auf, aber hinter der zuversichtlichen Fassade hatte ich ein bisschen Bammel, ob Kevin nun womöglich doch noch kneifen würde. »Du sollst natürlich nicht nur recherchieren, wo in Dubai es eine Businesszentrale gibt, sondern ...« Ich sah mich theatralisch nach allen Seiten um und winkte Kevin noch ein kleines Stück näher an mich heran. »Du sollst auch hier in Stuttgart ein paar Sachen für mich herausfinden – und ein paar Sachen über mich und meine angebliche Firma streuen.«

»Ich ssoll ffür dich Sseiten hacken?«

Kevin machte große Augen, aber weil er gerade fast nicht mehr gestottert hatte, war ich mir ziemlich sicher, dass er schon fest am Haken hing.

»Genau. So etwas kannst du doch, oder?«

Er schaute mich entrüstet an.

»Okay, okay, Kevin, ich glaub's dir ja. Zunächst einmal müsste ich wissen, von wem die Familie von Alfons Blarer ihr geerbtes Grundstück vermarkten lässt, ob es schon einen Investor gibt, ob Pläne für die neue Überbauung existieren, ob vielleicht sogar ein Immobilienfonds aufgelegt wurde und so weiter. Ist das machbar?«

»Klar, geht probllemlos.« Kevin nickte beflissen und es war ihm anzusehen, wie er schon überlegte, wo er diese Infos beschaffen konnte. »Und wwo ssoll ich Infos streuen?«

»Das überlegen wir uns, sobald du herausgefunden hast, wie weit das Projekt Blarer-Carré schon gediehen ist und wer da mit am Rad dreht.«

»G-gut, sso mmachen wwir das.« Er wurde nachdenklich, und ich bekam wieder Angst, er würde doch noch Skrupel bekommen. Aber etwas anderes trieb ihn um. »D-d-du hhhast ge-gesagt, d-da-dass ich auch T-tina nnix ssagen ssoll. Aber wwenn ich d-dich anrrrufe und sssie ge-geht ans T-telefon … wwwas mmach ich d-dann?«

Oh, Mist, stimmt ja: Er würde mich anrufen, und dann würde er wissen, dass ich und Tina nicht mehr zusammenwohnten. Und dann würde er womöglich abwägen müssen, ob er eher ihr oder eher mir helfen sollte. »Schick mir die Infos am besten per Mail.« Ich gab ihm eine Visitenkarte, auf der meine geschäftliche Mailadresse stand.

»D-das ist g-gut«, sagte er und schien sehr erleichtert. »Und d-die ch-checkt ssie nnicht?«

»Nein, da schau nur ich rein.«

Er steckte die Visitenkarte ein und sah mich einen Moment lang ganz komisch an. »T-t-trotzd-dem … sso g-ganz hab ich noch nicht versta-standen, wwarum T-tina d-davon nichts wissen ssoll.«

»Das erklär ich dir ein andermal, okay? Behalt einfach für dich, was wir beide besprochen haben. Mail mir die Info, und vielleicht schaffen wir es auf diese Weise, das Café Büchse zu retten. Das wär doch klasse, oder?«

Kevin nickte, und ich ging zu meiner Mutter hinauf, um mich von ihr zu verabschieden. Meinen neuen Computerexperten wollte ich gleich mitnehmen und ihn auf dem Weg zurück in die Stadt vor diesem Cannstatter Internetcafé absetzen.

— o —

Kevin war schnell, und er war gut. Noch am Abend mailte er mir, welche drei Domainnamen noch für die gewünschten Länderendungen frei waren, und schließlich entschied ich mich für www.wimmerpartners.com, www.wimmerpartners.co.uk und www.wimmerpartners.ae – dass die Adresse auch als www.wimmerpartners.de noch nicht vergeben war, deutete darauf hin, dass ich auch mit dem Firmennamen in Deutschland keine Schwierigkeiten zu befürchten hatte. Wobei … gemessen an dem, was ich vorhatte, wäre das mein kleinstes Problem.

Tamás war am nächsten Nachmittag etwas früher zur Arbeit gegangen und ich hatte die Wohnung für mich. Das war gut für ein paar Telefonate, mein »Büro« bestand seit dem Rauswurf durch Tina ohnehin nur noch aus meinem Laptop und meinem Handy, und die waren ja nicht an einen bestimmten Ort gebunden. Aber nun brauchte ich eine hinreichend repräsentative Niederlassung in der Stadt – zumindest in ein, zwei Wochen, denn fürs Erste reichte mir eine gut klingende Hoteladresse, schließlich hatte ich ja meine fiktiven Firmensitze in London und Dubai.

Im Hotel Graf Zeppelin, das ich für meine Besprechungen und für die Unterbringung auswärtiger Geschäftspartner immer bevorzugt hatte, kannte man mich noch. Ich kündigte meine Ankunft für die kommende Woche an und bat darum, eventuell schon vorher eingehende Post an mich zur Abholung durch Mitarbeiter aufzubewahren – kein Problem für einen langjährigen Stammkunden, der sich endlich wieder einmal in der Stadt blicken ließ.

Über eine Internetdruckerei brachte ich die gängigen Geschäftsunterlagen, Visitenkarten, Briefpapier und ein paar erste Informationsbroschüren auf den Weg, als Lieferadresse gab ich Tamás' Wohnung an, die Drucksachen sollten laut Onlineshop schon übermorgen eintreffen. Danach mailte Kevin mir die

Kontaktdaten zweier Businesscenter in Dubai, und eine Stunde später hatten Wimmer Partners einen Firmensitz an der Themse und einen am Persischen Golf.

Zufrieden mit der heutigen Ausbeute machte ich mir ein Fläschchen Bordeaux auf und bestellte, bevor ich den Laptop ausschaltete, noch zwei Magnumflaschen des ungarischen Kräuterlikörs, den ich Tamás weggetrunken hatte.

Grinsend und angetrunken trug ich schließlich die leere Weinflasche in die Küche und ging dann zu Bett. Ich schlief ein mit einem Lächeln im Gesicht, und durch meine Träume geisterten Hochhausbauten und Investoren in Maßanzügen.

Ronald D. Wimmer war back in town.

Und es fühlte sich gut an.

— o —

Da ich noch auf meine Drucksachen warten musste, beschloss ich tags darauf, mich ein wenig in der Stadt umzusehen. Vielleicht konnte ich nebenbei sogar ein, zwei weitere Aufträge an Land ziehen, um mein berufliches Engagement in Stuttgart noch etwas glaubwürdiger wirken zu lassen.

In der Wera-, in der Olga- und in der Uhlandstraße machte ich mit dem Handy ein paar Fotos, in der Urbanstraße sah ich die Bilder noch einmal durch und stolperte beinahe über ein Paar Beine, das vor mir auf dem Gehweg lag. Ich konnte gerade noch stoppen, doch der Typ, zu dem die Beine gehörten, schien keinerlei Notiz von mir zu nehmen. Er lehnte mit dem Rücken an einer Hauswand, neben sich den Durchgang zum Innenhof eines Szenelokals mit dem witzigen Namen »Academie der Schönsten Künste«, und auf seinem Schoß lag ein DIN-A5-Notizblock mit karierten Blättern. In der rechten Hand hielt er einen Bleistiftstummel, die linke umklammerte den Notizblock, und der Typ starrte … ja: Eigentlich starrte er genau zu mir herauf, aber er schien mich trotzdem nicht wahrzunehmen.

Ich winkte kurz mit der Hand, aber er reagierte nicht. Schließlich stieß ich ihn leicht mit dem Schuh an, ein-, zweimal, dann veränderte sich sein Gesichtsausdruck von verklärt zu verwirrt, er sah sich um, blinzelte ein paar Mal und schien mich endlich zu bemerken.

»Ja? Was ist denn?« Er klang ein wenig ungehalten, dabei wäre ich hier fast über seine Latschen gestolpert.

»Sie liegen hier im Weg, wissen Sie das?«

Er sah zu seinen Beinen hinunter, dann wieder zu mir herauf, alles recht langsam, als sei er etwas benommen.

»Ja, weiß ich. Und?«

»Ich wäre gerade beinahe über Ihre Beine gestolpert.«

»Beinahe? Da haben Sie ja Glück gehabt. Sie sollten besser achtgeben, wenn Sie in der Stadt unterwegs sind.« Damit nickte er mir zu und sah auf seinen Notizblock hinunter. Oben rechts war das heutige Datum hingekritzelt, sonst war das Blatt leer.

»Äh … wollen Sie die Beine nicht etwas zur Seite nehmen?«

»Wer? Ich?« Er sah mich an, als habe ich etwas völlig Unsinniges von ihm verlangt.

»Ja, schon, sonst stolpert der Nächste, der hier vorbeikommt, auch über Ihre Beine.«

»Wieso ›auch‹? Ich dachte, Sie seien nur fast gestolpert?«

Der Typ nervte, vermutlich hatte er einen an der Klatsche, und ich bereute es schon, nicht einfach wortlos an ihm vorbeigegangen zu sein.

»Das Wort ist eine mächtige Sache, wissen Sie? Da sollte man schon achtgeben, was man sagt und schreibt. Sehr sogar!«

»Meinetwegen«, brummte ich. »Und was machen Sie hier?«

»Ich sitze und strecke meine Beine aus.« Er ließ eine kurze Pause, dann kicherte er. »Aber das haben Sie ja schon bemerkt … Nein, im Ernst: Ich sitze hier und schreibe. Ich bin nämlich …«, er zog einen kleinen Rucksack hinter sich hervor, der zwischen ihm und der Hauswand stand, und hielt einen beigefarbenen Wollschal hoch, »… Schriftsteller.«

»Ach?«

Das mit dem Schal verstand ich nicht, und er sah es mir wohl an. Er grinste, legte Stift und Block beiseite, zog den Schal vollends aus dem Rucksack, schlang ihn sich um den Hals und schwang nun das längere Ende in einer halbwegs grazilen Bewegung so, dass es nach kurzem Flug auf seinem Rücken zu liegen kam.

»Sehen Sie? So habe ich das immer bei meinen Lesungen gemacht. Très … très … ach, scheiße, mir ist das Wort entfallen! Gibt's denn so was?« Er sank ein wenig in sich zusammen und legte den Kopf in den Nacken. »Très … très … zefix, wie hieß das nochmal?«

»Und was schreiben Sie so? Als Schriftsteller, meine ich?«

Er sah mich an, ein trauriger Zug huschte über sein Gesicht, dann nahm er den Block zur Hand und zeigte mir die erste Seite.

»Da steht nur das Datum von heute«, sagte ich.

»Eben.«

»Ist das nicht etwas wenig? Ich meine, wenn Sie Schriftsteller sind …«

Er zuckte mit den Schultern, dann bebten die Nasenflügel und plötzlich schimmerten seine Augen feucht.

»Oh«, sagte ich schnell, »das tut mir leid, ich wollte Sie nicht … Aber das wird sicher gleich besser. Ich geh mal weiter und lasse Sie in Ruhe, dann fällt Ihnen auch gleich wieder etwas Gutes ein, ja? Also …« Ich wandte mich zum Gehen, der Typ wurde inzwischen von stummen Weinkrämpfen geschüttelt, und eine Frau mit Einkaufstüten sah mich im Vorübereilen streng an, weil sie mich wohl für den Grund seiner Traurigkeit hielt. Was ja irgendwie auch stimmte … Ich schaute mich nach allen Seiten um, aber niemand schien sich für uns zu interessieren, und auch die Frau mit den Tüten ging flott weiter und verschwand ein Stück die Straße hinauf in einem Wohnhaus.

Ein tätschelndes Geräusch lenkte meine Aufmerksamkeit wieder auf den Typen vor mir: Er klatschte mit der flachen Hand auf den Gehweg neben sich, und es sah ganz so aus, als wolle er mich einladen, mich neben ihn zu setzen. Ich hatte ohnehin gerade keine Eile und nichts Besonderes vor, also tat ich ihm den Gefallen. Der Gehweg war recht warm, und vom steinernen Sockel des Gebäudes abgesehen, der ein bisschen im Rücken drückte, war der Sitzplatz sogar einigermaßen gemütlich.

»Geht's wieder?«, fragte ich nach einer Weile, als der Typ sich wieder halbwegs beruhigt hatte.

»Muss ja, muss«, schniefte er, holte ein Stofftaschentuch mit Monogramm hervor und schnäuzte sich geräuschvoll. Anschließend hielt er mir das Ding hin.

»Da schau mal«, sagte er und deutete auf das Eck mit dem Monogramm.

Ich versuchte, mich an der schmierigen Füllung vorbei auf die kunstvoll eingestickten Buchstaben zu konzentrieren: »J. S.« stand da.

»Ja, schön, danke, ich hab's gesehen. Und wofür stehen die Buchstaben?«

»Für mich!«, rief er aus, grinste dabei und breitete theatralisch seine Arme aus.

Ich zuckte etwas zurück, um nicht von dem Taschentuch getroffen zu werden.

Danach nahm er die Arme wieder herunter, knüllte das Tuch zusammen und steckte es weg. »Gestatten«, sagte er und hielt mir die rechte Hand hin. »Jobst Seiler, Schriftsteller.« Seine Hand war noch etwas feucht. »Darfst Jobst zu mir sagen.«

»Angenehm, Ronald.«

»Ha! Ronald? Ich hatte mal einen Ronald, in einem meiner Romane. Cooler Typ, teure Stiefel, Maßanzug … all so was, war ein richtiges Arschloch.«

Ich verzog das Gesicht.

»Heh«, machte er gleich und legte mir besänftigend die Hand auf den Arm. »Ist nur eine fiktive Figur, nur ein Roman, alles erfunden, verstehst du?«

»Ja, ja, schon klar. Wie hieß der Roman denn?«

»Ach, egal – was soll ich hier prahlen, wenn ich mit meinem Kumpel zusammensitze!« Er sah mich prüfend an, kniff die Augen zusammen. »Wir … wir sind doch Kumpel, oder?«

»Ja, meinetwegen.«

»Und was machst du so? Beruflich, meine ich?«

»Immobilien.«

»Ha! Super! Immobilien! Da hatte ich auch mal einen im Buch, einen … ach, jetzt komm ich nicht drauf … aber egal! Lass uns von dir reden. Wie läuft's denn so?«

»Ich bin zufrieden«, schwindelte ich.

Diesem Knallkopf konnte ich ja genauso gut auch die ganze Wahrheit erzählen, wem sollte er es schon verraten – womöglich würde er ohnehin gleich wieder alles vergessen. Andererseits fand ich die Gelegenheit günstig, meine kleine Ronald-Wimmer-Legende auszuprobieren.

»War eine Zeitlang nicht in der Stadt, habe in London und am Golf Geschäfte gemacht, und jetzt bin ich wieder hier und will mal schauen, was alles so geht.«

»Ah, London, Golf … Golf? Welchen Golf meinst du?«

»Persischer Golf, Dubai und so.«

»Na, klar, Dubai und so!« Er klatschte sich mit der Hand gegen die Stirn. »Natürlich! Immobilien, hast du ja gesagt. Dubai, klar!«

»Ja, genau, Dubai. Wir suchen gerade Geschäftsräume hier in der Stadt, wahrscheinlich muss fürs Erste mal das Zeppelin reichen.«

Ich klang schon wieder ganz wie damals, als ich mit Maßanzug und Cowboystiefeln durch die Stadt preschte und die letzten Mieter aus Abbruchhäusern ekelte. Ein Grinsen schlich sich in mein Gesicht, es fühlte sich an, als müsse gleich J. R. Ewings meckerndes Lachen folgen.

Doch stattdessen war Jobsts dünnes Kichern zu hören. »Weißt du, an wen du mich im Moment erinnerst?«

Ich hatte keine Lust zu raten.

»An diesen … diesen … wart, nicht vorsagen, ich hab's gleich … diesen Ölfritzen, diesen … ach …«

»J. R. Ewing vielleicht?«

»Genau! He, du bist gut, vielen Dank!« Er nickte ein paar Mal, kritzelte die Worte »Immobilien« und »Hotel Graf Zeppelin« auf den Block, blickte sinnierend zum Himmel hinauf, dann schien ihm etwas einzufallen und er sah mich an. »Ist das okay für dich, wenn ich unser Gespräch als … äh … na, sag schon … äh … Inspiration nehme?«

»Klar, mach nur, kein Problem. Willst du das für deinen nächsten Roman verwenden?«

»Wenn ich darf?«

»Bitteschön, geschenkt. Wovon handelt er denn?«

»Hm?«

»Na, dein Roman: Worum geht's da?«

Er schluckte, öffnete den Mund, schloss ihn wieder, setzte noch einmal an, dann ließ er sich gegen die Wand sinken und stierte mit traurigem Blick auf den fast leeren Block.

»Oh«, machte ich, »das ist dir noch nicht eingefallen, stimmt's?«

Er zuckte die Schultern, schniefte, dann nickte er langsam.

»Das wird schon noch, Jobst, das wird schon.«

»Eben nicht.«

»Ach was, jetzt lass den Kopf nicht hängen. Du musst dich konzentrieren, dann kommt die Idee, du wirst sehen.«

»Konzentrieren? Wie stellst du dir das vor? Es geht um Kunst, da kann man sich nicht einfach irgendetwas herbeizwingen.«

»Na, dann lass eben locker und warte, bis dich was inspiriert. Und dann schreibst du es auf, liest abends deine Skizzen durch und … keine Ahnung, wie man das so macht als Schriftsteller.«

»Ich brauch den … äh … wie sagt man? Den … den Flow, ja, das ist es: Ich brauch den Flow!«

»Und wie kriegt man den?«

»Hab ich vergessen.«

»Oh«, machte ich und blieb eine Zeitlang stumm neben ihm sitzen.

»Wie hast du's denn früher gemacht?«

»Keine Ahnung«, murmelte er. »Das ist es ja: Ich hab's vergessen – oder noch schlimmer …«

»Was wäre denn noch schlimmer?«

»Wenn ich's nie gewusst hätte, und alles nur so zufällig aus mir rausgeblubbert wäre. Stell dir das mal vor: Du hast Erfolg, verlegst dich ganz aufs Schreiben – und dann merkst du, dass du deinen neuen Job eigentlich nie richtig beherrscht hast!« Er raufte sich die Haare. »Ein Albtraum!«

Da hatte er wohl recht.

»Hattest du denn Erfolg?«, fragte ich, um ihn vielleicht durch die Erinnerung an bessere Zeiten ein wenig aufzumuntern.

»Ich? Erfolg? Und ob!« Er schien ein bisschen zu wachsen, setzte sich eine Spur aufrechter hin und nannte mir ein paar Buchtitel, die mir nichts sagten. »Alle erfolgreich, sehr erfolgreich, glaub mir!«

Ich nickte beflissen, aber ich kannte wirklich keinen seiner »Bestseller«.

»Vaihingen, Stadtmitte und Untertürkheim, Feuerbach und Cannstatt – die Romane liefen überall wie blöd. Ü-ber-all! Sonst hätte ich mich doch nie darauf eingelassen, nur noch damit meinen Lebensunterhalt verdienen zu wollen. Und dann, plötzlich …«

»Was ist passiert?«

»Nichts, das ist es ja.«

Er musste niesen, zog das Taschentuch hervor, sah es kurz an und steckte es zum Glück wieder weg.

»Ich wollte die Fortsetzung eines Romans schreiben. Im ersten Teil ging es um … um … um diesen … ach, Mensch, mir fällt der Name nicht mehr ein. Verstehst du jetzt, was ich meine?«

»Du willst einen Roman schreiben und weißt nicht mehr, wie die Hauptfigur heißt?«

Er nickte traurig.

»Das ist blöd, da hast du recht. Aber du könntest dein Buch doch einfach noch einmal lesen, dann weißt du alles wieder.«

»Könnte ich, ja, aber wie gesagt: Es geht um Kunst, da kann ich doch nicht einfach mein eigenes Buch lesen – und hinterher wird das Neue genau deswegen wie eine Kopie des Alten.« Er schüttelte den Kopf, als ginge das nun gar nicht. »Nein, nein, das muss alles original aus mir selbst kommen, im … im … äh … im Flow, weißt du?«

Ich wusste vor allem, dass Jobst ein Problem hatte, das ich nicht im Ansatz verstand. Und sein Gejammer begann mich zu nerven. »Denk einfach an deine guten Zeiten zurück, dann wird dir alles von ganz allein einfallen.«

Das war ja auch genau das, worauf ich hoffte: dass ich wieder in die Rolle des fiesen Ronald D. Wimmer schlüpfte und dass sich dann mein Talent, ohne Rücksicht auf die Verluste anderer und mit fiesen Tricks an mein lukratives Ziel zu kommen, ganz von selbst wieder einstellte.

»Mach ich ja«, brummte Jobst nach einer Weile. »Ich denk ja an die alten Zeiten, ich beschwöre sie geradezu, indem ich genau hier an dieser Hauswand sitze. Dort hinten …«, er deutete auf den Hofdurchgang neben uns, »dort hinten habe ich mich alle paar Wochen mit Kollegen getroffen, Autorenstammtisch haben wir das genannt, war klasse damals, und ich war auflagenmäßig ganz vorne. Inzwischen ist der Stammtisch eingeschlafen, und mir fällt nichts mehr ein.«

Was für eine Heulsuse!

»Was warst du denn von Beruf, bevor du dich ganz aufs Bücherschreiben verlegt hast?«

»Werbetexter. Ich hab Broschüren und solchen Kram geschrieben, habe mir Slogans ausgedacht und mehrsprachige Kampagnen getextet.«

»Ach?«

»Ja. Englisch, Italienisch, Spanisch – und dann noch ein paar Fetzen aus anderen Sprachen, für die Kampagnen unserer Agentur reichte es.«

Jetzt nannte er mir ein paar Firmen und Produkte, deren Kampagnen er als Texter verantwortet hatte – ich war geradezu erleichtert, als ich deren Namen wenigstens alle kannte. Jobst schien zumindest in seinem alten Beruf eine Hausnummer gewesen zu sein.

»Und warum machst du das nicht mehr? Damit könntest du vielleicht wieder Boden unter die Füße bekommen, und dann – zack! – fließen die Ideen auch für deinen Roman wieder.«

»Ja, schön wär's …« Er lächelte, aber es sah nicht sehr fröhlich aus. »Nur … Die Agenturen hier in Stuttgart suchen nicht gerade händeringend nach neuen Mitarbeitern – höchstens nach jungen, billigen Praktikanten.«

»Und dein alter Chef? Der weiß doch, was du kannst.«

»Na ja … dort bin ich … wie sagt man? Nicht gerade im Guten weggegangen.« Er lachte kurz auf. »Ich hab ihm mitten in einer Besprechung mit potenziellen Neukunden die Spiegel-Bestsellerliste auf den Tisch geknallt, in der mein Roman stand, dann hab ich ihm seinen Milchkaffee über das sauteure Maßhemd gekippt und ihn im Hinausgehen ein Arschloch genannt.«

»Oh«, sagte ich und musste grinsen, »da könnte eine Rückkehr wirklich schwierig werden.«

»Du sagst es.«

Ich dachte nach. Jobst hatte zwar nicht alle Tassen im Schrank, aber wenn er als Werbetexter noch immer sein Handwerk verstand …

»Auf welche Themen warst du denn als Werbetexter spezialisiert?«, fragte ich. »Du hast mir vorhin ein paar Kampagnen genannt – für mich haben die Produkte, um die es da ging, aber eigentlich nichts miteinander gemeinsam.«

»Stimmt genau, als Texter musst du dich in Themen einarbeiten können, von denen du bis dahin keinen Schimmer hast. Ich hab mal in Frankfurt gearbeitet und musste dort auf Termin einen Sechzehnseiter über Fleisch texten. Ging ganz flott von der Hand, obwohl ich damals meine vegetarische Phase hatte.«

»Das klingt gut.«

»Danke, warum fragst du?«

»Ich hab da eine Idee.« Ich schlug ihm vor, dass er doch für meine Immobilienfirma Broschüren und Projektinfos texten könnte, die Daten und Eckpunkte würde ich ihm geben. Jobst zeigte sich interessiert, aber der früher für ihn übliche Stundensatz, den er nannte, war mir dann doch zu hoch.

»Weißt du was?«, sagte er schließlich. »Ich denke doch ohnehin daran, irgendetwas im Bereich Immobilien in meinem nächsten Roman zu verarbeiten – dann sehe ich das Ganze einfach mal als Recherche und mach's günstiger, okay?«

Wir verhandelten noch ein wenig, dann schlug ich ein und wir verabredeten uns für den nächsten Tag wieder hier neben dem Hofdurchgang. Gerade wollte ich aufstehen, da spürte ich einen Schuh gegen mein Schienbein stoßen, dann war ein Schrei zu hören und als ich hochsah, konnte ich dem jungen Mann vor mir gerade noch dabei zusehen, wie er nach vorne kippte und mit dem Arm voller Tortenschachteln der Länge nach auf den Gehweg fiel.

Der Mann kämpfte sich ächzend auf die Knie hoch, und aus den zerdrückten Schachteln vor ihm quoll es in den verschiedensten Farben. Es begann nach Marzipan und Rum und Kirschen zu riechen, und der Mann konnte kaum fassen, was ihm da gerade passiert war. Schließlich sah er Jobst und mich an, starrte auf unsere Beine, die nach wie vor quer über den Gehweg lagen, und erhob sich mit zornig funkelndem Blick.

Ich stand ebenfalls auf und half noch Jobst hoch, dann machte ich, dass ich davonkam.

Jobst blieb stehen, ließ kurz ein paar wütende Sätze des Tortenmannes über sich ergehen, dann hörte ich ihn sagen: »Sie müssen besser achtgeben, wenn Sie durch die Stadt gehen!«

Da war ich auch schon um die nächste Ecke verschwunden. Hinter mir glaubte ich ein klatschendes Geräusch zu hören, aber genauer wollte ich es im Moment nicht wissen – ich würde Jobst lieber morgen danach fragen.

— o —

In einem Laden in der Innenstadt stöberte ich ein wenig in der Computerabteilung, sah mir die angebotenen Tabletrechner an und kaufte mir den, den ich am schicksten fand. Den Rest des Tages verbrachte ich in diversen Cafés, wo ich meine Neuerwerbung ausgiebig testete, und nachdem ich mit der auf dem Display eingeblendeten Tastatur und den notwendigen Bewegungen, dem ständigen Wischen und Fingerspreizen, leidlich zurechtkam, lud ich mir ein paar Apps herunter, mit denen sich Texte, Tabellen und Präsentationen erstellen ließen, danach machte ich mich an die Konzeption meines eigenen Blarer-Carré-Projekts.

Tinas Idee, den Verkäufern einen Investor vorzuspielen, war schon deshalb eine Schnapsidee, weil hinter einem fiktiven Investor nun mal kein reales Geld steckte. Aber mir war ein anderer Weg eingefallen – einer, der einen erfundenen Investor und reales Geld durchaus zusammenbringen konnte.

Im Internet recherchierte ich ein wenig zum Thema Immobilienfonds. Ich hatte bisher noch nie mit dieser Finanzierungsform gearbeitet, aber nach einigen flüchtigen Recherchen schien es bei entsprechender Beratung durch die Bank kein allzu großes Problem zu sein, einen solchen Fonds aufzulegen. Mehr, dachte ich, muss ich fürs Erste nicht wissen, jetzt würde es darauf ankommen, die nötigen Unterlagen für das Gespräch mit einer Bank zusammenzustellen. Kevin hatte für mich schon herausgefunden, dass es bisher noch keinen Fonds für das Blarer-Carré gab – offenbar existierte nur ein einziger Bieter, aber der schien großes Interesse an dem Areal zu haben. Und nach allem, was Kevin über diesen Björn Hagerbeck herausgefunden hatte, war dieser Bieter auch genau der Mann, der für die Verkäufer den idealen – und in Tinas Augen den schlimmstmöglichen – Käufer darstellte: reichlich Geld, großes Interesse und ein Ruf wie Donnerhall als effizienter Verwerter von Innenstadt-Immobilien.

Beim Gedanken an Tina zwickte es mich wieder ein wenig im Magen. Als kleine Unterbrechung meiner Kaffeerunde bestellte ich ein Glas Milch, und tatsächlich ging es mir schnell wieder besser.

Zwei Stunden brauchte ich, um das Projekt auf dem Tablet zu skizzieren, dann stand mein Konzept für den Immobilienfonds Wimmer in groben Zügen. Nun ging es darum, die Strippen zu spannen, an denen ich später ziehen wollte. Und ich brauchte eine Bank, die mich im Hinblick auf die Fondsgründung beraten würde. Wer dafür der erste Kandidat war, war klar: meine alte Hausbank. Dass ich dort nicht allein aufkreuzen konnte, wenn ich mich als Vertreter einer Investorengruppe platzieren wollte, lag auf der Hand. Allein mit ein paar Geschäftsadressen in London oder Dubai war das nicht zu bewerkstelligen – doch wer konnte mit mir zu den Verhandlungen mit der Bank gehen?

Als ich von den diversen Cafés in die erste Bar wechselte, wo ich mir zur Beruhigung für meinen inzwischen doch etwas nervösen Magen ein Weizenbier bestellte, war ich noch immer nur auf eine einzige Idee gekommen, wer mich zur Bank begleiten konnte. Wozu hatte man Freunde? Es war zwar riskant, Leute wie Peer und Didi als Geschäftspartner vorzustellen, aber wenn sie sich von mir alles gut erklären ließen und vor allem während des Treffens mit den Bankleuten meistens den Mund hielten, konnte es klappen.

Das bedeutete aber im Moment vor allem eins: Ich musste ihnen und meinen Eltern gegenüber endlich damit rausrücken, dass Tina und ich im Moment – mindestens im Moment – getrennt waren.

Kapitel 6 | *Ein riskanter Plan*

»I han mi scho gfrogt, ob du ons gar nix meh vrzählsch!«

Meine Mutter hatte sich meine Beichte in Ruhe angehört, hatte zwischendurch keinen Mucks gemacht, mich immer nur mütterlich angeschaut. Und nun stellte sich heraus, dass sie längst Bescheid wusste. »Dei Tina hot ons zwoi Pärle Schuh brocht, die du bei ihra vergessa hättsch, hot se gsagt – no hot se ons dr Rescht nadierlich au no vrzähla missa.«

Na prima!

Sofort fuhr mir wieder ein Stich in den Magen, zugleich keimte aber auch etwas Hoffnung in mir: Wenn Tina extra wegen meiner Schuhe nach Uhlbach kam, lag ihr vielleicht doch noch etwas an mir – und die Schuhe waren vielleicht nur ein Vorwand.

»Un no hot se no betont, dass du des mit deine Schuah uff gar koin Fall als Vorwand verschtanda sollsch …«

Damit war diese Hoffnung auch schon wieder erledigt, und es blieben nur noch die Magenschmerzen.

»I ben fascht scho a weng beleidigt gwäsa, dass mir von dir nix drvo erfahrat.« Meine Mutter drückte mir die Hand und lächelte mich an. »Dr Vatter woiß es au scho, der hot sich richtig Sorga gmacht om di. Gohsch am beschda glei nomm zu em, der hockt em Wengerterkeller ond tüftelt mit em Peer a neue Schpeisekart aus.«

Die beiden begrüßten mich freudig, Vater schob mir ein Glas hin und schenkte mir seinen besten Riesling ein. »Isch Zeit worra, Bua, dass de endlich kommsch ond älles uff dr Disch legsch«, brummte er. »D' Mamma hot sich scho afanga Sorga macha.«

Ich grinste. Die beiden hatten sich keinen Deut verändert seit meiner Kindheit: Immer mussten sie mir im Vertrauen sagen, dass sich der jeweils andere – und natürlich nur der jeweils andere – Sorgen wegen diesem oder jenem gemacht habe.

Wir saßen eine Weile im Wengerterkeller zusammen, der guten Stube für alle Veranstaltungen auf dem Weingut, dann rückte ich mit meiner Idee für einen Immobilienfonds heraus.

»Des sottsch glei dr Tina vrzähla«, schlug mein Vater vor. »Des isch doch genau des, was sie von dir wella hot! Zmindescht hot se ons des so vrzählt, als se bei ons gwäsa isch.«

»Ja, das stimmt schon, aber Tina ist im Moment nicht gut auf mich zu sprechen, das wisst ihr ja. Und ich hab eigentlich auch keine Lust, jetzt vor ihr zu Kreuze zu kriechen.«

Peer verdrehte die Augen.

»Aber das mit dem Fonds will ich trotzdem versuchen. Tina kann davon ja auch noch später erfahren. Nur … ich bräuchte Hilfe. Eure Hilfe.«

Die beiden sahen mich fragend an.

»Diesen Immobilienfonds lege ich mit einer Bank auf, und diese Bank muss natürlich davon überzeugt sein, dass ich für eine finanzkräftige Investorengruppe spreche. Da kann ich schlecht allein hin, mit denen gemütlich einen Kaffee trinken, ihnen allerlei über meine angeblich international agierende Immobilienfirma erzählen – ich brauche ein Team, das mich begleitet. Und da hab ich an euch gedacht.«

»Wie: an uns?«, fragte Peer.

»Na ja … du und Vater, mein Bruder, dann vielleicht noch Didi und seine Frau Betty – vier, fünf Leute, die mich in die Bank begleiten. Niemand muss wirklich etwas machen, es geht nur darum, Kulisse zu spielen. Ich geb euch allen ein paar Infos an die Hand, für den Notfall, aber eigentlich sollt ihr nur dabeisitzen und nichts sagen.«

»Des isch nix für mi«, brummte mein Vater. »Außerdem hemmir an ganza Haufa Bänker als Kunda uffm Weigut. Zu welchra Bank willsch denn ganga?«

»Früher hab ich meine ganzen Geschäfte über die Bopserbank abgewickelt. Bei denen würde ich es als Erstes versuchen.«

»Siehsch, Jongr, ond scho ben i raus, ond dei Bruadr au: D' Bopserbank mietet sich dreimol em Johr en onsern Keller ei ond teschtet sich mit ihre beschde Kunda durch onsre Rebsorta. I han do emmer mit ma Dr. Rohse zom do, des isch dr Chef dort.«

Mein Vater hatte recht: Damit fielen er und mein Bruder Robert für mein Team definitiv aus – denn Dr. Hagen Rohse war für meine früheren Wimmer-Projekte immer der Ansprechpartner gewesen. Und auch wenn er als Leiter der Stuttgarter Hauptniederlassung die Gespräche wegen des Fonds sicher an den Mitarbeiter weiterreichen würde, der für diesen Bereich zuständig war, wäre er doch bei der Begrüßung mit ziemlicher Sicherheit dabei – da konnten ihm nicht zwei Wengerter, die er vom Sehen kannte, plötzlich Immobilienfachleute vorspielen.

»Stimmt, Vater, damit seid ihr raus. Und du, Peer? Hilfst du mir?«

»Kann ich machen. Aber ich hab wirklich keine Ahnung von Immobilien. Außerdem habe ich in meinem Kleiderschrank nicht gerade viele banktaugliche Klamotten hängen.«

Das stimmte. Peer hatte sich in Uhlbach inzwischen eine kleine Wohnung genommen, recht hell und mit Blick auf den Rotenberg auch sehr schön gelegen. Er hatte sich seine neue Bleibe sehr nett eingerichtet, aber sein Kleiderschrank war weniger gut gefüllt als sein Weinregal – was wohl teils mit seinem Job bei meinem Vater und teils mit seiner Vergangenheit als Weinhändler zu tun hatte.

»Macht nichts«, beruhigte ich ihn. »Ich staffiere alle, die mich zur Bank begleiten, mit passenden Anzügen aus. Ich hab da schon einen Verleih im Auge, darum musst du dir also keine Gedanken machen.«

»Na dann … meinetwegen: Ich bin dabei.«

Auch Didi konnte ich noch am selben Tag überreden, bei seiner Frau Betty war allerdings nichts zu machen. Tamás machte es mir am späten Abend, als er völlig geschafft vom Konsulat zurückkam, recht schwer, aber schließlich hatte ich auch ihn weichgeklopft. Ich stellte mir vor, wie der Auftritt mit meinem Team in der Bank ablaufen würde, und kam zu dem Schluss, dass ich noch einen Teilnehmer mehr brauchte. Vier Begleiter, die möglichst stumm dabeisaßen, und ich – das sollte der Bank gegenüber einen guten Eindruck machen.

Nur hatte ich, als ich schlafen ging, noch keine Vorstellung davon, wer als vierter Begleiter in Frage kam.

— o —

Jobst saß wieder neben dem Durchgang zu seinem früheren Stammlokal, allerdings hatte er heute die Beine angewinkelt, und ab und zu schaute er nach links und rechts, ob wohl ein Passant kam, dem er trotzdem noch im Weg sein könnte.

Ich gab ihm einen Umschlag, darin war alles zusammengestellt, was er für seinen Job wissen musste. Die Eckdaten hatte ich mir zusammenfantasiert, an ein paar echten Renommierprojekten in den Emiraten und in Asien behauptete ich, maßgeblich beteiligt zu sein, und ein paar weitere Bauprojekte hatte ich mir einfach ausgedacht. Wenn mein neuer Texter das alles seriös und lesenswert verpackte, sollte ich in Stuttgart eigentlich reibungslos durchstarten können.

»Wow!«, sagte Jobst, als er die Ausdrucke durchblätterte. »Du bist ja eine richtig große Nummer in deiner Branche!«

»Passt schon«, winkte ich ab und bekam dafür gleich noch einen bewundernden Blick.

»Gefällt mir, wenn Leute nicht so ein großes Gewese um sich und ihre Leistungen machen, Ronald. Gefällt mir wirklich!«

»Ja, ist schon gut. Kannst du daraus was Schönes machen? Wir haben natürlich in englischer Sprache jede Menge Broschüren und so, aber hier in Stuttgart würde ich gerne mit deutschem Material arbeiten – und du hast ja gestern selbst gesagt, dass das ganz original aus dir selbst kommen muss und du nicht irgendwelche Vorlagen kopieren willst.«

»Damit hab ich zwar eher meinen Roman gemeint als deine Prospekte, aber eigentlich hast du ja recht. Ich mach dir das, als Jobst-Originale, sozusagen.« Er grinste.

»Was ich dich noch fragen wollte: Wie ist das denn gestern mit diesem Tortenmann weitergegangen?«

Sein Grinsen verflog. »Nicht gut«, brummte er. »In den nächsten Tagen kann ich jedenfalls keine Torte mehr sehen. Mehr will ich dazu im Moment nicht sagen.«

Als ich mir nur mit Mühe ein Lachen verkneifen konnte, drohte er mir spielerisch mit dem Zeigefinger.

»Bin schon ruhig, keine Sorge. Bis wann kann ich deine Texte denn haben? Und schreibst du sie da drauf?« Ich deutete zu seinem Notizblock hin, der wieder auf seinem Schoß lag.

»Da drauf? Nein, lieber nicht – da steht eh nicht viel.« Er blätterte den Block vor meinen Augen durch. Manche Seiten waren noch ganz leer, auf manchen stand nur ein Tagesdatum, und nur für ein Blatt hatte es Jobst außer zum Datum zu zwei weiteren Einträgen gebracht: »Immobilien« und »Hotel Graf Zeppelin«, aber diese Seite kannte ich ja schon. »Ich wohne derzeit bei einer Kollegin, sehr nett, aber nicht mein Typ – zum Glück nicht, sie hat eine feste Freundin, aber eben auch ein schönes Gästezimmer. Da hab ich mich eingemietet, und dort stehen meine Lexika, mein Computer und meine Kaffeemaschine. Mehr brauch ich nicht.«

»Nur den Flow halt noch«, sagte ich und grinste.

»Lass bloß die Scherze!«

»Also: Bis wann hast du meine Texte fertig?«

»Na ja, das dürfte schnell gehen. Morgen? Wieder hier?«

»Ach, mail sie mir lieber, wenn du fertig bist.« Ich kritzelte ihm eine auf wimmerpartners.com lautende Mailadresse auf den Block. »Ich lad dich hinterher zum Essen ein, und dann bekommst du auch gleich dein Geld.«

»Das kannst du überweisen, ich schreib dir natürlich auch eine Rechnung. Du musst mich nicht für einen Penner halten, nur weil ich zum Nachdenken hier auf diesem Gehweg sitze, weißt du?«

»Das heißt nicht Penner«, korrigierte ich ihn. »Obdachloser wäre mir lieber.«

»Oh? Warum das denn?«

»Ach, lange Geschichte, erzähl ich dir ein andermal.«

— o —

Am nächsten Morgen schickte ich Didi als Boten ins Hotel Graf Zeppelin, um Briefe abzuholen, die ich mir in der Zwischenzeit von meinen angemieteten Büros in London und Dubai hatte schicken lassen. Die Kuverts sahen sehr amtlich aus, und ich hatte darauf geachtet, dass die Unterlagen lange genug im Hotel lagen, dass auch wirklich jede Schicht an der Rezeption mitbekommen hatte, dass der alte Stammkunde Ronald D. Wimmer, der in Kürze auch seine Suite hier beziehen würde, schon Post ans Hotel geschickt bekam.

Didi brachte mir die Umschläge, er war ganz stolz auf seinen Auftritt. Die noble Welt des Hotels hatte schwer Eindruck auf ihn gemacht, und er freute sich inzwischen darauf, mit mir in meiner Hausbank aufzumarschieren. Ich bat ihn noch um etwas Geduld, verabschiedete ihn und ging die Texte durch, die ich mir von Jobst hatte schreiben lassen.

Er hatte gute Arbeit abgeliefert. Die eine oder andere Einleitung war ihm vielleicht eine Spur zu pathetisch geraten, aber ich hatte ihm wegen der Korrekturen, die ich noch wollte, gemailt, und eine Stunde später waren die neuen Textfassungen schon wieder in der Mailbox – und die waren nun genauso, wie ich sie mir gewünscht hatte.

Ich rief die Homepage der Internetdruckerei auf und bastelte aus Jobsts Texten und einigen verfügbaren Bildmotiven ein paar wertig wirkende Broschüren. Nach knapp zwei Stunden schaltete ich das Tablet aus – noch zwei, drei Tage, dann konnte ich die Blarer-Erben ins Visier nehmen.

Bis dahin musste ich mein Netzwerk pflegen. Nun stellte es sich als vorteilhaft heraus, dass ich meine Derendinger-Jobs in viel kleinerem Rahmen durchgezogen hatte als die Wimmer-Projekte. Für solche Peanuts, wie sie meine Objekte der vergangenen beiden Jahre wertmäßig darstellten, hatte sich in der Bank niemals der Chef Zeit genommen – ich hatte, seitdem Ronald D. Wimmer für die Immobilienbranche von der Bildfläche verschwunden war, immer nur mit einfachen Sachbearbeitern zu tun gehabt, und manchmal nicht einmal mit ihnen.

In der Regel sprach ich die Eigentümer von marode wirkenden Mietshäusern an, machte ihnen Vorschläge, wie sie mit moderaten Modernisierungen für verhältnismäßig wenig finanziellen Einsatz schönere Wohnungen und etwas höhere Mieten erzielen konnten – in der Regel, ohne die bisherigen Mieter zu vergraulen, mit denen sie ja im Prinzip zufrieden waren. Das heißt: Ich konzipierte eine schonende Renovierung oder ein paar kleinere Umbauten, rechnete ihnen die Rendite durch die Mieterhöhungen aus und stellte ihnen alle nötigen Unterlagen zusammen, mit denen die Hauseigentümer dann meistens selbst zur Bank gingen.

Ich konnte also mein Comeback als Ronald D. Wimmer mit denselben Kontakten zu Banken, zur Stadtverwaltung und diversen wirtschaftlichen Seilschaften angehen, die ich bis vor zwei Jahren gehabt hatte.

Im städtischen Bauamt gab es einen neuen Ansprechpartner, und nach der OB-Wahl war dort ohnehin noch einiges in Aufruhr. Auch das neue Stadtoberhaupt selbst kannte ich noch nicht persönlich, aber das würde sich beizeiten sicher ebenfalls ergeben. Sonst musste ich mich nicht groß umstellen: Rohse, mit dem ich meine Projekte bis vor zwei Jahren durchgezogen hatte, war noch immer Leiter der Bopserbank-Hauptniederlassung, und Rechtsanwalt Röbele, der in der Stuttgarter Bauszene nach wie vor als eine Art Türöffner fungierte, zeigte sich sehr erfreut darüber, dass ich mich nach der langen Pause endlich mal wieder meldete, und er besorgte mir gleich eine Einladung für ein Benefiz-Essen in der Alten Reithalle, das meine Kontakte zu den wichtigen Leuten in der Stadt wieder auffrischen sollte.

»Ach, Ronald, Sie glauben ja gar nicht, wie sehr Sie mir gefehlt haben!«, stöhnte der Anwalt. »Den meisten Leuten, die sich heute in Stuttgart und Umgebung um Immobilienprojekte kümmern, fehlt einfach der richtige Biss.«

Hätte ich ihn nicht genau gekannt, hätte ich das für ein Kompliment gehalten. Zumindest menschlich gesehen war es keines. Was er meinte, war: Seit meinem Untertauchen konnte keiner meiner Konkurrenten meinen Platz adäquat ausfüllen – als größtes Arschloch am Nesenbach.

Ich gönnte mir ein Grinsen: Genau so wollte ich mich ja zurückmelden, um überhaupt eine Chance zu haben, in die Nähe des Fleischtopfs zu kommen, der in letzter Zeit nur noch »Blarer-Carré« genannt wurde.

Die maßgeschneiderten Anzüge aus meiner Zeit als Immobilienhai hatte ich größtenteils nach Uhlbach geschafft, wo sie jetzt den Kleiderschrank in meinem alten Kinderzimmer füllten. Ich ging ein paar davon holen und besorgte mir neue Cowboystiefel – wieder aus Kaimanleder, wie meine früheren, aber mangels Auswahl in der Stadt von einer anderen Marke. Schließlich kaufte ich bei meinem alten Lieblingsherrenausstatter in der Königstraße einen Stapel Hemden und ließ mir im Krawatten-Eck in der Kirchstraße die passenden Binder dazu rauslegen.

Als ich am späten Nachmittag alles in mein Zimmer schaffte, machte Tamás, der gerade am Weggehen war, große Augen.

»Was ist denn hier los? Maskenball?«

»Nein, Tamás, das ist meine Berufskleidung für die nächsten Wochen.«

Er las die Schriftzüge auf meinen Einkaufstüten, sah die Schäfte der Cowboystiefel herausragen und ging kopfschüttelnd ins Treppenhaus hinaus.

Kapitel 7 | *Wichtige Kontakte*

Zwei Stunden später trat ich auf die Straße, und ich sah nicht nur ziemlich verändert aus – ich fühlte mich auch komplett wie neu geboren. Oder eher wie wiedergeboren, denn in diesem Outfit hatte ich mich jahrelang als Ronald D. Wimmer durch die Geschäftswelt dieser Stadt geboxt. Die Stiefel passten wie angegossen, nur den Druck an den Unterschenkeln war ich nicht mehr gewohnt, aber das würde sich vielleicht schon heute Abend geben.

Ich hatte einen Packen Visitenkarten eingesteckt, ordentlich verpackt in einem flachen platinfarbenen Metallkästchen, und in meinem Zimmer hatte ich so lange mit der Spracherkennung meines neuen Smartphones geübt, bis die Software meine Kommandos sauber erkannte und ausführte.

Das Taxi, das ich bestellt hatte, stand schon vor der Tür. Ich wollte nicht riskieren, in meinem Wimmer-Outfit die U15 zu nehmen und dort Tina – womöglich mit ihrem Pferdeschwanztypen – zu begegnen. Einstweilen musste sie nichts von dem wissen, was ich unternahm, erst einmal wollte ich Erfolge vorweisen können.

Vor der Alten Reithalle hielt eine Luxuskarosse hinter der anderen, und ich war froh, dass ich mich vom Taxi zwei Straßenecken vorher hatte absetzen lassen. Nun schlenderte ich gemächlich über den Vorplatz, nickte grüßend nach allen Seiten und nahm in Kauf, dass mich die meisten fragend ansahen, weil sie mich nicht kannten. Egal, das würde sich ändern – oder sie würden sich jetzt schon mit der Frage quälen, welcher wichtige Geschäftsmann dieser Typ denn wohl gewesen war und warum sie im Moment ums Verrecken nicht auf seinen Namen kamen.

Am Eingang kontrollierte ein Mann im dunklen Anzug die Einladungen der Gäste, und etwas seitlich versetzt davon stand Rechtsanwalt Dr. Arnulf Röbele und schaute lächelnd in die Runde. Ab und zu nickte er dem einen oder der anderen zu, der Gruß wurde jeweils erwidert und manche Gäste blieben auch kurz bei ihm stehen, drückten ihm die Hand und plauderten ein wenig.

Ich ging langsam auf ihn zu, und als er mich sah, entschuldigte er sich charmant bei seiner aktuellen Gesprächspartnerin und kam mir entgegen. »Ronald! Schön, dass Sie es einrichten konnten.« Er sprach recht laut, und ich wusste, dass das seine übliche Masche war, einen Neuankömmling möglichst wirkungsvoll einzuführen. Tatsächlich drehten sich schon die Ersten zu uns um und musterten mich, diesen Typen im Maßanzug, aus dessen Hosenbeinen teuer aussehende Cowboystiefel ragten.

»London, Dubai, Stuttgart – die Kombination gefällt mir«, sagte er noch, zwinkerte mir zu, und ein paar weitere Köpfe ruckten herum.

Ich hatte Röbele die Wimmer-Legende in den schönsten Farben ausgemalt und wollte ihm demnächst auch meine Projektbroschüren für Stuttgart vorbeibringen lassen. Dass ich im Moment noch darauf wartete, dass mir eine Internetdruckerei die Papiere zum Dumpingpreis lieferte, erwähnte ich natürlich nicht.

Wir gingen hinein, und mit einem knappen Nicken des Anwalts war ich dem Kontrolleur gegenüber offenbar ausreichend ausgewiesen. Er hatte mir einen Platz etwas seitlich der Mitte zugeschanzt, an einem Achtertisch, an dem außer ihm und mir noch zwei Paare und zwei Männer mittleren Alters saßen. Ich hatte ihm in unserem Vorgespräch schon erzählt, dass ich nach neuen Projekten in der Stadt Ausschau hielt, und so war es natürlich kein Zufall, mit wem wir uns hier den Tisch teilten.

Das eine Paar hatte in den vergangenen Jahren nach und nach einige nebeneinanderliegende Grundstücke am Killesberg gekauft, die nun ein recht ansehnliches Areal bildeten – und die beiden suchten offenbar jemanden, der … nun ja … ein wenig kreativ mit den Vorgaben des dortigen Bebauungsplans umgehen konnte. Das zweite Paar wäre früher »älter« genannt worden, heute saßen sie als Best Ager mit graumelierten Haaren, manikürten Händen, zart gebräunter Haut und feinem Zwirn neben mir und plauderten über Golfausflüge und die Vorzüge von Urlaubsdomizilen am Comer See. Sie hatten eine Industriebrache im Stuttgarter Norden geerbt und wussten noch nicht, wer ihnen bei der Vermarktung der Immobilie helfen konnte.

Der ältere der beiden Männer hatte sich vor kurzem eine Yacht gekauft und war gar nicht davon abzubringen, von der Leistung der unterschiedlichsten Bootsmotoren zu schwafeln – außerdem wusste ich, dass er einen Teil seines stattlichen Vermögens in einen geschlossenen Immobilienfonds gesteckt hatte und damit gut fuhr. Allerdings hatte er zuletzt ein altes Mehrfamilienhaus im Westen und zwei Gebäude in Hedelfingen verkauft und wollte nun das so verdiente Geld ebenfalls in einen Immobilienfonds stecken.

Das war alles gut gemeint und gut gemacht von Röbele, und ich schaffte auch den gewünschten Spagat, zu Aperitif, Vorspeise und Hauptgang vor allem über dies und jenes zu plaudern, das Thema Immobilien praktisch kaum zu erwähnen und doch nach dem Dessert mit jedem der Anwesenden eine Visitenkarte getauscht und eine Geschäftsbesprechung für die nächsten Tage verabredet zu haben.

Es kam leider auch zu einer kleinen Komplikation. Die Best Agerin begann nach dem dritten Viertele Herzogenberg Riesling Großes Gewächs mit mir zu flirten und unter dem Tisch mit mir zu fußeln. Ich zog mich so charmant aus der Affäre, wie ich konnte, machte ihr erst Komplimente, während ich ihre Hand immer wieder so unauffällig wie möglich wegschob, und als alles nicht mehr half, entschuldigte ich mich für ein paar Minuten und eilte zur Toilette. Als ich an den Tisch zurückkehrte, hatte der ältere der beiden allein anwesenden Männer den Platz mit mir getauscht, und ich war heilfroh, dass ich nun die überdrehte Schachtel vom Hals hatte. Außerdem kam ich dadurch endlich neben dem Tischnachbarn zu sitzen, der mich von allen Anwesenden am meisten interessierte. Er hieß Bruno Schmitz, sah durch eine randlose Brille mit dünnen, runden Gläsern allen recht interessiert beim Reden zu, beteiligte sich selbst aber praktisch nicht am Gespräch. Er hatte sich einen Untertürkheimer Merlot einschenken lassen, schien jeden einzelnen Schluck sehr zu genießen, trank aber in Maßen und nippte zwischendurch immer wieder einmal vom Wasserglas.

Schmitz hatte dunkelbraune Haare, die er dort in kurzen Locken trug, wo die Geheimratsecken noch nicht hingekommen waren, und sein ansonsten glatt rasiertes Gesicht wurde eingerahmt von einem schmalen, sorgfältig inszenierten Backenbart, den man vor ein paar Jahren wohl einen »halben Kuranyi« genannt hätte. Er trug im Kontrast zu den meisten Männern im Saal keine Krawatte, und der geöffnete oberste Hemdknopf gab den Blick frei auf ein kleines Platinkettchen, in das winzig kleine Varianten des Großbuchstabens »R« eingearbeitet waren.

Das für mich Wichtigste an Bruno Schmitz war allerdings seine Frau, die sich hatte kurzfristig entschuldigen lassen und von der mir Anwalt Röbele im Vorfeld ebenfalls erzählt hatte: Rike, geborene Blarer, die jüngere der beiden Töchter des jüngst verstorbenen Alfons Blarer. Wir unterhielten uns ein wenig über seinen Bart und meine Cowboystiefel, und als sich plötzlich der ältere Mann, der den Puffer zwischen mir und der graumelierten Schachtel übernommen hatte, blitzartig und mit hochrotem Kopf erhob und sich wie vorhin ich in Richtung Toilette trollte, sah mich Schmitz grinsend an und prostete mir zu.

Die Schachtel schien ein wenig erhitzt. Sie sah sich mit gequältem Lächeln um, trank ihren Weißwein leer und wedelte hektisch mit dem geleerten Glas, bis der Ober Nachschub gebracht hatte. Die Flasche nahm sie ihm gleich ab, und als sie ihre Hand wie zufällig auf seinem Arm liegen ließ, machte der junge Mann, dass er davonkam.

»Meine Rike hätte hier sicher ihren Spaß gehabt«, sagte Bruno Schmitz und grinste noch breiter. »Wegen der Immobilien, meine ich.« Er kicherte halblaut und trank sein Glas leer.

Sofort huschte der junge Ober wieder herbei, näherte sich unserer Tischseite aber in einem weiten Bogen.

»Wieso? Suchen Sie etwas Passendes?«, fragte ich gespielt ahnungslos.

»Nein, nein, wir verkaufen. Oh, Entschuldigung: Rike verkauft. Rike und ihre ältere Schwester Riette haben ein Stückle in der Stadt geerbt, das wollen sie lieber heute als morgen zu Geld machen.«

»Dagegen ist nichts zu sagen, finde ich.«

»Ja«, lachte Schmitz. »Das glaub ich Ihnen gerne!«

»Falls Sie noch jemanden suchen, der Ihnen beim Verkauf hilft, können Sie sich gerne an mich wenden.« Schon lag meine Visitenkarte wie zufällig hingeweht neben seinem Glas, ich war mit dieser beiläufigen Bewegung schon bald wieder so schnell wie zu meinen Glanzzeiten. »Aber vermutlich haben Sie schon jemanden, der sich darum kümmert.«

»Ja, das haben wir allerdings. Ist aber keine Type, so wie Sie.« Er musterte mich interessiert.

»Das meinen Sie hoffentlich als Kompliment«, versetzte ich mit gespieltem Ernst, dann grinste ich wieder und hob mein Glas. »Sie können mir den Kollegen ja mal vorstellen, man kennt sich ja in der Branche. An welchem Tisch sitzt er denn?«

Schmitz sah kurz zu Röbele hin, der unser Gespräch verfolgt hatte und nun nur knapp den Kopf schüttelte.

»Oh, Herr Wiesnau scheint heute nicht hier zu sein.«

Der Name sagte mir etwas, aber mir fiel im Moment kein Gesicht dazu ein.

»Na ja, wahrscheinlich hat er noch zu arbeiten«, sagte ich leichthin. »Manchmal läuft's auch in unserer Branche leider nicht so gut, dass man am Abend Zeit für Empfänge wie diesen hat.«

Schmitz quittierte meine kleine Spitze mit einem Lächeln. »Bei Ihnen läuft's besser?«

»Zum Glück, sonst hätten wir uns heute Abend ja gar nicht getroffen.«

Ich prostete ihm zu, und er erhob ebenfalls sein Glas.

»Ja«, sagte er, »und das wäre wirklich schade gewesen.«

Wir tranken, Schmitz lehnte sich etwas zurück und musterte mich. Dann klaubte er meine Visitenkarte vom Tisch und steckte sie ein.

»Kann gut sein, dass meine Frau Sie in den nächsten Tagen mal anruft.«

»Gerne«, sagte ich. »Wenn ich helfen kann. Das muss auch nichts Offizielles werden – wir haben uns heute Abend so nett unterhalten und Sie waren so freundlich, mir ...«, ich nickte unmerklich in Richtung der graumelierten Schachtel, die inzwischen wieder ruhiger geworden war, sich gelangweilt umsah und dazu einen Riesling nach dem anderen kippte, »... mir Asyl zu gewähren.«

Das donnernde Lachen von Schmitz platzte so laut in die Unterhaltungen der benachbarten Tische, dass die Köpfe nur so zu uns herumfuhren. Auch die Schachtel war hochgeschreckt und prostete mir mit benebeltem Lächeln zu – sie hatte offenbar nicht mitbekommen, worum es ging. Einen Moment lang versuchte sie auf den freien Stuhl neben mir zu rutschen, aber als sie nicht hochkam, ließ sie sich mit einem tiefen Seufzer wieder sinken und trank weiter.

»Herrlich!«, rief Schmitz, als er wieder Luft bekam. »Wirklich herrlich!« Dann erhob er wieder das Glas. »Ich bin Bruno!«

»Ronald«, erwiderte ich.

»Freut mich sehr, und falls Rike dich wirklich als Ersatz für unseren jetzigen Berater anheuern sollte, werde ich künftig auch an diesen sonst so drögen Geschäftsbesprechungen teilnehmen, das sag ich dir!«

Röbele nickte mir in einem unbeobachteten Augenblick anerkennend zu, und Bruno und ich beteiligten uns wieder an den Gesprächen der anderen.

Der Rest des Abends verlief unspektakulär und ohne weitere Bedeutung für diese Geschichte – nur die graumelierte Schachtel kippte gegen elf nach vorn und blieb schnarchend neben ihrem Weinglas liegen. Ihr Mann, der sich gerade prächtig mit Röbele unterhalten hatte, sah kurz zu ihr hin und rief dann ganz unaufgeregt den Ober, der sich der Schlafenden nur vorsichtig näherte.

»Meine Frau möchte jetzt, glaube ich, nach Hause. Wären Sie wohl so freundlich und würden uns ein Taxi rufen?«

Der Ober flitzte nach draußen und kehrte gleich darauf mit zwei Sanitätern zurück, die der Schachtel kurz den Puls fühlten und sie dann hinausbrachten. Halb tappte sie mit, halb ließ sie sich schleifen. Zwischendurch wurde sie kurz wach, versuchte einen der Sanitäter anzulächeln, dämmerte aber sofort wieder weg. Ihr Mann verabschiedete sich in aller Ruhe von uns und ging dann ebenfalls.

— o —

Am nächsten Morgen ging ich ins Hotel Graf Zeppelin, um meine vorbestellte Suite zu übernehmen. Einer der Portiers begleitete mich zu meinem Zimmer. Ich hatte mich mit einer Executive Juniorsuite zufriedengegeben – so konnte ich mit einer Suite protzen, blieb aber mit den Kosten noch unter dreihundert Euro am Tag. Trotzdem war ich natürlich darauf angewiesen, möglichst bald auch Geld zu verdienen – aber da hatte ich schon einen Plan. Und sollte Bruno Schmitz wider Erwarten meine Visitenkarte nicht an seine Frau weiterreichen, verbunden mit der Empfehlung, die Vermarktung des Carrés künftig lieber in meine Hände zu legen, würde ich die Suite wieder kündigen.

Es stand zwar schon allein durch die Hotelkosten ein hübscher Betrag auf dem Spiel, aber kein Spaß ohne Risiko. Und genau dieses Zocken war es, das mir gefehlt hatte. Es fühlte sich gut an. Ich wusste nur nicht so recht, ob ich mich darüber nun wirklich freuen sollte – schließlich wollte ich doch eigentlich vor allem Tina imponieren.

Egal: Ich spürte es schon wieder in den Fingerspitzen kribbeln und grinste, während ich meine Schuhe in eine Ecke der Suite kickte, das Tablet zur Hand nahm und Infos zum Stuttgarter Immobilienmarkt recherchierte. Zwischendurch mailte ich meinen Bankmenschen an, ob er nachher nicht noch Lust hatte, auf einen Cappuccino ins Zeppelin herüberzukommen. Rohse hatte so große Lust, dass er binnen zehn Minuten zurückmailte: Ganz zufällig habe er gerade heute gegen drei keinen anderen Termin vereinbart und habe damit Zeit, mich zu treffen.

Nach zwei Stunden wusste ich fürs Erste genug über die aktuellen Grundstückspreise, über die laufenden Bauprojekte und darüber, wie und unter welchen Firmen und Einzelkämpfern der hiesige Immobilienmarkt momentan aufgeteilt war. Bis zum Eintreffen Rohses beschloss ich, mich mit ein paar Telefonaten in der Szene zurückzumelden. Um noch ein wenig lauter zu trommeln, ließ ich mir die Verbindungen jeweils von der Rezeption machen, und schon hatte ich für die ersten paar Minuten coolen Gesprächsstoff darüber, wie schwer es doch auf die Schnelle in Stuttgart ist, adäquaten Büroraum zu finden, und wie praktisch da doch das alte, zentral gelegene Stammhotel direkt am Hauptbahnhof war.

Die Gespräche sollten die richtigen Leute informieren und ein paar von ihnen durchaus auch aufschrecken – und ich hatte das Gefühl, dass sie ihren Zweck sehr gut erfüllten. Der eine oder andere wusste natürlich schon Bescheid, dass ich wieder in der Stadt war – entweder hatte Röbele nachgeholfen, oder Bekannte meiner Gesprächspartner waren ebenfalls in der Alten Reithalle gewesen. Insgeheim dankte ich der alten Schachtel, dass sie mit so großem Tamtam aus der Rolle gefallen war. Das hatte unserem Tisch recht große Aufmerksamkeit gebracht, und mancher Gast an diesem Abend kannte mich wohl von früher her.

Schließlich meldete mir die Rezeption, dass Rohse unten auf mich wartete. Ich ließ ihm schöne Grüße ausrichten und bat darum, ihn doch schon mal ins Café zu geleiten, ich käme gleich nach. Ich war zu schnell fertig, also setzte ich mich noch ein paar Minuten auf die Couch, bevor ich flott die Treppe hinuntereilte und unten mit großen Schritten und ausgebreiteten Armen auf Rohse zuflog.

»Herr Wimmer, wie schön!«, flötete er und sprang auf wie von einer Feder hochgeschnellt.

»Behalten Sie doch bitte Platz, Herr Dr. Rohse, und entschuldigen Sie meine Verspätung.« Ich hatte das Smartphone aus der Tasche gezogen und hielt es nun mit bedauernder Miene hoch. »Die Geschäfte lassen einen doch immer im falschen Moment nicht in Ruhe!«

»Da sagen Sie was«, strahlte Rohse.

Ich drückte ihm die Hand, wies auf seinen freien Platz und gab dem Ober, während ich mich setzte, ein knappes Zeichen, dass er uns doch bitte zwei Cappuccino bringen möge.

»Aber wär's anders, dann wär's Leuten wie Ihnen und mir ja auch wieder nicht recht, gell?« Ich lachte aufgesetzt, Rohse lachte mit. Dann schaltete ich demonstrativ das Smartphone aus und steckte es in die Tasche zurück. »Jetzt ist aber Ruhe, jetzt wird Kaffee getrunken.«

Wir plauderten belangloses Zeug, irgendwann bemerkte ich wie nebenbei, dass ich einen Immobilienfonds aufzulegen gedenke und ob er vielleicht ein paar lohnende Objekte in der Stadt kenne, in denen sich der Fonds engagieren könnte.

»Natürlich«, prahlte Rohse, schob dann aber gleich launig nach: »Vor allem aber kenne ich eine Bank, die für das Projekt Ihres Fonds genau die richtige wäre – falls Sie sich nicht schon an ein Finanzunternehmen gebunden haben.«

Ich lachte, wie er es von mir erhofft hatte. »Sie werden mir doch hoffentlich nicht zutrauen«, sagte ich und zwinkerte ihm verschwörerisch zu, »dass ich damit irgendeine Bank betrauen würde, wo doch wir über die Jahre hinweg beste Geschäfte miteinander gemacht haben.«

»Nein, nein, auf keinen Fall«, gab er locker zurück, aber ich konnte ihm seine Erleichterung doch auch anmerken.

Offenbar hielt er mich noch immer für eine große Hausnummer in der Immobilienbranche, und auf ihn wirkte wohl vor allem der Imagegewinn verlockend, eine Investition, wie ich sie andeutete, durch seine Niederlassung in die Stadt geholt zu haben. Was mir wiederum die Chance eröffnete, dass die Bopserbank den von ihr betreuten Fonds auch ihren entsprechend situierten Privatkunden schmackhaft machen würde.

»Wir selbst legen keine Fonds auf, aber wenn wir Ihnen den Kontakt zu einer Fondsgesellschaft machen können, helfen wir gerne. Sie sagen mir Bescheid, wenn Sie Ihre Unterlagen beisammen haben«, meinte Rohse, »und dann mach ich Ihnen einen Termin bei unserem Spezialisten. Rufen Sie mich einfach an.«

Dann tranken wir noch einen zweiten Cappuccino, und als sich Rohse trollte, ganz beglückt davon, mit seinem früheren Großkunden schon wieder einen so guten Draht gefunden und auch gleich ein interessantes Projekt in Aussicht zu haben, ließ ich mir noch einen Cognac bringen, um das schale Gefühl herunterzuspülen, das mir die Schauspielerei der vergangenen Stunde verschafft hatte.

So ganz war ich offenbar noch nicht wieder der Alte.

— o —

Der Cognac machte mich etwas lockerer und räumte meinen Magen auf, allerdings war ich Alkohol am helllichten Tag nicht mehr gewohnt, also beschloss ich, nicht direkt, sondern auf einem größeren Umweg zur Wohnung zurückzugehen.

Im Schlossgarten war nicht allzu viel Betrieb, Bauzäune störten den Anblick, und nur vereinzelt schlenderten ältere

Leute oder junge Paare die Wege zwischen den Grünflächen entlang. Ich schaute am Neckartor vorbei, wo ich vor zwei Jahren mit meinem damaligen Superflitzer im hohen Bogen ins Schaufenster gesegelt war – die Galerie von damals war umgezogen, und gegenüber waren schon die neuen Gebäude des Ministeriums errichtet.

Als ich schließlich doch vor meiner Haustür stand, kam Tamás gerade die Straße herunter, und er konnte sich natürlich einen Witz auf Kosten meines Anzugs und meiner Cowboystiefel nicht verkneifen. Ich knuffte ihn leicht in die Seite, dann gingen wir nach oben.

Tamás hatte heute für den Rest des Tages frei bekommen, und während ich uns Kaffee machte, schnippelte er allerlei Gemüse klein, das er im Kühlschrank und im Vorratsraum fand, und brutzelte alles scharf an, bis die ganze Wohnung erfüllt war mit dichten, ausgezeichnet riechenden Dampfschwaden. Das Essen schmeckte auch so gut, wie es roch, und hinterher setzten wir uns mit einer Flasche Rotwein auf das kleine Erkerdach vor dem Eckfenster und sahen auf die abendliche Stadt hinunter.

»Es sieht so aus, als hätten wir demnächst unseren kleinen Auftritt in der Bank«, sagte ich nach einer Weile. »Der Kontakt mit dem Filialleiter steht, inzwischen habe ich auch ein paar andere Leute in der Stadt kennengelernt, die Geld investieren wollen oder eine Immobilie zur Verwertung haben.«

Er sah mich an, schüttelte den Kopf und lachte leise. »Mein Gott, wie du redest … Du scheinst ja inzwischen wieder gut in deine alte Rolle zurückgefunden zu haben. Ist das der Slang in deiner Branche? ›Immobilie zur Verwertung‹?«

Ich zuckte mit den Schultern.

»Dann werd ich bei der Bank wohl lieber nur stumm dasitzen und zuhören.«

»Meine Rede, Tamás! Apropos: Wie sieht's bei dir denn übermorgen aus?«

Kapitel 8 | *Ein sehr spezielles Team*

Am nächsten Morgen gab ich auf. Ich hatte mir das Hirn zermartert, aber ich war – nachdem ich Hannes und ein paar andere Freunde verworfen hatte – nur auf einen Einzigen gekommen, der in meinen Augen für einen Auftritt als vierter Begleiter zur Bopserbank in Frage kam: Jobst Seiler.

Er wollte ja ohnehin für einen Roman mit Immobiliendetails recherchieren, das konnte er ebenso gut als Teil meines Teams machen. Das Innenleben einer Bank aus erster Hand erleben zu können – mit dieser Möglichkeit sollte ich ihm die Aufgabe hinreichend schmackhaft machen können. Und mit Worten konnte er ja umgehen, das hatte er mit seinen Broschürentexten schon bewiesen – und die hatten ihm obendrein auch den Wortschatz meiner Branche vertraut gemacht, das natürlich nur für Fall, dass es mir nicht gelang, mein Team komplett aus dem konkreten Gespräch herauszuhalten.

Ich schickte Jobst eine Mail und verabredete mich mit ihm für den späten Vormittag in einem Café am Cannstatter Wilhelmsplatz – ich wollte nicht riskieren, dass uns womöglich noch Rohse über den Weg lief und meinen künftigen Anzugträger mit mir zusammen in seinem gängigen Outfit mit Jeans, kariertem Hemd, Cordjackett und Wollschal sah.

Er war schnell überredet, malte sich schon aus, wie er wohl als Teil eines in identische Anzüge gekleideten Teams wirken und was er alles Schlaues zum Thema Immobilien sagen würde – er wirkte regelrecht elektrisiert.

»Aber am besten«, wandte ich ein, »sagst du gar nichts. Das Reden besorge ich, und du und die anderen seid meine Begleiter.«

»Also eher Komparse als Darsteller?« Jobst wirkte enttäuscht, allerdings nur ein wenig.

»Ja, aber ein sehr wichtiger Komparse. Fast schon ein Nebendarsteller, nur halt möglichst ohne Text. Und stell dir doch nur vor, wie sehr dich dieser Ausflug in die Bankenwelt inspirieren wird. Du schreibst doch noch an deinem Roman, in dem es auch um Immobilien gehen soll?«

Er grinste, hob die rechte Hand und beschrieb mit Daumen und Zeigefinger einen Abstand von etwa einem Zentimeter.

»So viel hab ich schon, rund hundertfünfzig Seiten, allmählich kommt Schwung rein. Nur …«, er zuckte bedauernd mit den Schultern, »nur einen Namen für die Hauptfigur hab ich noch nicht. Ich hab bisher einfach einen Platzhalter gesetzt, das lässt sich im Computer später ja schnell ändern. Also: Der Typ kommt neu in die Stadt und …«

Jobst erzählte recht spannend, seine Geschichte hatte allerdings einige Längen. Aber ich konnte ihn schlecht stoppen und damit vor den Kopf stoßen, wo ich ihn doch für meinen Auftritt bei der Bopserbank brauchte. Also hörte ich mir das ganze Elend bis zum Schluss an – mit völlig abgedrehten Figuren und abstrusen Wendungen. Und als Jobst endlich, endlich fertig war mit seiner Zusammenfassung, hatte sich mein Vorsatz, mir seine früheren Bücher mal zu besorgen und sie zu lesen, komplett in Luft aufgelöst.

— o —

Es war gegen halb elf am nächsten Vormittag, als wir in der Bank ankamen.

Wir hatten für jeden meiner vier Begleiter einen passenden Anzug gefunden, sogar brauchbare Schuhe konnten wir im Verleih finden, was meine Kosten erfreulich niedrig hielt. Ich hatte darauf geachtet, dass sich zwar alle Outfits farblich einigermaßen ähnelten, aber kein Anzug war ganz wie der andere, allzu uniformiert wollte ich mit meinen Begleitern nun doch nicht auftreten.

Peer und Tamás machten eine richtig gute Figur in ihren Klamotten, nur Didi hing in seinem Jackett, als habe er auf dem Weg in die Stadt irgendwo seine Schultern verloren. Ich gab ihm ein paar Tipps, wie er das mit seiner Körperhaltung halbwegs kaschieren konnte, und dann ging's ab zum Schloßplatz.

Zunächst tranken wir einen Espresso in der Bar im Kunstmuseum – ich wollte, dass sich die anderen noch ein wenig an die für sie ungewohnte Aufmachung gewöhnten. Zum Glück verkleckerte sich niemand das Hemd, und als ich hinter den anderen herging, während wir die Treppe zum Eingang der Stuttgarter Hauptniederlassung der Bopserbank hinaufstiegen, war ich schon ganz zufrieden mit den Bewegungen meines recht speziellen Spezialistenteams.

Dr. Hagen Rohse hatte am Empfang darum gebeten, sofort informiert zu werden, sobald wir eintrafen – wenig später stand er auch schon vor uns, schüttelte jedem die Hand, ging uns voraus in den Aufzug und führte uns in der Vorstandsetage in einen Besprechungsraum, der groß war und in einem Eck des Gebäudes lag. Durch die hohen Fenster bot sich in eine Richtung ein schöner Blick auf die Königsbau-Passagen und in die andere ein atemberaubender auf Schloßplatz und Neues Schloss.

Den Raum kannte ich, hatte ihn bisher aber nur zweimal betreten, und ich registrierte sehr zufrieden, dass Rohse schon durch die Wahl des Besprechungsraums signalisierte, für wie wichtig er dieses Treffen einstufte.

Ein Mann Ende dreißig, der bis dahin am Konferenztisch gesessen und in seinen Unterlagen geblättert hatte, erhob sich und kam mit großen Schritten auf uns zu. Ich drückte ihm als Erster die Hand, Rohse hatte mich dem Kollegen vorgestellt und nannte nun auch dessen Namen: Magnus Lipp, der Spezialist der Bank, wenn es um die Finanzierung von größeren Immobilienprojekten ging.

Ich stellte nun auch meine Begleiter vor, denen er nacheinander ebenfalls die Hand gab. Wir hatten uns darauf geeinigt, die wirklichen Nachnamen zu verwenden, um den Termin nicht noch schwerer zu machen für Peer und die anderen – ich dagegen hatte ein paar Mal üben müssen, um Tamás' zungenbrecherischen Familiennamen so flüssig und fehlerfrei aussprechen zu können, wie man das von einem Chef erwarten konnte, dem dieser Name natürlich vertraut und problemlos geläufig war.

Wir verteilten uns am Tisch, Rohse und Lipp auf der einen, wir auf der anderen Seite des Tisches. Drei Bankmitarbeiterinnen in schicken und recht engen Kostümen brachten Kaffee und Kekse. Jobst sah ihnen interessiert nach, als sie den Raum verließen, konzentrierte sich aber, als er meinen warnenden Blick auffing, wieder auf die vor ihm liegenden Unterlagen. Die Rollen im Team waren klar verteilt, ich hatte alles mit den Jungs durchgesprochen, und ich saß anfangs ohne Unterlagen am Tisch – dafür hatte ich schließlich meine Leute.

Rohse plauderte ein wenig drauflos, erzählte seinem Mitarbeiter von früheren Projekten, die wir gemeinsam umgesetzt hatten, und Lipp hörte aufmerksam zu, obwohl es klar war, dass er die Geschichten schon kannte – spätestens im Briefing für das heutige Treffen war all das ein Thema gewesen.

»Nun aber, meine Herren, möchte ich Sie gerne Herrn Lipp überlassen – er hat von den Details der Immobilienfinanzierung ohnehin mehr Ahnung als ich.« Rohse lachte gekünstelt, und Lipp lächelte pflichtschuldig dazu. »Mit unserem Spezialisten haben Sie genau den richtigen Mann für Ihr Vorhaben. Ich würde mich dann gern entschuldigen, mein Schreibtisch quillt über vor Arbeit.«

Peer, Didi, Jobst und Tamás sahen sich erstaunt an, aber ich hatte Rohses Abschied längst erwartet. Mit dem Empfang unten in der Eingangshalle, mit dem Händeschütteln und dem Geplauder der vergangenen Minuten hatte der Filialleiter alles getan, was nötig war, um dem Kunden die Wichtigkeit seines Anliegens für die Bopserbank bewusst zu machen – nun ging es an die konkrete Arbeit, da war Lipp ganz sicher der hilfreichere Gesprächspartner. Rohse schüttelte uns allen noch einmal die

Hand, dann flog er mit schnellen Schritten davon und drückte die Tür leise hinter sich ins Schloss.

»Wir hatten noch nicht das Vergnügen«, begann Lipp. »Aber wie ich hörte, waren Sie zwei Jahre lang außer Landes? Ich bin erst seit gut einem Jahr in der Abteilung, und ich freue mich natürlich sehr, dass wir nun möglicherweise das erste gemeinsame Projekt in Angriff nehmen.«

Er hatte »möglicherweise« gesagt, obwohl er wusste, wie wichtig es seinem Vorgesetzten war, dieses Projekt für die Bopserbank an Land zu ziehen. Lipp schien ein guter Mann zu sein, und er wusste das offenbar auch. Das folgende Gespräch bestätigte mich in dieser Einschätzung. Lipp hatte Ahnung, und er benannte gleich den wunden Punkt meines Plans: Für mich kam in erster Linie ein geschlossener Immobilienfonds infrage – doch für den musste ich eine konkrete Immobilie benennen, was ich im Fall des Blarer-Carrés schlecht machen konnte, bevor mir die Blarer-Töchter dafür grünes Licht gegeben hatten. Außerdem machte mich Lipp darauf aufmerksam, dass ein solcher Fonds seine Zeit brauche – bis zur Genehmigung durch das zuständige Bundesaufsichtsamt konnten leicht mehrere Monate vergehen.

Den Zeitfaktor hatte ich bei meinem Vorhaben bisher ganz außer Acht gelassen, wie mir mit Erschrecken klar wurde, aber Lipp hatte bereits einen Lösungsvorschlag für mein Dilemma, der alle Schwierigkeiten auf einmal beseitigte: die Gründung einer GmbH, mit der ich Immobilienprojekte in der von mir in den Unterlagen beschriebenen Form angehen konnte – ohne jetzt schon ein konkretes Objekt benennen zu müssen – und außerdem sofort loslegen konnte. Anteile würde ich in Form von eingelegtem Eigenkapital einsammeln, und schon während dieser Phase würde die Bank meinen Liquiditäts- und Rentabilitätsplan, der meinen Unterlagen bereits beigefügt war, bewerten und, wenn alles passte, grünes Licht für eine Finanzierung geben. Das klang alles gut und plausibel, und die Kreditkonditionen, die Lipp nach einem ersten schnellen Blick auf die Unterlagen in Aussicht stellte, wirkten fair.

Schließlich waren wir uns handelseinig. Lipp klappte den Aktendeckel vor sich zu und lehnte sich zurück, meine Begleiter setzten sich ebenfalls lockerer hin, und mir fiel siedend heiß ein, dass ich Peer und die anderen auf diese vermeintlich lockere Phase nach dem offiziellen Gespräch nicht ausreichend vorbereitet hatte.

»Herr Seiler, Sie sind also für die Erstellung der Konzeptionen zuständig«, plauderte Lipp unbeschwert drauflos. »Ich weiß selbst, wie knifflig das sein kann – und ich bin immer froh, wenn ich abends mit Freunden auf den Bolzplatz kann, draußen bei uns in Botnang. Das macht einem nach der Arbeit wieder so richtig den Kopf frei. Treiben Sie auch Sport?«

»Nein, ich bin nicht so der Bewegungstyp. Ich bin eher für ein Gläschen Wein zu haben, für eine schöne Zigarre. Und Ausgleich finde ich beim Schreiben …«

»Herr Seiler denkt sich abends Kurzgeschichten aus«, unterbrach ich ihn, bevor er sich und mich noch um Kopf und Kragen reden konnte.

»Ach? Interessant.«

»Ja, ich … aber nichts aus der Finanzwelt, nichts mit Immobilien«, beeilte sich Jobst nun zu versichern. »Abenteuer in der Natur, Krimis, all so was. Es soll ja eine Abwechslung sein, nicht wahr?«

Er lachte angestrengt, Lipp nickte ihm zu, als wolle er ihm recht geben. Offenbar schien ihm nichts von Jobsts Befangenheit aufzufallen – vielleicht war er doch nicht so gut, wie ich anfangs gedacht hatte.

Der Smalltalk ging noch eine Weile hin und her, Didi gab sich sehr einsilbig, Peer rettete sich recht geschickt mit Allgemeinplätzen, und Tamás erzählte, wo in Ungarn seine familiären Wurzeln lagen und dass er ein ganz besonderes Hobby habe: das Kochen. Er beschrieb Rezepte von ungarischen Gerichten, und nach einer Weile schien sich Lipp ein wenig zu langweilen. Er rückte seine Unterlagen ein Stück von sich ab, legte den Kugelschreiber, den er die ganze Zeit in der Hand gehalten hatte, auf die Dokumentenmappe und lächelte in die Runde. Es war klar, dass unsere Besprechung nun beendet war.

Wir standen auf, gaben uns alle noch einmal die Hand und Lipp nannte mir einen überraschend frühen Termin, zu dem er mit der Bewertung meiner Unterlagen fertig sein würde. Peer, Tamás, Didi und Jobst gingen mir in den Flur voraus, und als ich die Tür erreicht hatte und gleich den Konferenzraum hinter mir lassen würde, begann eine Zentnerlast von mir abzufallen. Die paar Meter noch, dann in den Aufzug, unten aus dem Gebäude und danach, außer Sichtweite der Bank, erst einmal durchatmen und sich beglückwünschen – das hörte sich nach einem guten Plan für die nächsten Minuten an.

»Herr Wimmer?«

Ich drehte mich um. Lipp war am Ende des Konferenztisches stehen geblieben und deutete mit einer Hand auf einen der Stühle.

Mein Plan für die nächsten Minuten löste sich wohl gerade in Luft auf. Die vier anderen hatten bemerkt, dass ich mich umgedreht hatte. Sie blieben im Flur stehen, ich gab ihnen mit einer Geste zu verstehen, dass sie weitergehen und außerhalb des Bankgebäudes auf mich warten sollten. Ich kehrte zum Tisch zurück, setzte mich und machte mich auf das Schlimmste gefasst.

Lipp ging zur Tür, schloss sie, kehrte zurück und setzte sich ebenfalls. Wir waren keinen Meter voneinander entfernt, nur eine Ecke des Konferenztisches befand sich zwischen uns. Lipp sah mich an und ließ ein Lächeln über sein Gesicht gleiten.

Er lächelte – ich hatte mit vielem gerechnet, damit nicht. Warum rief er mich noch einmal zurück, wenn ihm nicht irgendetwas an unserem Auftritt faul vorgekommen war? Und falls das so war: Warum lächelte er mich dann an, anstatt mich zur Rede zu stellen?

»Herr Wimmer, ich freue mich wirklich, dass wir künftig zusammenarbeiten werden. Und ich glaube, Ihre GmbH wird erfolgreich sein, sehr erfolgreich. Es gibt im Moment in dieser Stadt eine ganze Reihe von Bauvorhaben in ganz unterschiedlichen Stadien – und es gibt eine ganze Reihe von Menschen, die ihr Geld in gute Projekte stecken möchten. In sichere Projekte, gerade jetzt, wenn alles von Krise spricht und viele Angst um den Wert von Bargeld haben.«

Worauf will er hinaus?

»Herr Dr. Rohse hat mir von Ihnen erzählt – es wird Sie nicht überraschen, dass er dabei ins Schwärmen geriet. Und ich muss zugeben: Aus den Unterlagen unseres Hauses geht sehr klar hervor, dass Sie sehr gut sind, was das Vermarkten von Immobilien angeht.«

Lob als Einleitung eines schmerzhaften Treffers – so viel ist mir klar. Aber aus welcher Richtung wird der Schlag kommen?

»Sie haben auch in London gute Erfolge gefeiert, ein Studienkollege von mir arbeitet dort und hat mir Projekte beschrieben, die Sie dort vor einigen Jahren betreut haben. Auch das: sehr eindrucksvoll.«

Na, wenigstens scheint er meine Legende mit London und Dubai als wasserdicht zu akzeptieren.

»Warum Sie aber in London und in Dubai nur Büroservice anmieten, wo Sie dort doch eigentlich kein Problem haben sollten, angemessene Büroräume zu mieten und entsprechende Mitarbeiter anzustellen, will dazu nicht recht passen.«

Scheiße – er ist mir draufgekommen!

»In Dubai kann ich das ja noch verstehen – da haben Sie bisher kein einziges Bauprojekt betreut oder an einem mitgearbeitet. Vermutlich fehlt Ihnen da in Wirklichkeit einfach der Zugang zur Immobilienszene.«

Ich öffnete den Mund, aber er hob nur kurz eine Hand, um mich zum Schweigen zu bringen.

»Tut mir leid, Herr Wimmer, aber meine Studienkollegen sind wirklich über die halbe Welt verstreut, und in Dubai arbeiten gleich zwei von ihnen.«

Er lächelte, aber es war nicht das Haifischlächeln, das ich erwartet hatte. Die meisten anderen Geschäfts- oder Bankleute, mit denen ich in den vergangenen Jahren zu tun hatte, hätten sich eine solche Gelegenheit nicht entgehen lassen, ihren Triumph über den entlarvten Kontrahenten mit einem gemeinen Lächeln zu krönen.

Wenigstens hat er mir mein Team als echt abgenommen.

»Meiner Bank entsteht nicht wirklich ein Schaden, wenn herauskommt, dass Ihre Vorgeschichte nicht stimmt oder dass Sie in London nicht mehr die große Hausnummer sind, die Sie zu sein vorgeben, und dass Sie es in Dubai noch nie waren.«

Ich schluckte, versuchte aber trotzdem ein dünnes Lächeln.

»Sie nehmen mir meine offenen Worte hoffentlich nicht übel. Ich hatte den Eindruck, dass Sie gern schnell auf den Punkt kommen – eine sehr angenehme Eigenschaft, wie ich finde. Ich mache es selbst gern so.«

Das merkte ich gerade.

»Wie gesagt: Meiner Bank droht kein direkter finanzieller Schaden. Aber wenn wir Ihr Projekt finanzieren, werden meine Kollegen und ich auch einigen unserer Kunden davon erzählen, die im Moment auf der Suche nach einem passenden Investment sind. Das kann Ihnen sehr helfen, aber das tun wir nur, wenn wir auch wirklich sicher sind, dass das Investment gut für unsere Kunden ist.«

Und jetzt platzt das Geschäft doch noch …

»Meine Recherchen habe ich gewissermaßen privat angestellt, das heißt, alles, was ich über Sie in Erfahrung gebracht habe, steht noch nicht in den Unterlagen meiner Bank. Ich schlage vor, wir lassen das auch so – die Bopserbank hat aus ihren früheren Geschäften mit Ihnen ausreichend Informationen, und die sind alle hervorragend als Referenz geeignet. Herr Dr. Rohse hält große Stücke auf Sie, und auch ich habe Sie heute als einen Mann kennengelernt, der sein Geschäft versteht.«

Ja, was denn nun?

»Die Bopserbank wird Ihre GmbH finanzieren – und ich persönlich freue mich vor allem darüber, dass Sie in Ihrem Konzept Wert auf den Erhalt von Gebäuden legen, dass Sie auf eine nachhaltige Nutzung und auf eine Wahrung der charakteristischen Eigenschaften der jeweiligen Areale abzielen. Ich könnte Ihnen gleich jetzt drei, vier große Projekte in der Stadt nennen, denen Ihre Zielsetzung sehr guttäte. Aber alles zu seiner Zeit. Sie hatten vorhin erwähnt, dass Sie durch Ihre geschäftlichen Beziehungen in Dubai …«, er räusperte sich, »… über Kontakte zu interessierten und finanziell sehr potenten Investoren verfügen. Ich nehme an, das entspricht so nicht ganz der Wahrheit?«

Ich wand mich, dann nickte ich.

Er weiß eh schon alles.

»Umso dringender sollten wir hier in Stuttgart und in der Region Kapital für Sie einwerben, nicht wahr? Lassen Sie mich alles in die Wege leiten, ich gebe Ihnen Bescheid, wenn wir starten können.« Er stand auf, streckte mir erneut die Hand hin. »Ich freue mich wirklich auf unsere Zusammenarbeit. Das wird sicher gewinnbringend für alle Seiten, spannend möglicherweise auch und …« Lipp gönnte sich noch einmal ein kurzes Grinsen, »… und in Zeiten, in denen wir Banker ohnehin an allem schuld sind, tut es auch mal gut, mit einem Projekt wie Ihrem letztlich Positives bewirken zu können.«

Ich stand nun auch auf, meine Beine fühlten sich etwas wacklig an. Ich drückte Lipp die Hand, begriff immer noch nicht, warum wir auch nach diesem Gespräch noch im Geschäft waren, dann wandte ich mich ab und ging zur Tür.

Als ich die Klinke in die Hand nahm, rief mir Lipp halblaut noch etwas hinterher: »Ach, und Herr Wimmer: Bitte kommen Sie das nächste Mal allein. Sie haben nette Freunde, aber mit Immobilien haben diese Männer so wenig zu tun wie ich mit einem Bolzplatz in Botnang.«

Ich drehte mich noch einmal zu ihm um, musste mich sehr zusammenreißen, um ihn nicht mit offenem Mund anzustarren, aber Lipp schüttelte nur lachend den Kopf und strebte mit seinen Unterlagen einer Seitentür zu, die ebenfalls aus dem Raum führte.

Kapitel 9 | *Der Auftrag*

Ein paar Tage nach der Veranstaltung in der Alten Reithalle kam vormittags eine Mail von Rike Schmitz, geborene Blarer. Sie bat mich zu einem Treffen mit ihr und ihrer Schwester, nannte eine Adresse, Im Schellenkönig, einer kleinen Straße in Halbhöhenlage, etwa in der Mitte zwischen Olgaeck und der Villa Reitzenstein. Keine schlechte Wohngegend, und der kompletten Adresse – »Villa Blarer« – nach zu urteilen, handelte es sich um den letzten Wohnsitz von Alfons Blarer.

Rike Schmitz schlug ein Treffen noch am gleichen Tag vor und fragte, ob mir sechzehn Uhr passen würde – ich hatte zwar den ganzen Tag über keinen anderen Termin, wollte aber nicht zu unbeschäftigt erscheinen, also bat ich, das Treffen lieber auf siebzehn Uhr zu legen, um es auch wirklich rechtzeitig von einem anderen Termin schaffen zu können.

Siebzehn Uhr passte den Blarer-Erbinnen ebenfalls, und so ließ ich mich im Taxi rechtzeitig hinbringen – mein alter Kombi hätte in dieser Gegend nun wirklich zu viel Aufmerksamkeit erregt, und vor allem die falsche. Es wurde höchste Zeit, dass ich mir ein standesgemäßes Auto zulegte.

Von der Straße führte eine schön geschwungene Steintreppe hinauf zum Hauseingang, und oben verabschiedete gerade eine junge Frau mit grauem Kleid und weißer Rüschenschürze eine ältere Dame, die mir vage bekannt vorkam, und redete in einem tröstenden Tonfall auf sie ein.

»Ach, lassen Sie nur, Doris«, wehrte die Ältere ab und drückte ihr noch einmal beide Hände. »Undank war schon immer der Welten Lohn, gell?«

Damit wandte sie sich ab, hielt sich gerade, obwohl ihr das sichtlich schwerfiel, und marschierte die Treppe hinunter.

»Grüß Gott«, sagte ich im Vorübergehen, aber sie sah mich nur ganz kurz an und stapfte dann an mir vorbei.

Die junge Frau an der Eingangstür hatte gerade wieder nach drinnen gehen wollen, als sie mich bemerkte. Sie faltete die Hände vor der Schürze und wartete geduldig, bis ich vor ihr auf der obersten Stufe stand.

»Wen darf ich melden?«, fragte sie mich.

»Ronald D. Wimmer. Frau Schmitz hat mich hergebeten.«

»Ah ja, selbstverständlich, kommen Sie bitte.« Sie deutete in den Hausflur hinein, ließ mich vorgehen und sah, bevor sie die Tür hinter mir schloss, noch kurz zu der älteren Frau hinunter, die inzwischen die Straße erreicht hatte und mit schnellen Schritten davonging. »Wenn Sie mir dann bitte folgen wollen.«

Sie ging an mir vorbei und den Flur entlang, und neben einer der letzten Türen blieb sie stehen, sagte meinen Namen in den Raum hinein und bedeutete mir mit dem ausgestreckten Arm, doch bitte das Zimmer zu betreten.

Wobei »Zimmer« es nicht so ganz traf. Der Raum wirkte wie ein mittelgroßer Saal, und durch die raumhohen Fenster fiel das Sonnenlicht. Der Parkettboden war zum größten Teil mit Teppichen ausgelegt, an den Wänden standen wuchtige Schränke aus dunklem Holz, teils mit Schnitzereien verziert und zum überwiegenden Teil mit wertvoll aussehenden Büchern gefüllt. Ein Kamin mit beachtlichen Ausmaßen beherrschte die Wand neben der Tür, war im Moment aber nicht beheizt. Und an einer Seite stand eine riesige, vermutlich sehr wertvolle, aber auch ausgesprochen hässliche Standuhr, in der ein goldglänzendes Pendel gemächlich hin und her schaukelte. Auf einer besonders sonnigen Fläche zwischen Zimmertür und einigen Glastüren, die auf einen schönen Balkon mit Talblick hinausgingen, war eine riesige Sitzlandschaft aus Sesseln und einem altmodisch wirkenden Sofa verteilt, dazwischen standen niedrige Steintische, auf denen alles für Kaffee und Kuchen vorbereitet war.

Eine schlanke Frau Mitte vierzig erhob sich und kam mir entgegen. »Guten Tag, Herr Wimmer«, sagte sie und schüttelte mir die Hand. Sie drückte kurz und fest zu. »Ich bin Rike Schmitz, meinen Mann haben Sie ja schon kennengelernt.«

Hinter ihr hievte sich Bruno aus seinem Sessel. Er nickte mir lächelnd zu, hielt sich aber im Hintergrund.

»Und das ist meine Schwester Riette Blarer«, fuhr Rike Schmitz fort, ohne sich weiter um ihren Mann zu kümmern.

Sie führte mich zu einem weiteren Sessel, in dem eine etwa fünfzigjährige Frau saß und auch sitzen blieb, als ich ihr die Hand reichte.

Sie deutete auf ihr Gipsbein. »Sie entschuldigen?«

Dann streckte sie mir die Hand auf eine Art hin, dass ich mir nicht ganz sicher war, ob ich sie ergreifen oder doch lieber einen Handkuss andeuten sollte. Vermutlich wäre sie auch ohne Gipsbein nur sehr ungern aufgestanden. Riette Blarer war die Einzige im Raum, die in diesen Saal und zu diesen wuchtigen alten Möbeln hundertprozentig passte. Ihre schwarzen Haare hatte sie streng nach hinten gekämmt und zu einem kleinen Dutt gebündelt, nicht weniger streng war ihr Blick, mit dem sie mich musterte, bis ich mich in den Sessel sinken ließ, den mir ihre jüngere Schwester anbot.

»Schön, dass Sie es so kurzfristig haben einrichten können«, sagte Rike Schmitz und gab Doris, dem Mädchen, das die ganze Zeit über an der Tür auf seinen nächsten Einsatz gewartet hatte, ein Zeichen. »Sie nehmen doch etwas Kaffee?«

»Gern, schwarz bitte.«

Ich mochte Kaffee eigentlich eher süß und mit ordentlich Milch, aber ich fand, dass die bittere Variante besser zu dem von mir gewünschten toughen Image passte.

Doris befüllte vier Tassen und verteilte sie schnell und fast geräuschlos, dann zog sie sich auch schon wieder zurück und war nicht mehr zu sehen. Ich war mir allerdings sicher, dass sie irgendwo in Hörweite stand, um auf das nächste Kommando reagieren zu können.

»Warum, glauben Sie, haben wir Sie heute hierher gebeten?«

Rike Schmitz sah mich aufmerksam an, als hänge von meiner Antwort etwas ganz Wichtiges ab. So war es wohl auch.

»Ich hatte Ihrem Mann meine Visitenkarte gegeben und erwähnt, dass ich, falls nötig, gerne mit einem Rat oder einer Auskunft behilflich sei. Ich vermute, dieses Angebot wollen Sie annehmen.«

Sie nickte langsam, nippte am Kaffee und sah zu ihrer Schwester hinüber.

»Und wie kann ich Ihnen helfen?«, fragte ich, an Riette Blarer gewandt.

»Das wird sich noch herausstellen, gleich nachher.«

Riette Blarer hatte eine matronenhafte Stimme, die sicher gut tadeln und ermahnen konnte, und sie sprach ein wenig durch die Nase, was sie arrogant wirken ließ und ganz gut zu ihrem sonstigen Gehabe passte.

Ich sah sie fragend an, sagte aber nichts weiter.

»Jetzt würden Sie gerne wissen, was ich meine, oder?«

Ich lächelte und saß, wie ich hoffte, ganz entspannt im Sessel. Dass ich gerade getestet wurde und dass am Ende des Tests die Betreuung des Blarer-Carrés auf mich übergehen könnte, war klar. Das musste ich nicht extra noch laut aussprechen.

»Nicht?«, wiederholte sie und klang fast etwas ungnädig dabei.

»Doch, natürlich, Frau Blarer, aber …«

»Fräulein Blarer, bitte.«

»Doch, natürlich, Fräulein Blarer, aber Sie werden es mir sagen, wenn Sie es für richtig halten, nicht wahr?«

Die faltige Haut um ihren streng zusammengepressten Mund kräuselte sich ein wenig, möglicherweise der Anflug eines Lächelns. »Da haben Sie recht, Herr Wimmer. Sie haben meinen Schwager einigermaßen beeindruckt.«

Dazu machte sie ein Gesicht, das deutlich machte, für wie leicht sie es hielt, den guten Mann zu beeindrucken. Bruno hatte hier wohl nicht viel zu melden.

»Und als ich hörte, dass mein Mann bei Besprechungen mit Ihnen gerne dabei sein würde, war auch ich beeindruckt«, fügte Rike Schmitz hinzu. »Er hat sonst kein besonderes Interesse an unserem aktuellen Projekt.« Sie drehte sich zu ihm hin, lächelte. »Nicht wahr, Schatz?«

»So ist es«, entgegnete Bruno und nahm sich einen Keks aus der Glasschale in der Mitte eines der Tische.

»Mein Mann ist eher an Kunst interessiert. Er betreibt eine Galerie in München, Expressionisten vor allem.«

»Ah, spannend«, log ich, »davon haben Sie ja in der Alten Reithalle gar nichts erwähnt!«

Bruno winkte lächelnd ab.

»Er macht halt nicht gern viel Aufhebens um sich, mein Mann.«

Es klingelte.

»Ah, er kommt«, sagte Riette Blarer und sah auf die große Standuhr. »Wurde auch Zeit.«

Schritte kamen vom Flur her, die von Doris trippelten zackig und flott mit hellem Klacken, dazwischen mischten sich langsamere Tapper wie von teuer aussehenden, aber nicht handgemachten Schuhen. Wer genau hinhörte, konnte das Leder sogar leise knarzen hören – und ich hörte sehr genau hin, schließlich würden die kommenden Minuten ziemlich sicher darüber entscheiden, ob ich künftig etwas mit dem Blarer-Carré zu tun haben würde oder nicht.

Doris stellte sich wie vorhin neben der Tür auf und wies mit dem ausgestreckten Arm den Weg in den großen Raum – ein Mann mittleren Alters im grauen Anzug, mit hellgrauem Hemd und dezenter Krawatte trat ein und zwinkerte dem Hausmädchen im Vorbeigehen noch zu. Seine Schuhe waren wirklich nicht handgemacht, zudem waren die Absätze an den Außenseiten schon ganz leicht abgelaufen.

So weit hatte ich alles erwartet, wie es nun vor mir stand – doch das Gesicht des Mannes war eine echte Überraschung. Es war der Berater, von dem Bruno erzählt hatte, der Mann, der sich um die Vermarktung des Blarer-Carrés kümmerte. Nun hatte ich ein Gesicht zu dem Namen Wiesnau, und sofort auch mehr als das.

Fred Wiesnau war mir zum letzten Mal vor gut zwei Jahren begegnet. Damals lag ich mit verschmutzten und zerrissenen Kleidern im Schlossgarten und litt darunter, dass mir Tina meinen Broterwerb als rücksichtsloser Immobilienverwerter übel nahm und deshalb mit mir Schluss gemacht hatte, noch bevor wir richtig zusammen waren. Damals hatte mich Wiesnau mit drei anderen Managertypen verhöhnt und getreten, sie hatten ihren Coffee-to-go über mich ausgeschüttet und ein paar Meter entfernt hatte ein fünfter Mann Schmiere gestanden, dass die honorigen Geschäftsleute auch nur ja nicht beim Pennerklatschen erwischt wurden.

Lange her, gefühlt viel länger als zwei Jahre, und Tina hatte sich mit mir nicht nur wieder ausgesöhnt, sondern mich ja inzwischen auch schon wieder davongejagt. Es tat heute so weh wie damals, im Herzen immer und im Magen immer dann, wenn ich nur an sie dachte, und fast spürte ich die Prellungen wieder, die mir Wiesnau und seine sauberen Kumpane mit ihren auf Hochglanz gewienerten Schuhen verpasst hatten.

Wut kam in mir hoch, ich zwängte sie in ein kühles Lächeln, nickte Wiesnau lässig zu und war nun in der richtigen Stimmung, diesen Clown vor seinen Auftraggeberinnen in der Luft zu zerreißen.

»Herr Wimmer?«, brachte er staunend hervor, starrte mich überrascht an und sah dann zwischen den Blarer-Schwestern hin und her.

Die Szene im Schlossgarten hatte er offenbar vergessen, aber an den vor ihm sitzenden Mann im maßgeschneiderten Anzug und in Cowboystiefeln erinnerte er sich von früher. Sicher keine angenehme Erinnerung für ihn: Ich hatte ihn mehr als einmal gekonnt über den Tisch gezogen, irgendwann musste er das einfach mitbekommen haben.

»Sie sind wieder in der Stadt?«, fragte er noch, während er nach wie vor wie angewurzelt ein paar Schritte von der Tür entfernt stand.

Ich erhob mich, ging zu ihm hin, drückte ihm die Hand und versuchte dabei wie ein großherziger Chef zu wirken, der selbst den letzten Schraubensortierer seines Konzerns mit Namen kennt. Wiesnau ließ meine Begrüßung mit säuerlichem Lächeln über sich ergehen – offenbar hatte ich erreicht, was ich beabsichtigt hatte.

Dann ging ein Ruck durch ihn und er beeilte sich, zu seinen beiden Auftraggeberinnen zu huschen. Erst dienerte er vor Riette Blarer und hauchte tatsächlich eine Art Handkuss auf ihre Hand, dann flitzte er zu Rike Schmitz und drückte ihr mit einer kleinen Verbeugung ebenfalls die Hand. Bruno streifte er nur ganz kurz mit seinem Blick und nickte ihm knapp zu.

Riette Blarer wies auf einen freien Sessel, und Fred Wiesnau setzte sich sofort. Er hockte auf der Kante des schweren Möbels, offenbar rang er noch immer um seine Fassung. Doris kam herbei, schenkte ihm eine Tasse Kaffee ein und achtete darauf, dem neuen Gast nicht allzu nahe zu kommen.

Ich beugte mich vor, schob ihm Milch und Zucker hin. »Milch und wenig Zucker, richtig?«

Wiesnau klappte der Kiefer herunter, die beiden Blarer-Schwestern sahen sich an, Bruno grinste über das ganze Gesicht.

»Woher wissen Sie …?«

»Es ist zwar schon ein paar Jahre her, dass wir miteinander zu tun hatten, aber solche Dinge kann ich mir ganz gut merken.«

In meiner Erinnerung waren meine Haare und mein Gesicht noch ganz verklebt von Kaffee mit Milch und Zucker, über mir ausgegossen von Wiesnau und den anderen. Er wiederum schien fieberhaft nachzudenken, bei welchem geschäftlichen Treffen ich ihm seine Kaffeevorliebe abgeschaut haben konnte.

»Und«, fragte Riette Blarer, »hat Herr Wimmer recht?«

Wiesnau nickte, ebenso wie Doris, die zwischendurch kurz irritiert zu mir hergesehen hatte. Er goss sich etwas Milch in den Kaffee, nahm einen knappen halben Löffel Zucker, und ganz leicht zitterte seine Hand dabei. Ich sah ihn an, und als er meinen Blick erwiderte, ließ ich ein ganz leichtes Lächeln um meinen Mund spielen.

Das Blarer-Carré kannst du dir abschminken, du Pfeife!

Doris bemerkte mein Lächeln, musterte Wiesnau kurz, und ich hätte wetten können, dass sie beim Hinausgehen ein wenig grinste.

»Und was macht …« Wiesnau setzte zu einer direkten Frage an, weil er natürlich keine Ahnung hatte, was ich hier zu tun hatte – aber im letzten Moment fiel ihm noch ein, wie anmaßend das vor allem auf die sehr bestimmende Riette Blarer wirken musste. Also räusperte er sich und nahm noch einen neuen, etwas abgebremsten Anlauf. »Wie kann ich Ihnen heute helfen, Fräulein Blarer? Frau Schmitz?« Er sah beide Schwestern an, und Bruno schaute mich an und verzog, als er wieder wegsah, demonstrativ das Gesicht – es war aber auch zu offensichtlich, wie Wiesnau hier herumschleimte.

»Wir haben Herrn Wimmer dazugebeten«, ergriff Riette Blarer das Wort, »weil wir uns von ihm noch ein paar Hinweise erhoffen, die bestmögliche Vermarktung des Carrés betreffend.«

Wiesnau wurde bleich und schluckte ein paar Mal trocken.

Mein Gott, wenn du deine Lage wirklich erst durch diese klare Ansage begriffen hast, bist du ja im Grunde genommen nicht einmal ein würdiger Gegner!

»Sind Sie denn mit meinem … ich meine: mit unserem bisherigen Konzept unzufrieden?«

»Nicht direkt, aber es gibt nichts, was man nicht noch optimieren könnte, finden Sie nicht auch?«

Er nickte zögernd, Riette Blarer sah mich an.

»Herr Wimmer?«

»Sie haben recht. Was haben Sie denn im Sinn, Herr Wiesnau?« Ich unterbrach mich und wandte mich den beiden

Schwestern zu. »Fräulein Blarer, Frau Schmitz – ist es Ihnen recht, wenn ich gleich mit der Tür ins Haus falle?«

»Bitteschön«, sagte Riette Blarer. »Wir sind, glaube ich, alle daran interessiert, solche geschäftlichen Dinge effizient durchzuziehen. Nicht wahr, Rike?«

»Natürlich, Riette. Bitte, Herr Wimmer, fahren Sie fort.«

»Danke. Können Sie mir denn ein paar Eckpunkte Ihres Konzepts nennen?«

Ich sagte extra »können« statt »würden«, aber Wiesnau, so nervös wie er jetzt war, bemerkte die kleine Spitze nicht einmal.

»Ja, ich … natürlich, auch wenn ich meine Unterlagen jetzt nicht …«

Der Kerl schwitzte, und er stellte sich tatsächlich dadurch bloß, dass er mit dem Zeigefinger den Hemdkragen ein wenig lockerte.

»Bitte, Herr Wiesnau.«

Er skizzierte den geplanten Abriss der bestehenden Gebäude und den bisher mit der Stadt abgestimmten Rahmen der möglichen Neubebauung.

»Schön, Herr Wiesnau, vielen Dank. Und wie kommunizieren Sie das?«

Er nahm nicht einmal mehr wahr, dass ich die Rolle seines gestrengen Vorgesetzten übernommen hatte.

»Wir haben Projektprospekte aufgelegt, die Hausbank hat alles auch in Datenform auf ihren entsprechenden Internetseiten hinterlegt, und wir stehen …«, er sah kurz zu Riette Blarer hin, die aber nicht weiter reagierte, »… wir stehen mit Investoren in aussichtsreichen Gesprächen, wenn ich das sagen darf.«

»Wir sind ja unter uns«, sagte Rike Schmitz, und Wiesnau beeilte sich, nun auch zu ihr hinzusehen.

»Dass Sie«, sagte ich, »für dieses sehr schöne und sehr zentral gelegene Areal schon einen Interessenten gefunden haben, davon gehe ich selbstverständlich aus. Aber ich meinte nicht die Kommunikation gegenüber möglichen Käufern oder

Investoren. Wie präsentieren Sie das Projekt in der Öffentlichkeit?«

»Wir … nun … wir haben die Eckpunkte auf einer Projekthomepage dargestellt, es gibt natürlich vor Ort auch informative Großplakate, und wir haben in einer Pressekonferenz einige gestalterische Grundideen vorgestellt, wobei es ja klar ist, dass wir mit Blick auf künftige Projektpartner vor allem in der Ausgestaltung möglichst flexibel bleiben möchten.«

»Ja, ja, schon recht – das wollen wir ja alle. Nur: Wie vertreten Sie die Pläne mit dem Blarer-Carré jenen Menschen gegenüber, die inzwischen in wachsender Zahl montags am unteren Ende der Königstraße demonstrieren, um den Erhalt dieser Wärmestube für Obdachlose zu fordern?«

»Nun …«, stammelte er und versuchte ein kühles Lächeln, an dem er aber grandios scheiterte, »ich sehe mich in erster Linie meinen Auftraggeberinnen verpflichtet. Meine Aufgabe ist es, das Carré möglichst gewinnbringend zu vermarkten und mit vollem Einsatz den größtmöglichen Erlös für Fräulein Blarer und Frau Schmitz zu erwirtschaften.«

Die beiden Schwestern warfen sich einen Blick zu. Wiesnau würde wohl nicht mehr lange mit dem Carré-Projekt zu tun haben.

»Das ist richtig, Herr Wiesnau, aber gerade in der heutigen Zeit sollte man solche Großprojekte … wie soll ich sagen? … etwas moderner angehen. Gerade in Stuttgart, wo der Tiefbahnhof die Bürger doch sehr sensibilisiert hat, wenn es um größere Veränderungen in ihrem Umfeld geht.«

»Allerdings ist das Blarer-Carré ja wohl nicht mit …«

»Danke, Herr Wiesnau, das reicht für den Moment.« Rike Schmitz war aufgestanden und streckte Fred Wiesnau nun die Hand hin.

Ein Rauswurf erster Klasse. Wiesnau sah noch hilfesuchend zu Riette Blarer hin, doch die sah starr geradeaus und würdigte ihn keines Blickes. Langsam stand nun auch er auf, gab Rike Schmitz die Hand, nickte Riette Blarer noch kurz zu und bedachte mich mit einem giftigen Blick, als er an mir vorbei auf den Flur zumarschierte.

Ich wartete, bis er fast das Zimmer verlassen hatte, dann erhob ich mich ebenfalls und rief ihm noch hinterher: »Ach, Herr Wiesnau, wenn Sie noch einen Moment für mich hätten?«

Er blieb wie vom Donner gerührt stehen, offenbar kochte er vor Wut und drehte sich erst nach einer kurzen Atempause zu mir um.

Ich ging zu ihm, streckte ihm meine Visitenkarte hin. »Telefonisch bin ich im Moment am besten im Hotel Graf Zeppelin zu erreichen, aber die Mailadresse auf der Karte stimmt natürlich nach wie vor. Wären Sie vielleicht so freundlich, mir Ihre Karte ebenfalls zu geben? Ich nehme an, dass wir in den nächsten Tagen noch Kontakt haben werden.«

Er stopfte meine Karte in die Jacketttasche und gab mir seine, dabei zitterte seine Hand wirklich wirklich ein wenig.

Ich stand mit dem Rücken zu den beiden Schwestern, deshalb gönnte ich mir ein leichtes Lächeln, beugte mich kurz zu Wiesnau hin und raunte ihm zu: »Und jetzt bitte keine Penner klatschen, ja?«

Wiesnau wurde aschfahl, starrte mich mit offenem Mund an, dann drehte er sich abrupt um und marschierte auf die Haustür zu. Als Doris, die schon vorausgegangen war, die Tür für ihn öffnete, sah er noch einmal zu mir zurück. In seine wütende Miene mischte sich ein nachdenklicher Zug.

Womöglich hatte ich überzogen.

Doris kam zurück. Fred Wiesnau war, wenn ich die jetzige Hausherrin Riette Blarer richtig einschätzte, vermutlich nicht der erste Gast, den sie nach einem solchen Auftritt hinausgeleitet hatte, und so entspannt, wie sie nun ins Zimmer zurückkehrte, hatte ich den Eindruck, dass sie Wiesnau die Abfuhr von Herzen gönnte.

»Wären Sie so nett und würden uns vier Gläser bringen, Doris?«

Riette Blarer wirkte amüsiert und viel lockerer als bisher. Rike Schmitz lächelte ebenfalls, und Bruno rückte seinen Sessel ein wenig nach vorn, um neben und nicht mehr hinter seiner Frau zu sitzen.

Doris wusste wohl, was die Uhr jetzt geschlagen hatte. Ohne Nachfrage ging sie an einen der Schränke, verteilte Gläser auf dem Tisch und schenkte Portwein aus einer teuer wirkenden Flasche ein. Riette Blarer hob ihr Glas, prostete den drei anderen zu und trank es leer. Doris war direkt neben ihr stehen geblieben und füllte sofort nach. Dann stellte sie die Flasche ab und ging wieder aus dem Zimmer.

»Woher wussten Sie, wie Wiesnau seinen Kaffee trinkt?«, fragte Rike Schmitz nach einer Weile.

»Wir hatten mal miteinander zu tun, das ist schon zwei Jahre her, eher etwas länger, und das habe ich mir eben gemerkt.«

»Hat er Sie damals so sehr beeindruckt?«

Ich gönnte mir ein leichtes Grinsen. »Eher nicht, nein.«

Rike Schmitz lachte laut.

»Sie sind ein frecher Hund, Wimmer«, sagte Riette Blarer, und es war wohl als Lob gemeint, denn sie hielt ihr Glas in der Hand, hatte den Mund gekräuselt und nickte mir lächelnd zu. »Hätten Sie Lust, sich für uns um das Carré zu kümmern?«

»Und der Kollege?«, fragte ich der Form halber.

»Nun ja, da werden wir eine Lösung finden. Aber das braucht Sie nicht weiter zu kümmern. Also: Hätten Sie Lust?«

»Worum genau würde es gehen?« Ganz kurz wirkte Riette Blarer ein wenig enttäuscht, ich hob beschwichtigend die Hände. »Ich kenne das Projekt natürlich, so gut man es eben von außen kennen kann. Aber was genau wollen Sie erreichen? Ist es wirklich ein möglichst hoher Erlös, wie Herr Wiesnau meinte?«

»Selbstverständlich wollen wir möglichst viel Geld für unser Areal bekommen, was ist das denn für eine Frage?«

»Dann will ich sie etwas anders formulieren: Wollen Sie einen möglichst hohen Erlös ausschließlich in Form von Geld erzielen?«

Riette Blarer sah mich irritiert an, sagte aber nichts.

»Worauf wollen Sie hinaus?«, fragte ihre jüngere Schwester.

»Schauen Sie: Im Moment wollen Sie möglichst teuer verkaufen, nehme ich an, und drunten im Talkessel formiert sich eine Protestbewegung, die sich zwar vordergründig nur gegen Ihr Projekt wendet, in Wirklichkeit aber – entschuldigen Sie bitte, wenn es jetzt etwas pathetischer wird – die zunehmende Kluft zwischen Arm und Reich zum Thema hat und auch die Frage, ob Geld alles darf und wichtiger ist als alles andere.«

»Wollen Sie uns bekehren? Sollen wir das Grundstück verschenken, damit dort kostenlos Obdachlose abgefüttert werden können?«

Riette Blarer hatte einen beißenden Tonfall angeschlagen, aber jetzt konnte ich ohnehin nicht mehr zurück.

»Falls ich Sie berate, falls ich mich für Sie um Ihr Carré-Projekt kümmern werde, möchte ich Ihnen eine Rendite verschaffen, die möglichst viel Geld bedeutet – aber eben nicht nur.«

»Ich bin gespannt.«

»Dazu würde ich gerne die Unterlagen sehen, die Vorgaben der Stadt, die bisherigen Pläne, und ich würde gerne mit Ihnen über Ihr bisheriges Portfolio, Ihr Vermögen, Ihre finanziellen Ziele reden.«

»Die Unterlagen können Sie sehen, ganz klar – aber das andere: Was hat das mit dem Carré-Projekt zu tun?«

»Als Außenstehender schätze ich das Areal auf gut 70 Ar, kommt das in etwa hin?«

Riette Blarer nickte.

»Wenn Sie das relativ kleinteilig verkaufen können, in Einheiten zu sechshundert bis maximal tausend Quadratmeter, reden wir über mehr als sieben Millionen Euro. Und das Carré-Projekt soll natürlich dafür sorgen, dass Sie mehr erlösen – sei es über Verkauf oder Vermietung. Ich finde, das ist ein Betrag, wo man schon langsam sagen könnte: Alles hat mit dem Carré zu tun.«

Bruno amüsierte sich prächtig und ließ sich Portwein nachschenken. Seine Frau saß ganz entspannt in ihrem Sessel und beobachtete interessiert das Hin und Her zwischen mir und ihrer Schwester.

»Meinetwegen, reden kann man über alles. Und dann sehen wir weiter. Aber Sie sagten vorhin, ›falls‹ Sie uns beraten – wollen Sie den Auftrag denn womöglich gar nicht übernehmen?«

»Dazu muss ich erst wissen, was Sie von meinen Ideen halten – und die entwickle ich, wenn ich alle Informationen habe. Nur wenn Sie auch wirklich das haben möchten, was ich für Sie glaube erreichen zu können, sollten wir uns zusammentun.«

»Na ja: zusammentun … Sie werden unser Dienstleister, unser Berater, unser Projektbetreuer – nennen Sie es, wie Sie wollen. Aber zusammentun klingt doch ein wenig übertrieben.«

»Letztendlich nicht, Fräulein Blarer. Sie haben das Grundstück und natürlich im Moment auch alle Gebäude, die darauf stehen – ich das Knowhow, daraus ein Projekt zu entwickeln, von dem Sie finanziell und wenn möglich auch in anderer Hinsicht profitieren sollen. Ich bin nicht besonders gut als klassischer Dienstleister – dafür eignen sich Kollegen wie Herr Wiesnau wahrscheinlich besser. Meine Stärken kommen zum Tragen, wenn ich mir ein Projekt zu eigen machen kann, wenn ich genau weiß, dass Sie und Ihre Schwester als Eigentümer von dem, was ich mit vollem Einsatz für Sie zu erreichen versuche, ebenso überzeugt sind wie ich.«

Eine Weile sah mich Riette Blarer nur stumm und nachdenklich an, dann nippte sie an ihrem Portwein und stellte das Glas zurück auf den Tisch.

»Solange Sie Ihren Job gut machen, können Sie ihn meinetwegen nennen, wie Sie wollen. Es ist unser Grundstück, es ist unser Carré, und es ist unser Geld und unser Projekt, bei dem wir das letzte Wort haben.«

»Das versteht sich.«

»Gut, dann schauen Sie sich mal alles durch, und danach setzen wir uns zusammen und hören uns an, was Sie sich einfallen lassen.«

Ich nickte, auch Rike Schmitz schien einverstanden.

»Und wann kommt eigentlich der Moment, in dem es darum geht, wie viel ihr beiden Herrn Wimmer zu bezahlen habt?« Bruno war ganz verblüfft, dass wir uns bisher ganz ohne diese Zahl handelseinig geworden waren.

»Ach, Bruno«, sagte seine Frau und lächelte nachsichtig, »das Carré-Projekt ist so groß, dass Herr Wimmer nicht riskieren wird, die Übernahme des Auftrags mit überzogenen finanziellen Forderungen zu gefährden – das wird alles in den marktüblichen Bereichen bleiben, und …« Sie wandte sich mir zu und lächelte nun etwas komplizenhafter. »Und wir werden nicht kleinlich sein.«

Kapitel 10 | *Ronald startet durch*

Bald darauf kamen die Dinge ins Rollen. Magnus Lipp ließ mir seine Bewertung der Projektunterlagen ins Hotel bringen: Es war eine glatte Eins mit Sternchen, die Bank sicherte die Finanzierung zu, sobald genug GmbH-Kapital eingesammelt war. Eine halbe Stunde später kam auch von den Blarer-Töchtern Post: Der Auftrag, das Carré zu vermarkten, war nun schriftlich fixiert und von den beiden Auftraggeberinnen bereits unterzeichnet; die Konditionen waren marktüblich und ich unterschrieb. Um nicht allzu eifrig zu wirken, wollte ich mit der Rücksendung des akzeptierten Auftrags noch bis zum nächsten Tag warten – aber schon am Nachmittag bekam ich von der Rezeption Bescheid, dass unten ein Bote warte, der gerne die beidseitig unterschriebene Vereinbarung abholen wolle.

Wieder eine Stunde später rief mich Riette Blarer an: Es gebe zu tun, sie wolle mit mir zusammen den Investor treffen, noch heute, am besten gegen 17 Uhr, sie lasse mich im Hotel abholen. Außerdem habe sie mir im Carré ein angemessenes Büro anzubieten – das stehe gerade leer, und ihrem Projekt und mir sei am besten gedient, wenn ich vor Ort schnell greifbar sei.

Da hatte sie recht, außerdem würde ich mir so die Miete für die Suite sparen können. Und ein Büro im Blarer-Carré war zumindest von der Adresse her auch hinreichend repräsentativ und würde allen Geschäftspartnern zeigen, wie gut vernetzt ich schon war in der Stadt: erst so kurz wieder vor Ort und schon ein eigenes Büro in Innenstadtlage.

Riette Blarer saß schon auf der Rückbank der schwarzen Limousine, die mich abholte, und der Fahrer hielt mir die Tür auf, damit ich neben ihr Platz nehmen konnte. Auf der Fahrt am Bahnhof, am Gebäude der Landesbank und am Pragfriedhof vorbei brachte mich Riette Blarer kurz aufs Laufende, was den potenziellen Käufer des Carrés betraf, und dann waren wir auch schon da, betraten das moderne Gebäude und wurden im rundum verglasten Eingangsbereich von einer schneidigen Assistentin im mausgrauen Kostüm empfangen und in die mit Teppich ausgelegte Etage gebracht, in der sich die Büros des Investors befanden.

Björn Hagerbeck war ein etwas fülliger Mann Mitte fünfzig, der über seinen ergrauten Augenbrauen einen so vollen, schwarzen Schopf zur Schau trug, dass die Haare sehr wahrscheinlich entweder nachgefärbt oder nachgekauft waren. Als Riette Blarer und ich das geräumige Büro betraten, sie wegen ihres Gipsbeins (wohl aber auch wegen der Wirkung) schwer auf mich gestützt, stand Hagerbeck auch schon auf und eilte uns entgegen.

»Liebes Fräulein Blarer, dass Sie sich eigens hierher bemühen! Ich hätte Sie doch ebenso gut in Ihrer Villa aufsuchen können.«

Er nahm mir meine Auftraggeberin kurzerhand ab und führte sie zu einem von zwei Besuchersesseln, mir bot er den anderen an und sah interessiert zwischen ihr und mir hin und her – deutlicher konnte er nicht zeigen, dass er nun gerne den neuen Berater vorgestellt bekommen wollte, mit dem er künftig über das Carré verhandeln sollte.

»Herr Hagerbeck, das hier ist Ronald D. Wimmer, er wird die Interessen von meiner Schwester und mir künftig vertreten, soweit sie das Carré betreffen. Herr Wiesnau wurde … sagen wir: abberufen.«

»Nun ja, das sind Interna, die mich nicht interessieren müssen.«

Hagerbeck log schamlos. Natürlich hätte er nur zu gerne die Hintergründe des Wechsels erfahren, das war ihm auch anzusehen, aber im Moment verbot das die Höflichkeit – Riette Blarer hatte sich so einsilbig gezeigt, dass sich eine Nachfrage nun wirklich nicht gehörte. Außerdem hatte er ja schon Kontakt mit Wiesnau gehabt, da ließe sich sicher ein Telefonat oder ein Treffen einfädeln, um ihm einige Zusatzinfos ganz beiläufig aus der Nase zu ziehen.

»Herr Wimmer wird Herrn Wiesnaus bisheriges Büro im Carré beziehen, er oder seine Assistentin werden dort für Ihre Fragen erreichbar sein – Sie haben also weiterhin dieselbe Anlaufstation, und auch Herr Wimmer kennt ja nun Ihr Büro. Er arbeitet sich gerade erst in das Projekt ein, aber mir ist eine Kleinigkeit aufgefallen. Sie haben uns ein Angebot unterbreitet, Herr Hagerbeck, und ich fürchte, da ist Ihnen ein kleiner Fehler unterlaufen. Ich habe mir speziell die zugrunde gelegten Richtpreise für innerstädtische Grundstücke noch einmal angesehen und …«

Hagerbeck verzog einen Augenblick lang das Gesicht, legte aber sofort wieder ein Lächeln auf und fiel ihr ins Wort.

»Sie haben recht, Fräulein Blarer: Da wurden zu niedrige Werte angesetzt. Mir ist es auch heute früh aufgefallen, den entsprechenden Mitarbeiter habe ich schon gerügt – er überarbeitet das Papier im Moment, ich hoffe, wir haben morgen Unterlagen, mit denen wir alle zufrieden sein können.«

Hagerbeck war sehr bemüht, Riette Blarer charmant zu behandeln, und er kämpfte so um ihre Gunst, dass er mich schon fast nicht mehr bemerkte.

Ich musterte Riette Blarer unauffällig, und so bemerkte ich den leichten Anflug eines Lächelns, der für einen Moment um ihre Mundwinkel spielte. Diese Frau war ein harter Brocken, wenn ich es mir mit ihr nicht verscherzen wollte, musste ich verdammt auf der Hut sein.

Ich fragte mich nur, wozu eine so raffinierte Geschäftsfrau überhaupt jemanden brauchte, der ihr Grundstück vermarktete. Vermutlich sollte ich vor allem als Sündenbock herhalten, wenn der Verkauf nicht wie gewünscht über die Bühne ging – aber die Mischung aus Tageshonorar, Auslagenerstattung und Beteiligung an allem, was über einen bestimmten Verkaufspreis hinausging, machte diese Rolle selbst im ungünstigsten Fall hinreichend attraktiv. Das entschädigte mich auch für den Umstand, dass sich Riette Blarer zunehmend als meine Chefin aufführte: Kurzerhand hatte sie mir Fred Wiesnaus altes Büro zugeschanzt und seine Assistentin gleich noch dazu. Die Assistentin allerdings war eine echte Überraschung, und nach dem ersten Schrecken stellte sie sich sogar als positive Überraschung heraus.

Riette Blarer hatte mich direkt nach unserem Gespräch mit Hagerbeck zum Blarer-Carré gebracht, damit ich mir mein neues Büro ansehen konnte. Es war hell, schön eingerichtet und groß genug, um hier mit irgendwann einmal vier oder fünf Mitarbeitern einen guten Job machen zu können, falls die geplante GmbH etwas größere Ausmaße annehmen sollte. Ich setzte mich probeweise auf den Chefsessel, da schwang die Tür auf und die Assistentin kam herein.

Zunächst sah sie nur Riette Blarer, die mit Stock und Gipsbein neben der Tür stand. »Ah, Fräulein Blarer, ich dachte mir schon, dass Sie heute noch vorbeischauen.«

Dann sah sie zu mir her, amüsierte sich über meinen offen stehenden Mund und begrüßte mich so freundlich, als wäre nie etwas Unangenehmes zwischen uns vorgefallen. »Hallo, Ronald.«

Nina, lange Beine, lange Haare und ein umwerfendes Dekolleté, kam auf mich zu, zog mich aus dem Sessel hoch, umarmte mich und hauchte mir links und rechts ein Küsschen zur Begrüßung auf die Wange.

»Ach, Sie kennen sich schon?«, bemerkte Riette Blarer kühl.

»Ja«, sagte Nina und zwinkerte mir zu. »Ich wohne um die Ecke, und Ronald … ich meine, Herr Wimmer hatte das Loft im selben Haus. Da trifft man sich natürlich immer wieder mal.«

Das hatte sie sehr zurückhaltend formuliert. Vor zwei Jahren, bevor ich Tina kennenlernte, hatten wir eine ziemlich heftige Affäre, die allerdings damit endete, dass Nina mich beschimpfte und rauswarf – so weit hier mal die Kurzfassung.

Als Riette Blarer gegangen und ich noch im Büro geblieben war, erzählte mir Nina, dass sie vor einem halben Jahr ihren Job als Werbetexterin aufgegeben habe, weil ihr der Chef immer wieder an die Wäsche gegangen war. Sie habe sich bei meinem Vorgänger Wiesnau als Assistentin für das Blarer-Projekt beworben, habe die Stelle auch bekommen, aber schnell gemerkt, dass Wiesnau keinen Deut besser war als ihr alter Chef. Das hatte sie wohl veranlasst, unsere Vergangenheit in etwas milderem Licht zu sehen – außerdem konnte sie es sich vermutlich nicht leisten, schon wieder einen Job zu verlieren. Das würde sich in der Vita nicht gut machen, also stellte sie sich lieber gut mit ihrem neuen Vorgesetzten – zumal sie meinen Namen schon am Morgen telefonisch von Riette Blarer erfahren hatte und sich auf unser Zusammentreffen einstimmen konnte.

— o —

Am Abend hatte Tamás eine schöne Überraschung für mich: Die Band von Bea und Márta, die Blind Balkan Bitches, probten wieder, und er wollte mit mir hinfahren, um ihnen zuzuhören.

Sie hatten sich im Keller einer alten Hedelfinger Firma eingemietet, die Wände waren mit Teppichen behängt, an die Tür war von innen eine dünne Matratze genagelt, und der niedrige Raum war vollgestellt mit Instrumenten. Márta spielte Akkordeon, Bea sang, und die beiden wurden begleitet von einem Drummer, einem Gitarristen, einem Geiger und einem Saxofonisten. Die Musik war in dem recht kleinen Raum ohrenbetäubend laut, aber sie machte trotz der beengten Verhältnisse und trotz der abgestandenen Luft einen solchen Spaß, dass Tamás und ich in einer Ecke standen und so wild mittanzten, wie es der knappe Platz eben zuließ.

Hinterher saßen wir auf Holzkisten und tranken Bier miteinander, die Musiker rissen Witze, und Bea tat sich am meisten darin hervor, böse Scherze über Blinde zu reißen. Ich hatte den Verdacht, dass sie es auch gewesen war, die der Band ihren eigenartigen Namen gegeben hatte.

Ich ließ mir von Márta ein paar Flyer von den Bitches geben, sie drückte mir noch eine live mitgeschnittene CD in die Hand, und ich hoffte, dass ich der Gruppe irgendwann einmal vielleicht einen Auftritt verschaffen konnte. Dieses Spektakel musste auf einer großen Bühne umwerfend wirken, und dass alle Bandmitglieder ihr musikalisches Handwerk verstanden, hatte sogar ich als Laie sofort gehört.

— o —

Allmählich fand ich, dass ich erste Erfolge für das Café Büchse vorzeigen konnte. Also ging ich am Montag zum Eugensplatz und legte mir unterwegs einen Vorwand zurecht, unter dem ich Tina sprechen wollte. Sie hatte sich immer wieder darüber lustig gemacht, dass ich ein halbes Kellerregal mit meiner Sammlung von Karl-May-Romanen belegte, und nun wollte ich nachsehen, ob nicht womöglich der Band »Durchs wilde Kurdistan« im Keller liegen geblieben war. Das alte und etwas muffig riechende Buch konnte genauso gut im Karton bei den anderen Romanen stecken, ich hatte bisher noch nicht nachgesehen, aber eine bessere Ausrede fiel mir auf die Schnelle nicht ein. Und vielleicht konnte ich auf diese Weise mal wieder halbwegs unverfänglich mit Tina reden und sie – wenn mein rebellierender Magen mitspielte – vielleicht sogar ein bisschen besänftigen.

Ganz geheuer war mir meine Idee trotzdem nicht. Dreimal ging ich am Hauseingang vorbei, rieb mir die schweißnassen Hände an der Hose trocken und traute mich nicht zu klingeln. Schließlich stellte ich mich etwa fünfzig Meter vom Eingang entfernt neben einem hölzernen Garagentor auf, holte ein paar Mal tief Luft und machte einen ersten Schritt auf mein Ziel zu.

Dann platzte mein Vorhaben wie eine Seifenblase.

An unserem Haus schwang die Tür auf, Tina trat heraus, breit lächelnd und offensichtlich bester Dinge – und direkt hinter ihr kam der Mann, der dafür vermutlich der Grund war: groß gewachsen, schlank, lässig gekleidet, die langen Haare zum Pferdeschwanz gebunden und ein strahlendes Lächeln im Dreitagebartgesicht. Es war der Typ von der Demo, und er legte Tina ein dünnes Wolljäckchen um die Schultern, während er immer weiter lachte, dabei sehr eng neben ihr herging und ziemlich vertraut auf sie einredete.

Ich drehte mich sofort zur Seite und studierte mit übertriebenem Interesse die Aufschrift des polierten Metallschilds, das zwischen Treppenaufgang und Garagentor angebracht war: ein italienisch klingender Name und eine kryptische Abkürzung wofür auch immer. Aus dem Augenwinkel versuchte ich weiter Tina und ihren Begleiter zu beobachten – meine Vorsicht konnte ich mir schenken: Die beiden tänzelten auf die U15-Haltestelle zu, ohne sich umzusehen. Und dann waren sie auch schon aus meinem Blickfeld verschwunden.

Inzwischen hatte ich schleichend und aufmerksam nach vorne starrend den Hauseingang erreicht, da öffnete sich die Tür erneut.

»Montage sind scheiße, gell?«

Ich zuckte zusammen. Sebastian Kross-Krampenbach stand in der Tür und sah mich mit säuerlicher Miene an. Er trug Filzpantoffeln an den Füßen und umklammerte mit jeder Hand einen Müllbeutel.

»Was?«, fragte ich, und er nickte zur Stadtbahnstation hinüber.

»Montage sind scheiße, sagte ich. Die beiden gehen sicher wieder zur Demo.«

Ich sah auf die Uhr: halb sechs, es stimmte.

Warum habe ich daran nicht gedacht? Und warum denkt dieser Typ daran?

»Woher wissen Sie denn, wohin meine Freundin montags um diese Zeit geht?«

Er zuckte mit den Schultern, lehnte seine beiden Müllsäcke an die Hauswand und sich selbst daneben. »Ich hab nicht viel zu tun, wenn meine drei Lieben aus dem Haus sind. Da habe ich halt ein Auge auf alles, aus Gewohnheit.«

Was für eine armselige Wurst. Wobei …

»Auf alles und alle hier im Haus?«

Er nickte, nestelte eine Zigarettenpackung aus der Hemdtasche und zündete sich umständlich eine an. Dann inhalierte er hastig zwei, drei Züge, sah sich dabei etwas gehetzt um, drückte die Kippe an der Hauswand aus und ließ sie in einem der Müllsäcke verschwinden.

»Simona mag es nicht, wenn ich rauche«, erklärte er, als er meinen fragenden Blick bemerkte. »Und es ist ja auch nicht gesund für Thorben und Soraya.«

»Schon recht, aber … Sagen Sie mal: War dieser Typ lange im Haus?«

Ein kurzes Grinsen huschte über Kross-Krampenbachs Gesicht. »Sie meinen Tinas Begleiter?«

»Ja, natürlich, wen denn sonst. Und?«

»Nein, nicht lange, vielleicht eine halbe Stunde. Der holt sie jeden Montag um diese Zeit ab, dann fahren sie mit der U15 in die Stadt runter, und abends bringt er sie wieder heim, aber da kommt er nicht mit ins Haus.«

Ich kaute auf der Unterlippe.

»Bisher jedenfalls nicht.« Wieder grinste er kurz.

»Aber das bekommen Sie doch gar nicht mehr mit, oder? Da sind Ihre Frau und die Kinder doch schon längst wieder da und halten Sie auf Trab.« Nun grinste ich, und auf seinem teigigen Gesicht machte sich Ernüchterung breit. Wäre ja noch schöner, wenn dieser Sepp mir gegenüber Oberwasser bekommen würde. Ich wollte mich schon über meinen kleinen Sieg freuen, als ich bemerkte, dass seine Augen verdächtig schimmerten. »Tut mir leid, Herr Kross-Krampenbach«, sagte ich schnell. »War nicht böse gemeint.«

Er schniefte, wischte sich mit dem linken Hemdsärmel die Nase trocken, zuckte aber gleich wieder zurück und untersuchte den Ärmel auf verräterische Spuren, die er schließlich mit dem Daumen und dem Zeigefinger der rechten Hand wegrieb. Dann hielt er mir die rechte Hand hin.

»Sebastian«, murmelte er.

Große Lust, mich mit diesem Loser zu verbrüdern, hatte ich eigentlich nicht, aber er tat mir leid, also drückte ich ihm die Hand.

»Ronald.«

»Und der Typ heißt Ferdinand, stammt aus Freiburg und war von Anfang an bei den Demos für das Café Büchse dabei.«

»Aha?«

Dieser Sebastian wurde mir zusehends sympathischer. Was wusste der alles, und woher wusste er es?

»Ich kenn den von früher, wir haben beide in Freiburg studiert.«

Meine Frage war mir wohl sehr deutlich ins Gesicht geschrieben gewesen.

»Und er hat damals versucht, bei Simona zu landen, aber die wollte nichts von ihm wissen.«

»Tut mir leid«, wollte ich spontan sagen, aber dann fiel mir sein verträumter Gesichtsausdruck auf und ich blieb lieber stumm.

»Und dich hat sie rausgeschmissen?«, fragte Sebastian nach einer Weile. »Deine Tina, meine ich.«

»Ja, ja, ja, aber … ach, man wird sehen …« Ich war nicht sicher, ob er mir meine Coolness abnahm. »Im Moment hab ich eh keine Zeit für eine Beziehung. Hab ziemlich viel zu tun.«

»Ja?« Sebastian sah mich gespannt an. Offenbar hoffte er auf etwas Abwechslung.

»Ja, Immobilien und so, du weißt schon.«

Er wusste nicht, aber er nickte beflissen. »Bei mir dreht sich ja eher alles ums Einkaufen, Putzen und Kochen.« Schon hatte er eine neue Zigarette hervorgekramt und suchte nach seinem Feuerzeug. »Ist aber auch total erfüllend«, schob er schnell nach und steckte sich die Zigarette an.

Zwei, drei hastige Züge später war die eilig ausgedrückte Kippe auch schon wieder bei der anderen im Müllsack gelandet.

»Warum machst du das eigentlich?«, fragte ich ihn.

»Was denn?«

»Na ja, du ziehst kurz an deiner Zigarette, drückst sie aus und stopfst sie in den Müllsack. Warum denn? Deine Frau ist doch gar nicht hier, und ich verpfeif dich garantiert nicht.«

»Weiß ich zu schätzen, danke.« Er grinste mir verschwörerisch zu und senkte seine Stimme. »Das sind Erfahrungswerte, weißt du? Ein Baumwollhemd, bei vierzig Grad mit wenig Weichspüler gewaschen und hinterher auf dem Balkon luftgetrocknet, nimmt Tabakgeruch erst ab dem vierten Zug an.«

Ich sah ihn verblüfft an und fragte mich, ob dieser Typ in seiner Welt zwischen Waschmaschine und Küchenzeile völlig verblödet war.

Sebastian interpretierte meine Miene anders. »Da staunst du, was?« Er wirkte sehr zufrieden, wie er mich so mit Genießermiene anstrahlte.

»Äh … ja, ich …«

Am liebsten hätte ich mich wieder verdrückt, aber vielleicht konnte ich diesem armen Irren noch ein paar nützliche Informationen entlocken. Ich versuchte das Gespräch noch einmal zu Tina und diesem Ferdinand zu lenken, aber Sebastian schien etwas gelangweilt von diesem Thema. Er tat bald sehr beschäftigt und meinte mit übertrieben bedauernder Miene, dass er nun den Müll in den Keller bringen und dann auch noch in der Wohnung ganz viel erledigen müsse.

Dennoch nahm ich mir fest vor, den Kontakt zu ihm nicht wieder abreißen zu lassen.

Kapitel 11 | *Der neue Wagen*

Inzwischen war mein Carré-Projekt so weit gediehen, dass ich unmöglich länger mit dem Taxi zu meinen Besprechungen kommen oder meinen alten Kombi ein paar Straßen weiter verstecken konnte.

Etwas Repräsentatives musste her, nicht protzig, aber wertig – und am besten sollte es nichts bis sehr wenig kosten, schließlich musste ich zwar für das Büro im Carré keine Miete zahlen, aber die Suite im Zeppelin und meine sonstigen Kosten hatten meine Ersparnisse schon spürbar dezimiert. Ich wusste nicht, wie lange sich die Arbeit mit dem Blarer-Carré hinziehen würde, deswegen musste ich beizeiten haushalten.

Und beizeiten war jetzt.

Also rief ich einen alten Freund an, bei dem ich noch etwas gut hatte. Kyriakos Nikitakis betrieb eine kleine Hinterhofwerkstatt in der Neckarstraße, und ich hatte ihm vor zwei Jahren meinen getunten Protzdaimler zum Verkauf überlassen und ihm aus guten Gründen eine stattliche Provision dafür gegeben – aber das ist eine andere Geschichte.

Ihn jedenfalls fragte ich, ob er vielleicht etwas Passendes beschaffen könne, leihweise, wenn's ginge – und es ging. Kyriakos hatte vor zwei Monaten einen Totalschaden hereinbekommen, den die Versicherung seines Besitzers komplett abgeschrieben hatte und der für ein paar Scheine unter der Hand in den Fuhrpark meines griechischen Freundes wechselte. Seither bastelte Kyriakos an dem Gefährt, wann immer er etwas Zeit hatte, und zumindest die Karosserie konnte sich schon wieder sehen lassen.

Als ich den Wagen zum ersten Mal sah, war ich sofort hin und weg. Ich muss zugeben: Die Eigenschaft »nicht protzig«

traf nicht hundertprozentig zu, aber wertig sah er nun wirklich aus.

Vor mir stand ein Aston Martin Cabrio, vierzehn Jahre alt und in sehr gediegenem Dunkelblau lackiert. Am Heck stand nur das Kürzel »DB7«, und wer das Logo des britischen Autoherstellers nicht kannte, kam nicht zwingend sofort darauf, dass es sich hier um ein als Neuwagen sauteures 340-PS-Geschoss handelte. Mit geschlossenem Stoffdach – leider auch in blau … – wirkte er brav, fast etwas spießig, aber oben ohne würde sich mit diesem Flitzer wunderbar durch die Stadt rollen lassen, lässig in die weißen Ledersitze gelümmelt. Und das Lenkrad war rechts, was dem Ganzen in meinen Augen einen pfiffigen Anstrich gab.

»Und was willst du dafür?«, fragte ich Kyriakos, nachdem ich ein paar Mal um den Wagen herumgegangen war und schließlich mit leuchtenden Augen hinter dem Steuer gesessen hatte.

»Der ist nicht zu verkaufen.«

»Natürlich nicht, zum Kaufen hätte ich auch gar nicht genug Geld. Nein, ich meine, wenn ich mir den von dir leihe – was willst du dafür haben?«

»Du bringst ihn immer wieder hierher, wenn du ihn mal ein paar Stunden lang nicht brauchst, gerne auch abends, egal. Und du schreibst mir jedes Mal auf, was ich noch verbessern muss. Der Wagen ist noch nicht ganz fertig, der hat noch ein paar Mucken – und die will ich ihm mit deiner Hilfe austreiben. Du bist mein Testfahrer, sozusagen.«

Das klang nach einem günstigen Deal für mich – doch genau das machte mich stutzig, denn Kyriakos war sonst eher der Typ, der selbst gern bei Deals gut wegkam. Aber das Auto war klasse, und ich schlug ein.

Kyriakos legte mir einen karierten Notizblock und zwei billige Kugelschreiber hin, die ich sofort im Handschuhfach verschwinden ließ, weil sie so gar nicht zu der noblen Anmutung des Aston Martin passten. Dann gab er mir noch ein paar

Anweisungen, was ich für die ersten Kilometer zu beachten hatte, und endlich durfte ich vom Hof rollen.

Kyriakos rannte mir hinterher und sah mir noch nach, als ich schon ein paar Blocks weiter durch den dichten Verkehr rollte. Am Neckartor war ich für ihn endlich außer Sicht- und außer Hörweite. Ich lenkte links den Berg hoch und trat das Gaspedal durch. Der Wagen knurrte wie eine Wildkatze und machte fast einen Sprung nach vorne. Es drückte mich kraftvoll in den Sitz, und eine Passantin sah bewundernd zu mir herüber.

Ja, das war der richtige Wagen für Ronald D. Wimmer.

— o —

Tamás war richtig mies drauf an diesem Morgen. Ich fragte ihn immer wieder, aber er rückte nicht raus mit der Sprache, also ließ ich ihn irgendwann in Ruhe. Als er aber am Nachmittag immer noch nicht besserer Laune war, wollte ich nicht mehr lockerlassen.

»Ach, lass mich einfach, Ronald. Ich leg mich jetzt ins Bett, verschlaf den Rest vom Tag, und vielleicht sieht morgen alles schon wieder viel besser aus.«

»Musst du heute nicht rüber zu deinem Konsul?«

»Nein, heute Abend hab ich frei, und deshalb geh ich jetzt auch gleich ins Bett.«

»Blödsinn! Du kommst mit mir in die Stadt, wir gehen essen!«

»Ich geh doch nicht essen, Mann: Ich bin Koch! Wenn ich gut essen will, dann esse ich daheim.«

»Du gehst mit, keine Widerrede, und ich weiß auch schon, wen wir noch mitnehmen. Lass dich überraschen.«

In meiner Erinnerung waren Männerabende immer nur zu dritt oder zu viert ein Erfolg gewesen. Tamás sah mich zweifelnd an, aber schließlich zuckte er mit den Schultern. Ich solle ihn rufen, wenn es losgehe, brummte er und verschwand in seinem Schlafzimmer.

Ich rief Kyriakos an, aber der hatte keine Lust und wollte ohnehin noch ein wenig an dem Aston Martin herumschrauben – das konnte ich ihm schlecht ausreden, ich brauchte den Wagen ja am folgenden Nachmittag wieder. Der Nächste, der mir einfiel, war Peer – aber der musste absagen, weil er gemeinsam mit meinem Vater an einem Wengerter-Stammtisch teilnehmen wollte. Didi konnte mit so etwas wie einem Männerabend grundsätzlich nichts anfangen, er hatte sich schon so auf den gemütlichen Abend mit Betty gefreut.

Nacheinander ging ich alle Männer durch, die ich privat kannte – und verwarf sie alle. Hannes war zu alt, Kevin zu jung, und darauf, mit meinem älteren Bruder Robert um die Häuser zu ziehen, hatte ich keine Lust. Außerdem würde Robert vermutlich auch an diesem Wengerter-Stammtisch teilnehmen.

Irgendwann fiel mir Sebastian Kross-Krampenbach ein. Eine Weile rang ich noch mit mir, weil er nun wirklich nicht der Garant für einen unterhaltsamen Abend unter Männern zu sein schien, aber dann gab ich mir einen Ruck und suchte seine Telefonnummer raus.

»Krampenbach?«

Sebastians Frau. Was sie wohl von der Idee eines Männerabends hielt?

»Kann ich Sebastian sprechen?«

»Ist gerade schlecht, er ist … na, egal. Worum geht's denn? Kann ich helfen?«

Ich lachte. »Nein, tut mir leid. Ich wollte Sebastian nur fragen, ob er vielleicht Lust hätte, heute Abend mit mir und einem Freund etwas essen zu gehen.«

Dass durchaus auch ein oder zwei Glas Bier Teil des Plans waren, ließ ich fürs Erste lieber unerwähnt. Am anderen Ende der Leitung war nun überraschenderweise auch Lachen zu hören – etwas schrill vielleicht, aber immerhin ein amüsiertes Lachen.

»Da kann ich allerdings wirklich nicht helfen«, lachte sie weiter. »Aber das ist ja nett, dass Sie da an Sebastian denken, sehr nett, wirklich. Wissen Sie was? Ich hol ihn mal ans Telefon.«

Damit war sie auch schon weg, und ich horchte. Schritte entfernten sich, es wurde an eine Tür geklopft, dann richtete Sebastians Frau ihm offenbar durch die geschlossene Tür aus, was sie gerade am Telefon erfahren hatte. Und schließlich hörte ich die Wasserspülung, eine Tür ging, Schritte kamen näher.

»Ronald?«, fragte eine Männerstimme.

»Hallo, Sebastian, ich wollte dich fragen, ob du heute …« Weiter kam ich nicht.

»Klar geh ich mit. Tolle Idee, ich hab schon ewig keinen Männerabend mehr gemacht.«

»Hat denn deine Frau nichts dagegen?«

»Nein, nein!«, rief sie von hinten.

Offenbar hatte sie den Hörer laut gestellt, bevor sie ihrem Mann das Telefonat übergeben hatte. Zum Glück hatte ich nicht direkter gefragt …

»Gut, dann treffen wir uns um …« Ich sah auf die Uhr. »Wär dir halb acht recht? Wir kommen hoch zu dir, und wenn du magst, kannst du ja schon an der Haltestelle warten, okay?«

»Supi, ich freu mich schon!«

Supi? Um Himmels willen, das kann ja was werden …

Als Tamás und ich schließlich den Eugensplatz erreichten, stand Sebastian schon an der Haltestelle, ging langsam auf und ab und sah uns erwartungsvoll entgegen. Er trug eine beigefarbene Hose und hellblaue Turnschuhe, über das karierte Hemd hatte er sich einen dünnen gelben Pullover so geschlungen, dass der Pulli über dem Rücken hing und von den verknoteten Ärmeln vor der Brust an seinem Platz gehalten wurde. Ich konnte mich nicht erinnern, wann das außerhalb von FDP-Parteitagen jemals Mode gewesen sein sollte.

Aber Sebastian strahlte in so freudiger Erwartung, dass ich mir jede Bemerkung verkniff und die beiden Männer einander so neutral wie möglich vorstellte.

»Ungar und Koch?«, freute sich Sebastian. »Das klingt ja ungeheuer interessant!«

Tamás sah mich mit hochgezogenen Augenbrauen an, als wolle er mich fragen, was ich da für einen schrägen Vogel angeschleppt hätte, aber Sebastian hakte ihn auch schon unter und quatschte in einem fort auf ihn ein, bis die Stadtbahn kam und uns in den Talkessel brachte.

Ich hatte für das Abendessen ein afrikanisches Restaurant am Marienplatz ausgesucht, und als wir die letzte Straße auf dem Weg dorthin überquerten, zischte gerade die Zahnradbahn auf der Brücke in Richtung Degerloch hinauf.

»Ist ja echt toll hier«, schwärmte Sebastian, und Tamás hörte schon gar nicht mehr hin.

Unser Begleiter fand alles »supi« und »toll«, offenbar war er noch nicht oft in der Stadt unterwegs gewesen.

»Wir wohnen ja noch nicht so lange hier bei euch im ›Schwobelendle‹.«

Er kicherte, ich verzog das Gesicht. Nichtschwaben sollten lieber die Zunge von Dialektsprüchen lassen.

»In Kassel waren wir eigentlich meistens nur bei Freunden zu Besuch oder die bei uns, und ohne Simona oder die Kinder war ich schon lange nicht mehr auf der Piste.«

Auf der Piste …?

Tamás sah so auffällig zur Seite, dass ich schon ein schlechtes Gewissen hatte, ihn und Sebastian für diesen Abend zusammengespannt zu haben.

»Wir sind übrigens da«, sagte ich und deutete auf die Fensterfront vor uns. »Ich hab uns einen Tisch im Sandbereich reserviert.«

»Sandbereich?«

Tamás sah mich fragend an, Sebastian fand das natürlich einfach supi, und als wir unsere Plätze eingenommen hatten, kriegte er sich vor Begeisterung fast nicht mehr ein. Diesmal musste ich ihm immerhin recht geben. Für uns war in einem Eckzimmer mit Fenstern zum Marienplatz hinaus reserviert, aber das wuselige Durcheinander dort draußen drang nicht bis zu uns herein. Der Boden war mit Sand ausgestreut, und statt bequemer Stühle wie im Raum nebenan waren für uns Kissen ausgelegt, auf denen wir uns nun niederließen. Die meisten Kissen waren um niedrige Tischchen herum platziert, unsere Ecke schien die Hardcoreversion darzustellen: Der »Tisch« war etwas niedriger als die anderen, und wir wussten nicht so recht, wohin wir unsere Beine packen sollten.

Etwas neidisch schaute ich zum Nebenraum hinüber, wo in der Ecke vier Männer beisammensaßen, sich prächtig unterhielten, gerade Weizenbier nachbestellten und vor allem ihre Beine bequem unter einen normalen Tisch strecken konnten.

Aber Sebastian und inzwischen auch Tamás sahen sich so vergnügt um, dass ich den aufkommenden Krampf in den Waden einfach ignorierte, so gut es ging, und mich zusammen mit den beiden über die Speisekarte amüsierte.

»Ich muss ein wenig aufpassen«, sagte Sebastian, »ich bin gegen ein paar Sachen allergisch.«

»So? Wogegen denn?«, fragte Tamás.

»Erdbeeren, Feigen, Nüsse, Bananen, weiße Schokolade …«

»Okay, danke«, unterbrach ich ihn. »Dann musst du ja nur drauf achten, dass du nichts Falsches bestellst.«

Sebastian konnte wirklich eine Spaßbremse sein. Dabei war es hier wirklich schön. Der Sand auf dem Boden und die niedrigen Tische waren ja nur ein Teil der Inszenierung: Alle Wände und die Decken waren mit Stoffbahnen abgehängt, sogar die Holzrahmen einiger Fenster waren in Tuch gepackt, einige Wand- und Deckenlampen leuchteten in warmen Gelbtönen und tauchten alles in ein Licht, das dem Klischee vom Lagerfeuer in der abendlichen Sahara schon sehr nahe kam.

Unser Essen wurde in gebogenen Holzschalen gebracht und schmeckte ausgezeichnet und schön exotisch, auch Tamás war zufrieden, obwohl er mir vorher noch zuraunte, dass er von afrikanischen Köchen bisher wenig Gutes gehört hatte. Sogar Sebastian schmeckte alles, und keine seiner Allergien machte ihm zu schaffen – seine Bestellung war aber auch kompliziert genug gewesen, und der anfangs noch fröhlich lachende Kellner trollte sich danach sichtlich genervt.

Schließlich waren wir pappsatt, und Tamás ließ sich vom Kellner beraten, welche Schnäpse denn nun am besten passen würden – und weil er sich nicht entscheiden wollte, orderte er von vier verschiedenen je eine Runde. Gut waren sie alle, aber eben auch wirksam, und als wir später bezahlt hatten und aufstehen wollten, stellte sich das als recht kompliziert heraus.

Meine Beine waren eingeschlafen, und Tamás ging es ähnlich. Sebastian dagegen hatte keine Probleme mit dem Aufstehen – dafür umso mehr mit dem Stehenbleiben. Kaum war er halbwegs oben, sackte er auch schon wieder auf seinem Kissen zusammen. Wir sahen uns grinsend an, dann bestellte Tamás noch eine Runde. Vielleicht würde es danach besser gehen.

Natürlich ging es nicht besser, und wir fielen unangenehm auf, als Tamás und ich uns gegenseitig nach oben zogen und dabei nach jedem misslungenen Versuch Tränen lachten. Irgendwann klappte es doch. Erst schaffte Tamás es bis auf die Knie, dann ich, und schließlich standen wir untergehakt neben unseren Kissen und wunderten uns, dass der Raum mit allen Gästen schwankte und sich langsam um uns drehte.

Sebastian stand da schon nicht mehr. Er hatte sich schwungvoll wie vorhin erhoben, doch dann zeigte die letzte Runde Wirkung und er versuchte sein Gleichgewicht dadurch zu halten, dass er sich auf dem Tisch abstützte. Doch der war dafür viel zu niedrig und Sebastian griff ins Leere. Strauchelnd und nach allen Seiten fuchtelnd kippte er nun nach vorn, köpfte eine schlanke Frau um die vierzig von ihrem Kissen, die daraufhin mit Wucht auf ihren Tischnachbarn rumpelte und auch den umwarf. Sebastian war mittlerweile seitlich abgerollt und auf einem kleinen runden Tisch gelandet, dessen dünne Beine sofort wegknickten und ihn schließlich auf dem Boden landen ließen. Dabei griff er noch ein-, zweimal um sich, fand aber an den Gläsern und Tellern, die er dabei erwischte, keinen Halt.

»Hi hi, supi!«, brabbelte Sebastian und strahlte über das ganze Gesicht. »Is gut, dass hier üweral San liegt, was?«

Dann übergab er sich und blieb zuckend liegen, während um ihn herum alle umherfliegenden Holzplatten, Teller und Gläser dekorativ verstreut waren. Wir schwankten auf ihn zu, stellten uns unsicher beidseitig neben ihn und schnappten seine Arme. Dann zogen wir ihn hoch, so gut wir es noch schafften, ohne dabei selbst umzusinken, und die Mienen der anderen Gäste, die alle – soweit sie nicht umgestoßen wurden – aufgesprungen waren und nun im Halbkreis standen und uns fassungslos und wütend anstarrten, spornten uns dabei mächtig an.

»Ds mach wr wiedr mal, ws?«, lallte Sebastian, als wir endlich draußen an der Hauswand lehnten, noch immer misstrauisch beäugt von dem Kellner, der uns zügig zur Tür geleitet hatte.

Tamás und ich kamen ganz gut nach Hause. Sebastian hatten wir am Eugensplatz abgeliefert, und Simona bedachte uns mit einem strengen Blick, als wir ihr die Reste ihres Ehemannes bis vor die Wohnungstür geschleift hatten. Nun saßen wir noch auf einen Kaffee zusammen in der Küche.

»Schräger Typ, dieser Sebastian«, sagte Tamás nach einer Weile, aber er grinste dabei. »Den nehmen wir nächstes Mal wieder mit, oder?«

»Ja, das machen wir. Aber vielleicht lassen wir die letzte Runde dann lieber weg.«

»Stimmt. Und wir suchen uns ein anderes Lokal.«

Schwankend ging ich in mein Zimmer hinüber, sank angezogen auf mein Bett und war trotz des Schwindelgefühls und des flauen Magens sehr zufrieden mit meiner Idee, mit Tamás um die Häuser zu ziehen. Er wirkte viel fröhlicher als tagsüber, und vielleicht würde er mir morgen erzählen, was ihm die Laune so verhagelt hatte.

— o —

Tamás sah ich am nächsten Morgen nicht mehr. Ich hörte die Tür ins Schloss fallen, aber schon das leise Geräusch vom anderen Ende der Wohnung hallte lange unangenehm in mir nach. Ich zog mir die Decke über den Kopf und schlief einfach wieder ein.

Gegen halb eins kroch ich dann doch noch aus dem Bett, duschte lange und brauchte zwei Tassen Kaffee, bis ich mich aufraffen konnte, das Tablet einzuschalten und an einigen Texten meiner fiktiven Firma zu feilen. Ich checkte meine Mails, es war nichts Eiliges darunter, und als Tamás von seiner Mittagsschicht nach Hause kam, hatte ich gerade in der Küche Nudelwasser aufgesetzt.

Tamás sah bleich aus, er hatte dunkle Augenringe und war nachlässig rasiert. Er kickte seine Schuhe ins Eck und setzte sich an den Esstisch.

»Na, noch so kaputt von gestern Abend?«, rief ich ihm aus der Küche zu.

»Nein, das geht schon wieder. Mein Chef nervt.«

Ich brutzelte eine schnelle Soße zusammen, kippte sie über die mittlerweile weichgekochten und abgegossenen Nudeln, rührte ein paar Mal um und stellte die Schüssel und zwei Teller auf den Tisch. Tamás wuchtete sich hoch, schenkte uns Apfelschorle ein, holte Parmesan aus dem Kühlschrank und eine Flasche mit einer höllisch scharfen roten Flüssigkeit, von der ich versehentlich mal ein paar Tropfen auf mein Essen getan hatte. Mir würde das nicht mehr so schnell passieren, aber Tamás würzte mit dem Zeug gerne nach.

»Und womit nervt dich dein Chef?«

Tamás stopfte sich den Mund voll, kaute und nickte mir dann anerkennend zu. »Nicht schlecht für einen Laien«, grinste er, was allerdings wegen der heraushängenden Spaghetti nicht sehr appetitlich aussah.

Er schmatzte, kaute, und als er den Mund halbwegs leer hatte, drehte er sich die nächsten Nudeln auf die Gabel.

»Ach, der will mal was ganz anderes essen, nichts Ungarisches. Dabei sind wir das ungarische Konsulat, mein Gott! Da gehört halt Pörkölt und Gulyás, Halászlé und Fogasch, Pogatschen und Palatschinken auf den Tisch!«

»Und was will er stattdessen?«

Tamás' erste Antwort ging in dem neuen Knäuel Spaghetti unter, das er sich in den Mund stopfte. Nach einer Weile wiederholte er es zum Glück: »Schwäbisches will er jetzt!«

»Na und, was ist daran so schlimm? Wir sind hier schließlich im Schwäbischen.«

»Ja eben. Und wenn ich da irgendetwas zusammenrühre, merkt doch jeder sofort, wenn es nicht gut ist. Und … na ja … die schwäbische Küche ist nicht unbedingt meine Stärke.«

»Nicht?«

»Nein. Ich war in Asien, war lange in Italien, habe in Spanien gekocht und in Schweden und Frankreich mehrere Wochen lang hospitiert – das hab ich alles drauf, aber schwäbisches Essen …« Er blies die Backen auf und stöhnte.

»Spätzlemachen kann ich dir beibringen, und meine Mutter macht einen hervorragenden Kartoffelsalat. Dazu Schweinebraten – du wirst sehen, Tamás, das ist nicht halb so schwer, wie du dir das vorstellst.«

Er sah immer noch nicht überzeugt aus, aber er musterte mich interessiert, während er die nächste Gabel mit Spaghetti und Soße in den Mund schob. »Deine Soße ist schon mal nicht schlecht«, brachte er nach einer Weile halbwegs verständlich hervor.

»Schweinebraten kann ich auch, das ist keine Kunst. Und Spätzle sowieso.«

Tamás nickte. »Und du würdest mir das zeigen?«

»Klar mach ich das, du schaust dir ein paar Handgriffe ab – und dann wirst du als Profi wahrscheinlich sofort wissen, wie es besser geht.«

»Wenn du meinst …«

»Sag mir einfach, wann du Zeit hast, dann machen wir das, kein Problem.«

»Heute?«

»Musst du abends nicht zu deinem Konsul?«

»Nein, der hat mir die ganze Woche über abends freigegeben. Für kommenden Montag erwartet er wichtige Gäste, bis dahin möchte er von mir schwäbische Vorschläge.« Tamás verdrehte die Augen.

»Das passt doch. Also machen wir heute Abend Schweinebraten.«

»Die Zutaten besorge ich, ist ja schließlich Arbeitsvorbereitung. Was brauchen wir denn alles?«

Ich zählte ihm alles Nötige auf, Tamás schrieb fleißig mit und fragte nur ein-, zweimal gezielt nach.

»Und was hat es mit diesem Kartoffelsalat auf sich?«

»Da weiß ich zwar grob die Zutaten, aber mit meiner Mutter wärst du besser dran. Ich kann sie gleich anrufen, dann mach ich dir einen Termin, ja?«

»Prima, Ronald, danke. Du bist meine Rettung!«

Tamás sprang auf, nahm mein Gesicht in beide Hände und drückte mir, noch kauend, links und rechts einen saftigen Kuss auf die Wange. Er strahlte, schnappte sich den Einkaufszettel und flitzte aus der Wohnung.

Als er weg war, wischte ich mir Spaghettireste und Soße aus dem Gesicht.

— o —

Zwei Stunden lang war ich in der Stadt unterwegs, um mit potenziellen Investoren in meine Immobilien-GmbH zu reden, da kam mir der Aston Martin sehr gelegen. Er machte Eindruck, wenn ich vorfuhr, und es machte obendrein einen Heidenspaß, mit dem offenen Wagen durch die Stuttgarter Straßen zu rollen.

In eine blöde Situation kam ich, als mich einer meiner Gesprächspartner vor sein Bürogebäude in der Wolframstraße begleitete, weil er ohnehin nach Hause wollte. Er bewunderte meinen blitzblank polierten Flitzer, streichelte den Lack mit Kennermiene und nickte mir anerkennend zu.

Jetzt noch ein flotter Start ohne durchdrehende Reifen, und wir sind im Geschäft.

Ich setzte mich hinters Steuer, drehte den Zündschlüssel und erschrak, weil sich nichts tat. Der Motor blieb stumm, außer dem Klacken des Zündschlosses war nichts zu hören. Kurz dachte ich nach, wie ich mich aus dieser peinlichen Situation retten konnte, da fiel mein Blick auf das Schaufenster des Weinhändlers, der ein paar Meter weiter seinen Laden hatte.

»Fast hätte ich es vergessen!«, sagte ich und klatschte mir lachend auf die Stirn. »Ich wollte doch noch ein paar Flaschen Chilenischen mitnehmen!«

Ich nickte zu dem Laden hinüber, und mein Gesprächspartner lachte mit. Er verabschiedete sich, ging in den Hinterhof und rollte wenig später mit seinem schwarzen Porsche an mir vorüber. Zur Sicherheit holte ich mir wirklich einen Sechserkarton chilenischen Rotwein – womöglich fragte mich dieser Typ hinterher noch, wie er geschmeckt und was er gekostet hatte. Dann rief ich übers Handy Kyriakos zu Hilfe, damit er die Karre möglichst schnell wieder flottmachte.

Kapitel 12 | *Ein Koch lernt dazu*

Für den frühen Abend war ich mit Tamás verabredet, in seiner Küche. Ich kam mir ein bisschen blöd vor, dass ich als Gelegenheitsbrutzler dem Profi Tamás erklären sollte, wie man schwäbisch kochte, aber er wollte es so, und Schweinebraten mit Spätzle brachte ich tatsächlich ganz gut zustande. Meine Mutter hatte es mir haarklein beigebracht, als ich dreizehn, vierzehn Jahre alt war – und danach hatte mir mein Vater verraten, was er alles anders machte, um den Braten genau so hinzubekommen, wie wir ihn sonntags am meisten liebten.

Das Wichtigste war: das Fleisch sehr, sehr kräftig anbraten und die Zwiebeln verbrennen lassen! Das mochte nicht gesund wirken, dem Geschmack diente es ungemein. Tamás zuckte zwar zusammen, als ich ihm die beiden zentralen Ratschläge meines Vaters ans Herz legte, aber dann wartete er geduldig, bis erst das Bratenstück rundherum sehr dunkel glänzte und dann, als das Fleisch herausgenommen war, die Zwiebelstücke im heißen Fett immer dunkler und der Geruch immer noch etwas beißender wurde.

Als bald darauf der Schweinebraten samt Soße auf einem guten Weg war, kamen die Spätzle an die Reihe. Tamás war etwas enttäuscht, als ich meine Spätzlespresse hervorholte, weil er auf Handgeschabte gehofft hatte – aber auch da musste ich ihn wie für den Kartoffelsalat an meine Mutter verweisen, in diesem Fall, weil ich dafür nicht das richtige Werkzeug im Haus hatte, den Schaber und das Brettle, beides in ausreichender Größe.

Handgeschabte Spätzle und Kartoffelsalat … vielleicht sollte ich Tamás begleiten, wenn er beides zusammen mit meiner Mutter draußen in Uhlbach fabrizierte.

Jetzt jedenfalls gab es durchgedrückte Spätzle. Ich nannte Tamás das bei mir übliche Mengenverhältnis von Eiern und Mehl, streute ausreichend Salz darüber und erzählte ihm, was einem die Zugabe von Grieß, saurem Sprudel und etwas Wasser brachte. Der Rest ging schnell, Tamás hatte das Prinzip natürlich auf den ersten Blick durchschaut, und fast wurde ich ein wenig neidisch, als ich sah, wie geschickt er die fertigen Spätzle aus dem kochenden Wasser fischte.

Tamás war sehr zufrieden – vor allem, weil die zum Schluss noch herzhaft von ihm abgeschmeckte Soße ein Gedicht und das in Ruhe gegarte Bratenstück außen deftig und innen weich und am Rand mit einem kleinen Fettrand versehen war, den Tamás mit großem Genuss mitaß.

Wir hatten Zutaten für vier Personen verarbeitet, aber hinterher war zwar ein schönes Stück Fleisch, von den Spätzle aber nur noch ein kleiner Rest übrig, entsprechend erschlagen hingen wir in unseren Stühlen. Tamás holte eine der Magnumflaschen mit dem Kräuterlikör, die ich übers Internet bestellt hatte, und schenkte ein. Als er mir einen zweiten anbot, lehnte ich dankend ab – man lernt ja manchmal doch dazu.

»Vielleicht ist das mit den schwäbischen Gerichten doch keine so blöde Idee von meinem Chef«, stöhnte Tamás und rieb sich den Bauch. »Und falls du mal einen Job brauchst: Als Küchenhelfer nehme ich dich gerne – nur wenn die Kontrolleure kommen, musst du kurz verschwinden, wegen deiner verbrannten Zwiebeln.«

Er lachte, stöhnte noch einmal und schenkte uns Kräuterlikör nach. Bevor ich die Hand auch nur abwehrend ausstrecken konnte, war das Glas schon wieder voll.

»Jetzt aber bitte wirklich keinen mehr«, sagte ich und prostete ihm zu.

Er lachte und leerte sein Glas, dann wurde er nachdenklich und sah vor sich auf die Tischplatte.

»Jetzt sag schon, was dich umtreibt. Du warst gestern schon schlecht drauf. Erzähl einfach mal, vielleicht hilft das ja schon.«

»Ach, das ist eine lange Geschichte.«

»Kenn ich«, sagte ich, und als er trotzdem keine Anstalten machte, mir den Grund für seine gedrückte Stimmung zu verraten, begann ich von Peer zu erzählen und von den Erlebnissen, die ihn aus einer geordneten und finanziell ganz gut ausgestatteten Existenz in Norddeutschland nach Stuttgart auf die Straße verschlagen hatten. »Auch eine lange Geschichte«, sagte ich, als ich damit fertig war. »Und ich hab sie mir damals angehört. Und jetzt erzählst du deine, Tamás.«

»So dramatisch ist es bei mir nicht. Eher ... na ja ... vielleicht albern?«

»Glaub ich nicht. Erzähl schon, ich werd nicht lachen, versprochen.«

Tamás musterte mich eine Weile, dann seufzte er. »Meinetwegen. Aber wenn du doch lachst, kündige ich dir das Zimmer!« Nun lachte er selbst. »Um's kurz zu machen: Ich bin verliebt.«

»Gut. Und wo ist das Problem?«

»Sie will mich nicht.«

»Das ist blöd, das stimmt.«

»Glaub ich zumindest.«

»Wie: Du glaubst das – dann will sie vielleicht doch und du hast dich nur nicht getraut, sie zu fragen, oder was?«

Er zuckte mit den Schultern.

»Mann, Tamás, du bist doch kein Teenager mehr. Jetzt geh halt hin, lad sie ein, vielleicht zum Afrikaner ...«

Er lachte.

»Also gut, dann nicht zum Afrikaner, aber lad sie ein, red mit ihr – und wenn das Gespräch nicht zufällig dorthin führt, fragst du sie halt direkt, ob sie mit dir zusammen sein will. Das ist doch nicht so schwer, oder?«

»Und warum fragst du Tina dann nicht? Gehst mit ihr essen, redest mit ihr?«

Mist. Da hat er recht.

Ich machte eine abwehrende Geste. »Das ist etwas ganz anderes.«

»Schon klar.«

Ich schenkte mir noch einen Kräuterlikör nach, Tamás grinste spöttisch.

»Hast ja recht, das ist bei mir und Tina auch nicht anders. Magst du's mir trotzdem erzählen?«

»Weiß nicht.«

»Frauen stehen heutzutage auf Männer, die über ihre Gefühle reden können. Hab ich irgendwo gelesen.«

Er lachte, schenkte sich auch noch einmal Kräuterlikör nach. »Na dann …« Er trank aus, lehnte sich auf seinem Stuhl zurück und atmete tief durch. »Sie heißt Viola, und sie arbeitet in der Leonhardstraße.«

Er sagte beides möglichst beiläufig dahin, musterte mich aber dabei sehr aufmerksam. Ich wusste, wo die Leonhardstraße lag – es war die zentrale Straße des Stuttgarter Rotlichtviertels, das eigentlich höchstens ein Viertele war und noch besser gleich nur ein Rotlichtachtele genannt werden sollte.

Ich war nun noch gespannter als zuvor schon auf die Geschichte von Tamás und Viola, aber ich versuchte dabei so gleichmütig wie möglich zu wirken.

»Die Leonhardstraße sagt dir etwas?«, hakte er nach.

»Ja, ich war allerdings schon ewig nicht mehr dort. Also erzähl weiter.«

Kurz wartete er noch, dann hatte ich seine kleine Prüfung wohl bestanden.

»Sie steht in der Heißen Katze an der Theke und hat Schichtdienst.«

Die Heiße Katze kannte ich nicht, aber es gab einige Clubs und Kneipen zwischen Wilhelmsplatz und Leonhardskirche, da konnte sich in den Jahren, seit ich einmal zwei ältere Hausbesitzer dort hingeschleift hatte, natürlich viel geändert haben.

»Und? Mensch, Tamás, jetzt lass dir doch nicht jeden Satz einzeln aus der Nase ziehen.«

»Eines Abends wollte ich nach der Arbeit noch einen Absacker zu mir nehmen, ich bin zum Hans-im-Glück-Brunnen und dort in eine der Kneipen gegangen. Viola saß neben mir, wir kamen ins Gespräch und haben uns in den Tagen danach noch ein paar Mal getroffen. Na ja, sie erzählte wenig von sich und ich wenig von mir, aber wir haben uns trotzdem prächtig unterhalten.« Tamás lächelte versonnen. »Sie hat richtig Stil, weißt du? Ich hab sie anfangs für eine Geschäftsfrau gehalten, so eine Managerin, die vor lauter Arbeit keine Zeit für Privatleben hat und abends vor dem Schlafengehen noch eine Runde durch die Stadt dreht.«

Er sah sehr verliebt aus, ich schenkte ihm noch einen Kräuterlikör nach, den er auch sofort austrank.

»Da hab ich mich nicht mehr getraut, ihr von meiner Arbeit zu erzählen. Mein Gott: ein kleiner Koch, und dann diese Klassefrau …! Ich hab zwar erzählt, dass ich im ungarischen Konsulat arbeite, aber was, hab ich ihr nicht verraten. Wahrscheinlich hat sie sich wunder was vorgestellt.« Er seufzte. »Irgendwann hab ich angefangen, ihr Geschenke zu machen. Sie teuer auszuführen. Schick irgendwo mit ihr tanzen zu gehen.«

»Du kannst tanzen?«

»Na ja, für die Disco reicht's, aber der ganze Schampus und das alles gingen halt ordentlich ins Geld.«

»Und deshalb warst du so blank, dass du mich in deinem Gästezimmer wohnen lässt?«

Tamás nickte.

»Da muss ich mich ja bei Viola bedanken.« Ich grinste, aber Tamás ließ sich nicht aufmuntern, sondern saß wie ein Häuflein Elend vor mir.

»Eines Abends bin ich ihr heimlich nachgegangen. Sie hatte mir ja nichts von sich erzählt, und während des Essens hatte sie immer mal wieder auf die Uhr gesehen, als müsse sie bald zu einem Termin aufbrechen.«

»Bist du denn nie zu ihr nach Hause mitgegangen, oder sie mit dir?«

»Nein, wir … so weit waren wir noch nicht. Das mit Viola ist auch nichts, wo man schnell mal … na, du weißt schon. Das ist etwas Tieferes.« Er rieb sich die Nase. »Oder es war etwas Tieferes, das weiß ich noch nicht.«

»Was ist passiert?«

»Wie gesagt, ich bin ihr heimlich nachgegangen, und als sie in die Leonhardstraße eingebogen ist, wollte ich schon wütend umdrehen. Aber …«

»Sie hätte ja auch einfach nur die Abkürzung ins Heusteigviertel nehmen können, das dahinter liegt.«

»Genau. Hat sie aber nicht gemacht. Sie ist die Straße entlanggegangen, hat ein paar Mädchen abgeklatscht, die da auf dem Gehweg herumstöckelten, und dann ist sie in die Heiße Katze rein.«

»Und dann?«

»Ich hab mich natürlich nicht getraut, ebenfalls reinzugehen. Ich war ihr ja heimlich gefolgt und ich wollte sie nicht bloßstellen. Also bin ich weitergegangen, langsam an der Heißen Katze vorbei, da sah ich durchs Fenster, wie sie einen Typen mit Glatze und Goldkettchen mit Küsschen links und rechts begrüßt, sich eine Schürze schnappt und hinter die Theke geht.«

»Theke ist doch okay«, sagte ich.

»Na ja, aber …«

»Also weißt du: So spießig hätte ich dich nicht eingeschätzt! Diese Heiße Katze mag ja ein Nachtclub sein oder ein Puff oder was auch immer – aber deine Viola steht dort nur hinter der Theke, zapft Bier, mischt vielleicht Cocktails, was weiß ich. Ob sie das nun in der Leonhardstraße macht oder an der Partymeile in der Theo Heuss, das ist doch egal.«

Tamás wand sich.

»Viola steht dort doch wirklich nur hinter der Theke, oder?«

Er sah mich entrüstet an. »Ja, natürlich! Am nächsten Abend bin ich noch einmal in die Leonhardstraße gegangen, eben ein paar Stunden später, und habe gewartet, bis Viola mit ihrer Schicht fertig war. Dann bin ich rein, hab zwei Bier getrunken und mit ein paar Gästen und diesem Glatzentypen gesprochen, das ist der Chef von diesem Laden. Ich hab mich mit den anderen über alles Mögliche unterhalten, und irgendwann hat einer der Gäste von Viola geschwärmt und wie süß sie sei und echt eine heiße Nummer und so – da ist ihm der Glatzkopf fast an die Gurgel gegangen. ›Die Viola‹, hat er gezischt, ›fasst mir keiner von euch an. Die zapft hier Bier und fertig, und ihr lasst die Pfoten von ihr, verstanden?‹ Er findet wohl nicht so leicht verlässliche Barfrauen wie Viola, und er will nicht, dass sie durch aufdringliche Gäste womöglich wieder vertrieben wird.«

»Das klingt doch gut, Tamás. Wo ist also dein Problem?«

»Ach …«

Er wollte sich schon wieder aus dem Thema zurückziehen. Es war ihm sichtlich unangenehm, darüber zu reden.

»Glaubst du, dieser Glatzkopf hat was mit ihr?«, hakte ich nach.

»Nein, das kann ich mir nicht vorstellen. Ich meine: Küsschen links und rechts – das sieht doch nicht so aus, als seien die zusammen, oder?«

Ich schüttelte den Kopf.

»Aber …« Tamás räusperte sich und griff nach der Likörflasche.

Ich war schneller und zog sie ihm weg. »Mach damit mal Pause und erzähl lieber zu Ende.«

»Schau: Ich hab Viola Geschenke gemacht und sie teuer ausgeführt, als ich sie für eine erfolgreiche Geschäftsfrau hielt. Ich wollte einfach so tun, als könne ich finanziell mit ihr mithalten. Aber wenn sie nun in dieser Bar arbeitet und dort jeden Tag – oder besser jede Nacht – mitbekommt, wie Frauen für Geld alles Mögliche machen … Mensch, Ronald, die muss doch glauben, dass ich sie kaufen wollte!«

Ich fand seine Argumentation ein wenig verquer, aber wenn es dumm lief, konnte der Eindruck, den eine offene Aussprache bei den beiden hinterlassen würde, wirklich etwas schräg ausfallen. Und dass es in solchen Dingen dumm laufen konnte, erlebte ich mit Tina zurzeit ja am eigenen Leib.

»Außerdem hab ich sie belogen«, fügte Tamás noch hinzu und riss mir die Flasche aus der Hand.

»Wieso? Du hast gesagt, dass du im Konsulat arbeitest. Das stimmt doch.«

»Aber ich bin dort nur der Koch!«

»Und sie hat dir ebenfalls nichts von ihrem Job erzählt.«

»Ja, aber …«

»Nichts aber!«

»Ach Scheiße!« Tamás kippte noch einen Kräuterlikör und ließ sich wieder gegen die Stuhllehne fallen.

»Und jetzt?«

Er zuckte mit den Schultern.

»Habt ihr euch noch einmal getroffen, seit du weißt, wo sie arbeitet?«

Er schüttelte den Kopf.

»Herrgott nochmal, Tamás! Das darf doch wohl nicht wahr sein! Du schwärmst mir hier von dieser Viola vor, beschreibst sie als deine Traumfrau in den tollsten Farben, leidest wie ein Hund, weil ihr euch nicht mehr trefft – und bringst es noch nicht einmal fertig, mit ihr zu reden?«

»Mhm.«

»Oh Mann!«

Ich war so sauer auf Tamás, dass ich noch nicht einmal bemerkte, dass ich selbst in Bezug auf Tina keinen Deut besser war.

»Morgen gehen wir da hin! Morgen geh ich mit dir in die Heiße Katze, und dann schauen wir mal, was passiert. Wenn sie nicht mit dir reden will, vielleicht hört sie sich dann wenigstens an, was dein Kumpel zu sagen hat.«

Er sah mich zweifelnd an.

»Komm, gib dir einen Ruck. Ich geh mit, und dann kriegen wir das schon geregelt.«

»Ich weiß nicht recht …«

»Wenn du nichts mehr tust, verliert ihr euch ohnehin aus den Augen. Dann ist es auf jeden Fall aus. Was hast du also zu verlieren?«

»Hm.«

»Wie lange weißt du denn schon, dass sie in dieser Bar arbeitet?«

»Seit vier Wochen.«

»Und seither habt ihr euch nicht mehr getroffen? Mann, Tamás, möglicherweise hast du das eh schon versemmelt. Also geh auf Risiko, setz alles auf diese eine Karte – du kannst nur gewinnen, glaub mir!«

Er sah mich noch eine Weile an, dann nickte er langsam.

»Okay, dann gehen wir halt hin. Morgen ist so gut wie jeder andere Tag, also meinetwegen morgen. Aber eine Bedingung habe ich noch.«

»Aha? Und welche?«

Er grinste. »Sebastian muss mitkommen – dann wird's lustiger, falls die Sache mit Viola in die Binsen geht.«

— o —

Am nächsten Morgen rief ich meine Mutter an, und mit der Frage, ob sie wohl Tamás das Schaben von Spätzle und die richtige Zubereitung eines original schwäbischen Kartoffelsalats beibringen könne, rannte ich offene Türen ein.

»Woisch was? Brengsch mr den Tamasch glei nochher vorbei – i han oineweg no net gwisst, was i heit kocha soll. No gibt's halt Schbatza ond Soß, ond drzua an Kartoffelsalat.«

»Schweinebraten kann ich mitbringen – wir haben gestern Abend einen gemacht, da ist noch was übrig.«

Damit war das auch besprochen. Tamás rief beim Konsul an, und als der hörte, warum sein Koch so kurzfristig frei nehmen wollte, war er sofort einverstanden.

»Muss dein Chef jetzt hungern?«, fragte ich, als wir durch Obertürkheim fuhren.

»Nein, der geht essen, um den musst du dir keine Sorgen machen.«

Ich lud Tamás bei meinen Eltern ab, ging noch kurz mit rein und entschuldigte mich dann. Ich wollte noch Besorgungen in der Stadt machen und konnte deshalb erst zum Mittagessen wiederkommen.

»So isch dr Rolle scho emmer gwäsa«, kicherte meine Mutter und hakte Tamás unter.

Kurz darauf stand Tamás wieder vor dem Haus, zusammen mit Peer und meinem Vater. Der Aston Martin war wieder nicht angesprungen, immerhin hatte er diesmal ein leichtes Röcheln von sich gegeben, als ich den Zündschlüssel gedreht hatte. Nun legte ich den Gang ein, drückte die Kupplung durch, gab den drei Männern am Heck ein Zeichen, und schon schoben sie an, brachten mich immer schneller zum Rollen, bis ich kurz »Achtung – jetzt!« rief, die Kupplung kommen ließ und der Motor des Cabrios nach einigem Rumpeln und Ruckeln doch wieder in Schwung kam.

— o —

Am Nachmittag ging ich fast eine halbe Stunde in der Wohnung auf und ab, bevor ich endlich all meinen Mut zusammennahm und Tinas Telefonnummer wählte. Es klingelte dreimal, bis sie ranging, und ich wappnete mich schon, ihr eine Nachricht aufzusprechen, als ich plötzlich ihre Stimme hörte.

Kaum hatte sie »Tina Bertholdt« gesagt, als mein Magen dem Gespräch auch sofort wieder ein Ende machte. Ich ließ den Hörer fallen, rannte ins Bad und stellte, als ich wieder halbwegs auf den Beinen war, zu meinem Schrecken fest, dass ich das Gespräch nicht weggedrückt hatte. Natürlich war die Verbindung längst unterbrochen, aber was Tina vor dem Auflegen noch alles gehört haben mochte, wollte ich mir lieber gar nicht ausmalen.

Eine Stunde lang tat ich mir leid und trank dazu Kaffee, dann rief ich Sebastian an, aber auch dieses Telefonat hätte besser laufen können: Seine Frau war dran, wimmelte mich ab und legte ziemlich schnell wieder auf. Kurz danach klingelte es, diesmal war Sebastian dran. Im Hintergrund hörte ich Kindergeschrei und genervte Rufe der Mutter.

»Du hast angerufen?«, fragte er.

»Ja, ich wollte dich fragen, ob du Lust hast, heute Abend wieder mit Tamás und mir loszuziehen. Aber deine Frau meinte, dass du …«

»Ja, ja, schon klar. Die war nicht so begeistert davon, wie ich letztes Mal nach Hause kam, als ich mit euch unterwegs war, aber …«

Nun war die Stimme seiner Frau zu hören, offenbar flüsterte sie energisch auf ihn ein.

»Ruhig jetzt, Simona, ich rede hier mit meinem Kumpel. Kannst du dich bitte um Thorben und Soraya kümmern? Danke!«

Sebastian war relativ laut geworden und er hatte alles in den Telefonhörer gesagt, obwohl es doch an seine Frau gerichtet war. Offenbar wollte er mir zeigen, wer Herr im Haus war. Geschenkt.

»Um es kurz zu machen, Ronald: Ich komm natürlich mit. Und wohin gehen wir heute? Wieder zum Afrikaner?« Er kicherte, das war wohl eine angenehme Erinnerung für ihn.

»Nein, heute nicht«, sagte ich. »Aber lass dich überraschen. Wir holen dich ab, so gegen halb neun, ist das okay?«

»Oh, schade, nicht früher?« Er senkte seine Stimme. »Mir geht das hier gerade ziemlich auf den Sack, das kann ich dir sagen. Ich würde lieber jetzt als nachher losziehen.«

»Komm doch einfach zu uns runter, direkt an der Ecke Kerner-/Werastraße – das Haus, das fast so aussieht wie das, in dem ihr wohnt. Tamás und ich wohnen im Dachgeschoss. Passt dir sechs oder halb sieben?«

»Ja, das klingt besser.«

»Gut, dann komm und bring Hunger mit.«

Kapitel 13 | *Die Heiße Katze*

Sebastian war im Vergleich zu unserem ersten gemeinsamen Abend kleidungsmäßig etwas lockerer geworden. Er trug Turnschuhe und Jeans, obenrum ein Sweatshirt, das allerdings so spießig gelb war wie der Pullover vom letzten Mal. Und er hatte wie verabredet Hunger mitgebracht.

Tamás war morgens noch etwas nervös gewesen wegen des bevorstehenden Treffens mit Viola, aber der Kochkurs in der Küche meiner Mutter in Uhlbach und jetzt das Wirbeln an seinem eigenen Herd hatten ihn abgelenkt. Nun kam er bester Stimmung zum Esstisch, drei gefüllte Teller in der einen und einen Korb mit Weißbrot in der anderen Hand.

»Das sieht ja supi aus«, flötete Sebastian, »und es riecht so toll!«

Da hatte er allerdings recht. Tamás hatte Pandurrostbraten gemacht, was aber mit dem schwäbischen Rostbraten nicht viel gemeinsam hatte. Auf den Tellern lagen je eine große Scheibe Rindfleisch, in ausgelassenem Fett gebraten und hinterher mit Tomaten- und Paprikastücken gedünstet. Daneben lagen ein paar scharf angebratene Speckstreifen, und auf dem Tisch standen je eine Schüssel mit Kartoffelsalat und handgeschabten Spätzle.

»Schwäbisch-ungarische Verbrüderung«, sagte Tamás und schenkte uns Rotwein ein. »Die Spätzle und den Kartoffelsalat habe ich heute mit Ronalds Mutter zusammen gemacht – ich dachte, das passt vielleicht dazu.«

Dann sagte lange niemand mehr etwas außer »Mhm!«, »Lecker!«, »Wow!« und natürlich »Supi!«.

Als die Teller schließlich leer und wir gut gefüllt waren, wollte Sebastian wissen, wohin es heute Abend gehen würde.

Tamás wurde ernst und räumte ab, und ich vertraute Sebastian zwar an, dass wir heute die Traumfrau unseres Kochs treffen würden, aber ich sagte ihm nicht wo.

»Lass dich überraschen«, sagte ich. »Wird dir gefallen.«

Wobei ich mir da gar nicht sicher war, auch mir war etwas mulmig zumute. Was, wenn dieser Club eine üble Abzockerkaschemme war? Was, wenn Viola ihren Verehrer einfach abblitzen ließ? Was, wenn sie heute gar keinen Thekendienst hatte? Was, wenn ihr glatzköpfiger Chef uns alle drei einfach vor die Tür setzte?

Ich ging in die Küche hinaus, wo Tamás mit nachdenklicher Miene Töpfe und Schüsseln spülte. Offenbar gingen ihm ganz ähnliche Fragen durch den Kopf.

»Und, Tamás, alles klar?«

»Ja, ja, geht schon.«

Die Kekse zum Kaffee blieben unberührt, wir hatten alle noch genug vom Abendessen, und danach zauberte Tamás drei Zigarren hervor, die wir uns auf dem kleinen improvisierten Balkon zur Kreuzung hin schmecken ließen. Sebastian war ganz aus dem Häuschen, als wir durchs Fenster auf das flache Dach des unter uns endenden Erkers kletterten, uns an die Mauerkante setzten und die Beine baumeln ließen.

Wir schauten satt und entspannt über den großen Garten an der Werastraße hinweg auf den Talkessel und ließen ab und zu unsere Rauchschwaden durchs Bild wabern. Unten auf dem Gehweg trippelte ein älteres Pärchen vorbei. Die beiden sahen erstaunt zu uns hoch, als wir wegen irgendeines albernen Witzes laut lachten. Wir winkten ihnen fröhlich zu und sie gingen kopfschüttelnd weiter.

Schließlich begannen die Zigarren bitter zu schmecken, wir drückten unsere Stumpen auf dem Flachdach aus und schnippten sie auf den Parkplatz zu unseren Füßen hinunter, wohin schon die Asche gerieselt war. Dann kletterten wir wieder in die Wohnung zurück, nahmen die Jacken vom Haken und machten uns auf den Weg in die Innenstadt.

Sebastian sah uns unterwegs ab und zu fragend an, aber wir wimmelten seine Blicke und seine Fragen immer ab und gingen weiter. Er kannte die Stadt nicht gut genug, um das hiesige Rotlichtviertel zu kennen, aber als wir in der Leonhardstraße standen, konnte es keinen Zweifel mehr geben, was hier geboten war. Die enge Gasse war von vorwiegend putzig wirkenden Stadthäusern eingerahmt, doch die Art von Touristen, die hier gewöhnlich durchkam, hatte vermutlich keinen Blick für die pittoresken Fassaden der Gebäude. Links und rechts hingen Schilder mit Aufschriften wie »Girl's Girl's Girl's« – leider tatsächlich mit Apostroph geschrieben – und neben der einen oder anderen Bar rückten Schaukästen mit ausgeblichenen Farbfotos einige Vorzüge der weiblichen Beschäftigten ins rechte Licht.

Ich bemerkte, dass Sebastian langsamer ging, und blieb stehen. Tamás war offenbar ganz in Gedanken, er schlenderte mit gesenktem Kopf einfach weiter in die Gasse hinein.

»Äh … hier treffen wir die Traumfrau von Tamás?«, fragte Sebastian, als er mich wieder erreichte. »Das ist nicht euer Ernst, oder?«

»Doch, ist es. Viola heißt sie, und sag jetzt bloß nichts Falsches!«

Er hob abwehrend die Hände.

»Sie bedient hier nur.«

Er grinste anzüglich.

»Ha, ha!«, machte ich genervt. »Ich meine: Sie steht in einer dieser Bars hinter der Theke, mehr hat sie mit dem ganzen Kram hier nicht zu tun. Und Tamás ist wirklich schwer verliebt, also wehe …!« Ich hob den Zeigefinger.

Sebastian zuckte mit den Schultern und trottete neben mir weiter. Tamás hatte nun doch gemerkt, dass wir zurückgefallen waren, und er wartete auf uns.

»Na, Sebastian«, meinte er und musterte ihn sehr aufmerksam, »warst du schon mal hier?«

»Nein, bisher noch nicht. Aber ihr habt ja vorhin gesagt, ich soll mich überraschen lassen. Dann überrascht mich mal!«

Tamás lächelte, wandte sich um und ging weiter.

Ich klopfte Sebastian anerkennend auf die Schulter. »Und was sagt deine Simona, wenn sie erfährt, wo du heute warst?«

»Welche Simona?«, fragte Sebastian gespielt ahnungslos, und dann prustete er auch schon los. »Die soll mal lockerlassen. Ich finde, ein Mann darf auch mal durch die … wie heißt das hier?«

»Leonhardstraße, oder du kannst auch einfach Altstadt sagen.«

»Genau: durch die Altstadt schlendern, das klingt doch gleich viel schöner.« Er lachte wieder.

Es war fast halb neun, allzu viel Betrieb war hier um diese Zeit noch nicht, aber ein paar Frauen in kurzen Röckchen und mit Netzstrümpfen stöckelten auffällig unauffällig auf dem Gehweg entlang. Die eine oder andere zwinkerte uns zu und ging ruhig weiter, als wir nicht reagierten. Nur Sebastian drehte sich einmal um, als eine sehr junge, sehr aufreizend gekleidete Blondine an uns vorbeiging. Sie bemerkte sein Interesse aus den Augenwinkeln, blieb sofort stehen und lächelte ihn einladend an – und zog ein enttäuschtes Gesicht, als wir ihn schnell weiterzogen.

Wir kamen an einem Imbiss vorüber, an zugeklebten Schaufenstern und an ganz normal aussehenden Kneipen, schließlich an einem Haus, auf dessen Fassade noch der Name einer Flaschnerei aufgepinselt war – und wenig später hatten wir unser Ziel für diesen Abend erreicht: den Nachtclub Heiße Katze.

Die Eingangstür war aus Kunststoff und ahmte ein Bronzerelief nach, das stilisiert eine nackte Frau zeigte, die sich auf einem Löwenfell räkelte und dessen Kopf liebkoste. Darüber war als etwas protzig geratener Schriftzug der Name des Lokals zu erkennen, ebenfalls als Relief. Rechts neben der Tür waren in einem kleinen Schaukasten Fotos junger und nicht mehr ganz so junger Frauen aufgehängt, davor war diverses

Sexspielzeug aufgestellt, ein paar kitschige Girlanden rahmten das Ganze ein.

Tamás war anzusehen, dass er am liebsten wieder umgekehrt wäre, aber ich gab Sebastian ein Zeichen, der daraufhin die Tür aufzog, und schob Tamás durch die Öffnung ins Innere. Er schüttelte mich ab, um nicht vor den anderen Gästen oder vor Viola blamiert zu sein, aber ein dichter Vorhang versperrte den Leuten drinnen den Blick auf uns, und nachdem er zweimal tief durchgeatmet hatte, teilte er den Vorhang und trat nach innen. Sebastian und ich folgten ihm und mussten uns erst kurz orientieren.

Es war düster, und die Augen gewöhnten sich erst mit Verzögerung an das rötliche Schummerlicht. Schmusesoul aus den Sechziger- oder Siebzigerjahren säuselte aus verborgenen Lautsprechern, ansonsten war nur leises Gläserklirren, Stimmengemurmel und gelegentliches Frauenlachen zu hören, in einem der oberen Stockwerke schlug eine Tür zu, Schritte polterten, eine weitere Tür fiel ins Schloss, dann war es still.

Vor uns führte eine Spur aus ausgetretenen Läufern in Richtung einer Treppe nach oben. Gleich daneben war eine Tür, über der eine kleine grüne Lampe den Notausgang markierte und ein Schild mit den Silhouetten einer nackten Frau und eines nackten Mannes die Toiletten.

Rechts der Teppichspur bildeten gepolsterte Eckbänke in U-Form drei Nischen, jeweils mit einem Tisch in der Mitte, auf dem etwas Knabberzeugs stand und ein Töpfchen mit der Plastiknachbildung einer fleischfressenden Pflanze. Eine Nische war besetzt mit drei Männern Mitte fünfzig und zwei Frauen in Miniröcken und weit fallenden Blusen, die sich zwischen sie gesetzt hatten und immer wieder einmal lauthals loskicherten. Linker Hand befand sich die Theke, dahinter fuhrwerkte gerade eine recht kleine, korpulente Frau mit dicker Brille und hochgesteckten braunen Haaren. Ich sah mich noch etwas um, aber außer ihr war niemand zu sehen und sie kam als Traumfrau wohl kaum in Frage – schade, Viola schien heute keinen Dienst zu haben.

Sebastian und ich setzten uns und wollten schon der Frau am Tresen ein Zeichen geben, da stand ein muskelbepackter Glatzkopf vor uns und musterte uns interessiert. »Ihr seid neu hier, ihr beiden«, brummte er.

Es klang nicht wie eine Frage, wir nickten trotzdem.

»Ein Bier? Oder was Stärkeres?«

»Nö, Bier wär supi fürs Erste«, sagte Sebastian, und ich wäre am liebsten auf der Stelle im Boden versunken.

Der Glatzkopf aber lächelte nur kurz, dann wurde er wieder ernst und sah mich an. »Du auch?«

»Okay.«

Damit war er auch schon wieder zur Theke verschwunden, unsere Biere wurden gezapft und standen wenig später vor uns.

Ich blickte mich suchend nach Tamás um, der wie angewurzelt hinter der Tür stand und zur Theke hinüberstarrte. Die Frau mit der Brille hatte inzwischen das Glas weggestellt, das sie eben noch poliert hatte, und sah Tamás ebenfalls stumm an.

Oh … das war Viola?

Sebastian sah zwischen Tamás, der Barfrau und mir hin und her. »Ist das Viola?«, fragte er ungläubig.

Ich zuckte mit den Schultern. Ich kannte sie ja nicht, aber unter »Traumfrau« hatte ich mir dann doch etwas anderes vorgestellt.

»Hallo, Tamás«, sagte sie nun. »Wo warst du die ganze Zeit?«

»Ich … ich …« Dann gab er auf und sah sie nur noch traurig an.

»Deine Kumpels?«, fragte sie und nickte zu uns herüber.

»Ja, wir sind … äh … wir wollten … ich meine: Ich wollte …«

Sie lächelte mitleidig, dann nahm sie ein frisches Glas zur Hand. »Ich mach dir jetzt erst mal auch ein Bier, okay? Und dann sehen wir weiter.«

Tamás brachte nicht einmal ein Nicken zustande. Wie ein geprügelter Hund trottete er zu uns und ließ sich neben mir auf die Eckbank sinken.

»Das hat ja astrein geklappt«, raunte ich ihm zu.

Er sah mich fragend an, ich verdrehte die Augen.

»Und jetzt?« Tamás hatte ganz offensichtlich keinen Plan, was nun als Nächstes zu tun war.

»Jetzt trinkst du mal dein Bier, dann sehen wir weiter.«

»Das hat Viola auch gesagt.«

»Na also.«

Der Glatzkopf hatte bemerkt, dass ich mit dem Finger die Plastikpflanze antippte.

»Wenn die echt wär, würd ich das lassen.«

»Hm?«

»Na, die Pflanze da. Das soll eine *Dionaea muscipula* darstellen, eine Venusfliegenfalle, kann man kürzer auch Venusfalle nennen.«

Er grinste breit, ich stutzte kurz, dann nickte ich lächelnd.

»Witzige Idee.«

Der Typ hatte Humor, in einem solchen Club solche Pflanzen aufzustellen.

»Danke. Soll ich mal hochrufen, ob euch jemand Gesellschaft leisten mag? Oder wollt ihr unter euch sein?«

»Das Bier reicht erst mal, danke. Wir sind wegen unseres Freundes hier.«

Wir tranken unser Bier, bestellten eine neue Runde, und als Viola eingeschenkt hatte, schwang sich der Glatzkopf hinter die Theke, scheuchte seine Mitarbeiterin hinter der schützenden Abschrankung hervor und machte ihr mit einer knappen Geste unmissverständlich klar, dass sie sich zu uns setzen sollte.

Tamás erschrak fast, als sie sich neben ihm auf die Eckbank setzte.

»Stellst du mir deine beiden Freunde mal vor?«, fragte sie, nachdem wir eine Weile stumm beieinandergesessen hatten.

»Äh, ja, natürlich: Sebastian, Ronald.« Er zeigte auf uns, dann senkte sich sein Blick wieder auf die Tischplatte und er verstummte.

Viola musterte uns, nickte jedem von uns zur Begrüßung zu und sah schließlich wieder nachdenklich auf Tamás, der wie ein Häuflein Elend auf seinem Platz hockte.

»Seit wann weißt du, dass ich hier arbeite?«

Tamás rührte sich nicht.

»Jetzt sag schon, Tamás: seit wann?«

Er zuckte mit den Schultern.

»Seit vier Wochen vielleicht?« Ihre Vermutung traf ins Schwarze, und Tamás sank noch ein wenig in sich zusammen. »Und seither hast du dich nicht mehr blicken lassen. Ganz große Klasse!«

Tamás wand sich, brachte aber kein Wort hervor.

»Du weißt schon, dass wir vor vier Wochen verabredet waren und ich den ganzen Abend auf dich in dieser Kneipe in der Tübinger Straße gewartet habe, bis ich losmusste, weil ich hier noch Spätschicht hatte, oder?«

Tamás nickte. Dass er an diesem Abend ein zweites Mal hier gewesen war, traute er sich aber noch nicht zu erzählen. Direkt im Anschluss stellte sich heraus, dass das auch nicht mehr nötig war.

»Du bist hierhergekommen? Hast mich hier gesehen?«

Tamás nickte wieder, langsam und traurig.

»An beiden Abenden?«

»Ja.«

Viola schoss hoch, ballte die Fäuste und starrte Tamás mit zornfunkelnden Augen an. Sie mochte auf den ersten Blick nicht Heidi Klum sein, aber Feuer hatte sie, das stand außer Frage.

»Ja? Du lässt mich einen ganzen Abend in dieser Kneipe hocken, lässt mich warten und dann schleichst du dich hinter mir her wie ein … wie ein billiger …«

Ihr fiel nichts Passendes ein, aber uns allen war auch so klar, dass nichts Nettes gemeint war. Violas Nase kräuselte sich, die Brille tanzte leicht hin und her, und sie hob ihre Oberlippe leicht an, als wolle sie Tamás gleich anfauchen. Zugleich schimmerten ihre Augen hinter der Brille feucht, und sie brachte das Kunststück fertig, zugleich angriffslustig und zerbrechlich zu wirken. Allmählich verstand ich besser, was Tamás an dieser Frau fand: Sie hatte – auf ihre Art – wirklich Klasse.

Nur Streit wollte ich lieber keinen mit ihr haben – genau das blühte aber gerade meinem Freund Tamás.

Aber plötzlich entspannte sich Viola, zwei kräftige Pranken legten sich sanft auf ihre Schultern und drückten sie zurück auf die Eckbank. Der Glatzkopf stand an unserem Tisch und sah gutmütig auf uns herunter.

»Chef!«, rief eine Männerstimme aus der anderen Nische.

»Wenn ihr was braucht, kümmert sich Saskia. Bist du so nett, Süße? Schreib's einfach auf den Deckel, das regeln wir nachher.«

Dafür hatte sich der Glatzkopf nicht einmal von uns abgewandt, sondern sich nur leicht nach hinten gebeugt. Seine Stimme dröhnte in dem kleinen Raum, und der Mann sagte keinen Pieps mehr. Augenblicke später schälte sich eines der Mädchen aus der Nische, holte eine Flasche Sekt aus dem Kühlschrank, stellte sie zusammen mit fünf Gläsern auf ein Tablett und trug alles zu den anderen hinüber. Im Vorbeigehen zwinkerte sie dem Glatzkopf zu, und der quittierte das mit einem Lächeln.

»So, Viola, jetzt nimmst du mal Dampf raus. Ich mach dir jetzt auch ein Bier, und dann redest du mit deinem Tamás.«

»Wie: mit meinem Tamás?«

»Hältst du mich für blöd? Ich weiß genau, dass ihr zusammen seid.«

»Wie man's nimmt«, versetzte sie schnippisch. »Er hat sich zuletzt vier Wochen nicht blicken lassen. Von solchen Sachen hast du keine Ahnung, Chef!«

»He!«, ermahnte er sie mit gespielter Strenge, dann grinste er breit und sah Tamás an. »Kaum gibt man den Mädels Geld, haben sie schon keinen Respekt mehr vor einem. Pass bloß auf, Junge!«

Viola knuffte ihren Chef leicht in die Seite, sie wirkte nun schon viel weniger wütend als noch gerade eben.

»Übrigens weiß dein Freund, dass du bei mir nur hinter der Theke stehst.«

»Ach? Und woher?«

»Er hat draußen auf der Straße gewartet, bis deine Schicht um war. Dann ist er reingekommen und hat gemeint, ich hätte nichts bemerkt. Ganz unauffällig hat er ein Gespräch mit mir und einigen Gästen angefangen. Und als einer der Gäste auf eine Art von dir geschwärmt hat, die mir nicht gefiel, hab ich ihm klargemacht, dass er die Finger von dir zu lassen hat. Weißt du, Viola, gute Bardamen sind rar, da kann ich es nicht brauchen, wenn dich womöglich einer vergrault.«

»Aha. Aber Tamás schmeißt du nicht raus? Warum nicht?«

»Das ist dein Freund. Und was der darf und was nicht, das hast nur du zu bestimmen.« Der Glatzkopf lächelte in die Runde, dann deutete er auf Sebastian und mich. »So, Jungs, wir drei gehen jetzt kurz nach nebenan und lassen die beiden hier mal eine Weile in Ruhe. Viola, du hast frei. Wenn du magst, für den ganzen restlichen Abend.«

»Aber ich …«

»Bezahlter Urlaub, und jetzt keine Widerrede mehr, sonst überleg ich mir das nochmal.«

Viola lächelte ihren Chef dankbar an, und er schob Sebastian und mich mit seinen kräftigen Pranken vor sich her und platzierte uns so in der mittleren Nische, dass wir die drei Fünfzigjährigen mit ihren Begleiterinnen halbwegs sehen konnten, nicht aber Viola und Tamás.

»Und jetzt bring ich euch was Gescheites, geht aufs Haus, bis unsere beiden Turteltäubchen wieder miteinander klarkommen.«

Er kam mit zwei großen Weingläsern zurück, gut gefüllt mit einem sehr dunklen Rotwein, der im rötlichen Schummerlicht geheimnisvoll funkelte.

»Prost, Jungs, und meldet euch, wenn ihr leer habt.«

— o —

Wir meldeten uns ein paar Mal, und für die dritte Runde Rotwein setzte sich der Glatzkopf ein wenig zu uns und zierte sich nur ein klein wenig, bis er von sich erzählte. Er schien recht froh zu sein, ein paar seiner alten Geschichten loszuwerden, und weil wir zu Violas Freund Tamás gehörten, wurden wir für diesen Abend gewissermaßen in die große Familie der Heißen Katze aufgenommen.

»Ihr könnt Carlo zu mir sagen, oder ihr nennt mich Kater, wie die Stammgäste hier im Laden. Daher hat dieser Schuppen übrigens auch seinen Namen: weil jeder Kater eine Katze braucht, und am besten natürlich eine möglichst heiße.«

»Viola nennt Sie aber nicht Carlo oder Kater, die nennt Sie Chef«, grinste Sebastian mit schwerer Zunge.

Er hatte schon wieder einen im Tee und fühlte sich offensichtlich sauwohl damit. »Prost, Chef!«

»Na ja, Viola arbeitet für mich, also bin ich natürlich ihr Chef – aber wofür könnte ich dich wohl brauchen?«

»Rausschmeißer!«, warf sich Sebastian glucksend in die Brust, krempelte seinen rechten Hemdsärmel hoch und versuchte, seine schwammigen Muskelreste anzuspannen.

»Oder vielleicht eher als Clown?«, schlug Carlo vor und lachte lauthals. »Das hast du nämlich echt drauf, Junge!«

Irgendwann später am Abend setzten sich Viola und Tamás zu uns. Die Männer in der benachbarten Nische hatten ebenfalls reichlich getrunken. Zwei von ihnen wackelten nach einer Weile die Treppe ins Obergeschoss hinauf, schwer auf ihre jungen Begleiterinnen gestützt. Der Dritte schlief am Tisch ein und schnarchte, bis ihn Carlo vorsichtig so umbettete, dass er seitlich auf der Eckbank lag und nur noch leise vor sich hin schnorchelte.

Tamás und Viola schienen ihren Frieden miteinander gemacht zu haben, jedenfalls saßen sie eng beieinander und sahen sich immer wieder einmal lächelnd an.

Tina kam mir in den Sinn, und sofort krampfte sich mein Magen zusammen. Ich nahm einen Schluck Rotwein und plapperte weiter mit den anderen durcheinander, das lenkte mich ab und bald ging's mir wieder besser.

Sebastian dagegen hatte zunehmend Mühe, all den Wein in sich zu behalten. Irgendwann stemmte er sich hoch und schwankte auf die Toilettenwegweiser zu. An der Wand stieß er sich mit den Händen ab, schob sich immer an der Wand lang zu den Klos und war aus unserem Blickfeld verschwunden.

Wir unterhielten uns über alles Mögliche, und die Stimmung war prächtig. Zwischendurch musste Carlo mal kurz aufstehen und zwei randalierende Betrunkene, die Arm in Arm durch den Vorhang an der Tür gestolpert waren, hinausschaffen, dann war wieder Ruhe. Für die nächste Unterbrechung sorgten die beiden Männer aus der Nachbarnische, die nun etwas derangiert die Treppe zu uns herunterrumpelten. Carlo stand auf, kassierte ab, weckte den Dritten und verabschiedete das Trio per Handschlag.

Saskia ging hinter die Theke, schenkte zwei Gläser mit Cola voll und stellte sie auf den Tresen. Sie zog sich einen Hocker heran, ihr gegenüber setzte sich die andere junge Frau aus der Nachbarnische und nahm einen großen Schluck. Saskia war ein auffallend hübsches Ding von vielleicht Anfang zwanzig und stark geschminkt, was sie sicher nicht nötig gehabt hätte. Sie war schlank, ihre langen Haare fielen ihr in weichen Locken über die Schultern. Doch ihre Kollegin übertraf sie in allem: Sie war schlanker, an den richtigen Stellen aufregender gerundet, sie bewegte sich weicher und ihr eher dezent geschminktes Gesicht war von fast unwirklicher Schönheit. Die schwarzen Haare hatte sie sich straff nach hinten gebunden, damit kamen die geschwungenen, sorgfältig nachgezogenen Augenbrauen, die dunkel funkelnden Augen und der elegante Schwung ihrer Wangenknochen noch besser zur Geltung. Und dass sie die ganze Zeit kein Wort sagte, umgab sie obendrein noch mit einer geheimnisvollen Aura.

Saskia räusperte sich, und Carlo drehte sich zu ihr um. Ich hatte schon Angst, sie würde mich verpetzen, weil ich nach all dem Wein die beiden jungen Frauen vermutlich sehr offensichtlich angestarrt hatte. Aber sie hielt nur die CD-Hülle einer Aerosmith-Platte hoch, und Carlo nickte.

»Ja, Leute, jetzt knallt's hier!«, rief er und klatschte begeistert in die Hände. »Endlich Feierabend für heute mit diesem lauwarmen Schmusezeugs!«

Steven Tyler rülpste in voller Lautstärke aus den Boxen und sang danach zur kreischenden Gitarre »Eat the Rich!«. Carlo tanzte so schnell und behände, wie man es einem Bären wie ihm nie zugetraut hätte, und nach und nach zog er Tamás und Viola, mich und Saskia mit sich auf den freien Platz zwischen unserer Nische, dem Tresen und der Eingangstür. Nur Saskias Kollegin blieb sitzen, drehte sich auf ihrem Hocker um, schlug die langen Beine übereinander und sah uns amüsiert zu, während sie immer wieder von ihrem Glas nippte.

Sebastian kam wieder von der Toilette zurück, er war käseweiß und ging nach wie vor etwas unsicher, aber es schien ihm wieder etwas wohler zu sein. Er sah den Trubel vor sich, klatschte ebenfalls in die Hände und stürzte sich ins Getümmel. So eng, wie wir alle nebeneinander tanzten, grölten und in die Hände klatschten, konnte Sebastian sorglos mitschwanken – in unserer Mitte konnte er gar nicht umfallen. Nach einer Weile wurde es ihm doch zu anstrengend, er drängelte sich aus unserem Pulk nach draußen und kletterte mühsam auf einen freien Barhocker neben Saskias Kollegin. Sie reichte ihm die Hand und half ihm vollends hoch, dann schob sie ihm Saskias Colaglas hin und stieß mit ihm an.

Sebastian war hin und weg von dieser Frau, und ich konnte es ihm nicht verübeln. Erst starrte er sie nur an, prostete ihr wieder und wieder zu, auch als er sein Glas schon längst ausgetrunken hatte. Er beugte sich zu ihr, sagte ihr etwas ins Ohr, und die junge Frau lachte. Ich konnte ihre Stimme wegen der lauten Musik nicht hören, aber ich stellte mir ihren Klang irgendwie perlend vor, ein Frauenlachen wie aus einem dieser italienischen Filme aus den Fünfzigern. Fast war ich ein wenig neidisch auf ihn, weil er hier ungeniert mit einer so schönen Frau flirten durfte. Immer wieder sah ich zu den beiden hinüber, wohl zu auffällig, denn Saskia und Carlo bemerkten es. Doch sie ließen mich weiterstarren, allerdings warfen sie sich ein kurzes Grinsen zu, dann kümmerten sie sich nicht weiter um mich.

Sebastian war inzwischen etwas näher an seine Gesprächspartnerin herangerückt. Mal tuschelte er ihr etwas ins Ohr, mal sie ihm, und immer häufiger landete seine Hand ganz beiläufig auf ihrem Oberschenkel, streichelte sanft über die Netzstrümpfe und tastete sich mit den Fingerspitzen immer weiter auf den Saum ihres kurzen Rocks zu. Schließlich beugte sie sich erneut zu Sebastian hin, sagte ihm etwas ins Ohr, griff nach seiner Hand und schob sie energisch zwischen ihre Beine.

Sebastian erstarrte. Er zog seine Hand wieder hervor, sah die junge Frau entsetzt an, sah seine Hand an, dann wieder die junge Frau – und sie saß nur da und beobachtete Sebastian mit amüsierter Miene. Sebastian schluckte, er schwankte, und als ich sah, dass er wie in Zeitlupe nach hinten kippte und der Barhocker mit ihm, schubste ich Saskia zur Seite, die gerade mir gegenüber tanzte, und wollte ihn auffangen. Doch Carlo war schneller, Sebastian fiel in seine ausgestreckten Arme, und nur der Barhocker landete rumpelnd auf dem Boden.

Sebastian sah mit offenem Mund zu Carlo hinauf, der sich nun besorgt über ihn beugte. »Danke«, stammelte er, »geht schon.«

Carlo stellte ihn ohne große Mühe wieder auf die Füße.

Saskia hatte inzwischen die Musik ausgeschaltet und stand feixend neben der Theke, auch Viola und Carlo konnten sich das Lachen kaum verkneifen.

Und Sebastian, der sich panisch umsah, entdeckte mich und schwankte auf mich zu. »Weißt du, dass …« Er rang nach Luft und sah noch einmal zu seiner schönen Gesprächspartnerin hin, die immer noch an der Theke saß, mit einem spöttischen Lächeln auf den wunderschönen Lippen. »Die hat da unten …« Er zeigte zwischen seine Oberschenkel. »Ich meine: Der hat da unten …«

Weiter kam er nicht, seine Beine gaben nach und ich verfrachtete ihn auf die Eckbank neben mir.

»Saskia«, rief Carlo und wischte sich die Lachtränen aus den Augen, »mach unserem Sebastian doch bitte mal einen Espresso. Der braucht jetzt was Starkes.« Dann wandte er sich der Schönheit am Tresen zu, breitete die Arme aus und rief: »Und du kommst zu mir, mein Täubchen, und stellst dich unseren Gästen endlich mal vor!«

Die Schöne ließ sich elegant vom Barhocker gleiten, stellte sich neben Carlo und sah Tamás und mich lächelnd an. Dann streckte sie die Hand aus und sagte mit einer überraschend tiefen Stimme: »Gestatten? Hartmut.«

Kapitel 14 | *Die Sirtaki-Demo*

Mein Immobilienprojekt kam allmählich in Schwung. Magnus Lipp von der Bopserbank hatte ganze Arbeit geleistet und er und seine Kollegen hatten einige ihrer vermögenderen Kunden für die GmbH interessiert – und nun konnte man fast schon behaupten, das Stuttgarter Geld stand Schlange für diese Geldanlage, obwohl es noch kein konkretes Projekt gab, für das die eingehenden Beträge verwendet werden sollten.

Ich hatte natürlich das Blarer-Carré im Blick, aber das konnte ich noch immer schlecht offiziell machen, wo ich doch eigentlich für die Erbinnen von Alfons Blarer mit dem Investor Hagerbeck verhandelte.

Ein bisschen war ich wegen der jüngsten Entwicklungen durchaus stolz auf mich, und das brachte mich dazu, Tina noch einmal anzurufen. Wenn sie merken würde, dass ich auf ihrer Seite war und dass ich mich – wenn auch ganz anders als sie mit ihren Demos – ebenfalls für den Fortbestand des Café Büchse einsetzte, müsste sie sich doch wieder einkriegen und wir müssten wieder zusammenkommen können.

Weil schon der Gedanke an sie meinen Magen in Aufruhr versetzte, trank ich einen Kräuterlikör und schenkte mir zur Sicherheit noch einen zweiten und einen dritten nach. Ich war sehr nervös, aber irgendwann musste ich Tina ja die ganze Wahrheit erzählen – warum also nicht jetzt, mit dem Rückenwind der guten Nachricht, dass schon erstes Geld für den Erhalt des Carrés bereitstand?

Tina meldete sich nach dem ersten Klingeln, und sie klang etwas gehetzt.

»Hallo, Tina, ich bin's«, sagte ich.

»Du, Ronald, ich hab im Moment leider gar keine Zeit. Ich muss los, wir haben noch Besprechung und …«

»Nur ganz kurz, Tina.«

Es entstand eine kleine Pause, und danach klang ihre Stimme etwas schroffer.

»Was willst du?«

»Ich wollte mit dir über das Café Büchse reden, das Carré und so.«

»Ich nehme an, du hast mitbekommen, dass *ich* mich engagiere?« Sie hatte das »ich« natürlich nicht zufällig so sehr betont.

»Ja, und ich auch, Tina.«

»Ja? Komisch, ich hab dich bisher noch nicht bei unseren Demos gesehen.«

»Nein, ich habe auf andere Art mit dem Projekt zu tun.«

»So?« Sie klang interessiert, aber auch misstrauisch.

»Du hattest doch diese Idee mit dem fiktiven Investor …«

»Die du blöd fandest, soweit ich mich erinnere.«

»Ja, schon, aber …«

»Willst du das jetzt doch machen?« Klang sie jetzt wirklich eine Spur netter als noch gerade eben?

»So ähnlich, aber … Das müsste ich dir mal in Ruhe erklären können, es ist ein bisschen kompliziert. Ich hab da eine Idee, und die Töchter von Alfons Blarer, die …«

»Was hast du mit denen zu schaffen?« Jetzt war nichts Nettes mehr an ihrer Stimme.

»Die haben mich beauftragt, das Carré …«

Ich ließ eine kleine Pause, höchstens ein, zwei Sekunden, weil mir gerade klar wurde, dass ich es falsch angepackt hatte, und weil ich neu ansetzen wollte – aber schon hatte Tina aufgelegt, und als ich die Wahlwiederholung drückte, ging niemand mehr dran, und nun noch etwas auf den Anrufbeantworter zu sprechen, dazu fehlte mir im Moment der Mut.

Das hatte ich sauber versemmelt.

Später am Vormittag raffte ich mich trotzdem auf und traf mich mit Riette Blarer und Rike Schmitz, um sie über meine geplante Immobilien-GmbH zu informieren. Ich stellte ihnen das Grundkonzept vor, das auf den Erhalt zumindest jener Gebäude setzte, die nicht baufällig oder durch ihren Querschnitt oder die Etagenaufteilung problematisch für eine Vermarktung waren. Zunächst machte ich den beiden die GmbH dahingehend schmackhaft, dass sie eine gute Investitionsmöglichkeit für den Erlös aus dem Carré-Verkauf bot. Doch dann brachte ich auch das Carré selbst ins Spiel.

»Ich habe Ihnen das ja – alternativ zum Angebot von Herrn Hagerbeck – schon einmal grob durchgerechnet: Sie könnten über einen Zeitraum von zehn, fünfzehn Jahren betrachtet mit dem Besitz und der Vermietung des Carrés unter dem Strich mehr verdienen als mit dem bloßen Verkauf. Denken Sie nur an die historisch niedrigen Zinsen, die Sie derzeit für eine reine Geldanlage bekommen – da holen Sie als Eigentümer des Areals deutlich mehr heraus. Und ich nehme an, dass Sie nicht auf den Verkaufspreis als Summe angewiesen sind, sondern den Erlös wiederum gewinnbringend anlegen würden.«

»Natürlich!«, sagte Riette Blarer entrüstet.

»Die GmbH würde Ihnen das Carré abkaufen, einen Teil des Kaufpreises würden Sie wiederum in die GmbH einlegen, und zusammen mit den Einlagen der anderen Teilhaber sowie der Finanzierung durch die Bank ließe sich der schonende Umbau des Carrés leicht schultern.«

Das Gespräch lief nicht schlecht, bis zu dem Zeitpunkt an dem sie mir den Betrag nannte, den Hagerbeck auf sein bisheriges Angebot draufgesattelt hatte. Dagegen war mit meinem Alternativkonzept schwer anzukommen.

— o —

Sebastian hatte das Erlebnis in der Heißen Katze sichtlich mitgenommen. Als ich ihn am Nachmittag vor dem Haus stehen sah, paffte er seine übliche Zigarette, aber diesmal ohne penibel darauf zu achten, dass er sie nach drei Zügen gleich wieder ausdrückte. Außerdem sah er noch immer sehr müde und ziemlich zerknautscht aus. Doch er blickte mir kein bisschen so entgegen, als nehme er mir den Ausflug in die Leonhardstraße noch übel – im Gegenteil: Er strahlte mich an und wirkte sehr zufrieden.

»Na, geht's dir wieder besser?«

»Mir geht es hervorragend!« Er inhalierte den Rauch seiner Zigarette und blies ihn mit Genießermiene nach oben weg.

»Freut mich zu hören. Siehst müde aus. Hast du schlecht geschlafen?«

»Ja, hab ich«, sagte er und strahlte noch mehr. »Sehr schlecht, aber der Grund dafür war klasse.«

Ich verstand kein Wort.

»Als ich gestern Nacht heimkam, ging's mir ja nicht wirklich gut. Simona war wach geblieben, um auf mich zu warten, und ich war kaum in der Wohnung, da ging's auch schon los mit den Vorwürfen, dass sie sich Sorgen gemacht habe und so weiter. Da ist mir der Kragen geplatzt und ich hab sie ordentlich zusammengefaltet. Ich hab sie danach einfach mit offenem Mund im Flur stehen lassen, hab mich ausgezogen und bin ins Bad rüber. Ich war richtig stolz auf mich, das hätte ich schon viel früher machen sollen. Mein Gott, wie sie und die Kids mich all die Jahre rumgescheucht haben …« Er schüttelte sich. »Als ich gerade ins Bett wollte, hab ich gehört, wie Simona in der Küche heulte. Da hat sich dann gleich wieder das schlechte Gewissen geregt und ich bin rüber zu ihr. Erst saßen wir einfach nur beieinander, sie heulte und ich saß daneben. Dann schenkte ich uns ein Glas Wein ein, und irgendwann fing sie sich wieder, wir stießen miteinander an – und dann haben wir geredet wie noch nie zuvor. Da kam alles auf den Tisch, und alles war plötzlich kein grundsätzliches Problem mehr. Ich konnte ihr sogar verraten, dass ich fair gehandelte Schafwollsocken fürchterlich finde und die Biohaferflocken morgens kaum runterbekomme.«

Da hatte ich es mit Tina besser erwischt. Der Gedanke an sie fuhr mir sofort wieder in den Magen und ich verzog kurz das Gesicht. Sebastian verstand meine Miene falsch.

»Findest du auch eklig, oder?« Er lachte. »Das ging bis halb drei, es war ein richtig gutes Gespräch, und dann sah sie mich so komisch an, lächelte, nahm meine Hand und … tja, an Schlafen war auch dann erst einmal nicht mehr zu denken.« Er grinste. »Und jetzt weiß Simona auch, dass ich bisher immer heimlich geraucht habe – damit ist es nun vorbei. Ich geh mit den Zigaretten zwar aus der Wohnung, wegen der Kids, aber geheim halten muss ich es nicht mehr. Cool, was?«

»Schön für dich. Aber mit Tamás und mir wirst du wahrscheinlich nicht mehr so schnell in die Stadt gehen, oder?«

»Warum denn nicht? Es war zweimal … äh … na ja, sehr spannend mit euch. Jederzeit gerne wieder. Wann geht ihr denn wieder auf Achse?«

»Weiß noch nicht.«

»Dann meldet euch bitte unbedingt bei mir. Ich will da auf jeden Fall wieder mit! Und über Almut beziehungsweise Hartmut weiß ich jetzt ja Bescheid.«

Er lachte und klopfte mir auf die Schulter, und ich ging zur Haltestelle hinüber, um in die Stadt hinunterzufahren.

— o —

Den nächsten Herrenabend wollten Tamás, Sebastian und ich rund um die Königstraße verbringen – da kannte ich ein paar unverfängliche Bars und Kneipen, und wir würden sicherheitshalber auch um allzu exotische Restaurants einen Bogen machen. Auf dem Weg zur U15 winkte uns Simona, die oben am Fenster stand, noch fröhlich hinterher, und vom Schloßplatz aus tigerten wir erst einmal in die Calwer Straße und holten uns bei »Rudi's Snack« eine Kleinigkeit zu essen.

Dieser Imbiss war seit Jahren dafür bekannt, dass er alles Mögliche aus Maultaschen anbot – vom Gyros bis zum Fingerfood. Tamás las die Speisekarte sehr aufmerksam, weil er ja noch Anregungen für schwäbische Gerichte suchte, die er seinem Konsul und dessen Gästen auftischen konnte.

Er bestellte schließlich Babuschka-Maultaschen. Dazu hatte Rudi Maultaschen in verschiedener Größe fabriziert und immer die nächstkleinere mit etwas Soße, einer kleinen Scheibe Schinken oder etwas Röstzwiebeln in die nächstgrößere gepackt – vier Maultaschen brachte er so ineinander unter, und in der kleinsten steckte ein Holzspießchen, mit dem man das Ganze essen sollte.

Tamás erklärte uns mit vollem Mund, dass dieses Essen eigentlich korrekt Matrjoschka-Maultaschen heißen müsste – wie auch das deutsche Gulasch eigentlich ein Pörkölt sei, was er mir ja schon gesagt hatte.

»Klugscheißer!«, lachte Sebastian und biss in seine Portion.

Er hatte Maultaschen-Gyros ausgewählt: in Stücke geschnittene Maultaschen, die zusammen mit Krautsalat, Zwiebeln und Spezialsoße in ein Hot-Dog-Brötchen gestopft waren. Ich hatte überbackene Maultaschen genommen, schön auf krossen Speck und Zwiebelringe gebettet.

Als wir fertig gegessen hatten und vor der Bude noch ein Bier tranken, erzählte ich mein besonderes Erlebnis mit Maultaschen-Gyros. Gunda Späths »schwäbischer Fluch« hatte mir hier vor zwei Jahren eine Fahrt mit dem Notarztwagen eingebrockt. Ich schilderte die Szene mit all dem Blut und dem Durcheinander wohl etwas zu intensiv, denn alle beide lachten zwar herzlich mit – aber gleich danach ging Sebastian zu Rudi hinüber und brachte uns drei Obstler mit.

Der Schnaps half, der Abend verlief prima, und als wir etwas später im bayrischen Restaurant am Rotebühlplatz landeten, sahen wir dort zu unserer Überraschung Kyriakos sitzen. Er hatte sich einen Stuhl direkt neben den Brunnen gerückt, hielt in der rechten Hand ein halb geleertes Bierglas und rührte mit den Fingern der linken im Brunnenwasser. Er sah aus, als sitze er nicht erst seit fünf Minuten hier.

»He, Kyriakos, was machst du denn hier?«

Er sah auf, lächelte mich etwas lahm an und deutete auf die drei freien Stühle in seiner Nähe. »Ich bin auf der Flucht«, brummte er dann und nahm einen großen Schluck.

»Vor wem denn?«

»Wir haben Besuch aus der Heimat.«

»Und? Da freut man sich doch, wenn man sich mal wieder sieht, und feiert miteinander. Mögt ihr euch denn nicht, du und deine Familie?«

»Na, wenn's nur die Familie wäre. Das sind nicht nur Cousins und Cousinen, es sind auch Nachbarn gekommen – und zwei aus dem Dorf kenn ich noch nicht einmal, die haben wohl noch irgendwie in die drei Autos gepasst, mit denen sie aus Griechenland gekommen sind.«

»Oh, das klingt tatsächlich etwas stressig.«

»Ja, und nebenbei darf ich denen auch noch ihre alten Karren reparieren. Und natürlich macht der liebe Kyriakos das für seine lieben Freunde kostenlos! Daheim in Griechenland geht's ja allen so schlecht, und wir Deutschen können doch vor Geld kaum laufen …«

Wir bestellten uns Bier, orderten auch für den geknickten Kyriakos Nachschub, und mit jedem Glas wurde er auch wirklich etwas lustiger. Wir teilten uns Haxe und Schweinebraten, hinterher auch noch Kaiserschmarrn, und am Ende ließ Kyriakos noch eine Runde Schnaps springen.

Ich lud alle ein, und Sebastian bestand darauf, uns in der Bar gegenüber noch einen Cocktail auszugeben. Es wurden drei, bis die anderen beiden endlich auch noch etwas hatten zahlen dürfen, und auf dem Weg zurück die Königstraße hinunter hakten wir uns gegenseitig unter und schwankten trotzdem noch etwas.

Ab und zu fielen mir Passanten auf, die uns mit Pappschildern oder eingerollten Transparenten entgegenkamen. Die Aufschriften waren nicht zu lesen, und die Leute sahen irgendwie enttäuscht aus und sahen sich aufmerksam nach allen Seiten um, als suchten sie jemanden, mit dem sie sich verabredet hatten, der aber nicht zum vereinbarten Treffpunkt gekommen war. Sebastian sprach einen jüngeren Mann mit Pappschild an und fragte, wofür oder wogegen denn so spät am Abend demonstriert werde.

»Des isch's ja!«, brummte der. »Da komm i extra mit meim Schild vo Rommerdinga in d Stadt, weil se dohanna doch ällaweil demonstrierat – und no isch heit gar nix los!« Wütend ballte er die Fäuste.

Kopfschüttelnd gingen wir weiter. »Schau mal, Sebastian!«, rief ich lachend. »Da runter geht's zum Dreifarbenhaus!«

Er stutzte und sah mich fragend an. Ich erklärte ihm, was es mit dem dreifarbig verputzten Gebäude auf sich hatte.

»Oh, nein!«, rief er mit gespieltem Entsetzen. »Nicht schon wieder!«

Tamás erzählte Kyriakos unser Erlebnis in der Heißen Katze, und der lachte schallend. Währenddessen schlenderten wir immer weiter, alle vier nebeneinander, einige entgegenkommende Passanten wichen uns aus, manche sahen uns missbilligend hinterher. Auf der Höhe der Kaffeebar stolperte Kyriakos und machte, um das zu überspielen, ein paar tänzelnde Schritte. Und schließlich hoppelte er lachend nach links und nach rechts, rief ein paar Mal »Hossa! Hossa!« und ermunterte uns mitzumachen. Ich kannte die Schritte aus diesem alten Film mit Anthony Quinn, der sich in meiner Erinnerung als Grieche ständig betrinkt und hinterher auf dem nächtlichen Strand herumtanzt.

»Siiiirtakiiii!«, rief Kyriakos dann auch prompt, als wir alle vier einigermaßen im Gleichschritt tanzten.

Tamás meckerte: »Mensch, Kyriakos, gerade du als Grieche solltest wissen, dass dieser Tanz gar nicht authentisch ist!«

»Klugscheißer!«, riefen Sebastian und ich im Chor.

»Mir doch egal!«, grölte Kyriakos, und rief im Takt: »Hossa! Hossa! Siiirtakiii!«

So ging es die Königstraße entlang, bis wir nicht mehr weit vom Schloßplatz entfernt waren. Dann erst fiel uns auf, dass uns die entgegenkommenden Fußgänger zunehmend verblüfft ansahen, und dass sie offenbar auch gespannt zu erkennen versuchten, was hinter uns los war. Als schließlich in unserem Rücken auch noch Trillerpfeifen erklangen, hörten wir mit unserem grölenden Chorgesang auf, blieben stehen und drehten uns um.

In unserem Gefolge hatte sich eine dicht gedrängte Menge zusammengefunden, Männer und Frauen jeden Alters. Einige von ihnen hatten sich Buttons mit Aufschriften wie »Draußen bleiben!« ans Revers gepinnt, andere hielten kleine Pappschilder hoch, Transparente oder einfache Zettel, auf die sie handschriftlich Slogans geschrieben hatten wie »Das Büchse bleibt!«, »Freiheit für Mastferkel!!«, »PKW-Maut ist Diebstahl!!!« und »Ortsumfahrung Rommerdingen jetzt!!!!« Ich erkannte einige der Gesichter wieder, sie waren uns vorhin mit enttäuschter Miene entgegengekommen.

»Was ist denn hier los?«, fragte mich Tamás, aber ich konnte auch nur mit den Schultern zucken.

Die Menge skandierte nun einzelne Slogans, mal deutete der eine auf sein Transparent, und alle riefen die Forderung im Rhythmus mit – dann wieder bekam ein anderer lautstarke Unterstützung für seine Parole. Und die Trillerpfeifen gaben den Takt dazu vor.

Ein bärtiger Herr im karierten Pullunder trat auf mich zu. »Was ist jetzt?«, fragte er mich. »Geht's nicht weiter?«

Dabei funkelte er mich durch seine Brille durchaus ungehalten an und deutete mehrfach in Richtung Bahnhof, offenbar wollte er, dass unser kleiner Demonstrationszug endlich mal wieder vorankam und weitermarschierte. Als auch ein paar andere Gesten machten, die uns eindeutig zum Weitergehen aufforderten, drehten wir uns halt wieder um, hakten uns erneut unter und gingen schließlich weiter die Königstraße entlang.

»Hossa! Hossa!«, riefen ein paar hinter uns, also taten wir ihnen den Gefallen, fielen wieder in unsere Sirtaki-Kopie und grölten ein wenig mit. Ein paar Schaulustige applaudierten uns, und ein Mann mit langen schwarzen Haaren, eingewickelt in eine knallbunte Wolldecke, sah missmutig zu uns herüber und packte schimpfend seine Panflöte und ein paar andere Utensilien ein, weil sich inzwischen niemand mehr um ihn kümmerte.

So ging es eine Weile, und ich verabredete mit den anderen währenddessen, dass wir uns demnächst aus dem Staub machen würden.

»Jetzt!«, rief ich den anderen zu, als wir am ersten Schaufenster der großen Buchhandlung am Schloßplatz angekommen waren, und so schnell wir es nach all den Bieren und Cocktails eben fertigbrachten, flitzten wir nach rechts weg und verschwanden durch den kleinen Tunnel in Richtung Schillerplatz. Auf der anderen Seite angekommen, drückten wir uns gegen die Hauswand und horchten.

Hinter uns war es still geworden, und wir hatten schon Angst, dass uns einige Demonstranten nachlaufen würden, aber dann gaben ein paar Trillerpfeifen wieder den Takt vor, und schließlich schien die demonstrierende Menge wieder in Bewegung zu kommen. Trotzdem blieben wir an unserem Platz und versuchten nach dem kurzen Spurt wieder zu Atem zu kommen. Und erst als wir in der Ferne »Freiheit für Mastferkel!!« und »Ortsumfahrung Rommerdingen jetzt!!!!« verhallen hörten, trauten wir uns weiterzugehen.

Wir kamen an der Markthalle vorbei. Tamás deutete zum Alten Waisenhaus hinüber, und wenig später nahmen wir dort in der Amadeus-Bar noch einen kleinen Absacker – unsere unfreiwillige Demonstration hatte uns doch wieder durstig gemacht. Dort wurde auch gleich verabredet, dass Kyriakos bei Sebastian übernachten würde. Übers Handy gab Kyriakos seiner Frau, die er trotz ihres beachtlichen Umfangs Mäuschen nannte, noch Bescheid. Die protestierte zwar kurz, war aber andererseits auch froh, dass sich die Stimmung ihres Mannes wieder hörbar verbessert hatte.

Dann wankten wir gemeinsam zum Eugensplatz hinauf, erzählten uns derbe Witze und spaßige Anekdoten und sahen uns ab und zu um, ob uns womöglich wieder jemand folgte.

— o —

Am Mittwochmorgen brütete ich zwei Tassen Kaffee lang über der Frage, wie sich Hagerbeck, dieser ärgerlich hartnäckige Bieter um das Blarer-Areal, überbieten ließ. Ich rechnete noch einmal mein Konzept durch, die Gebäude des Carrés nicht abzureißen, sondern sie stattdessen teilweise zu renovieren und die Rendite mit einer Mischung aus sehr hohen Mieteinnahmen – für spektakuläre Wohnungen und repräsentative Büros in den oberen Geschossen – und einigen wohltätigen Billigvermietungen – damit war natürlich vor allem das Café Büchse gemeint – zu erzielen.

Aber um überhaupt in die Nähe des Hagerbeck-Angebots kommen zu können, hätte ich den Billigbereich gnadenlos zusammenstreichen müssen. Womöglich wäre nicht einmal mehr das Café Büchse günstig untergekommen – auf jeden Fall aber hätte mir Magnus Lipp von der Bopserbank auf die Finger geklopft, der ja gerade die nachhaltige Nutzung und die soziale Facette meines Konzepts gut fand.

Tamás kam aus dem Bad, setzte sich zu mir und wollte wissen, was mir Sorgen mache. Ich erzählte es ihm, er dachte ein wenig darüber nach, und schließlich setzte er ein schlaues Grinsen auf.

»Na, wenn du diesen Hagerbeck nicht übertrumpfen kannst – vielleicht kannst du dafür sorgen, dass er sein Angebot zurückzieht?«

»Danke, tolle Idee. Und wie soll das gehen?«

»Keine Ahnung, du bist der Immobilienfreak. Mir kam nur die Idee – mach draus, was du willst.«

»Hagerbeck kann ich nicht an den Karren fahren. Ich hab recherchiert: Der sitzt felsenfest im Sattel, hat genug Geld und wohl auch noch ein paar Freunde mit Vermögen in der Hinterhand – da ist nichts zu machen.«

»Und was ist mit dem Grundstück? Liegt da nicht irgendwelcher alter Dreck rum, ist der Boden vergiftet, was weiß ich? In der Zeitung liest man doch alle naselang etwas in dieser Richtung – warum soll ausgerechnet das Blarer-Areal absolut sauber sein?«

»Jedenfalls weiß ich von nichts. Und die Blarer-Töchter haben mir nichts von irgendwelchen Altlasten gesagt.«

»Tja, dann sieht's schlecht aus. Den alten Blarer kannst du ja nicht mehr fragen, der ist tot. Hatte der eine Sekretärin, die vielleicht noch alte Geschichten kennt?«

»Ziemlich sicher hatte er eine, aber ich kenne ihren Namen nicht. Tina hatte sie mal erwähnt, wohl auch ihren Namen, aber ich habe ihn wieder vergessen. Und Blarers Töchter kann ich ja schlecht nach ihr fragen. Die wollen sofort wissen, warum ich mit ihr reden will. Sag ich dann: Ach, das ist nur, weil ich Ihrem Kaufinteressenten das Carré madig machen will …?«

Tamás lachte und ging sich noch einen Kaffee holen. »Tja, schade um meine schöne Idee. Die alte Sekretärin kennst du nicht, und der alte Blarer ist tot.«

Das stimmte leider. Dann fiel mir etwas ein. War heute nicht Mittwoch? Ich sah auf die Uhr: Bis zur letzten Fahrt der U15 blieben mir noch ein paar Stunden Zeit. Unter einem Vorwand verabschiedete ich mich von Tamás, dann rief ich übers Handy Chrischtoph an. Ihn hatte ich vor zwei Jahren im »Letschta Fuffzehner« kennengelernt und er hatte mir erklärt, was mittwochs, freitags und samstags in dieser Stadtbahn vor sich ging. Er kannte in der Stadt offenbar alle wichtigen Leute, und wenn er mich begleitete, sollte es möglich sein, vielleicht doch noch an Informationen zu kommen, an die sich anscheinend kein lebender Stuttgarter mehr erinnerte.

Kapitel 15 | *Zurück in der U15*

Am Ende stand ich doch allein an der Haltestelle. Chrischtophs Büro hatte mir mitgeteilt, dass er für einige Zeit nicht in der Stadt war. Zuletzt hatte er Auftritte in Berlin, Hannover und Hamburg absolviert, für die kommende Woche standen einige Comedyshows in London auf dem Programm, und fast den ganzen nächsten Monat würde er sich in den USA aufhalten. Erst würde er in New York mehrmals vor schwäbischen Landsleuten auf der Bühne stehen, dann war eine Reise in die Kleinstadt Stuttgart/Arkansas und das Dorf Stuttgart/Kansas geplant – unter Begleitung eines kleinen Fernsehteams.

Angeblich hatte Chrischtoph auch eine Kiste voller Spätzlespressen mit im Gepäck, aber da war ich mir nicht sicher, ob sich die Frau im Büro nicht einfach nur einen Spaß mit mir erlaubt hatte, denn sie betonte gleich mehrmals, dass es sich bei Stuttgart im US-Bundesstaat Arkansas um die Welthauptstadt des Reises und der Entenjagd handelte, was mir dann als Anspielung auf die Spätzlespressen doch etwas arg albern vorkam.

Aber ich fand mich in der letzten U15 der heutigen Nacht auch ohne Begleitung zurecht. Inzwischen wusste ich ja, was mich erwartete: eine seltsame Gesellschaft aus Schwaben und solchen, die es zu sein vorgaben, aus Lebenden und Toten, vielleicht echt, vielleicht auch nur gespielt.

Natürlich war der »Herr Keenich« wieder da mit seinen blöden Hunden, mit denen er ständig im Waggon hin und her spazierte. Da ich ihn inzwischen ja kannte, neigte ich respektvoll das Haupt, als er sich mir näherte, und der letzte württembergische König Wilhelm II. nahm es huldvoll zur Kenntnis und deutete ebenfalls ein knappes Nicken an, bevor er zufrieden lächelnd weiter den Gang entlangschlenderte.

Auch heute Nacht saß niemand, sondern alle standen in kleinen Gruppen zusammen, schwatzten munter miteinander oder beobachteten das seltsame Geschehen, oder sie gingen wie der »Herr Keenich« langsam an den leeren Sitzreihen vorüber.

Reinhard Greiff stand in der Nähe einer der Ausgangstüren und plauderte auf einen hageren Mann im wehenden Mantel ein. Gunda Späth stand bei den beiden, bemerkte mich und hielt sich sofort mahnend den Zeigefinger vor den Mund.

»Guten Abend, die Herrschaften«, sagte ich freundlich und gab Greiff die Hand.

Der musste nicht lange überlegen, wer ich war. »Na, Herr Derendinger, mögen Sie das Schwäbische wieder?«

»Ja, dank Ihrer Hilfe habe ich damit kein Problem mehr. Das darf gerne so bleiben.«

Ich grinste ihn an, er lächelte zurück, und aus den Augenwinkeln bemerkte ich, wie Gunda Späth sich wand und wohl am liebsten im Waggonboden versunken wäre. Der hagere Mann neben ihr sah mich interessiert an.

»Ach, Herr Stackmann«, sagte Greiff schnell, »Sie kennen unseren Ronald ja noch gar nicht. Darf ich vorstellen? Ronald D. Wimmer alias Roland Derendinger. Heinz Stackmann, ein Kollege aus Buxtehude.«

Ich gab ihm ebenfalls die Hand, konnte mir aber nicht recht vorstellen, was Greiff nun genau mit »Kollege« meinte – schrieb der Mann ebenfalls Zeitungskolumnen im Dialekt, oder hatte er auch in irgendeiner Weise mit Zauberei im weitesten Sinne zu tun? War das ein Teilnehmer dieses Treffens, von dem Gunda Späth gesprochen hatte?

»Ach, Sie sind Herr Wimmer? So so, freut mich.«

Ich warf Greiff einen fragenden Blick zu, aber der winkte nur ab. »Der Kollege kennt Ihre Geschichte, so etwas interessiert ihn beruflich, wissen Sie?«

War das nun wirklich ein Hinweis auf einen Kolumnenschreiber?

»Ah ja«, machte ich, schnappte von Gunda Späth ein entschuldigendes Lächeln auf und wollte möglichst schnell weitergehen. »Ich muss dann auch wieder. Also, tschüs, Herr Greiff, Frau Späth, Herr Stackmann!« Ich nickte allen dreien nacheinander zu und machte, dass ich wegkam.

Seit gut zwei Jahren war ich nicht mehr mittwochs, freitags oder samstags mit dem »letzten Fuffzehner« gefahren, aber es hatte sich seither nicht viel verändert. Von den Bienzle-Duplikaten war heute keiner da, aber es standen einige andere bekannte Gesichter beisammen, und ich grüßte sie alle, als wären wir alte Bekannte. Das fand auch niemand seltsam, alle nickten ebenfalls mit den Köpfen und unterhielten sich dann weiter wie zuvor.

Fußballer waren vertreten, auch der Sänger einer mit deutschen Pop- und Rocknummern lange Zeit sehr erfolgreichen Band aus der Ludwigsburger Gegend stand in der U15, und zwei aus dem Fernsehen und ihrem anscheinend immer ausverkauften Theater bekannte Schauspieler machten Späßle. Der eine, eine stattliche Erscheinung mit Schnauzbart und Halbglatze, gab mit sonorer Stimme Stichworte, und der andere, eine Handbreit kleiner und mit vollem, dunklem Haar, machte dazu ein verschmitztes Gesicht, setzte die Pointen und schien immer bereit, sich einen Schnaps spendieren zu lassen.

Eine Tür weiter war noch mehr los. Dort standen drei Frauen im Halbkreis, einen prominenten Serienschauspieler und einen für seine frechen Auftritte bekannten Talkmaster vor sich, und schnippten im Takt, während sie einen schwäbischen Swing mit anzüglichem Text sangen. Ich kannte das Trio, sie nannten sich Honey Pie, und ich hatte sie mal im Renitenztheater gesehen, mit einem Stück, das im Kittchen spielte, wo sie einen männlichen Gegenpart hatten, der den Wärter mimte. War ein schöner Abend gewesen, auch gut besucht – aber der Gedanke ans Renitenztheater gab mir einen kleinen Stich: Es war nur ein paar Schritte vom Café Büchse entfernt.

Ganz hinten im Waggon standen wie bei unserem ersten Aufeinandertreffen Diana und Falk, die beiden netten Sachsen, und begnügten sich damit, ein stummes Abbild von Trudel Wulle und Walter Schultheiß abzugeben. Ab und zu winkte ihnen jemand zu, und die beiden winkten lachend zurück – allerdings sagten sie kein Wort und erwiderten auch Zurufe nur mit einem freundlichen Nicken.

»Hallo, Diana. Hallo, Falk«, sagte ich, als ich die beiden erreichte.

»Nu, der Schwabn-Bächvogel findt ooch mal wieder 'n Weg zu uns.«

Diana riss mich ohne viel Federlesens in ihre Arme, dabei konnte ich lächelnd ihrem Partner zunicken, weil mir Diana kaum bis zum Kinn reichte.

»Un wie?«, fragte Falk und zwinkerte mir vergnügt zu.

»Eigentlich geht's mir gut«, sagte ich. »Und heute könntet ihr sogar echt sein, und es würde mir nichts ausmachen. Meine Schwaben-Allergie ist ausgestanden.«

Ich erzählte ihnen die ganze Geschichte, und nach einer Weile standen auch die drei Sängerinnen von vorhin bei uns – ihre beiden Zuhörer hatten sich verdrückt und steuerten inzwischen auf den Deutschrocksänger und die Fußballer zu.

»Coole Geschichte«, sagte eine der drei, klatschte mir lachend die Hand auf die Schulter und stellte sich als Susanne vor. »Ich glaube, da machen wir mal einen Song draus, ist das okay für dich?«

»Wenn ihr meinen Namen weglasst, soll's mir egal sein.«

»Un mir drädn mit den Domen uff!«, mischte sich Falk ein, und alle lachten.

»Ich suche heute Abend eigentlich jemand Bestimmten, sehe ihn aber nicht hier in der Stadtbahn. Vielleicht könnt ihr mir helfen.«

»Nu … wäm siehd er 'n ähnlisch?«

»Nein, das ist kein Promidouble.«

Falk zog eine Augenbraue hoch.

»Tut mir leid, Falk, so war das nicht gemeint. Er sieht niemandem ähnlich, der irgendwie berühmt ist. Er ist einfach nur er selbst. Wartet mal: Ich hab ein Bild von ihm da.«

Kevin hatte im Internet eine Fotografie von Alfons Blarer ausfindig gemacht, wie er vor etwa zehn Jahren ausgesehen hatte: ein gemütlich wirkender Mann mit Pausbacken, Bart und buschigen Augenbrauen, oberhalb davon allerdings ohne weitere Haare.

»Der ist wahrscheinlich noch nicht lange hier mit dabei«, sagte ich. »Ein paar Wochen vielleicht, kann auch sein, dass er noch gar nicht hier war.«

»Was is mit däm?« Diana sah fragend zu mir hoch und machte mit der rechten Hand vor ihrem Hals eine Geste, als nehme sie eine Auszeit.

»Ja, der ist gestorben, hatte ein Riesengrundstück mitten in der Innenstadt.«

Diana schüttelte sich ein wenig und drängte sich an Falk, sie schien sich zu gruseln. Die beiden – sie klein und kompakt, er groß und hager – gaben ein kurioses Bild ab, und die Ähnlichkeit mit den beiden bekannten schwäbischen Schauspielern war auch dann noch beeindruckend, wenn man sie sächseln hörte.

»Nu, dod is frailisch blöde«, merkte Falk an und schlang einen Arm um Diana.

»Sag mal«, sagte Susanne, »ist das dieser alte Blarer, dem das Grundstück gehörte, auf dem das Café Büchse steht?«

Ich nickte.

»Und den suchst du hier?«

»Ja. Der ›Herr Keenich‹ ist ja auch im Fuffzehner.«

»Puh, manchmal ist mir das hier echt zu gruselig«, sagte sie und fröstelte. »Aber den hab ich hier tatsächlich schon mal gesehen. Letzte Woche, am Mittwoch oder Freitag, das weiß ich gar nicht mehr. Das Blarer-Carré sagt uns natürlich was, uns allen hier – ist ja grad ein Riesenthema in der Stadt, wir haben erst vor kurzem auf der Demo gesungen. Toughe Frau, die das alles aufzieht. Tina heißt sie, glaube ich.«

Ich spürte einen leichten Stich im Magen.

»So ein Halbhöhenmädel«, fuhr Susanne fort, »aber mit Arsch in der Hose. Gefällt mir.«

»Ja, mir auch«, sagte ich spontan, fügte dann aber schnell hinzu: »Das Engagement, meine ich.«

Die drei Sängerinnen nickten, wir redeten noch ein wenig über dies und das, dann schnappte ich die Blicke von Falk und Diana auf. Woher auch immer, denn ich hatte in meiner Erzählung vorhin keine Namen erwähnt: Aber die beiden wussten ganz genau, dass mir an der toughen Tina nicht nur das Engagement gefiel.

Tina … Ein neuer Stich ließ mich zusammenzucken, und jetzt hier, im letzten Fuffzehner, mit all den seltsamen Gestalten um mich herum und dieser eigenartigen Atmosphäre, war ich ganz sicher, dass ich meine Magenschmerzen Gunda Späths Zauberkünsten verdankte. Was konnte ich dagegen tun? Sie hatte ja alles bereits abgestritten – ob ich sie bei Greiff verpetzen sollte? Aber würde er mir glauben? Würde er mir helfen?

— o —

Familie Nikitakis hatte mich für Freitag zum Abendessen eingeladen, und ich war sehr froh über diese Ablenkung. Kyriakos bat mich, gegen sechs Uhr da zu sein, und es werde eine große Tafel werden: Der Besuch aus Griechenland sei nämlich immer noch da.

Als ich fünf vor sechs mit meinem Kombi durch die schmale Einfahrt fuhr, um den Wagen im Hinterhof direkt vor der Autowerkstatt abzustellen, lag Kyriakos noch unter einem rostigen Cabrio und schraubte und hämmerte vor sich hin. Nur seine Beine ragten unter dem Auto hervor. Ich stieß mit dem Fuß gegen einen seiner Stiefel und beugte mich dann tief hinunter, um ihn erspähen zu können.

»Oh, der Deutsche ist schon da!«

Sein Tonfall klang leidend, und er schob sich auf seinem klappernden Rollbrett unter dem Wagen hervor. Dann stand er auf, wischte sich die Hände am Overall sauber und fuhr sich auch mit dem Ärmel über sein ölverschmiertes Gesicht.

»Panajía mu! Wann hab ich dir gesagt, dass du zum Essen kommen sollst?«

»Um sechs.«

»Und wie viel Uhr ist es jetzt?«

Ich sah auf die Uhr. »Inzwischen ist es zwei vor sechs, ich bin also pünktlich – und du liegst noch unter dieser Karre und saust dich mit Öl ein.«

»Zwei vor sechs? Da hab ich doch noch Zeit, eben mal diese Ölwanne zuzuschrauben, oder?« Er schüttelte fassungslos den Kopf und sah hinauf zum Balkon, wo Mäuschen stand. »Siehst du, wer schon da ist?«, rief er hinauf. »Zwei vor sechs?«

»Na, dann komm halt schon mal hoch«, rief sie herunter und lachte.

Vorbereitet hatte sie das Essen wohl schon, denn im Flur schlug mir dichter und sehr wohlriechender Dunst entgegen, nur leicht mit dem Aroma der Zigarette durchsetzt, die Mäuschen gerade noch draußen geraucht hatte. Sie drückte mich gegen ihre Brust, wie immer so stark, dass mir fast Hören und Sehen verging, und dann schob sie mich vor sich her in die Küche.

Auf der Arbeitsplatte stand der Spezialgrill, den ich schon kannte, und auf einem eckigen Spieß in der Mitte der im Halbrund um den Spieß herum angeordneten Heizdrähte drehte sich ein gewaltiger Berg übereinandergeschichteter Schnitzel. Auf dem Herd stand ein Topf mit angebratenem Gemüse, Auberginen und Zwiebeln und vieles andere war grob gewürfelt und in Olivenöl scharf angebraten worden – Mäuschen hatte mir mal gezeigt, wie das ging.

Nun füllte sie einen weiteren Topf mit Wasser, schüttete Unmengen von Kritharaki hinein, kleine, reisförmige Nudeln, gab ordentlich Salz dazu und rührte um. Am anderen Ende der

Arbeitsplatte stand eine beachtliche Menge Rotwein bereit, daneben zwei Flaschen Ouzo.

»Habt ihr so viel Besuch?«, fragte ich, nachdem ich kurz überschlagen hatte, für wie viele Personen die Menge an Essen und Trinken locker reichen müsste.

»Na ja, es kommt schon was zusammen.« Mäuschen machte eine entschuldigende Geste. »Ich hoffe, du verträgst Trubel. Die essen heute nämlich alle mit.«

Sie war niemand, den die Aufgabe nervös machte, für eine größere Menschenmenge ausreichend zu kochen. Sie hatte vier Kinder großgezogen, die inzwischen über ganz Deutschland verteilt ihre eigenen Familien hatten – und sie hatte sie immer satt bekommen.

»Wie viele sind's denn?«

»Ach, weißt du«, sagte sie und lachte, »irgendwann hab ich mit dem Zählen aufgehört.«

Sie nahm zwei große Gläser aus dem Regal, füllte sie halb mit kaltem Wasser und gab einen sehr kräftigen Schuss Ouzo dazu, bis sich die Mischung milchig einfärbte. Dann bot sie mir einen Platz auf der großen Eckbank an und setzte sich mir gegenüber auf einen Stuhl.

»Jamas!«, sagte sie und hob ihr Glas.

Im nächsten Moment war es auch schon halb geleert, während ich noch immer mit dem ersten kleinen Schluck beschäftigt war.

»Geht's dir gut?«, fragte ich.

»Étsi ki étsi … geht so.« Mäuschen wiegte ihren Kopf, leerte ihr Glas vollends und sah nicht halb so fröhlich aus wie sonst.

»Ist der Besuch denn so schwierig?«

»Nein, aber …« Sie seufzte. »Ich weiß nicht einmal, ob die überhaupt wieder mal gehen wollen.«

»Na ja, ihr Urlaub kann ja auch nicht ewig dauern, oder?«

»Die haben keinen Urlaub, die sind arbeitslos – und wenn du mich fragst: Die würden alle am liebsten ganz hierbleiben. Ich kann sie sogar ein bisschen verstehen. Bei uns zuhause geht ja gerade alles den Bach runter. Läden, Firmen, alles macht zu, und natürlich hat jeder Angst, dass es ihn als Nächsten trifft, dass einen der Chef vor die Tür setzt oder dass man das eigene Geschäft gegen die Wand fährt.« Sie schüttelte den Kopf, stand auf und schenkte sich nach.

Im Treppenhaus polterten Schritte herauf.

»Sind sie das?«

Mäuschen nickte, stellte schnell ihr Glas ins Regal und schob ein paar Konservendosen davor. Dann schwang die Tür auf, und im Handumdrehen schwirrte die ganze Wohnung vor lauten Gesprächen in griechischer Sprache, vor Gelächter und Schritten, Gläserklirren und dem Scheppern von Tellern und Besteck. Auch Kyriakos war nun nach oben gekommen, verschwand im Bad und stellte sich eine Viertelstunde später in sauberen Jeans und weißblau gemustertem Shirt, mit frisch geföhnten Haaren und umgeben von einer Wolke Kölnisch Wasser neben Mäuschen an den Herd.

»Raus mit dir, halt lieber den Besuch bei Laune!«, kommandierte Mäuschen, und dann fügte sie in strengem Ton, aber grinsend hinzu: »Und lass die Finger da weg! Ich kann keine Flecken auf meinem Rock brauchen!«

Kyriakos nahm seine Hand wieder von ihrem Hinterteil, zwinkerte mir vergnügt zu und ging nach draußen. Auf Mäuschens Rock schimmerte ein dunkelgrauer Fleck, Kyriakos hatte im Badezimmer wohl nicht alles Öl von der Hand bekommen.

Am Tisch ging es heute sehr eng zu. Dicht an dicht standen die Stühle, auch Hocker und Campingstühle waren herangeschafft worden, einer der Gäste saß sogar auf einem dreibeinigen hölzernen Schemel, den Kyriakos sonst vermutlich unten in seiner Werkstatt benutzte.

Der Hausherr stellte mich kurz mit meinem Vornamen vor, darauf erscholl von allen Seiten »Eleni!«, »Konstantinos!«, »Theo!«, »Eleftheria!«, »Panagiotis!«, »Athanasia!« und einige andere griechische Vornamen, die ich mir nicht merken konnte. Wie gesagt: Es war viel Besuch da, wirklich viel.

Hände streckten sich mir entgegen, einige drückte ich hastig, andere wurden schon wieder zurückgezogen, weil Kyriakos sein Glas erhob und einen griechischen Trinkspruch ausbrachte, der allgemein mit zustimmendem Gejohle quittiert wurde. So ging es reihum, und Kyriakos, neben dem ich ein schmales Plätzchen gefunden hatte, übersetzte mir einige von ihnen: »Auf dein Studium!«, »Viel Erfolg mit deiner Bewerbung!«, »Auf eure junge Ehe und auf eure hoffentlich zahlreichen Kinder!«

Und so ging es immer weiter, bis die Reihe endlich an mir war. Alle sahen mich erwartungsvoll an, auch Kyriakos machte eine ermunternde Geste, also hob ich schließlich mein Glas etwas höher und rief alles, was ich bisher an Griechisch gelernt hatte: »Jamas!«

»Jamas!«, scholl es vielstimmig zurück, es gab vereinzelt Applaus und stolze Blicke, und alle möglichen Leute sprangen von ihren Stühlen hoch, kamen um den Tisch und klopften mir auf die Schulter. Einer krächzte mir etwas zu, er schien Tränen in den Augen zu haben.

»Was ist denn los, um Himmels willen?«, fragte ich Kyriakos, als sich die anderen wieder beruhigt hatten und nun mit beiden Händen nach den bereitgestellten Speisen griffen.

»Sie haben sich gefreut, dass du unsere Sprache kannst.«

»Ich hab doch bloß ›jamas‹ gesagt – das heißt doch Prost, oder?«

»Ja, damit und mit einem freundlichen Lächeln würdest du in meinem Heimatdorf über Tage hinweg auskommen.«

Ich lachte. »Und was hat er zu mir gesagt?« Ich deutete auf den Krächzenden mit den feuchten Augen.

»Ach, Stelios nannte dich nur einen guten Deutschen. Er hat vorhin noch lauthals über eure Bundeskanzlerin geschimpft und über den Druck, den Deutschland auf unsere Heimat ausübt – du weißt schon: wegen der Krise. Da hast du ihn mit deinem ›jamas‹ wohl beschämt.«

»Oh, das tut mir leid.«

»Nein, nein, das ist schon gut so. Stelios kommt hier nach Deutschland und will einen Job haben – dann soll er nicht auf dieses Land schimpfen. Ich glaube, er hat seine Lektion gelernt.«

Stelios hatte bemerkt, dass wir ihn während unseres Gesprächs angesehen hatten. Er blickte kurz fragend drein, dann hob er sein Glas und rief mir zu: »Jamas!«

»Jamas!«, rief ich zurück, war mir aber nicht sicher, ob er mich in dem allgemeinen Durcheinander überhaupt hören konnte. Aber er lachte, zupfte seine Nebensitzerin am Ärmel, rief ein paar Mal »Jamas!« zu ihr und deutete dabei immer wieder auf mich, bis er sich endlich einkriegte und ein Gespräch mit der Frau neben sich begann.

Es wurde ein richtig schöner Abend. Alle ließen sich das herrliche Gyros schmecken, das Mäuschen aus dem rotierenden Schnitzelberg fabriziert hatte, dazu floss reichlich Wein und immer wieder Ouzo. Am Ende schleppte Mäuschen noch zwei riesige Servierplatten heran, überreichlich mit Backzeug beladen, das etwa die Form von Kartoffeln hatte, mit irgendetwas Süßem bestreut und schwimmend in Honigsirup.

»Die musst du probieren«, drängte mich Kyriakos. »Die Loukoumades meiner Frau sind legendär!«

Ich musste passen, nur noch der Kaffee zum Schluss ging irgendwie hinein.

Die Gespräche wurden nun ruhiger, einige Gäste gingen zur Sitzgruppe hinüber und sahen fern. Als irgendwann Tina und ihre Mitstreiter gezeigt wurden, wie sie mit ihren Transparenten und Plakaten über die Königstraße marschierten, nahm ich noch einen letzten Ouzo und verabschiedete mich.

— o —

Als ich an diesem Abend in der U15 wieder erwachte, hatte ich meine Haltestelle längst verschlafen. Ein Blick in die Runde genügte, und ich wusste wieder, dass ich die letzte Bahn des Tages erwischt hatte: Niemand saß, und überall standen Grüppchen beisammen und unterhielten sich. »Herr Keenich« tappte hin und her und versuchte dabei seine Beine nicht versehentlich mit den Leinen seiner Hunde zu fesseln.

Ich stand auf, was mir trotz der üppigen Bewirtung im Hause Nikitakis erstaunlich gut gelang. Ein bisschen wackelig war ich noch auf den Beinen, aber das konnte zumindest zum Teil auch daran liegen, dass der »letschte Fuffzehner« gerade durch eine Kurve rumpelte.

Langsam arbeitete ich mich im Waggon voran, grüßte nach links und rechts und ließ, wenn er mir wieder mit seinen Hunden entgegenkam, den »Herrn Keenich« brav vorbei, indem ich zur Seite trat und eine Verbeugung andeutete. Sein Gesichtsausdruck ließ erkennen, dass er inzwischen mit seinem Untertan Ronald leidlich zufrieden war.

Die Bienzle-Doppelgänger waren wieder da und stritten sich gutmütig darüber, ob denn nun ein Trollinger mit einem Lemberger zusammen in die Flasche gehöre oder nicht. Mir fiel nicht mehr ein, wie die echte Romanfigur zu dieser Frage stand, sonst hätte ich jetzt herausfinden können, wer auf jeden Fall nur eine Kopie das brummigen Kommissars war.

Als ich das diskutierende Trio passiert hatte, bemerkte ich, dass mir Falk und Diana, die sich wie immer direkt vor einem Ende des Waggons aufgebaut hatten, Zeichen gaben. Erst wurde ich nicht ganz schlau aus ihrem Gefuchtel, dann sah ich in die Richtung, die sie mir anzuzeigen schienen: Vier Herren standen dort nebeneinander, redeten in gesetzten Worten miteinander und steckten sich ab und zu Zigarren in den Mund, die aber nicht angezündet waren. Ich bin nun nicht gerade ein Experte für historische Kleidung, aber drei der Männer waren so ausstaffiert, dass sie durchaus Zeitgenossen von König Wilhelm II. sein konnten, der schon wieder herantappte und mich in Erwartung einer huldvollen Begrüßung ansah. Irgendwann musste es doch auch mal gut sein mit dieser ewigen Begrüßerei – war das ein Spleen von ihm, war er so vergesslich – was einem Toten ja allemal zu verzeihen wäre – oder wollte er mich nur ärgern?

Als »Herr Keenich« mich endlich wieder passiert hatte, betrachtete ich die vier Männer genauer. Der eine hatte einen rundlichen Kopf, was durch seinen weitgehend kahlen Schädel noch deutlicher wurde, und trug seinen Vollbart halbwegs sorgfältig gestutzt, nur den Schnauzer und den Kinnbart, beide in feinem Weißgrau, hatte er etwas länger stehen lassen. Der zweite hatte noch volles dunkles Haar, und die untere Gesichtshälfte wurde von einem imposanten Rauschebart praktisch völlig verdeckt. Die beiden kamen mir vage bekannt vor, der dritte in der Runde sagte mir nichts: Seine hohe Stirn hatte sich zur Halbglatze ausgeweitet, seinen Bart trug er voll und unter dem Kinn betont spitz zulaufend, aber akkurat in Form gebracht.

Der vierte der Männer dagegen ließ keinen Zweifel zu: Mit seinem etwas untersetzten Körperbau, dem gemütlich wirkenden rundlichen Gesicht, dem weitgehend kahlen Schädel, dem Bart und den buschigen Augenbrauen war er das genaue Abbild jenes Fotos, das ich in der U15 herumgezeigt hatte, als ich nach Alfons Blarer fragte, dem verstorbenen Eigentümer des nach ihm benannten Carrés.

Ich ging auf die vier Männer zu und stellte mich so nah zu ihnen, dass ich glaubte, in Ruhe abwarten zu können, bis sie ihre Unterhaltung beendet haben würden und der alte Blarer für mich Zeit hatte. Doch ich stand kaum an meinem Platz, als die vier auch schon verstummten und mich fragend ansahen. Ein, zwei Minuten standen wir auf diese Art beieinander, ohne dass auch nur ein Wort fiel.

Dann drehte sich der Mann mit dem sorgfältig gestutzten weißgrauen Bart zu dem Vollbart hin. »Sagen Sie mal, Robert, kennen Sie den Herrn?«

»Nein, Gottlieb, tut mir leid, zumindest kann ich mich nicht entsinnen. Eduard, können Sie uns behilflich sein?«

Eduard schüttelte nur den Kopf, und Robert streckte mir seine Hand zur Begrüßung hin.

»Bosch«, sagte er, »Robert Bosch. Und wer sind Sie, bitteschön?«

»Mein Name ist Ronald Wimmer, ich vermarkte Immobilien.«

»Das heißt, Sie handeln mit Grundstücken?«, fragte Eduard. »Mein Name ist Eduard Breuninger, und wenn Sie noch etwas am Marktplatz haben: Da bin ich immer interessiert.«

»So, so«, machte der Weißbärtige. »Immobilien? Das wird auch Herrn Blarer sehr interessieren.«

»Aber nicht doch, Gottlieb, sagen Sie doch bitte Alfons zu mir!«

»Nun gut, Alfons, aber wenn ich zu einem fremden Herrn über Sie rede, kommt mir das nicht sehr freundlich vor.«

»Da haben Sie natürlich recht«, kicherte Blarer und wandte sich mir zu. »Wissen Sie: Herr Daimler hält sehr auf Etikette.«

»Irgendwann muss er ja mal damit anfangen, der gute Gottlieb, was?« Bosch begleitete seine Bemerkung mit lautem Lachen und ließ seine Hand auf Daimlers Schulter klatschen.

Der schaute ihn daraufhin etwas mürrisch an. Breuninger grinste breit dazu.

»Eigentlich wollte ich ohnehin mit Herrn Blarer reden«, warf ich ein.

Die drei anderen hoben die Augenbrauen – es war offensichtlich, dass sie es nicht schätzten, wegen eines Neuankömmlings im letzten Fuffzehner womöglich nur noch die zweite Geige zu spielen.

»Wenn Sie uns kurz entschuldigen würden?«, schob ich nach und hakte mich bei Blarer unter, um ihn ein Stück von den beiden wegzuführen.

»Wir haben ohnehin noch Wichtiges zu bereden«, betonte Daimler und sah uns missbilligend hinterher.

»Sehr Wichtiges!«, pflichtete ihm Bosch bei, dann wandten sich alle drei demonstrativ ab und taten sehr beschäftigt.

Vor der nächsten Ausgangstür blieb ich stehen und Blarer machte sich von mir los.

»Was soll das eigentlich?«, beschwerte er sich. »Ich habe mich gerade wirklich prächtig unterhalten, die Herren und ich nennen uns inzwischen sogar bei den Vornamen, wie Sie vielleicht mitbekommen haben. Und da reißen Sie mich so einfach raus?« Er schüttelte den Kopf über diese Ungeheuerlichkeit. Dann stutzte er und betrachtete mich genauer. »Kennen wir uns eigentlich?«

»Nein, aber ich kenne eine Frau, die im Café Büchse bedient und sie hat mir von Ihnen erzählt.«

Alfons Blarer war gelegentlich an seinem Besitz zwischen Büchsen- und Kienestraße vorbeigegangen, hatte manchmal den Zustand des Innenhofs inspiziert und ab und zu, allerdings deutlich seltener, hatte er bei solchen Gelegenheiten auch im Café Büchse vorbeigeschaut. Er hatte sich dann immer einen koffeinfreien Kaffee und ein süßes Stückle vom Vortag bringen lassen, das er in den Kaffee tunkte. Beides bezahlte er natürlich, und in der Regel legte er ein ansehnliches Trinkgeld dazu.

»Ah, das Café Büchse …« Er bekam einen verträumten Gesichtsausdruck. »Das fehlt mir ein wenig. Und was hat Sie dorthin verschlagen? Sind Sie auch obdachlos?« Er musterte meine Kleidung, dann schüttelte er den Kopf. »Nein, wohl eher nicht.«

»War ich mal, aber das ist eine lange Geschichte.«

»Ha ha, lange Geschichte, das kenn ich. Ich hab im Café mal einen Peer getroffen, der sagte das auch immer, wenn ich wissen wollte, wie ihm das Leben so mitgespielt hat.«

»Peer ist ein guter Freund von mir.«

»Ah! Und wie geht's ihm jetzt?«

»Er arbeitet für meinen Vater, auf unserem Weingut in Uhlbach.«

»Das freut mich, gute Nachrichten, sehr schön. Und wegen Peer waren Sie im Café?«

»Anfangs schon, später habe ich Tina besucht.«

»Tina? Ist das nicht die nette Kleine von den Bertholdts, die immer ehrenamtlich bedient hat?«

»Das tut sie noch. Wir sind … wir waren befreundet.«

»Waren? Ach, Sie Armer. Warum ist es denn auseinandergegangen?«

Ich zuckte mit den Schultern.

»Das würde mich schon interessieren. Ich höre ja in meiner … neuen Situation nicht mehr so viele lebendige Geschichten, leider …« Blarer seufzte. »Wissen Sie eigentlich, dass ich … äh … ja, wie sagt man so etwas von sich selbst? Das muss ich Robert, Gottlieb und Eduard nachher unbedingt noch fragen, mir fehlt bisher noch etwas die Erfahrung, wissen Sie?«

»Sie sind gestorben, Herr Blarer.«

»Ja, Sie sagen es. Eigentlich keine große Sache, aber es verändert eben alles, nicht wahr?« Er sah mich kurz an, dann klatschte er sich leicht gegen die Stirn. »Wie dumm von mir! Woher sollen Sie das denn wissen: Sie leben ja noch!« Er musterte mich. »Oder? Sie leben doch noch?«

»Ja, ich lebe noch, und ich bin mit der Vermarktung Ihrer Immobilie befasst. Genau darum bin ich auch hier.«

Er hatte mir nicht zugehört, sondern blickte ganz versonnen drein. »Ist das nicht unglaublich? Da stirbt man, manches ist genau so, wie man es sich immer vorgestellt hat, manches aber ganz anders – und dann kann ich dreimal die Woche, wenn ich mag und keine anderweitigen Verpflichtungen habe, mit dieser Stadtbahn durch meine alte Heimat gondeln.« Er kicherte leise.

»Anderweitige Verpflichtungen?«

Welche Termine konnte ein Toter noch haben? Wobei: Wenn es schon möglich war, als Verstorbener zusammen mit Lebenden in der U15 zu fahren, war es sicher auch nicht ausgeschlossen, im Jenseits an jedem zweiten Mittwoch oder Freitag an irgendeinem Jour fixe teilnehmen zu müssen.

»Darüber darf ich nicht reden, bedaure.«

Ich hatte auch nicht ernsthaft eine Antwort erwartet.

»Und was genau führt Sie nun hierher? Und woher haben Sie überhaupt gewusst, dass Sie mich hier finden würden?«

»Ich habe ein bisschen herumgefragt, ich bin früher schon ab und zu mit dieser Stadtbahn gefahren und weiß seither, was es mittwochs, freitags und samstags mit dem letzten Fuffzehner auf sich hat. Deshalb kenne ich einige der Fahrgäste, und von denen wurden Sie auf einem Foto erkannt.« Ich zog das Foto hervor und zeigte es ihm.

»Ja, genau, das war zu meinem Achtzigsten. Ich fand, dass ich zuletzt nicht mehr so gemütlich ausgesehen habe wie damals. Die Wangen waren eingefallen, überall nur noch Falten. Ach, in den vergangenen Jahren habe ich mir manchmal gewünscht, ich könnte noch einmal achtzig sein. Und als ich starb und es mir aussuchen konnte, hab ich mir diesen Wunsch halt erfüllt.« Er kicherte wieder. Plötzlich wurde er ernst. »Moment mal, Herr … Wimmer?«

Ich nickte.

»Sie sind also mit der Vermarktung meiner Häuser an der Büchsenstraße befasst?«

»Ja.«

»Heißt das, meine beiden Töchter wollen die Gebäude verkaufen?«

»Vielleicht auch abreißen lassen und das Grundstück verkaufen, das ist noch nicht ganz entschieden.«

»Und das Café Büchse? Und der Innenhof? Wissen Sie, dass dort seit einigen Jahren eine Gedenkstätte für Aids-Tote steht?«

»Ich weiß.«

»Und was soll mit all dem werden?«

Ich zuckte mit den Schultern.

»Ist Ihnen das denn egal? Ich dachte, Sie seien mit Tina …« Ein bitterer Zug spielte um seine Mundwinkel. »Ach so: Tina hat Sie abserviert, und Sie wollen sich an ihr rächen, indem Sie dafür sorgen, dass ihr geliebtes Café Büchse schließen muss?« Er schüttelte enttäuscht den Kopf. »Das ist aber billig, junger Mann, sehr billig.«

»Nein, es ist ganz anders, aber ich weiß nicht, ob ich Ihnen das alles …« Ich brach mitten im Satz ab und überlegte, wie gefährlich es wohl sein mochte, einem verstorbenen Grundstückseigentümer ehrlich zu erzählen, wohin man seine Erben dirigieren wollte. »Sie dürfen es halt niemandem erzählen. Ginge das?«

Er lachte. »Na, ich kann Ihnen auf jeden Fall hoch und heilig versprechen, dass ich nicht zu meinen Töchtern gehen und ihnen verraten werde, was Sie mir jetzt gleich beichten. Und dass meine lieben Nachkommen freiwillig mit der Stadtbahn fahren würden, kann ich mir nun wirklich nicht vorstellen. Es dürfte also nicht viele Gelegenheiten zu einem Treffen zwischen mir und meinen Töchtern geben.«

Da lag er wohl richtig.

Ich gab mir einen Ruck. »Nun gut. Tina organisiert seit einiger Zeit Demos gegen einen Verkauf und Abriss des Blarer-Carrés.«

»Ach, so wird das Areal jetzt genannt? Klingt schick, das gefällt mir.«

»Jeden Montag treffen sich die Gegner des Projekts und marschieren mit Spruchbändern und Plakaten die Königstraße entlang.«

»So wie früher gegen den Tiefbahnhof?« Er lachte und schüttelte dazu den Kopf.

»Ja, so ähnlich. Der Protest zieht immer weitere Kreise, aber ob er letztlich Erfolg haben wird, ist ungewiss. Ich will eigentlich dasselbe erreichen, aber auf einem anderen Weg. Ich war früher sehr erfolgreich im Vermarkten von Immobilien, habe mich zwischenzeitlich ein wenig aus dem Geschäft zurückgezogen, aber nun mische ich wieder mit und konnte auch tatsächlich den Auftrag an Land ziehen, das Carré zu vermarkten. Ich habe Ihren Töchtern vorgerechnet, dass sie auch dann gut verdienen könnten, wenn sie die jetzigen Gebäude nur renovieren würden, aber noch immer gibt es einen potenten Investor, der für das Grundstück eine schöne Stange Geld bietet und der es offenbar nach wie vor unbedingt haben will. Und der würde sofort alles plattmachen und das Carré für teure Wohnungen und Geschäftsräume neu überbauen.«

»Oje.«

»Eben.«

»Und was soll ich Ihrer Meinung nach dagegen unternehmen? Wie Sie wissen, bin ich gestorben, und abgesehen von den Ausfahrten mit dieser seltsamen Stadtbahn bringt mich nichts mehr zurück nach Stuttgart – und soweit ich das bisher mitbekommen habe, kann ich auch nicht einfach an irgendeiner Haltestelle der U15 aussteigen. Ich fahre bis zur Endstation mit und dann … na ja, Schweigepflicht.«

»Wissen Sie denn nichts über das Areal, womit ich den Investor vielleicht abschrecken könnte?«

»Was meinen Sie?«

»Na ja, wann haben Sie die Grundstücke gekauft?«

»Das war Mitte der Sechziger.«

»Und vor dem Kauf haben Sie doch sicher auch alte Unterlagen gesichtet, um sich mit dem Areal nicht womöglich irgendwelche Altlasten einzuhandeln – gab es da nicht irgendetwas, womit ich heute einem möglichen Käufer gegenüber das Areal madig machen könnte?«

»Natürlich nicht, sonst hätte ich die Grundstücke damals ja nicht gekauft. Halten Sie mich denn für blöd?«

»Nein, so hab ich das nicht gemeint, entschuldigen Sie bitte.«

Die Hoffnung auf Hilfe aus dem Jenseits zerstob jäh, und wahrscheinlich war es von Anfang an eine Schnapsidee gewesen, einen Toten zu befragen, um die jetzigen Gebäude des Blarer-Carrés zu retten. Ärger kochte in mir hoch: Da hatte man schon mal die U15 in der Stadt, in der dreimal die Woche Tote und Lebende gemeinsam durch Stuttgart rattern konnten … und dann brachte der ganze Spuk doch nichts.

»Warten Sie mal«, sagte Blarer, der sich inzwischen wieder beruhigt hatte.

Draußen tauchte die Haltestelle Ruhbank auf, die U15 stoppte, und einige Fahrgäste stiegen aus. Auch die drei Bienzles marschierten über den Bahnsteig in Richtung Fernsehturm davon – heute war Freitag, da wollten sie wahrscheinlich zum Schorle-Treff, der einmal die Woche am Fuß des Fernsehturms stattfand. Gunda Späth, Reinhard Greiff und Heinz Stackmann folgten ihnen in einigem Abstand – seltsam, mir war gar nicht aufgefallen, dass die drei ebenfalls im Waggon gewesen waren.

»Herr Wimmer?« Blarer zupfte mich am Ärmel und riss mich aus meinen Gedanken. »Mir ist doch noch was eingefallen.«

»Etwas, das mir helfen könnte?«

Er zuckte mit den Schultern, aber sein schelmisches Lächeln deutete ich als »Ja, wahrscheinlich schon«. Und dann erzählte er, dass er sich an Unterlagen erinnere, die das ganze Areal tatsächlich mit belastetem Erdreich in Verbindung gebracht hatten – zwar zu Unrecht, wie sich später herausstellte, aber die alten Dokumente mit den falschen Vermutungen existierten noch in seinem alten Büro in der Christophstraße. Blarer erzählte mir ausführlich, wie diese Papiere in seinen Besitz gekommen waren. Seine Sekretärin Heiderose Doeblin, eine treue Seele, könne sie mir geben, er erinnere sich noch an ihre private Telefonnummer – aber er stelle eine Bedingung.

»Na, eigentlich ist es eher eine Bitte«, fügte er hinzu. »Aber wenn ich Ihnen mit diesen Unterlagen helfe, habe ich doch auch etwas gut bei Ihnen, oder?«

Ich nickte.

»Wenn Sie Heiderose wegen der Unterlagen anrufen …« Er wand sich, und fast kam es mir so vor, als werde er ein klein bisschen rot. »Würden Sie sie bitten, mal hier in dieser U15 mitzufahren?«

Ich riss verblüfft die Augen auf.

»Heide fehlt mir sehr, wissen Sie – eigentlich fehlt mir sonst niemand.«

»Und Ihre Töchter?«

Er winkte ab. »Ach die … Ich hatte nie viel Zeit für sie, und entsprechend schlecht war der Kontakt zwischen uns. Ich kann den beiden nicht einmal verdenken, dass sie das ganze Areal so schnell wie möglich versilbern wollen – wahrscheinlich gefällt ihnen die Idee, dass sie damit den letzten Kontakt zu ihrem schrulligen alten Vater kappen können.« Blarer stützte sich ein wenig gegen die nächstgelegene Sitzlehne. »Blöd, dass man hier während dieser Fahrten immer stehen muss. Gerade für uns ältere Herrschaften« – er nickte zu Breuninger, Bosch und Daimler hinüber, die inzwischen eine angeregte Unterhaltung mit Wilhelm II. begonnen hatten – »wäre etwas mehr Bequemlichkeit schon zu wünschen.«

»Und warum darf man sich nicht setzen?«

»Weil wir …« Er unterbrach sich, presste die Lippen aufeinander und drohte mir kurz mit dem Zeigefinger. »Hoppla, da wäre mir ja fast was rausgerutscht. Mein lieber Herr Wimmer, bringen Sie mich bitte nicht in Schwierigkeiten! Der Chef hat das nicht gerne, wenn hier einer was ausplappert. Dann ist es wahrscheinlich vorbei mit den U15-Spazierfahrten.«

»Tut mir leid, ich werde versuchen, daran zu denken.«

»Schon gut. Wo waren wir? Ach ja: meine Töchter. Ich wollte nie Kinder, wissen Sie? Und als meine Frau schwanger war, hatte ich keine Lust, mich um die kleinen Kröten zu kümmern, also hab ich mich in die Arbeit gestürzt. Das hat ganz gut geklappt, und wir haben alle, glaube ich, auch ganz gern in der Villa Im Schellenkönig gewohnt – aber Familie lag mir nicht sehr am Herzen. Ich mochte nicht mit den beiden spielen, als sie klein waren. Das ganze Durcheinander, das kleine Kinder anrichten, dieses Gebrabbel und diese fürchterlich stinkenden Windeln im Eimer – das war mir so zuwider!« Er schüttelte sich. »Und weil meine Frau mitten aus einer Opernvorstellung in den Kreißsaal musste – Ich war vielleicht ärgerlich damals! – hielt ich mich mit kleinen Scherzen an den Mädchen schadlos.« Ein schelmisches Grinsen breitete sich auf seinem Gesicht aus. »Sie wissen, wie meine Töchter mit Vornamen heißen?«

»Ja, Rike und Riette.«

»Kommen Ihnen diese Namen nicht etwas seltsam vor?«

Ich kam nicht drauf, was er meinte, aber Blarer kicherte schon wieder.

»Ich dachte dabei an Henriette und Henrike, und dann hab ich beiden das Hen vorne weggenommen.«

Er lachte nun laut und klatschte sich auf die Schenkel. Daimler, Bosch, Breuninger und Wilhelm II. sahen kurz mit hochgezogenen Augenbrauen zu uns her, plauderten aber bald wieder weiter.

»Insgeheim hatte ich mich schon auf einen Jungen gefreut, Sie wissen schon: einen Hen-drik oder einen Hen-ning …«

Schon prustete er wieder los, gerade noch rechtzeitig konnte er sich die Hand vor den Mund pressen, und so war außer einem Geräusch wie von einem erstickten Niesen nicht viel zu hören.

Hatte der Alte schon immer einen an der Klatsche, oder hängt das mit dieser Stadtbahn zusammen?

»Sie glauben, ich spinne völlig, oder?«

»Nein, nein«, log ich.

»Ach, geben Sie's ruhig zu … Wissen Sie, wenn man sich über Jahre und Jahrzehnte nur ums Geschäft kümmert, nur darum, sein Vermögen zu mehren und die Einnahmen zu steigern, wenn man keine privaten Kontakte mehr unterhält und nur noch zwischen Büro und Schlafzimmer, zwischen Geschäftsessen und sogenannten gesellschaftlichen Verpflichtungen pendelt, da entwickelt der eine oder andere schon ein paar seltsame Marotten. Ich habe mich zum Beispiel immer gut gefühlt, wenn ich für Einrichtungen wie das Café Büchse eine besonders niedrige Miete ansetzen konnte oder ab und zu ein bisschen was gespendet habe. Und dann hab ich mir halt noch Späße auf Kosten der Kinder gegönnt.« Er blickte versonnen in die Dunkelheit hinaus. »Ich könnte Ihnen da Sachen erzählen …«

Bloß nicht!

»Herr Blarer, ich muss dann auch wieder«, sagte ich schnell und machte Anstalten, zu einer der Ausgangstüren zu gehen.

Wir hatten inzwischen Heumaden erreicht, das Schild der vorletzten Haltestelle Bockelstraße kam näher.

Blarer hielt mich mit beiden Händen zurück.

»Denken Sie daran, dass Sie Heide, ich meine Frau Doeblin, hierher in die U15 bitten?«

Ich zögerte, dann fiel mir ein, dass er mir noch nicht ihre Telefonnummer gegeben hatte. Die würde ich zwar auch so irgendwie herausfinden, aber einfacher wäre es natürlich schon, wenn er sie mir gleich hier nannte.

»Meinetwegen«, sagte ich. »Aber ich kann natürlich nicht versprechen, dass Frau Doeblin auch wirklich kommt. Es ist nicht jedermanns Sache, um Mitternacht noch Stadtbahn zu fahren.«

»Sie wird schon kommen, wenn Sie es ihr nur ausrichten, bitte!«

»Geht in Ordnung. Und die Telefonnummer?«

Er sagte die Nummer so schnell und flüssig auf, dass ich mir schon denken konnte, dass Alfons Blarer doch noch so etwas wie ein Privatleben gehabt hatte, wenn auch außerhalb seiner eigentlichen Familie.

Kapitel 16 | *Streit um den Schorle-Treff*

Die U15 fuhr in die Endstation ein, und Blarer nickte mir noch einmal lächelnd zu, als ich in die Nacht hinaustrat. Es war kühl geworden, immerhin regnete es nicht. Ich sah zum Himmel hinauf. Hier oben auf den Fildern war der Dunst etwas dünner, und die Sterne waren ein wenig besser zu sehen als drunten im Talkessel.

Mist – wie komm ich jetzt wieder in die Stadt?

»Nu gugge mol do, der Ronald!«

Falk kam mit raumgreifenden Schritten auf mich zugestürmt, hinter ihm versuchte Diana trippelnd einigermaßen das Tempo zu halten.

»Un wie kommstn du nu ins Dahl redour?«

Auf dem Bahnsteig befand sich außer mir ein knappes halbes Dutzend Leute, und hinter mir stand noch immer die letzte U15. Ich drehte mich zu dem Waggon um, in dem ich gerade mit Alfons Blarer geredet hatte: Das Innere war nur noch schummrig beleuchtet, und Diana, Falk und ich spiegelten uns in den Fenstern – dahinter war nicht zu erkennen, ob sich noch jemand in der Stadtbahn befand. Das Innere des Waggons wirkte eher leer, aber wo waren die anderen Fahrgäste alle hin?

Jenseits des Bahnsteigs, in Richtung der Wohnhäuser, hörte ich leises Hundekläffen und Schritte, die sich entfernten. Aber dann war es still, und ich war mir nicht sicher, ob ich mir das alles nicht nur eingebildet hatte.

»Un nu?« Falk war meinem Blick gefolgt und sah mit einem mitleidigen Lächeln auf mich herab. »Kannstes gloobn oder nich«, sagte er und klatschte mir seine Pranke auf die Schulter. »Aber nu sin se alle weg, wohin ooch immer.«

Diana drückte seine Hand und sah, noch ein wenig schwer atmend von der Rennerei eben, traurig zu ihrem Falk hinauf. »Mir wärn gern ooch amol drbei, Ronald, so gern, ährlisch, aber …« Sie zuckte mit den Schultern. »Do gäht nischt!«

»Ach, de Diana«, brummte Falk und drückte sie ein bisschen an sich. »So traurisch, mansches Mal!« Dann klatschte er in die Hände. »Genug drmit! Nu is halber eense durch – un mir gähn jetzt Schorle trinkn – kommste mit, Ronald?«

»Ich …«

»Iwo, klar kommste mit. Un los gäht's!«

Damit hakte er Diana links und mich rechts unter und marschierte zum Parkplatz neben der Haltestelle, verfrachtete uns alle in einen alten Golf, mich rechts auf die Rückbank hinter Diana, weil Falk für seine langen Beine den Sitz bis zum Anschlag nach hinten geschoben hatte, und dann ging's ab zum Fernsehturm.

Ein paar Minuten später parkte er seinen Golf am Straßenrand, der ausröchelnde Motor schickte zum Abschied noch einen fröhlichen Knall aus dem Auspuff. Rund um den Wagen roch es nach Abgasen, aber sobald wir ein kleines Stück gegangen waren, herrschte würzige Waldluft vor. Es roch kühl und feucht, und kurz darauf hatten wir auch schon den Spielplatz erreicht, auf dem der Schorle-Treff jeden Freitag stattfand.

Ich sah mich um.

Das Karussell, das vor zwei Jahren hier noch gestanden und auf dem ich ein paar Runden mit Chrischtoph gedreht hatte, war inzwischen abgebaut, aber der Zuspruch war unvermindert. Überall standen kleine Grüppchen von Menschen unterschiedlichen Alters beisammen, jeder hielt ein Glas, einen Becher oder eine Flasche in der Hand, und immer wieder prostete man sich zu.

Falk pflügte vor uns her durch die Menge, grüßte nach links und rechts, ab und zu verfolgten ihn staunende Blicke. Und einmal, als jemand allzu sehr auf ihn und Diana starrte, flog er auf ihn zu, drückte ihm die Hand, begrüßte ihn im breitesten Sächsisch und erklärte, dass er und seine Frau nur die Doppelgänger der beiden schwäbischen Schauspieler seien. Das zog schallendes Gelächter und neues Zuprosten nach sich – Falk wedelte dabei mit einer Literflasche, in der hellrote Flüssigkeit schwappte, von der er Diana etwas in ihr Henkelglas gekippt hatte.

Ich ging langsam weiter, einen Pappbecher mit einem Schluck von Falks Trollingerschorle in der Hand, und suchte nach bekannten Gesichtern. Die Bienzles standen bei einem kleinen Kinderbagger beisammen, inzwischen hatte sich ein vierter Mann zu ihnen gesellt, der nicht in Trenchcoat und Hut gekleidet war, der aber trotzdem von allen vieren am stärksten jenem Schauspieler ähnelte, der Kommissar Bienzle in der SWR-»Tatorten« immer dargestellt hatte. Die vier amüsierten sich prächtig, und nach und nach stießen weitere Gäste zu ihnen.

Etwas abseits stand eine weitere Gruppe, sie schienen miteinander zu diskutieren, jedenfalls war die Stimmung dort weniger entspannt als unter den anderen Schorle-Treff-Teilnehmern. Und die Gruppe bestand größtenteils aus Leuten, die ich kannte oder zumindest schon einmal getroffen hatte.

Ich ging zu ihnen, und im Näherkommen fiel mir auf, dass sich die Gruppe in zwei Lager teilte, die offensichtlich in einem wichtigen Punkt nicht einer Meinung waren. Auf der einen Seite argumentierten ein groß gewachsener grauhaariger Mann, von dem mir Chrischtoph mal erzählt hatte, dass er Verleger sei und einen Preis für die Pflege des schwäbischen Dialekts bekommen habe, neben ihm standen – wenn ich mich an den Namen nach der langen Zeit noch richtig erinnerte – ein gewisser Olaf, ein schlanker Typ mit schwarzrandiger Brille und staubtrockenem Humor, und ein paar weitere Männer und Frauen, die haupt- oder nebenberuflich als Schriftsteller arbeiteten. Mir fiel ein, dass ich vielleicht Jobst mal vom Schorle-Treff erzählen sollte, hier konnte er sicher Inspiration finden.

Die Gegenseite stellten Reinhard Greiff, Gunda Späth und Heinz Stackmann dar, neben denen noch eine große schlanke

Frau stand, die sich die dunklen Haare straff gescheitelt hatte und obenauf ein neckisches Hütchen trug, wie ich es mal im Variété gesehen hatte.

Die Diskussion brandete hin und her, Olaf sah mich herankommen, stutzte kurz und nickte mir dann, als er mein Gesicht erkannte, kurz zu, die anderen bemerkten mich gar nicht.

»Aber das ist nun mal der Schorle-Treff«, beharrte der Verleger. »Schon seit vielen Jahren treffen wir uns hier, und wenn wir einmal damit anfangen, uns mit irgendeiner anderen Veranstaltung abzuwechseln, verliert das Ganze seine Regelmäßigkeit. Wir wollen, dass auch weiterhin jeder Schwabe oder jeder, der etwas für die Schwaben übrig hat, einfach ohne jede Voranmeldung von woher auch immer freitags hierherkommen und sicher sein kann, dass hier eines immer stattfindet: eben der Schorle-Treff!«

»Ich versteh Sie ja«, erwiderte Greiff. »Und es geht uns auch wirklich nur um zwei, maximal drei Freitage, für die Sie uns diesen Platz überlassen sollen. Ist das denn wirklich zu viel verlangt?«

Der Verleger nickte und sah unversöhnlich aus.

Stackmann beugte sich zu Greiff und raunte ihm zu: »Darf ich?«

»Nein!« Greiff wirkte plötzlich ganz erschrocken und sah seinen Nebenmann streng an.

»Ich wollte nur helfen«, murmelte Stackmann und sah ein wenig beleidigt aus.

»Was wollen Sie hier eigentlich veranstalten?«, fragte der Verleger.

»Nur ein Treffen, ähnlich wie Ihres.« Greiff versuchte ein Lächeln. »Nur ohne Schorle.«

»Und warum treffen Sie sich nicht woanders? Wenn es im Wald sein muss, davon gibt es in Stuttgart ja eine ganze Menge.«

»Nein, das muss leider wirklich hier sein. Es hat mit dem Fernsehturm zu tun und mit seinem mag…« Greiff verstummte, räusperte sich und begann neu. »Es ist wichtig für unser Treffen, dass es genau hier am Fuß des Fernsehturms stattfindet. Wirklich wichtig.«

Gunda Späth war ein wenig von Greiff, Stackmann und der Hütchenfrau abgerückt, nun stand sie mit geschlossenen Augen im Schatten einiger Bäume, ballte ihre Hände zu Fäusten, öffnete und schloss sie wie zu einem unhörbaren Rhythmus. Dabei atmete sie lautlos, aber tief, legte langsam den Kopf in den Rücken und klappte schließlich den Mund weit auf.

Ich sah zu den anderen hin, die aber so sehr in ihrer Diskussion gefangen waren, dass sie von Gunda Späths seltsamem Verhalten nichts mitbekamen. Ich dagegen beobachtete sie gespannt. Nach einer Weile öffnete sie die Augen wieder und schien sich etwas zu entspannen, dann fixierte sie den Verleger und seine Begleiter, streckte den linken Arm ein wenig aus und machte eine ganz schnelle, unauffällige Handbewegung. Das kurz danach aufscheinende Lächeln der alten Frau ließ mich wieder zu den anderen hinsehen: Alle hoben ihre Becher, Gläser oder Flaschen und nahmen einen großen Schluck.

Greiff und Stackmann sahen irritiert zu, wahrscheinlich waren sie etwas verwirrt, weil ihre Kontrahenten mitten in der Diskussion nur an ihr Schorle dachten – auch ich hatte plötzlich große Lust auf einen Schluck. Ich hob meinen Becher an, sah aber gerade noch, wie die Flüssigkeit darin viel heftiger perlte als vorhin. Misstrauisch beäugte ich mein Schorle, das sich außerdem im Kreis drehte wie frisch umgerührter Kaffee. Ich schnupperte an meinem Becher, aber es fiel mir kein ungewöhnliches Aroma auf. Allerdings konnte ich nun beobachten, wie der Verleger und seine Begleiter plötzlich recht nachdenklich wirkten, wie sie die Argumente Greiffs doch noch einmal durchgingen und schließlich nachgaben.

»Na gut, Herr Greiff«, sagte der Verleger. »Aber nur zweimal, meinetwegen dreimal – und Sie sorgen dafür, dass jeden Freitagabend ab … sagen wir acht Uhr an den Wegen hierher Zettel hängen, die auf die Pause des Schorle-Treffs hinweisen, ja?«

Greiff nickte verblüfft. Er sah zu Stackmann hinüber, der aber auch nur ratlos den Kopf schüttelte. Auch die schlanke Frau mit den streng gescheitelten Haaren wusste nicht, was da gerade passiert war – und Gunda Späth, die inzwischen wieder zu ihrer Gruppe zurückgekehrt war, tat ebenso ahnungslos.

Hat die falsche Schlange doch tatsächlich allen das Schorle verzaubert …!

Greiff überlegte noch kurz, dann zuckte er mit den Schultern. Er hatte sein Ziel erreicht, das sollte genügen.

»Gut«, sagte er, »dann sind wir uns also einig – und Ihnen noch einmal vielen Dank. Sie haben etwas gut bei mir.«

»Meinetwegen«, sagte der Verleger und gähnte. »Aber jetzt fahr ich nach Hause – ich bin müde.«

»Ich auch«, war rundum zu hören, und wenig später schlurften alle mit hängenden Schultern unter murmelnd geführten Gesprächen zu ihren Autos zurück.

Greiff, Stackmann und Späth standen noch ein wenig beieinander und besprachen die Details ihrer Zusammenkünfte, die sie in den kommenden drei Wochen hier abhalten wollten. Ich schnappte etwas von »magischen Kräften« auf, von Kreidekreisen im umliegenden Wald und Bäume, die mit Alufolie markiert werden sollten. Erst dann bemerkte Greiff, dass ich noch auf meinem alten Platz stand und sie beobachtete.

»Ach, Herr Derendinger«, sagte er, und er wirkte etwas erschrocken, als habe ich ihn bei irgendeiner Schweinerei ertappt. »Sie sind ja noch da mit Ihrem Schorle.« Er deutete auf meinen Becher. »Ich dachte, es sei schon alles besprochen. Ist noch was?« Offenbar hatte Greiff sehr schnell in seine neue Rolle als »Hausherr« des Treffpunkts hineingefunden. »Es waren plötzlich alle so müde, und es ist ja auch schon spät, nicht wahr?«

»Ich bin noch putzmunter«, erwiderte ich. »Ich hab ja vorhin auch nichts von meinem Schorle getrunken.«

Gunda Späth wurde bleich.

»Was wollen Sie damit sagen, Herr Wimmer?«, fragte Greiff misstrauisch.

Statt einer Antwort streckte ich ihm meinen Becher hin, in dem sich nach wie vor die von der alten Frau ganz offensichtlich verzauberte Flüssigkeit befand.

»Schauen Sie sich das an, Herr Greiff. Seit ein paar Minuten sprudelt mein Schorle ein bisschen mehr als zuvor, und es dreht sich im Kreis, als habe jemand darin gerührt.«

Gunda Späth machte mir ein Zeichen, ich solle endlich still sein. Doch spätestens seit dem präparierten Eintopf und den schlimmer gewordenen Problemen mit Tina war ich nun wirklich der Letzte, der Grund hatte, dieser Frau Ärger zu ersparen.

»Frau Späth«, fügte ich hinzu, »weiß wohl auch, ohne hinzusehen, wie mein Schorle gerade aussieht.«

Greiff sah verblüfft zwischen mir und ihr hin und her, dann stammelte er: »Es schäumt? Und es dreht sich im … Kreis?« Er wandte sich Gunda Späth zu. »Das ist jetzt echt nicht wahr, oder?« Er baute sich bedrohlich nahe vor ihr auf, sie sah ihn an, schluckte mehrmals. »Sind diese Schorletrinker deshalb so plötzlich müde geworden, waren mit allem einverstanden und haben sich getrollt?«

»Nein, ich …« Die alte Frau war nur noch ein Schatten ihrer selbst, in Greiff schien Wut hochzukochen.

»Wenn das stimmt, dann …«

»Schauen Sie selbst«, schlug ich vor.

Noch immer hielt ich die Hand mit dem Becher ausgestreckt, nun kam Greiff auf mich zu, um einen Blick auf mein Schorle zu werfen. Hinter seinem Rücken schloss Gunda Späth die Augen, hob den Kopf und machte mit den Fingern ihrer linken Hand eine schnelle Bewegung.

Greiff stand nun vor mir, sah in den Becher, sah mich an, dann wieder in den Becher, dann schüttelte er den Kopf und wandte sich ab. Als er die anderen erreicht hatte, drehte er sich wieder zu mir um. »Sie sollten sich schämen, Herr Wimmer. Dass Frau Späth Ihnen vor zwei Jahren übel mitgespielt hat, tut mir noch immer leid – aber sich auf diese Weise an ihr rächen zu wollen, das sollte unter Ihrer Würde sein.«

Damit fuhr er herum und marschierte in den Wald hinein, dicht gefolgt von Stackmann und der Frau mit dem strammen Scheitel. Gunda Späth grinste mich noch kurz an, zwinkerte mir zu und tänzelte den anderen hinterher wie ein junges Mädchen.

Ich konnte nicht fassen, dass Greiff nicht erkannte, was diese Frau soeben getan hatte. Wieder einmal. Ich zog den Arm mit dem Becher zurück und sah selbst hinein. Mein Schorle sah aus wie ganz zu Beginn: Hellrot schwappte es im Becher ganz leicht hin und her, nur vom Heranziehen meines Arms aus seiner Ruhe gebracht. Nichts schäumte, und nichts drehte sich im Kreis. Gunda Späths Geste kam mir in den Sinn, und zornig schleuderte ich meinen halb gefüllten Becher in den dunklen Wald.

Sofort schrie eine Frauenstimme erschrocken auf, und ein Mann schimpfte: »Was'n nu?«

In das Gebüsch hinter den vordersten Bäumen kam Bewegung. Diana trat auf den Spielplatz und betrachtete ihr Oberteil im diffusen Licht – ein großer feuchter Fleck zwischen Brust und Schulter verriet mir, dass ich sie mit meinem Becherwurf getroffen hatte. Ein paar Meter daneben brach nun Falk aus dem Unterholz und sah sich verschlafen um. Als er mich und Diana sah, huschte er noch einmal zurück in den Wald und kam gleich wieder hervor, diesmal die leere Weinflasche in der Hand.

»Was'n los?« Er starrte auf Dianas nasses Oberteil.

»Tut mir leid, das war ich. Ich hab meinen Becher weggeworfen, da hab ich wohl ausgerechnet sie getroffen. Ich zahl natürlich die Reinigung.«

Falk sah sich um. »Wo sin die denn alle hin?«

»Die wurden alle sehr plötzlich müde und sind heimgegangen.«

»Na, miede war isch wohl ooch«, grinste er. »Hab's wohl 'n bissl übertriem un bin gleich weggedöst. Un de Diana is eh nich grad 'ne Nachteule, was, Gutste?«

Diana lächelte und sah auf die Uhr. »Kommste mit, Ronald? Mir machn weg hier, is ja nischt mehr los.«

Damit drehte sie sich um, hakte sich bei Falk unter und sie schlurften auf dem Waldweg davon. Ich überlegte noch eine Zeitlang, dann fiel mir ein, wie weit es von hier bis zum Eugensplatz war und wie lange der Fußmarsch dauern würde, und ich gab ordentlich Fersengeld, um die beiden noch einzuholen.

Kapitel 17 | *Der Brief*

Heiderose Doeblin hatte am Telefon sehr reserviert auf meine Bitte reagiert, ob sie sich mit mir treffen könne. Eigentlich kein Wunder, denn ich hatte mich gleich zu Beginn des Gesprächs als derjenige vorgestellt, der die Vermarktung des Blarer-Carrés betreute. Und als ich Bezug nahm auf ein altes Dokument, das womöglich auf belastetes Erdreich unter dem Carré hindeutete, verstummte die Frau am anderen Ende der Leitung vollends. Erst hatte ich Angst, sie damit endgültig verprellt zu haben, aber dann schob ich die Erklärung nach, ich müsse doch prüfen, ob einem potenziellen Investor nicht womöglich zusätzliche Kosten nach dem Erwerb des Areals drohten und er bei einer etwaigen Vertuschung dieser Information vielleicht sogar Schadenersatz von Herrn Blarers Erben einfordern konnte.

Ich hatte das alles so naiv dahergeplappert, als wisse ich sie sicher auf der Seite meiner Auftraggeber – und ich hoffte, dass sie mir auf den Leim gehen würde. Wenn sie nach wie vor ihrem alten Chef die Treue hielt, war sie vermutlich nicht für den Verkauf des Areals und den Abriss der Gebäude. Und wenn sie diesem ahnungslosen Schnösel aus der Immobilienbranche – also mir – sogar noch dabei helfen sollte, das Grundstück dem Verkäufer gegenüber madig zu machen, würde sie sich doch sicher nicht zweimal bitten lassen.

Tatsächlich biss sie an, und eine gute Stunde später trafen wir uns vor Alfons Blarers altem Büro. Mit ihren Gesundheitsschuhen, dem günstigen Kostüm über die große Handtasche bis hin zur strengen Frisur strahlte jeder Zoll die altgediente Sekretärin aus. Treu bis über den Tod hinaus, sozusagen. Dass sie noch immer den Schlüssel zu Alfons Blarers altem Büro hatte, wunderte mich ein wenig – umso mehr, als ich die Frau schon kannte. Ich war ihr begegnet, als ich zum ersten Mal in die Villa Blarer im Schellenkönig gekommen war, und ihr Abgang hatte mich damals sehr an einen Rauswurf erinnert. Auch ihr kurzer Blick zur Begrüßung verriet mir, dass sie sich ebenfalls an diese Begegnung erinnerte.

Nun aber schloss sie die Haustür auf, ging die Treppe vor mir hinauf und führte mich im ersten Stock in eine altmodisch eingerichtete, aber recht helle und nicht ungemütliche Wohnung, die zum Büro umfunktioniert war. Überall standen Möbel aus dunklem Holz, meist Rollschränke voller Aktenordner. Auf dem einzig modernen Schreibtisch gleich links der Eingangstür lagen zwei aufgeschlagene Ordner übereinander.

Heiderose Doeblin bemerkte es, setzte einen tadelnden Gesichtsausdruck auf, klappte die Ordner zu und räumte sie an ihren Platz in einem der Rollschränke zurück. Sie hatte keinen Augenblick lang überlegen müssen, wohin sie gehörten. Dann nahm sie einen anderen Ordner aus einem anderen Schrank. Das Etikett des Aktenordners sah schon älter aus und war beschriftet mit »Büchsen/Schloß/Kiene/Heustraße 1963«. Heiderose Doeblin legte den Ordner auf den Schreibtisch, auf dem vorher die beiden anderen lagen, und blätterte kurz darin, dann trat sie einen Schritt zurück und gab mir den Blick frei auf das nun obenauf liegende Dokument.

»Darf ich?«, fragte ich trotzdem.

»Bitteschön, deshalb sind wir ja hier.«

Sie drehte den Schreibtischstuhl so, dass ich mich setzen konnte, und ich nahm die Einladung an.

Das Dokument war ein Brief aus dem Januar 1963, verfasst von einem Anwalt aus Leonberg, dessen Name mir nichts sagte. Gerichtet war er an das Büro des damaligen Stuttgarter Oberbürgermeisters, und ohne Alfons Blarers Erklärung, die er mir nachts in der U15 gegeben hatte, hätte ich mich natürlich gefragt, wie dieser Brief in Alfons Blarers Büro kam. Vorsichtig strich ich mit dem Finger über die Unterschrift – ich konnte das leichte Relief der Linien spüren, die der Anwalt mit seiner

Signatur hinterlassen hatte. Es handelte sich also wirklich um das Original des Briefes.

In altmodischen, vermutlich schon damals steif und gestelzt wirkenden Sätzen wurde darin behauptet, dass aus den zwanziger und dreißiger Jahren noch verunreinigte Erde, belastet mit allerlei chemischen Verbindungen, auf dem Areal des heutigen Blarer-Carrés vorhanden und deshalb die geplante völlige oder teilweise Neubebauung des Grundstücks problematisch sei.

Blarer hatte mir erzählt, dass dieser Leonberger Anwalt und eine durch ihn vertretene Investorengemeinschaft damals ebenfalls an dem Grundstück interessiert waren. Um ihn, Blarer, abzuschrecken, streuten sie die Information über die Bodenverunreinigung – ausgelöst von einer Fabrik, die aber in Wirklichkeit ein paar Straßen weiter bestanden hatte. Wegen seiner guten Kontakte zur Stadt habe ein Mitarbeiter des Oberbürgermeisters Blarer den Brief gezeigt. Blarer war der Sache auf den Grund gegangen und hatte den Fehler aufgedeckt – und der Anwalt erreichte Stillschweigen über seinen Betrugsversuch, indem er sein Kaufangebot für das Areal zurückzog und sich geschäftlich künftig nur noch außerhalb Stuttgarts betätigte.

Niemand wollte weiter Staub aufwirbeln, und die Sache war ja auch bereinigt – wozu also noch den Brief mit falschen Informationen zu den städtischen Akten nehmen, wo ihn womöglich irgendjemand später einmal ausgraben und für neue Aufregung sorgen konnte. Schließlich war nirgendwo auf dem Brief vermerkt, dass es sich bei den behaupteten Fakten um Lügen handelte. So kam es, dass der Brief in Blarers Unterlagen landete.

Nun wollte ich herausfinden, ob ich es wagen konnte, mich Blarers alter Sekretärin anzuvertrauen.

Ich lehnte mich zurück, tippte auf das Schreiben und sah Heiderose Doeblin an. »Und warum hat Herr Blarer das Grundstück damals trotzdem gekauft?«

Ein kurzes Grinsen huschte um ihre Mundwinkel, dann hatte sie sich wieder unter Kontrolle. »In geschäftlichen Dingen hat sich Herr Blarer nicht mit mir beraten, ich war nur seine Sekretärin. Er wird seine Gründe gehabt haben, das Areal trotzdem zu kaufen.«

»Klar hatte er die: Der Brief ist erstunken und erlogen.«

Sie erschrak ein wenig, fing sich aber schnell wieder und hob eine Augenbraue – wohl, um mich für meinen flapsigen Ton zu tadeln.

»Und wissen Sie, woher ich das weiß?«

Sie zuckte mit den Schultern.

»Von Herrn Blarer.«

Sie stutzte. »Äh … kannten Sie ihn denn?«

»Nein, vorher nicht.«

»Vorher? Wovor meinen Sie?«

Ich griff neben mich und schob den Bürostuhl vom Nachbartisch ein Stück zu ihr hin. »Vielleicht setzen Sie sich lieber.«

Sie zögerte, ich deutete auf den Stuhl, endlich nahm sie Platz und sah mich fragend an.

»Wie gesagt: Das mit den Fehlinformationen in diesem alten Brief – das weiß ich von Herrn Blarer.«

»Hat er seinen Töchtern ein entsprechendes Schriftstück hinterlassen und Sie haben es gelesen?«

Ich schüttelte den Kopf.

»Gut, dann haben Sie halt gut recherchiert und sind dabei auf die alte Geschichte gestoßen.«

»Und warum sollte ich dann behaupten, ich wisse das von Herrn Blarer?«

»Keine Ahnung.«

»Sagen wir es so: Ich weiß es von ihm persönlich.«

»Das kann nicht sein. Sie haben vorhin selbst gesagt, Sie kannten ihn nicht, bevor … Ach so: Sie haben ihn kurz vor seinem Tod kennengelernt! Und da hat er Ihnen das gleich anvertraut?«

»Nein, nicht vor seinem Tod.« Ich ließ den Satz kurz wirken, und als ich ihrem wechselnden Gesichtsausdruck nach befürchten musste, dass Heiderose Doeblin empört aufspringen und davoneilen würde, fügte ich hinzu: »Bleiben Sie bitte sitzen und lassen Sie mich erklären.«

Sie runzelte die Stirn und sah sehr verwirrt aus, auch etwas verletzt.

»Und glauben Sie bitte nicht, ich wolle Sie veräppeln. Ich weiß, dass Sie sehr um Ihren Chef trauern.«

Sie zog ein Taschentuch hervor, beließ es aber dabei, es in ihrer Faust zusammenzuknüllen.

»Wir haben uns vor der Villa Blarer schon einmal getroffen. Ich habe Ihnen vorher angesehen, dass Sie mich wiedererkannt haben. Ich hatte den Eindruck, dass Riette Blarer Sie rausgeworfen hat – warum hat sie das getan?«

»Das geht Sie nichts an. Gerade Sie nicht! Die Töchter von Herrn Blarer wollen sein Erbe möglichst schnell zu Geld machen – und Sie helfen ihnen dabei. Schämen sollten Sie sich, Sie und die Töchter! Ich weiß schon gar nicht mehr, warum ich hier mit Ihnen sitze. Wenn jetzt Montag wäre, hätte ich ohnehin keine Zeit: Ich bin immer dabei, wenn es drunten auf der Königstraße zur Demo gegen das Blarer-Carré geht, weil ich es nicht leiden kann, wenn immer nur eine noch höhere Rendite zählt und nichts anderes mehr. Herr Blarer hat immer Geld verdient, und nicht wenig, das sag ich Ihnen – aber er musste deswegen keine Wärmestube rauskündigen und Leute, die sich eine teurere Miete nicht leisten können, auf die Straße setzen! Und jemandem, der Herrn Blarers Vermächtnis mit Füßen tritt, werde ich sicher nicht sagen, was seine Töchter mit mir besprochen haben!«

»Ich kann es mir eh denken.«

Sie schwieg und sah sehr trotzig aus dabei.

»Riette Blarer konnte Sie nicht leiden, weil Sie ihrem Vater über die Jahre näher standen als sie und ihre Schwester Rike.«

»Das ist doch …!« Heiderose Doeblin tat sehr aufgebracht, aber sie schauspielerte schlecht.

»Außerdem sind Sie gegen den Abriss der bestehenden Gebäude, und das haben Sie den Schwestern vermutlich deutlich gesagt.«

Heiderose Doeblin schluckte und tupfte sich nun doch die Augen mit dem Taschentuch.

»Und der offizielle Grund könnte gewesen sein, dass der tote Herr Blarer ja kein Büro und keine Sekretärin mehr braucht.«

Nun schluchzte sie leise.

»Wenn Sie wollen, können Sie in gewisser Weise auch weiterhin für Herrn Blarer arbeiten.«

Sie sah mich zweifelnd an.

»Und damit gegen seine Töchter.«

Ihre Miene wurde forschender.

»So wie ich«, fügte ich schließlich hinzu.

Jetzt war es raus, und wenn Blarers alte Sekretärin damit zu Riette oder Rike ging, konnte ich einpacken. Aber das schien mir recht unwahrscheinlich.

Zwei, drei Minuten vergingen, bis sie etwas darauf sagte. »Nehmen wir mal an, Sie meinen das ernst. Wie soll das gehen? Und was heißt das: Sie arbeiten gegen die Töchter?«

»Na ja, so ganz stimmt das auch nicht – aber ich arbeite gegen den Abriss der bestehenden Gebäude und auch für den Erhalt des Café Büchse.«

»Ach?«

Ich erklärte ihr meinen Plan, die Blarer-Töchter vom Verkauf des Areals abzubringen und sie für eine sanfte Renovierung des Carrés zu begeistern – und ich erzählte davon, wie hartnäckig der interessierte Investor noch immer war und dass ich mir von dem Brief aus dem Jahr 1963 versprach, dass er aufgrund der dort genannten Informationen vielleicht doch sein sehr verlockendes Angebot zurückziehen würde. Dann fasste ich noch kurz meine Vorgeschichte zusammen, nur meine Beziehung zu Tina erwähnte ich nicht, das, fand ich, gehörte im Moment auch nicht hierher.

Ihr Blick ruhte mit immer größerer Sympathie auf mir, und schließlich rückte sie mit dem Stuhl ein wenig zu mir her und reichte mir die Hand. »Dann auf gute Zusammenarbeit!«, sagte sie.

»Warum haben Sie eigentlich noch einen Schlüssel zu diesem Büro?«

Sie grinste spitzbübisch. »Meinen hat mir Riette natürlich abgenommen, gleich droben in der Villa. Aber ich hatte noch einen zur Sicherheit für Herrn Blarer aufbewahrt. Der war immer so vergesslich, also habe ich einen zweiten für ihn deponiert – den hab ich wieder hervorgeholt, als meiner weg war.«

Nun kamen wir zum kritischsten Punkt des Gesprächs. »Und jetzt sollte ich Ihnen wohl erklären, warum Sie weiterhin für Herrn Blarer arbeiten, oder?«

»Nein, nein, das hab ich schon verstanden: Mit Ihnen zusammen versuche ich Herrn Blarers Vermächtnis zu bewahren, seinen Willen umzusetzen – so hatten Sie das gemeint, nicht wahr?«

»Nicht ganz. Ich möchte Sie jetzt um zwei Dinge bitten: Hören Sie meine Geschichte zu Ende an – und fahren Sie am nächsten Mittwoch, Freitag oder Samstag mit der letzten U15 stadtauswärts, egal was Sie gleich hören werden, ja? Und wenn Sie dann von allem, was ich Ihnen gleich erzählen werde, überzeugt sind, kommen Sie zu mir. Hier ist meine Visitenkarte.« Ich hielt ihr eine Karte hin, die schon die Büroadresse in der Büchsenstraße enthielt.

Sie zuckte mit den Schultern, und ich begann mit meiner Geschichte. Sie hörte sich die Story von der U15 und ihren ganz speziellen Fahrgästen an, auch wenn es sie sichtlich Mühe kostete, nicht zwischendurch aufzuspringen und hinauszurennen – das fand ich beachtlich, weil ich mich an ihrer Stelle für komplett irre gehalten hätte. Ich erzählte von meinem Treffen mit Alfons Blarer und ich gab ihr einen Ausdruck mit dem Fahrplan der U15.

»Bitte fahren Sie am Mittwoch, Freitag oder Samstag mit dem letzten Fuffzehner!«, rief ich ihr hinterher, als sie am Ende meiner Geschichte nur kurz »Fertig?« fragte und schließlich doch aus dem Büro stürmte, die Handtasche und den Fahrplan unter den Arm geklemmt.

Ich blieb noch eine halbe Stunde in Alfons Blarers Büro, dann ging ich mit dem Brief in der Tasche hinaus und zog die Tür hinter mir zu.

— o —

So sehr es mich für Tamás freute, dass er sich wieder mit Viola ausgesöhnt hatte, für mich brachte das eher Nachteile. Als ich an diesem Nachmittag nach Hause kam, hörte ich schon vom Flur aus, dass die beiden in der Wohnung waren und den Geräuschen nach zu urteilen gerade jetzt sicher keine Lust hatten, mit mir zu plaudern. Also ließ ich sie in Ruhe und ging wieder auf die Straße hinaus. Oben sah ich Tina und den Pferdeschwanztypen aus dem Haus kommen und auf die Haltestelle zugehen. Damit hatte mir der Tag ausreichend unter die Nase gerieben, wie hervorragend es momentan um mein Privatleben stand, und ich beschloss, nun auch ein wenig Spaß zu haben.

Mit dem alten Kombi fuhr ich in die Neckarstraße, stieg dort in den Aston Martin um und kurvte ziellos durch die Gegend. In Cannstatt sah ich Kevin in ein Internet-Café gehen, und in Hedelfingen luden vor dem Firmengebäude, in dem Beas Band probte, der Drummer und der Gitarrist Boxen und Instrumente in einen kleinen Lastwagen.

Ich fuhr noch eine Zeitlang im Neckartal hin und her, dann versuchte ich aus der Erinnerung den Weg durch die Wohngebiete hinauf zur Waldebene Ost zu finden. Dort droben war ich früher gerne gejoggt, und ich erinnerte mich an die teils versteckt im Wald und an den Hängen hinunter in Richtung Neckar liegenden Gaststätten mit ihren Biergärten, wo man auch unter der Woche mal für ein, zwei Stunden aus dem städtischen Alltag abtauchen konnte. Ich brauchte mehrere Anläufe und musste ein paar Mal in Wohngebieten umdrehen, aber dann schnurrte der Aston Martin tatsächlich die enge Straße hinauf und linker Hand tauchte das Waldheim Gaisburg auf. Erleichtert parkte ich das Cabrio, setzte mich auf ein Bier auf die Terrasse und blickte über den schönen Garten des Waldheims hinunter ins Neckartal.

Als ich mein Glaspfand wieder kassiert hatte, ging ich zum Wagen zurück – aber natürlich machte der wieder einmal Probleme, als ich ihn starten wollte. Er gab allerlei Geräusche von sich, das erhoffte Brummen des Motors war leider nicht dabei. Also holte ich mir noch ein Bier und rief von der Terrasse aus Kyriakos an, damit er mich und den widerspenstigen Sportwagen abholen kam.

Zwanzig Minuten später saßen wir nebeneinander auf der Terrasse, streckten die Beine aus, ließen uns von der Sonne wärmen und dachten erst drei Stunden später wieder an den Aston Martin.

— o —

In meinem Büro im Blarer-Carré gab es nun allmählich mehr zu tun. Der GmbH-Plan gedieh prächtig, es gab immer mehr Anfragen, und immer wieder bat die Bopserbank mich zu Gesprächen mit potenziellen Investoren dazu. Nun war ich fast schon froh, wenn ich unter der Woche mal einen ganzen Tag nur im Büro sein und Liegengebliebenes aufarbeiten konnte.

Nina klopfte und kam herein. »Besuch für dich«, sagte sie, ließ Heiderose Doeblin an sich vorbei und zog sich wieder in ihr Büro zurück.

»Nehmen Sie doch bitte Platz, Frau Doeblin.«

Sie ließ sich auf den Besucherstuhl sinken, lächelte matt und sah sehr müde aus.

»Sie sind gestern mit der U15 gefahren, nehme ich an?«

»Ja. Unglaublich, aber es stimmt wirklich, was Sie mir erzählt haben.«

»Herr Blarer mag Sie sehr, das wissen Sie, oder?«

Sie lächelte ein wenig.

»Er hat mir gesagt, dass Sie im Grunde genommen die Einzige sind, die er … nun ja: drüben vermisst.«

»Ja, das hat er mir in der Stadtbahn auch gesagt. Das hätte er mal früher machen sollen …« Sie holte ein Taschentuch hervor und schnäuzte sich.

»Und was machen wir jetzt?«, fragte sie nach einer kurzen Pause. »Was kann ich machen? Eine Sekretärin haben Sie ja schon, und eine verdammt hübsche noch dazu.« Sie grinste.

»Ich hätte gerne, dass Sie den Brief für mich weiterleiten, Frau Doeblin. Ich hab Ihnen eine Kopie gemacht, und die spielen Sie bitte der Organisatorin der Demos zu – vielleicht sollten Sie ihr aber fairerweise auch sagen, dass es sich dabei um Fehlinformationen handelt. Nicht dass da gleich jetzt ein Riesenfass aufgemacht wird, und dann kommt noch die Wahrheit ans Licht und der Investor greift doch noch zu, sobald sich alles als falsch herausgestellt hat. Sie soll den Brief erst einmal nur haben – und sie soll wissen, dass eine weitere Kopie des Schreibens auch dem Investor gezeigt wird. Das heißt: Sie macht weiterhin ihre Demos, muss aber nicht noch mehr Druck aufbauen, weil es durchaus möglich ist, dass der Investor aufgrund des Briefes abspringt.«

»Glauben Sie denn, dass die Organisatorin der Demos, eine gewisse Frau Bertholdt, das wirklich für sich behalten wird?«

»Ja, das glaube ich, sie ist sehr vertrauenswürdig, glauben Sie mir. Also … äh …«

Heiderose Doeblin sah mich fragend an.

»Ich meine, ja: Sie macht den Eindruck, wenn man sie im Fernsehen sieht, gerade bei diesen Talkshows und so …«

Ich war mir nicht sicher, ob Blarers alte Sekretärin mir mein Gestammel wirklich abnahm, aber im Moment ließ sie es dabei bewenden.

»Natürlich darf sie nicht wissen, woher Sie den Brief haben, Frau Doeblin.«

»Na, den hab ich aus Alfons' … aus Herrn Blarers alten Unterlagen. So ist es ja auch. Ich werde Sie natürlich mit keinem Wort erwähnen, das ist ja klar, sonst fliegen Sie noch auf.« Sie zwinkerte mir zu. »Und Sie spielen den Brief diesem Investor zu?«

»Ja. Ich weiß nur noch nicht, wie ich das anstellen soll.«

— o —

Den ganzen Tag über brütete ich immer wieder über der Frage, wie der Brief Hagerbeck am besten untergejubelt werden konnte, aber ich kam auf keine überzeugende Antwort.

Gegen halb sechs kam Nina herein und setzte sich auf die Kante meines Schreibtischs. Ich tippte gerade einen Bericht an die Blarer-Schwestern und sah nach einer Weile hoch, weil sie nur so dasaß und kein Wort sagte. Sie hatte eine etwas zu enge rote Bluse an, die durchaus noch zwei weitere geschlossene Knöpfe vertragen hätte, und sie hatte im Sitzen ein Bein so angewinkelt, dass der enge Rock noch ein Stückchen höher gerutscht war.

»Na«, sagte sie dann, und der Tonfall erübrigte schon jedes weitere Wort, »schon was vor, heute Abend?«

Sie sah klasse aus, wirklich zum Anbeißen, und ich konnte mich noch sehr gut daran erinnern, wie viel Spaß wir vor zwei Jahren miteinander hatten, aber das war vorbei und das sollte es auch bleiben.

»Nina, sei mir nicht böse, aber ich hab hier noch sehr viel zu tun.«

Sie lächelte mich an. »Dann arbeitest du halt noch ein bisschen und kommst danach bei mir vorbei. Halb zehn? Zehn? Halb elf? Die Adresse kennst du ja noch, ist gleich um die Ecke.«

»Nein, Nina, tut mir leid. Du bist eine tolle Frau, aber … nein, das sollten wir lassen.«

Sie zog eine bedauernde Grimasse, wirkte aber nicht besonders enttäuscht. »Na ja, das musst du wissen. Du weißt ja, was du verpasst.«

Und ob ich das weiß!

Sie stand auf, klopfte kurz mit den Fingerknöcheln auf meine Schreibtischplatte. »Dann arbeite schön, Ronald. Ich geh dann mal.«

Damit war sie auch schon draußen, und ich lehnte mich auf meinem Sessel zurück, drehte mich im Sitzen um und stierte durch die Fenster nach draußen.

Jetzt steh schon auf, du Idiot, und geh ihr nach!

Draußen war noch kurz das Klackern ihrer High Heels zu hören, dann wurde es still.

Mensch, beeil dich! Diese Beine! Hast du diese Beine gesehen und …«

»Still jetzt!«, dachte ich, so fest ich konnte.

Sie hat es dir doch angeboten! Wozu lehnst du denn ab? Siehst du hier irgendwo Tina stehen?

Der Gedanke an Tina versetzte mir den üblichen Stich in der Magengegend. Mir wurde leicht übel, da war kein Platz mehr für warme Gedanken an Nina.

Scheiße!

Ich stand auf, stellte mich ans Fenster und sah auf dem gegenüberliegenden Gehweg Peer und Hannes vorübergehen. Sofort riss ich das Fenster auf und rief die beiden.

»He, wartet ihr einen Moment auf mich?«

Dann schaltete ich den Computer aus, löschte die Lichter, schloss das Büro ab und flitzte die Treppe hinunter. Ein paar gemütliche Biere mit Freunden – das war genau das, was ich jetzt brauchte.

Kapitel 18 | *Neuigkeiten für Hagerbeck*

Am nächsten Morgen erwachte ich mit Kopfschmerzen – aber auch mit einer Idee, wer eine weitere Kopie des Briefs aus den Sechzigern bekommen sollte. Tamás war über Nacht weggeblieben, er hatte eine entsprechende Nachricht auf der Mailbox hinterlassen.

Ich grinste, brühte mir ein paar Tassen Kaffee, duschte ausgiebig, und dann machte ich mich auf den Weg in die Stadt. Heiderose Doeblin, das hatte ich anhand ihrer Telefonnummer übers Internet herausgefunden, wohnte nicht weit entfernt vom Feuersee, und sie staunte nicht schlecht, als ich gegen zehn vor ihrer Tür stand.

»Darf ich reinkommen?«

Im Wohnzimmer erklärte ich ihr, dass sie noch eine zweite Kopie des Briefes übergeben sollte. Ich zog das Blatt aus meiner Aktentasche.

»Und wem soll ich das geben? Frau Bertholdt hat ihre Kopie übrigens noch nicht bekommen – ich seh sie ja immer nur während der Montagsdemos.«

Ich zog einen Zettel und einen Stift aus der Tasche und kritzelte ihr Tinas Adresse am Eugensplatz hin.

»Woher wissen Sie denn, wo Frau Bertholdt wohnt?«

»Ich … äh …«

Mist! Was für ein Anfängerfehler!

»Ich informiere mich gerne über alle Leute, die für meine Projekte wichtig sind. Und diese Demos sind ja nun wirklich wichtig im Zusammenhang mit dem Blarer-Carré.«

»Da haben Sie natürlich recht.« Sie steckte den Zettel weg. »Und wer soll die zweite Kopie bekommen?«

Diesmal konnte ich ihr eine Visitenkarte des Adressaten geben.

Heiderose Doeblin las laut vor: »Fred Wiesnau, Immo-Invest, Rotebühlstraße.« Sie sah mich an. »Wer ist das?«

»Wiesnau hatte den Auftrag zur Vermarktung des Blarer-Carrés zuerst. Dann warf ihn Frau Blarer raus und gab den Auftrag mir. Der würde alles tun, um mir zu schaden.«

Sie nickte. »Und Sie hoffen, dass dieser Wiesnau den Brief an den Investor weitergibt, um Ihnen das Geschäft zu versauen?«

»Na klar, diese Chance lässt der sich doch nicht entgehen! Dann sehen die Blarer-Schwestern mal, was ich für ein Loser bin – und wenn Wiesnau nicht völlig verblödet ist, hat er für den Investor gleich auch noch ein Ersatzobjekt an der Hand und kann die Vermittlungsgebühr einstreichen.«

Heiderose Doeblin grinste. »Mein lieber Mann, mit Ihnen möchte ich aber keinen Streit haben!«

»Na, dann vertragen wir uns halt«, lachte ich und verabschiedete mich wieder.

— o —

Heiderose Doeblin hatte mir versprochen, dass sie den Brief innerhalb der nächsten Stunde zu Wiesnau bringen würde, und ich hatte ihr angeboten sie hinzufahren – als sie meinen Flitzer sah, war sie sofort überredet.

Einen Block von Wiesnaus Wohnung entfernt parkte ich am Straßenrand, ließ Blarers alte Sekretärin aussteigen und wartete, dass sie wiederkam. Keine zwanzig Minuten waren vergangen, als sie sich auf den Beifahrersitz links von mir sinken ließ und erleichtert aufatmete.

»Wiesnau hat den Brief entgegengenommen, und er hat mir meine Geschichte abgekauft, zumindest hatte ich den Eindruck. Und jetzt?«

»Jetzt fahr ich Sie nach Hause. Und vielen Dank auch.«

»Nein, nein, ich will noch nicht Hause. Drehen Sie bitte mal um, und dann fahren Sie die nächste Seitenstraße rechts rein.«

Ich befolgte ihre Weisung, und als wir ein kleines Stück in die Einbahnstraße hineingefahren waren, bat sie mich, auf der linken Straßenseite anzuhalten. Sie stieg aus, verschwand in einem kleinen Lädchen und kam kurz darauf mit zwei Flaschen Apfelkorn wieder heraus.

»Hier, nehmen Sie eine!«, forderte sie mich auf. »Das erinnert mich immer an die Jahre um 1980 herum, da hab ich das mit meinen Freundinnen bis zum Abwinken getrunken. Ist echt lecker!«

Ich las das Etikett, da war von achtzehn Prozent Alkohol die Rede.

»Nein, danke«, lehnte ich ab. »Sicher nicht, solange ich am Steuer sitze. Und Sie wollen doch jetzt wohl auch nicht diesen Apfelkorn aus der Flasche trinken, während ich durch die Stadt kutschiere, oder?«

»Warum nicht? Wenn ich mir überlege, dass ich Ihnen gerade dabei helfe, Ihre Auftraggeberin reinzulegen – und dass ich selbst in nächster Zeit vermutlich dreimal die Woche mit meinem toten Chef Stadtbahn fahren werde … Ich finde, da kann ich mir schon mal einen genehmigen!«

Dagegen fiel mir kein Argument ein, also steckte ich die für mich gedachte Flasche ungeöffnet ins Handschuhfach, und Heiderose Doeblin schraubte ihren Apfelkorn auf und setzte die Flasche an. Ich schüttelte lachend den Kopf, legte den ersten Gang ein und fuhr so vorsichtig los, dass meine Beifahrerin möglichst nichts auf die schönen Sitzbezüge verschüttete.

»Fahren Sie ruhig ein bisschen spazieren«, sagte Heiderose Doeblin.

Sie sah jetzt sehr entspannt aus, nuckelte immer wieder an ihrer Flasche, lachte viel und winkte ab und zu den Insassen vorbeifahrender Autos zu. Als wir die Theodor-Heuss-Straße entlangrollten, setzte sie wieder einmal die Flasche an, ich sah grinsend zu ihr hinüber – und sofort gefror mir das Lächeln im Gesicht. Ein Streifenwagen fuhr neben uns her, und der Beifahrer sah irritiert zu der älteren Frau herüber, die auf dem linken Vordersitz saß und dabei aus einer Flasche trank.

Nun bemerkte auch Heiderose Doeblin, dass sie beobachtet wurde. Sie setzte den Apfelkorn ab, kicherte fröhlich und winkte dem Beamten freundlich zu. Der stieß daraufhin seinen Kollegen an, der Streifenwagen machte fast einen Satz nach vorne, das rechte Seitenfenster wurde heruntergelassen und der Beamte auf dem Beifahrersitz hielt eine »Stopp«-Kelle heraus und schwenkte sie hektisch auf und ab.

Ich fuhr rechts ran, der Streifenwagen blieb direkt vor uns stehen und die Türen schwangen auf. Der eine Beamte forderte die nach uns kommenden Autofahrer auf, zügig an der neu geschaffenen Engstelle vorbeizufahren, der andere kam streng auf uns zu und rückte seine Mütze gerade. Er kam aber nicht zu mir, sondern marschierte direkt auf die linke Seite meines Aston Martin, wo er natürlich das Lenkrad und den Fahrer vermutete.

Heiderose Doeblin lächelte ihm völlig entspannt entgegen. »Na, Herr Wachtmeister, wollen Sie auch einen Schluck?«

Sie hielt ihm tatsächlich die Flasche mit Apfelkorn entgegen, die sie mittlerweile zu drei Vierteln geleert hatte. Ich hätte mich am liebsten auf der Stelle in Luft aufgelöst.

»Würden Sie bitte aussteigen? Und machen Sie den Motor aus.«

Er hatte sie angesprochen, aber da ich nun mal der Fahrer war, stoppte ich den Motor.

»Tut mir leid, junger Mann«, sagte Heiderose Doeblin und kicherte ein wenig. »Ich fürchte, beim Aussteigen müssen Sie mir behilflich sein.«

Sie hob zur Erklärung die Apfelkornflasche noch ein wenig höher, und der Polizist wurde rot im Gesicht und funkelte sie wütend an. Dann öffnete er die Tür, reichte ihr den Arm – und streifte kurz mit seinem Blick das Armaturenbrett. Er hielt mitten in der Bewegung inne, schaute dann zu mir herüber und sah, wie ich beide Hände am rechts montierten Lenkrad hatte.

»Wollen Sie mir nicht helfen, Herr Wachtmeister?«

»Das hat sich wohl erledigt«, brummte er und drückte die Beifahrertür wieder zu.

Dann ging er zum Streifenwagen, holte etwas hervor, kam zu mir und hielt mir ein Röhrchen hin. »Sie können meinetwegen erst einmal sitzen bleiben, aber pusten Sie bitte mal hier rein.«

Ich pustete, er prüfte und steckte das Röhrchen schließlich wieder weg.

»So, jetzt steigen Sie mal bitte aus. Führerschein, Fahrzeugschein, Verbandskasten, Warnweste.«

Ich tat ihm den Gefallen, zeigte ihm alles und stellte zufrieden fest, dass alles seine Ordnung hatte. Nur der auf Kyriakos ausgestellte Fahrzeugschein verwirrte ihn. Ich erklärte es ihm und nannte ihm auch gleich die Telefonnummer der Autowerkstatt, der Polizist rief an und ließ sich alles, was ich ihm gesagt hatte, von Kyriakos bestätigen.

»Na gut, Herr Derendinger«, brummte er schließlich, sichtlich enttäuscht, »da haben Sie diesmal offenbar Glück gehabt.«

»Sie wollen mir jetzt aber nichts unterstellen, oder? Dann müsste ich mir Ihren Namen und Ihre Dienststelle geben lassen – es ist sicher nicht in Ordnung, wenn Sie Verkehrsteilnehmer kontrollieren und sie dann, weil Sie nichts gefunden haben, was nicht in Ordnung wäre, pampig behandeln.«

»Nein«, brachte er zähneknirschend hervor, »ich will Ihnen natürlich nichts unterstellen. Gute Fahrt noch.« Damit tippte er sich an die Uniformmütze, gab seinem Kollegen ein Zeichen und ging zum Streifenwagen.

»Könnten Sie noch einen Moment warten?«, rief ich ihm hinterher.

Er drehte sich um und sah mich fragend an.

»Mein Wagen springt manchmal nicht gleich an – falls das auch diesmal so sein sollte, könnten Sie vielleicht kurz schieben? Ich meine: Ihretwegen habe ich den Motor überhaupt erst ausgemacht.«

»Ach, Ihr Fahrzeug ist nicht in Ordnung?« Der kleine Hoffnungsschimmer war ihm deutlich anzusehen.

»Doch, es ist in Ordnung, es ist mir nur in letzter Zeit schon einmal passiert, dass der Motor nicht ansprang. Herr Nikitakis weiß davon, und er wird das auch gleich morgen in seiner Werkstatt reparieren.«

Ich drehte den Zündschlüssel, und tatsächlich kam der Motor über ein leises Orgeln nicht hinaus. Dann knallte es zweimal, und ich brach den Versuch ab.

»Wären Sie bitte so nett?«, rief ich dem Polizisten zu.

Der sah kurz unschlüssig seinen Kollegen an, dann trotteten die beiden um meinen Wagen herum. Der eine forderte mit der Kelle die heranbrausenden Autofahrer dazu auf, die Spur zu wechseln, und als die Spur links neben mir auf diese Weise freigehalten war, schob der andere das Cabrio kräftig an. Nach ein paar Metern legte ich den zweiten Gang ein, diesmal knallte es zweimal recht laut, dann machte der Wagen einen Satz nach vorn.

Ich rief »Danke!« nach hinten und winkte, aber als ich sah, dass der Beamte auf den Knien gelandet war und uns mit rußgeschwärztem Gesicht hinterherschaute, nahm ich die Hand wieder ans Steuer und sah zu, dass ich den Flitzer möglichst schnell aus seinem Blickfeld bekam.

— o —

Auf der Fahrt zu Heiderose Doeblins Wohnung am Feuersee musste ich ihr erklären, warum ich mich Wimmer nannte, aber eigentlich Derendinger hieß – der echte Name stand natürlich in meinem Führerschein, und der Polizist hatte ihn ja eben noch abgelesen und genannt. Meine Geschichte amüsierte sie sehr, was sicher auch mit dem Apfelkorn zu tun hatte. Jedenfalls lachte Heiderose Doeblin immer noch, als wir ihre

Wohnung erreicht hatten, und ich holte die zweite, noch volle Flasche Apfelkorn aus dem Handschuhfach und gab sie ihr mit.

Kaum war ich in meinem Büro angekommen, rief Rike Schmitz an, sie klang ganz aufgeregt. »Können Sie in zwei Stunden bei uns in der Villa sein?«, fragte sie.

»Kein Problem. Was gibt's denn?«

»Herr Hagerbeck hat kurzfristig um einen Termin gebeten. Er klang etwas aufgebracht, hat aber nicht gesagt, worum es geht. Wissen Sie, was da los ist?«

»Nein, tut mir leid«, log ich und hoffte, dass mir das breite Grinsen nicht anzuhören war. »Ich beeile mich und bin in einer guten Stunde bei Ihnen, dann können wir ein paar mögliche Themen schon einmal miteinander durchgehen.«

»Das klingt gut, Herr Wimmer, danke. Bis nachher also.«

Als ich in der Villa eintraf, waren gerade mal fünfzig Minuten vergangen, und doch lief Rike Schmitz im großen Salon nervös auf und ab und stürmte mir entgegen, als mich Doris in den Raum führte.

»Ich zerbrech mir schon die ganze Zeit den Kopf, was da los sein könnte, aber ich komm nicht drauf.«

»Wahrscheinlich ist es nichts Schlimmes, vermutlich hatte Hagerbeck wegen irgendetwas schlechte Laune, und Sie haben das falsch aufgefasst. Jetzt machen Sie sich mal keine Sorgen – er war so scharf auf das Grundstück, dass er sein Angebot inzwischen schon mehrfach erhöht hat. Falls er nun noch einmal verhandeln will, können wir sogar ein wenig nachlassen und Sie bekommen immer noch mehr, als Sie ursprünglich gehofft haben.«

»Ich höre immer ›nachlassen‹, sind wir hier beim Basar?« Riette Blarer humpelte am Stock herein und nahm Kurs auf ihren Stammplatz, den wuchtigen Sessel am Tischende. »Was könnte hinter dem Termin stecken, den Herr Hagerbeck so kurzfristig wollte?«, fragte sie schließlich, und ihr wie üblich herrischer Ton konnte ihre Anspannung nicht ganz verbergen.

Mir sah man dagegen hoffentlich nicht an, dass ich innerlich jubelte. Wenn Hagerbeck auf den Tisch haute, wenn er vielleicht sogar sein Angebot zurückzog oder wenigstens so weit absenkte, dass mein Konzept der Erhaltung der Carré-Gebäude finanziell wieder mithalten konnte, war der Durchbruch geschafft!

Ich ließ mir von Doris einen Cappuccino bringen, zog einige Unterlagen aus der Aktentasche und ging mit den beiden Schwestern alle denkbaren Themen durch, die Hagerbeck ansprechen konnte. Fast alle – denn von dem alten Brief wusste außer mir ja niemand im Raum.

Schlag vier läutete es, und kurz danach stürmte Björn Hagerbeck in den Salon. Die Kopie des Briefes, die ihm Wiesnau hatte zuspielen sollen, hielt er in der Hand und wedelte damit herum.

»Machen wir es kurz: Wissen Sie, was das ist?«

Die Blarer-Schwestern sahen sich verblüfft an, dann blickten sie fragend zu mir, ich zuckte mit den Schultern und tat völlig ahnungslos.

»Oder lassen Sie es mich anders formulieren: Warum wusste ich davon nichts? Warum haben Sie mir den Schrieb nicht gegeben? Warum muss mir so etwas quasi heimlich, sozusagen hinter Ihrem Rücken, zugespielt werden?«

Riette Blarer fing sich als Erste. Sie streckte Hagerbeck die rechte Hand entgegen und nickte ihm auffordernd zu. Er machte die paar Schritte zu ihr hin und gab ihr das Blatt. Sie las es stumm, ihre Augen weiteten sich, dann reichte sie den Brief an ihre Schwester weiter.

»Und jetzt?«, schnappte Hagerbeck.

»Jetzt setzen Sie sich bitte. Guten Tag, Herr Hagerbeck.«

»Lassen Sie diese Spielchen!« Aber er setzte sich trotzdem.

»Kaffee? Tee?«

»Nein, danke.«

»Doris, bringen Sie mir bitte einen Cognac?«

Das Hausmädchen flitzte zum Schrank, fing auf dem Weg dorthin ein kurzes Nicken von Rike Schmitz auf und stellte Augenblicke später zwei gut gefüllte Schwenker vor den Schwestern auf den Tisch. Riette nahm das Glas, roch daran, schloss die Augen und kippte den doppelten oder eher dreifachen Cognac, als wäre es saurer Sprudel.

Dann stellte sie das Glas ab und fixierte Hagerbeck. »Wo haben Sie diesen Wisch her?«

»Das müssen Sie nicht wissen.«

»Herr Hagerbeck, mir gefällt weder dieses Gespräch noch der Ton, den Sie im Haus meines Vaters anschlagen. Wäre es wohl möglich, dass wir uns wie zivilisierte Menschen unterhalten?«

»Sie müssen hier nicht auf Etikette machen, Frau Blarer. Ich will Ihr Grundstück kaufen – und nun muss ich erfahren, dass der Boden kontaminiert ist und vermutlich hohe Kosten für die Beseitigung dieses Sondermülls auf mich zukommen. Erklären Sie mir das!«

»Unter dem Blarer-Carré ist kein Gift, da gibt es keine Altlasten und kein kontaminiertes Erdreich, glauben Sie mir.«

Kannte sie den Brief schon und wusste sie über die Hintergründe Bescheid?

»Aha, und warum soll ich Ihnen das glauben? Obwohl in diesem Brief genau das Gegenteil steht?«

»Dieser Brief wurde an das Büro des damaligen Stuttgarter Oberbürgermeisters gerichtet, und zwar im Januar 1963. Soweit ich aus den Unterlagen weiß, hat mein Vater das Areal im Mai 1963 gekauft, also vier Monate nach diesem Brief. Wenn die Stadt von einer Altlast wusste, hätte sie es meinem Vater ganz sicher mitgeteilt – Sie dürfen davon ausgehen, dass mein Vater hervorragende Beziehungen in Stuttgart hatte, selbstverständlich auch zur Stadtverwaltung. Ich habe es als Kind oft genug erlebt …«, sie verzog ein wenig das Gesicht bei der Erinnerung an ihre Kindheit, »… dass städtische Beamte bei uns zu Gast waren. Mein Vater war sehr gut in dem, was Leute wie Sie heute ›netzwerken‹ nennen. Und Sie können mir ebenfalls glauben: Mein Vater hätte niemals ein Grundstück gekauft, dessen Boden mit irgendwelchen Giften belastet ist.«

Hagerbeck erhob sich wieder. »Dass Sie auf Ihren Vater nichts kommen lassen wollen, verstehe ich – und das ehrt Sie ja auch. Aber unter diesen Umständen kann ich mein Angebot für Ihr Grundstück natürlich nicht aufrechterhalten.«

»Ach, Herr Hagerbeck«, sagte Riette Blarer, und sie klang dabei etwas müde, »dann lassen wir das Ganze halt untersuchen. Und wir fügen in den Kaufvertrag eine Klausel ein, nach der wir Verkäufer alle Kosten für eine etwaige Sanierung des Erdreichs tragen. Da ich überzeugt bin, dass da nichts Giftiges im Boden ist, kann ich Ihnen das leichten Herzens versprechen, kein Problem.«

Hagerbeck schüttelte den Kopf.

»Ist es nicht das, was Sie wollen, Herr Hagerbeck?«

»Nein, ich will dieses Areal nicht mehr. Wenn jetzt erst Bodenproben untersucht werden müssen, wenn dann womöglich doch kontaminiertes Erdreich weggeschafft werden muss – dann kostet mich das vielleicht kein Geld, aber doch jede Menge Zeit, und das will ich mir nicht leisten. Außerdem hat sich mir eine Alternative aufgetan, auf dem ich mein Carré-Projekt in ähnlich guter Lage und ohne solche Risiken realisieren kann. Außerdem, Frau Blarer, werde ich das Gefühl nicht los, dass Sie nicht mit offenen Karten spielen. Dass Sie versuchen, mich mit diesem Carré über den Tisch zu ziehen. Und das gefällt mir nicht!«

Riette Blarer erhob sich mühsam, stützte sich auf ihren Stock und sagte mit eisiger Stimme: »Doris, Herr Hagerbeck möchte gehen.«

Hagerbeck fuhr herum und stapfte in den Flur hinaus. Kurz danach fiel die Haustür laut ins Schloss.

»Und jetzt, um Gottes willen?« Rike Schmitz hing völlig fertig in ihrem Sessel und nippte an ihrem Cognacschwenker.

»Jetzt wird Herr Wimmer seine fabelhafte Idee vom Erhalt der Gebäude noch einmal mit etwas spitzerem Bleistift durchrechnen, damit unter dem Strich mehr Gewinn für uns rauskommt. Dann schau ich mir das noch einmal an.« Riette Blarer ließ sich wieder auf ihren Sessel fallen und schüttelte den Kopf. »Nennt der mich Frau Blarer, dieser Trampel! Doris?«

Sie hielt ihr Glas hoch, und das Hausmädchen schenkte nach.

»Recht so, Fräulein Blarer?«, fragte sie und erntete ein zufriedenes Nicken.

Ein Schluck und der Schwenker war schon wieder halb geleert.

»Und Sie, Herr Wimmer, veranlassen gleich mal Bodenproben – nicht dass an dieser blöden Altlastengeschichte womöglich doch noch etwas dran ist.«

Ich flitzte aus der Villa, um schnell mit meiner Arbeit beginnen zu können. Vor allem aber, um niemanden mein Grinsen sehen zu lassen, das ich nun wirklich nicht länger unterdrücken konnte.

Der Aston Martin bockte kurz, sprang dann aber doch noch an, allerdings war die Rußwolke, die mit lautem Knall aus dem Auspuff schoss, noch ein wenig beeindruckender als vorhin auf der Theodor-Heuss-Straße, und weg war ich. Im Rückspiegel sah ich Riette Blarer am Fenster stehen. Sie sah mir hinterher, und sie wirkte nachdenklich.

— o —

Am nächsten Tag hatte ich Rike Schmitz am Telefon. Sie kündigte sich und ihre Schwester für eine Besprechung in meinem Büro an. Es ging um meine Immobilien-GmbH und um die Berechnungen, die ich für eine etwas schonendere Nutzung des Blarer-Carrés angestellt hatte.

Nachdem Hagerbeck abgesprungen war, sah die von mir versprochene Rendite plötzlich sehr viel besser aus – zumal Wiesnau offenbar auch anderen in der Stadt vom angeblich belasteten Erdreich unter dem Blarer-Areal erzählt und damit allen potenziellen Nachfolgern von Hagerbeck gründlich die Lust an dieser Investition genommen hatte.

Vor allem Riette Blarer hatte das Ganze sehr mitgenommen, sie hatte sich viel Geld vom Verkauf des Grundstücks versprochen, und fast tat sie mir leid, wie sie da mit ihrem Gipsbein saß und um Haltung bemüht war. Ich wusste ja obendrein, dass sie mit dem Verkauf sehr wahrscheinlich auch die Erinnerung an den verstorbenen Vater teilweise tilgen wollte – aber das konnte ich ihr natürlich nicht sagen.

Die beiden Schwestern baten sich nach der Besprechung noch ein paar Tage Bedenkzeit aus, aber alles deutete darauf hin, dass meine GmbH das Areal erwerben würde – und die Töchter von Alfons Blarer würden einen erklecklichen Teil des Kauferlöses wiederum in die GmbH einbringen, sie wären also nach wie vor in größerem Umfang am Carré beteiligt und würden so auch von den künftigen Einnahmen profitieren. Es handelte sich da um ein ganz hübsches Sümmchen, und die im Fall der Schwestern monatlich vereinbarten Ausschüttungen würden ihnen ein sehr auskömmliches Leben ermöglichen, zusätzlich zu ihren sonstigen Einkünften. Außerdem hatte ich vorgeschlagen, den Verkauf des Blarer-Carrés an die GmbH und den damit sichergestellten Erhalt der Gebäude, in dem auch das Café Büchse untergebracht war, mit einer großen öffentlichen Party im Innenhof des Areals zu feiern. Das sollte die Spannungen beseitigen, die durch die ursprünglichen Verkaufspläne und die dagegen gerichteten Demonstrationen rund um das Carré entstanden waren.

Rike Schmitz fand die Idee sofort gut, ihre Schwester Riette zögerte noch ein wenig, aber als schließlich alle Verträge unterschrieben waren, meinte sie: »Brauchen wir für die Party, die Sie vorgeschlagen haben, nicht noch eine Band oder so etwas?«

— o —

Nun war das Ziel erreicht, auf das ich seit Wochen hingearbeitet hatte. Die Blarer-Töchter beteiligten sich an der GmbH, mit deren Hilfe die bisherigen Gebäude des Carrés und damit zugleich auch das Café Büchse erhalten wurden. Ein Notartermin war angesetzt, auch sonst war alles erledigt, um das Geschäft endlich in trockenen Tüchern zu haben – und das wäre natürlich ein guter Grund für eine ausgiebige Feier gewesen. Aber ich fühlte mich trotz meiner anfänglichen Euphorie wenig später eher leer und ausgebrannt, hatte keine Lust auf eine Party und kämpfte mit einer aufkommenden Melancholie, je näher der Abend kam.

In Gedanken ging ich trotzdem durch, mit wem ich meinen Erfolg feiern konnte, doch der Reihe nach verwarf ich alle Möglichkeiten. Natürlich kam mir auch Tina dabei in den Sinn, was sofort wieder Bauchkrämpfe zur Folge hatte. Und schließlich saß ich kurz vor Mitternacht mit einer halb geleerten Weinflasche am Esstisch und war froh, dass sich Tamás, der ziemlich geschafft aus dem Konsulat nach Hause kam, noch zu einem Gläschen überreden und sich von mir erzählen ließ, was ich für das Café Büchse erreicht hatte.

— o —

Rike und Bruno Schmitz stürzten sich mit Feuereifer in die Vorbereitung der großen Blarer-Party. Sie klapperten die Gastronomen im Carré und in der direkten Umgebung ab, sie sprachen mit Bewohnern und Nachbarn, regelten alles Nötige mit dem städtischen Ordnungsamt und kümmerten sich um den Druck und die Verteilung von Plakaten. Sie banden Harro Speckler mit ein und auch alle anderen aus dem Team des Café Büchse, eine Besprechung jagte die andere und jedes Detail wurde bedacht.

Ich brachte Tamás ins Gespräch, der auch einen Stand mit Leckereien bestücken konnte, und zur Besprechung in meinem Büro brachte er schon erste Kostproben mit. Das überzeugte auch Riette Blarer, die bis dahin immer noch etwas reserviert gewesen war. Gegen sechs Uhr an diesem Nachmittag kam auch noch Viola vorbei, die aber gleich wieder gehen wollte, weil Carlo und Hartmut unten im Wagen warteten und mit ihr rüber zur Heißen Katze fahren wollten.

Als der Name des Clubs fiel, erstarrte ich, aber Riette Blarer hatte sich das alles interessiert angehört und wirkte sehr amüsiert.

»Heiße Katze? Das klingt nett – was ist das?«

Viola sah zwischen Tamás und mir hin und her, aber Riette Blarer lachte nur.

»Sie können es mir glauben: Ich bin wirklich schon volljährig.«

»Dann sollten Sie sich die Heiße Katze am besten mal vor Ort ansehen«, schlug Viola vor.

»Nein, lieber nicht. Wenn diese schöne Lokalität dort ist, wo ich es vermute, dann ist das nichts für mich. Aber jetzt setzen Sie sich doch. Wenn ich das richtig mitbekommen habe, sind Sie und unser wunderbarer ungarischer Koch ein Paar – ich lasse uns von einem der Lokale nebenan einige Flaschen Wein kommen und dann sitzen wir noch ein bisschen zusammen.«

»Aber ich …«, setzte Viola an.

»Ja, wir müssen doch die Party besprechen, oder?« Riette Blarer grinste und griff zum Telefon. »So«, sagte sie danach, »der Wein ist unterwegs. Und jetzt holen Sie mal Ihre Freunde hoch, die drunten im Wagen warten.«

Viola sah mich unschlüssig an, ich zuckte mit den Schultern, und als sie fünf Minuten später in Begleitung zurückkam, beobachtete ich Riette Blarer gespannt, wie sie auf die Neuankömmlinge reagieren würde.

Hartmut hatte sich wieder als Almut in Schale geworfen, die Beine in Netzstrümpfen, der knackige Hintern in einem Minirock und das Gesicht sorgfältig geschminkt. Kurz war Riette verblüfft, als die auffallend schöne Frau sie mit tiefer Stimme begrüßte, ihr fest die Hand drückte und sich als Hartmut vorstellte, aber dann lächelte sie.

»Meine Güte, wenn Sie mal einen Schminkkurs geben, komme ich auf jeden Fall. Sie sehen ja atemberaubend aus!«

Dann trat Carlo nach vorn, in Jeans und Turnschuhen und einem weiten Hemd, unter dessen Ärmeln sich die gewaltigen Muskeln spannten. Auf seiner polierten Glatze spiegelten sich die Deckenlampen meines Büros. Er nahm Riette Blarers Hand ganz sacht in seine Pranken, hob sie leicht an, beugte sich formvollendet nach vorn und hauchte ihr einen Handkuss auf die Haut.

Ich bemerkte, dass sich unter ihrem Dutt die Nackenhärchen aufstellten und dass sie die Augen senkte wie ein Backfisch.

Carlo lächelte sie derweil an und wartete, bis sie ihn wieder ansah. »Angenehm. Man nennt mich Carlo, Kater Carlo – ich bin der Chef der Heißen Katze, und das Schminken hat Hartmut von mir gelernt.«

Rike und Bruno wechselten einen amüsierten Blick miteinander, und auch für uns andere war deutlich zu erkennen, dass es zwischen den beiden gewaltig knisterte. Der Clubchef aus dem Rotlichtviertel und die betont spröde Erbin aus der Halbhöhe verstanden sich prächtig, sie lachten miteinander und unterhielten sich ganz ernst, er brachte ihr Häppchen, und sie schenkte ihm Wein nach. Und nur unter großem Bedauern verabschiedeten sich die beiden, als wir das kleine Fest in meinem Büro gegen halb neun beendeten.

Kapitel 19 | *Das dicke Ende*

Am Tag der großen Blarer-Party war der Innenhof prächtig geschmückt, die Helfer hatten ganze Arbeit geleistet. Überall auf der Asphaltfläche waren kleine Pavillons verteilt, an ihnen und rundherum an allen Hauswänden waren Lichterketten befestigt, die schon jetzt in der einsetzenden Dämmerung für stimmungsvolle Beleuchtung sorgten. Unter den weißen Zeltdächern gab es Cocktails und Fassbier, die umliegenden Lokale steuerten ihre Spezialitäten bei, es gab Balkanspieß, Curry und Vindaloo, Spaghetti mit Basilikumpesto und Salat mit warmem Baguette – und Tamás hatte ein verlockendes Büffet mit Fingerfood angerichtet und darüber ein Stoffband mit dem Schriftzug »Schwäbische Tapas« aufgehängt.

Der steinerne Engel, der neben dem großen Baum an verstorbene Aids-Kranke erinnerte, war mit einem Sichtschutz aus Schilfmatten umgeben, und neben dessen Durchgang war ein Korb mit frischen Rosen aufgestellt. Immer wieder gingen Gäste hinter die Matten, legten dort eine Blume nieder und kamen nach ein paar Minuten wieder hervor.

Auf der anderen Seite des Baumes war eine Bühne aufgestellt, dort bauten gerade Bea, Márta und ihre Mitmusiker ihre Instrumente und Verstärker auf. An dem Stand, der ihnen am nächsten war, schenkte das Café Büchse Tee, Kaffee und Obstsaft aus, dazu gab es süße Stückle und Hefezopf – diesmal natürlich tagesfrisch und vieles von den ehrenamtlichen Helfern selbst gebacken.

Ich sah mich um, aber Tina war bisher nicht gekommen – ich hoffte, dass sie später noch eintreffen und am Büchse-Stand helfen würde. Hoffentlich konnte ich dann endlich mal in Ruhe mit ihr reden und ihr alles erklären, vielleicht war es ja noch nicht zu spät für uns beide.

Der Innenhof füllte sich nun zusehends, Peer, Kevin, Hannes und seine Clique sowie einige Obdachlose, die ich nicht näher kannte, stromerten von einem Stand zum nächsten, ein paar von ihnen zeigten eingeschweißte Pappkärtchen vor und schlenderten kauend und trinkend weiter. Das Team vom Café Büchse hatte so etwas wie Freikarten drucken lassen und sie teils direkt, teils über das Sozialamt oder die Redaktion der Obdachlosenzeitung an alle verteilt, die sich an den Ständen gratis bedienen sollten – für alle anderen waren die Speisekarten und Infotafeln mit ähnlich stolzen Preisen beschriftet wie beim Sommerfest, was aber keinen störte. Der Erlös floss direkt in die Obdachlosenhilfe, ins Café Büchse und in neue Computer für die Redaktion der Stuttgarter Obdachlosenzeitung Trott-war.

Didi und Betty standen beim Cocktail-Stand, jeder mit einem Glas in der Hand und prosteten sich fröhlich zu, während sie versuchten, ihre Kinder im Auge zu behalten, die immer wieder zwischen den Ständen verschwanden.

Tamás war ein wenig im Stress, deshalb nickte er mir nur kurz zu, als ich an seinem Stand vorbeikam, und kassierte schon den nächsten Gast ab, der einen vollgeladenen Teller mit kleinen Maultäschle, mit Salz- und Zwiebelkuchen in der Form winziger Törtchen, mit knapp fingerlangen Minisaitenwürstle und Griebenschmalz-Canapés vor sich hertrug.

Der größte Renner an seinem Stand waren allerdings die »Albnester«, wie Tamás seine »Linsen-und-Spätzle-to-go« nannte. Ich hatte mir schon zwei Nester schmecken lassen und wollte gerade Nachschub holen, aber offenbar war die nächste Ladung noch im Backofen.

Einige neu eingetroffene Gäste traten an den Stand des Café Büchse, und sofort bildete sich eine Menschentraube um sie. Ich ging hinüber, um mitzubekommen, was dort los war: Die Blarer-Schwestern waren gekommen und begrüßten die Büchse-Mitarbeiter per Handschlag. Sie plauderten angeregt mit dem Café-Team, Büchse-Chef Speckler flitzte los und brachte den beiden kurz darauf einen knallbunten Cocktail mit Schirmchen, Limettenscheibe und Minzblatt.

Rike stellte ihr Glas ab, zog einen blauen Geldschein hervor und steckte ihn – als Speckler das Geld auf gar keinen Fall entgegennehmen wollte – in das Spendenkässle am Büchse-Stand. Neben ihr stand ihr Mann Bruno und sah sich sehnsüchtig nach dem nächstbesten Zapfhahn um. Als er ihn entdeckt hatte, war er auch schon verschwunden und ließ sich ein Weizen einschenken.

Riette Blarer nippte an ihrem Cocktail, unterhielt sich mal mit Speckler, mal mit seinen Mitarbeitern. Ihr Bein war noch im Gips, aber auf dem weißen Untergrund leuchteten inzwischen einige Namen, offenbar mit rotem Lippenstift geschrieben. »Saskia«, »Almut« und »Carlo«, stand dort, und das »o« hatte starke Ähnlichkeit mit einem Herzchen, in dem ein Smiley-Gesicht zu sehen war. Auf einen Stock hatte Riette heute verzichtet, stattdessen stützte sie sich auf die massige Schulter Carlos, der strahlend neben ihr stand und ihr ab und zu leicht über den Rücken streichelte. In der linken Hand hielt sie ihren Cocktail.

Saskia und Almut kamen untergehakt hinter den Schilfmatten der Gedenkstätte hervor und steuerten nun auf den Pavillon mit den Basilikum-Spaghetti zu. Als die beiden mich bemerkten, winkten und lächelten sie mir kurz zu, dann deuteten sie mehrmals auf den Curry-Pavillon, bis ich endlich in die angegebene Richtung sah. Sie erinnerten sich offenbar noch gut daran, was ich gegen Ende unseres Abends in der Heißen Katze über meine aktuelle private Situation erzählt hatte, denn Tina stand dort.

Sie hatte sich ein Schälchen füllen lassen und löffelte es nun gemächlich leer, während sie sich umsah. Ich blieb stehen, beobachtete sie und überlegte mir, wie ich sie am besten ansprechen sollte.

Da kam schon Pferdeschwanz Wentzinger vom Bierstand herüber, zwei gefüllte Becher in der Hand, und quatschte sofort auf Tina ein. Sie hatte ihn angelächelt und ihm einen Bierbecher abgenommen, aber sie schaute sich immer noch um, während sie sich mit ihm unterhielt. Es sah ganz so aus, als suche sie jemanden. Mich womöglich? Trotzdem war mir für den Moment die Lust vergangen, mit ihr über unsere Beziehung zu reden oder über das, was aus deren Resten künftig vielleicht wieder werden könnte.

Klackernd kam Riette Blarer auf mich zu, Carlo an ihrer Seite. Ich nickte ihr zu, sie sah kurz zu Tina und ihrem Begleiter hinüber.

»Haben Sie schon mit ihr gesprochen?«, fragte sie.

Carlo schien ihr ebenfalls von Tina und mir erzählt zu haben.

»Nein, hat sich noch nicht ergeben.«

Sie grinste. »Sie haben Angst? So kenne ich Sie ja noch gar nicht! Scheint ernst zu sein, was, Carlo?«

»Sehr ernst. So wie bei den beiden dort drüben.« Er zeigte zu Viola hinüber.

Sie stand inzwischen neben Tamás und verteilte von einem Blech, das sie gerade herangeschleppt hatte, frische Albnester an die vor dem Pavillon wartenden Besucher.

»Wollen Sie nichts?«, fragte mich Riette Blarer.

»Ich hab mir schon ein paar schwäbische Tapas geholt, aber etwas zu trinken werde ich mir gleich noch nehmen.«

»Ein Weizen vielleicht?«

Ich nickte.

»Carlo, wärst du so lieb? Ich möchte mit Herrn Wimmer noch kurz etwas besprechen.«

Schon war Carlo auf dem Weg, und Riette Blarer stützte sich auf mich. Sie ließ sich von mir neben die Bühne führen, setzte sich auf die Bühnenkante, stellte den Cocktail links von sich ab und tätschelte ein paar Mal den freien Platz rechts neben sich. Ich setzte mich dazu und wartete, während sie ihre Handtasche aufklappte und eine Broschüre hervorzog.

»Das kennen Sie sicher schon.«

Ich nickte. Es war eine meiner Infos, von Jobst getextet und von der Internetdruckerei produziert.

»Das auch?«

Sie hielt inzwischen ein weiteres Papier in der Hand, das schon etwas älter war. »Wimmer Immo« stand in fetten Lettern obenauf, darunter eine Adresse in der Hospitalstraße und meine frühere Handynummer. Es war ein Brief, den ich zu meiner Zeit als gefragter Immobilienhai geschrieben hatte – gerichtet an den Eigentümer eines abbruchreifen Mietshauses in der Nähe des Nordbahnhofs. Ich überflog den Text kurz, aber ich kannte die entscheidenden Passagen fast noch auswendig. Kein Wunder, ich hatte damals all meinen potenziellen Kunden im Wesentlichen dasselbe schmackhaft machen wollen: Mieter kündigen, die Letzten notfalls rausekeln, das Haus abreißen, neu bauen und teurer vermarkten. Mir war das damals richtig vorgekommen, den meisten Hausbesitzern ebenfalls, und obendrein war damit gutes Geld verdient.

»Sie haben sich ganz schön verändert seither.« Riette Blarer sah mich forschend an.

Aus ihrer Miene wurde ich nicht recht schlau.

»Das ist der Einfluss von Frau Bertholdt, nehme ich an.«

Ich sah zu Tina hinüber und nickte noch einmal.

»Das hat sie gut gemacht, Herr Wimmer. Im Grunde genommen sind mir Aasgeier wie Fred Wiesnau zuwider. Nur eins verstehe ich nicht: Wie ist es gekommen, dass Sie beide« – sie drehte den Kopf kurz in Tinas Richtung – »mit Blick auf unser Carré sozusagen in gegnerischen Lagern gelandet sind? Eigentlich wollten Sie ja die ganze Zeit über beide dasselbe: Sie wollten die bestehenden Gebäude retten. Warum also gegeneinander statt miteinander?«

»Na ja«, brummte ich, »das ist eine lange Geschichte.«

Riette Blarer lachte lauthals, ein paar Umstehende drehten sich kurz zu uns um, wandten sich aber bald wieder ab.

»Genauso wimmelt mich Carlo auch immer ab, wenn ich ihn danach frage, wie es ihn in die Leonhardstraße verschlagen hat. Na gut, dann erzählen Sie's mir halt ein andermal. Aber trotzdem: Eine Kurzversion hätte ich für den Moment schon ganz gern.«

Ich wand mich ein wenig, weil ich ja nicht genau wusste, was sie alles schon in Erfahrung gebracht hatte.

»Machen Sie bloß nicht den Fehler, mich für blöd zu halten«, drohte sie mir lächelnd und hob den Zeigefinger. »Ich weiß längst, dass Sie uns eigentlich reinlegen wollten, damit uns der ursprüngliche Investor abspringt.«

»Na ja, reinlegen …«

»Doch, doch, keine Ausrede. Ich weiß auch, dass Sie eigentlich Roland Derendinger heißen, dass Sie zwei Jahre lang eher sozial ausgerichtete Immobilienprojekte betreut haben und dass Ihr Bruder und Ihre Eltern in Stuttgart-Uhlbach Wein machen. Sehr guten übrigens, ich hab mir ein paar Kisten kommen lassen.«

Ich staunte Bauklötze. Diese Frau war ein Phänomen.

»Aber Schwamm drüber: Sie bringen uns unter dem Strich mehr Geld ein, als Wiesnau je zustandegebracht hätte. Und falls Sie das Projekt einfach nur versemmelt hätten, wären Sie schneller auf der Straße gesessen, als Sie das Wort ›Rechnung‹ auch nur hätten schreiben können.«

Sie grinste, und mir wurde klar, dass sie schon recht lange Bescheid gewusst haben musste. Riette Blarer war eindeutig keine Frau, die man zum Gegner haben sollte.

»Also bitte: die Kurzversion.«

»Tina und ich sind zusammen, streiten uns wegen Ihres Carrés, sind nicht mehr zusammen, sie organisiert Demos, ich ziehe Ihren Auftrag an Land und präsentiere Ihnen einen Investor …«

»Na, na, immer schön bei der Wahrheit bleiben!«

»Wieso? In gewisser Weise habe ich Ihnen ja tatsächlich einen Investor präsentiert, wenn auch in Form einer GmbH.«

»An der wir selbst beteiligt sind!« Sie lachte wieder. »Meinetwegen, also weiter in der Kurzversion.«

»Ich bringe Sie vom Abriss und Neubau ab, das Café Büchse ist gerettet.«

»Und Sie und Ihre Tina?«

»Tja, ›meine‹ Tina …«

Ich sah zu ihr hinüber, sie unterhielt sich noch immer mit Wentzinger. Inzwischen war ihr Bierbecher wohl leer, und sie streckte ihn ihrem Begleiter hin, der seinen nun auch austrank und losging, um Nachschub zu holen.

»Glauben Sie, Ihre Freundin ist jetzt mit diesem Pferdeschwanztypen zusammen?«

Ich zuckte mit den Schultern. »Keine Ahnung. Der heißt übrigens Ferdinand von Wentzinger und fädelt für Tinas Bürgerbewegung die Kontakte zu den Medien ein.«

»Fädelte, nehme ich an«, korrigierte sie mich. »Das Carré-Projekt gefährdet ihre Wärmstube ja nicht mehr, und eigentlich können doch nun alle zufrieden sein, oder etwa nicht?«

»Doch, schon …«

»Nimmt sich Frau Bertholdt nun das nächste Bauprojekt vor?«

Ich sah sie verblüfft an.

»Drüben an der Neckarstraße soll ebenfalls ein ganzer Straßenzug abgerissen werden, da sind neben günstigen Wohnungen und diversen Hinterhofläden auch ein alternativer Jugendclub und eine Anlaufstelle für Drogensüchtige bedroht. Und jetzt, wo Ihre Tina die ganze Logistik beisammen hat, wo sie gezeigt hat, dass sie Hunderte, teilweise sogar Tausende auf die Beine bringt und in Presse, Funk und Fernsehen für Schlagzeilen sorgen kann … Vielleicht hat sie ja Blut geleckt, wer weiß?«

»Um Himmels willen!«, entfuhr es mir. »Das fehlte mir noch: Tina als die heilige Johanna der Stuttgarter Altbauten!«

Riette Blarer grinste breit und hielt plötzlich eine Visitenkarte in der Hand, die sie mir entgegenstreckte. »Rufen Sie da mal an.«

Auf der Vorderseite las ich den Namen Horstmann Deicke sowie eine Adresse am Killesberg und eine Handynummer.

»Ich hab mit Horsti mal gesprochen«, erklärte sie. »Und er will Sie unbedingt kennenlernen.« Sie beugte sich ein wenig näher zu mir und senkte ihre Stimme. »Vor allem, als ich ihm von der tollen Rendite vorgeschwärmt habe, die Sie uns mit Ihren Ideen beschert haben.«

»Aha?«

Sie lachte wieder. »Ich hab ein bisschen übertrieben, Horsti ist etwas gierig geworden in den vergangenen Jahren. Aber Sie kriegen das schon hin.«

»Warum sollte ich? Ich hab mein Ziel erreicht, Ihre Gebäude bleiben stehen, und das Café Büchse muss nicht schließen.«

»Na ja, aber Ihren Spaß hatten Sie schon damit, mal wieder am großen Rad zu drehen, oder? Ganz so wie damals, nur eben diesmal ganz nebenbei auch noch für einen guten Zweck.«

Riette Blarer hatte recht. Man sollte sie wirklich nicht unterschätzen.

»Wenn Sie so weitermachen, können Sie Ihrer sozialen Ader im Prinzip treu bleiben – aber Sie helfen einfach im größeren Maßstab, als wenn Sie da mal eine Wohnung retten und da mal ein kleines Häuschen.«

Ich hatte mich durchaus um Wohn- und Geschäftsgebäude mit bis zu zehn Mietparteien gekümmert – aber sie hatte recht: Gegenüber dem Blarer-Carré war das Kleinkram.

»Sie können Ihre Winzlingsprojekte ja gerne weiterhin betreiben, und ab und zu kümmern Sie sich auch um etwas Größeres. Zum Beispiel um die alten Häuser von Horsti.«

Carlo war längst vom Getränkestand zurück und wartete inzwischen mit zwei vollen Weizengläsern ein paar Meter entfernt von uns geduldig darauf, dass wir mit unserer Besprechung fertig sein würden.

»Und Ihr Büro hier im Carré dürfen Sie gerne behalten.«

»Aber ich …«

»Natürlich bezahlen Sie Miete, wie alle anderen auch. Wenn wir alles mit Ihrer Hilfe schön hergerichtet haben, werden wir den Quadratmeterpreis wohl etwas anheben müssen.

Ich stelle mir zehn Prozent vor, aber mit Projekten wie dem in der Neckarstraße zahlen Sie das aus der Portokasse.«

»Sie wollen die Mieten anheben?«

»Natürlich, ich muss ja Geld verdienen. Unter anderem dafür, dass das Café Büchse künftig mietfrei bleiben kann und …«

»Mietfrei?«

»Na, jetzt spielen Sie hier mal nicht das Billigecho! Ja, Herr Wimmer, oder meinetwegen Herr Derendinger: Das Café Büchse wird künftig keine Miete mehr bezahlen. Mein Büro sorgt dafür, dass das jeder erfährt, der es wissen sollte – und die anderen Mieter, soweit sie sich das leisten können, bezahlen dafür etwas mehr.«

Ich strahlte.

»Wenn Sie zehn Prozent Mieterhöhung so glücklich machen«, sagte sie und grinste breit, »dann kann ich auch um zwanzig Prozent nach oben gehen, wenn Sie möchten.«

»Nein, nein, das wird nicht nötig sein«, beeilte ich mich und tat sehr erschrocken. »Zehn Prozent machen mich schon ›glücklich‹ genug, wirklich.«

»Dann ist es ja gut. Und: Kümmern Sie sich um Horstis Häuser?«

»Ich weiß noch nicht. Vielleicht lass ich mir mal die Unterlagen zeigen.«

»Das sollten Sie. Soweit ich weiß, ist im Hof hinter einem der Häuser auch die Werkstatt eines gewissen Kyriakos Nikitakis untergebracht.«

Ich schluckte.

Was weiß diese Frau denn noch alles?

»Hat Ihr Freund diese schicke Schrottkarre, mit der Sie immer vorgefahren sind, jetzt eigentlich endlich auf Vordermann gebracht?«

Okay: Sie weiß … alles!

»Inzwischen dürfte er damit fertig sein, ja.«

»Gut. Dann geben Sie ihm doch bitte mal meine Adresse – ich interessiere mich sehr für das Wägelchen. Und sobald mein Gips ab ist, würde ich gerne mal eine Spritztour damit machen.« Sie wandte sich an Carlo und lächelte ihn an. »Jetzt gib ihm doch bitte endlich sein Weizen, Carlo!«

Sie nahm ihren Cocktail wieder auf, und wir prosteten uns zu.

»Und für alle Fälle könnten Sie ja mal mit Ihrer Tina reden«, fuhr Riette Blarer nach einer Weile fort. »Vielleicht hat sie Interesse, sich ebenfalls um eine … sagen wir: schonende Vermarktung von Horstis Häusern zu kümmern. Dann würden Sie meinem Bekannten auch gleich den ganzen Stress ersparen, den neue Demonstrationen und Schlagzeilen mit sich bringen würden.«

»Ach, so ist das!«

Tina hatte sich unbemerkt genähert und stand uns nun gegenüber. Wütend funkelte sie erst mich an, dann Carlo und Riette und schließlich wieder mich. Sie hatte inzwischen einen Becher mit Milchkaffee in der Hand, und während sich ihre eine Hand zur Faust verkrampfte, drückte auch die andere den Becher schon leicht zusammen.

»So ist das! Ihr heckt hier den nächsten Immobiliencoup aus, und während sich die blöde Tina den Kopf zerbricht, wie sie mit Ronald reden und alle Missverständnisse aus der Welt räumen könnte, geht es hier darum, dass man die blöde Tina irgendwie ruhigstellt, um das nächste Großprojekt nicht zu gefährden! Super! Also war das doch alles kein Missverständnis, und du bist genau der alte, gierige, hinterfotzige, scheinheilige …« Ihr gingen die Beleidigungen aus, also holte sie tief Luft: »… und … und … und … Immobilienhai wie bis vor zwei Jahren!«

»Nein, Tina, das hast du jetzt aber völlig falsch …«

»… verstanden? Ach was, da wäre ich ja nie draufgekommen!« Sie lachte laut und nervös, funkelte mich aber weiterhin böse an.

Zu allem Übel sah ich jetzt auch noch aus dem Augenwinkel meine Assistentin heranfliegen. Nina hatte sich in einen engen Rock gezwängt, die enge Bluse wieder viel zu weit aufgeknöpft und die Schuhe waren viel hochhackiger, als es ihre langen Beine nötig hatten.

»Hallo, Fräulein Blarer«, flötete sie in Riettes Richtung, dann nickte sie Carlo, den sie wohl nicht richtig einschätzen konnte, knapp zu und stellte sich – während sie Tina nicht aus den Augen ließ – direkt neben mich und strich mir ganz beiläufig mit der Hand über die Schulter. Dann streckte sie Tina die rechte Hand hin. »Ich bin Nina«, sagte sie und lächelte ihr Gegenüber kalt an. »Ich bin Ronalds engste Mitarbeiterin und helfe ihm, wo ich nur kann.« Dabei drückte sie den Rücken ein wenig durch und brachte ihre Oberweite damit wie zufällig noch etwas besser zur Geltung.

Tina hatte die Bewegung natürlich bemerkt und zwang sich zu einem abschätzigen Blick, obwohl sie, wie ich erkannte, innerlich kochte. »Das glaube ich sofort«, ätzte sie. Dann schleuderte sie ihren Kaffeebecher in meine Richtung.

Ich hatte sie mit meinem Blick geradezu angefleht und hatte gehofft, dass sie sich meine Version der Geschichte wenigstens noch anhören würde. Deshalb bemerkte ich den Becher zu spät, um ihm noch ausweichen zu können. Der Kaffee klatschte mir mitten ins Gesicht, und meine Haare, meine Haut und mein Hemd klebten vor Zucker und Milch.

Tina konnte ich für einen Moment nicht sehen, nur ihre sich schnell entfernenden Schritte hörte ich. Und als ich mir die Augen wieder leidlich freigewischt hatte, war sie schon auf der anderen Seite des Innenhofs angelangt, hakte sich ruppig bei Ferdinand von Wentzinger unter und schleifte ihn fast aus dem Hof, so sehr zog sie ihn voran.

Ich wollte ihr trotzdem nachrennen, da tauchte wie auf Kommando auch noch Fred Wiesnau auf. »Schön hiergeblieben, Freundchen«, brummte er, stellte sich mir in den Weg und machte Anstalten, mich zu packen, falls ich mich doch davonmachen wollte.

Allerdings sah er etwas unschlüssig auf meine Schultern – er war wohl nicht ganz sicher, ob er sich wirklich an mir schmutzig machen wollte. Dann huschte ein erkennender Zug über sein Gesicht, als begreife er erst jetzt etwas ganz Entscheidendes. Jetzt fiel ihm ein, unter welchen Umständen wir uns das vorletzte Mal vor ungefähr zwei Jahren begegnet waren.

»Jetzt weiß ich auch, warum du mich wegen der Penner angesprochen hast, als wir uns in der Villa begegnet sind.« Er zischte mir den Satz zu, dann erst schien er sich wieder der anderen in der Runde bewusst zu werden, und er wandte sich an Riette Blarer. »Wissen Sie, dass der saubere Herr Wimmer eine Zeitlang obdachlos war und sich mit den Pennern im Schlossgarten herumgetrieben hat? Ich hab ihn dort …« Er unterbrach sich, weil ihm wohl gerade klar wurde, was er im Begriff war zu erzählen: Es wirkte wohl nicht besonders souverän, wenn man damit prahlte, einen Obdachlosen beschimpft, mit Kaffee übergossen und zusammengestaucht zu haben. »Ich hab ihn damals gesehen, wie er in einem Gebüsch lag und …« Er schüttelte sich mit übertriebener Geste.

Wiesnau war ein miserabler Schauspieler.

»Das möchten Sie sich nicht wirklich vorstellen, liebes Fräulein Blarer!« Dann blickte er noch einmal über meine nassen Haare, das Gesicht und das eingesaute Hemd und setzte ein selbstzufriedenes Grinsen auf. »Aber das tut jetzt nichts mehr zur Sache, wahrscheinlich wohnen Sie bald wieder in ähnlichen Verhältnissen. Denn es sieht ganz so aus, als habe Fräulein Blarer Sie bereits mit dem Material konfrontiert.«

»Mit welchem Material?«

Wiesnau stutzte und sah fragend zu Riette Blarer hin.

Plötzlich wurde mir alles klar. »Ach, von Ihnen hat sie den alten Brief von Wimmer Immo?«

Wiesnau nickte.

»Mein Gott, wie billig. Aber den Auftrag haben Sie trotzdem verloren, Sie Lusche. Und jetzt gehen Sie mir aus dem Weg, ich muss mich um etwas Wichtigeres kümmern als um alte Briefe!«

Er blieb stehen, sah irritiert zwischen mir und Riette Blarer hin und her.

»Jetzt gehen Sie endlich, Wiesnau!«, herrschte sie ihn an. »Sie sind eine Ratte, und dadurch, dass Sie mir dieses Material überreicht haben, das Ihren Konkurrenten bloßstellen oder diffamieren oder ihm sonst irgendwie schaden sollte, haben Sie sich nicht unbedingt in ein positiveres Licht gerückt.«

Wiesnau klappte der Kiefer nach unten. »Aber Sie haben mir … Sie haben versprochen …«

Er war ganz bleich geworden. Was immer Riette Blarer ihm versprochen hatte: Im Moment sah es nicht so aus, als würde er es auch bekommen.

»Leben Sie wohl, Wiesnau«, sagte sie kalt und nippte von ihrem Cocktail.

Seine Miene wechselte von Bestürzung zu Zorn, und allmählich schien sich sein Körper anzuspannen und er blickte zunehmend wütend auf die vor ihm sitzende Frau mit dem Gipsbein.

Da griff Carlo unter seinen Armen durch, hob ihn ein wenig in die Luft und drehte ihn um wie einen Zinnsoldaten.

»So, Junge«, sagte er dann und schlang seinen Arm um die Schulter des anderen. »Das reicht jetzt, wir beide gehen erst mal einen trinken.«

Damit führte er ihn weg, anfangs sträubte sich Wiesnau noch, aber als er merkte, dass alle Gegenwehr nichts ausrichten konnte, ergab er sich in sein Schicksal und trottete neben Carlo her auf den Bierstand zu.

Nina verabschiedete sich unter einem Vorwand und stöckelte zu den Cocktails hinüber.

Ich sah Wiesnau noch kurz hinterher, dann fiel mir ein leises Schluchzen auf. Riette Blarer war in sich zusammengesunken und weinte leise vor sich hin. Das Cocktailglas hielt sie ganz schräg, bis auf einen kümmerlichen Rest war der Inhalt aus dem Glas gelaufen, am Stiel entlang trielte noch Flüssigkeit nach unten.

Ich nahm ihr das Glas langsam aus der Hand und stellte es ab. »Er ist weg«, redete ich sanft auf sie ein. »Wiesnau kann Sie nicht mehr bedrohen, Carlo kümmert sich um ihn.«

Ich nahm ihre Schultern, sie zitterte ein wenig, schluchzte noch immer, und erst nach einer kleinen Weile hob sie den Kopf, schniefte und sah mich an.

»Dieser Wiesnau macht mir keine Angst, und seinetwegen heule ich auch nicht.« Sie rieb sich die Nase trocken, setzte sich wieder aufrechter hin und wirkte nun geradezu trotzig, wie sie versuchte, sich weitere Tränen zu verkneifen. »Und überhaupt: ich und heulen … niemals!«

»Natürlich nicht«, grinste ich, und auch sie lächelte schon wieder ein wenig.

»Mir macht etwas ganz anderes zu schaffen. Ich hab's versaut, das mit Ihnen und Ihrer Tina – das nehm ich mir übel!«

»Ach, wissen Sie, Fräulein Blarer: Es mir mit Tina zu verderben, das krieg ich schon ganz allein hin.«

»Quatsch, sie ist ja sogar zu Ihnen gekommen, um mit Ihnen zu reden, um sich mit Ihnen zu versöhnen, und ich blöde Kuh …«

»Ich hab sie auch nicht kommen sehen, und es war halt Pech, dass sie ausgerechnet nur den letzten Satz unseres Gesprächs aufgeschnappt hat. Aber als ich ihr alles erklären wollte … Und dann kam auch noch Nina wie bestellt daher – machen Sie sich da mal keine Vorwürfe, Fräulein Blarer, das hab ich mir ganz allein eingebrockt.«

Sie putzte sich die Nase, steckte das Taschentuch in die Handtasche zurück und sah mich eine Weile nachdenklich an. Dann bemerkte sie etwas hinter mir und deutete auf Wiesnau, der neben Carlo vor einem der Pavillons stand. Die beiden Mädels aus der Heißen Katze hatten sich zu ihnen gesellt, und gerade schob Carlo die schöne Almut ein wenig zu Wiesnau hin und flüsterte ihr kurz etwas zu.

Riette Blarer grinste und ich setzte mich wieder neben sie auf die Bühnenkante, um Wiesnau besser beobachten zu können. Almut/Hartmut rückte immer näher an Wiesnau heran und sah ihm, als er es bemerkte, tief und verführerisch in die Augen. Dann flüsterte sie ihm etwas ins Ohr, und Wiesnau bekam so rote Ohren, dass man es sogar von meinem Platz aus erkennen konnte. Kurz darauf wanderte Almuts Hand über Wiesnaus Hintern, und ganz offensichtlich gefiel ihm das.

Ich sah in die Runde. Tina und ihr Pferdeschwanztyp waren nirgendwo mehr zu sehen, aber sonst war der Innenhof voller Freunde und Bekannter. Zu Peer hatte sich inzwischen mein Vater gesellt, die beiden ließen sich einen Weißwein schmecken und hielten ab und zu ihre Gläser prüfend gegen das Licht. Kevin und Hannes hatten sich mit den anderen aus der Clique Saitenwürstle und Maultaschen geholt und standen nun in der Nähe des Bierpavillons, vermutlich um nie zu weit vom Nachschub entfernt zu sein.

Das Team des Café Büchse hatte alle Hände voll zu tun, die Backwaren fanden reichlich Absatz. Viola und Tamás arbeiteten ebenfalls flott, fanden aber zwischendurch immer wieder kurz Zeit, sich anzulächeln oder sich an der Hand zu nehmen. Nina schwatzte am Curry-Pavillon mit Röbele und Rohse, die ihr dabei immer wieder auffällig unauffällig ins Dekolleté schielten.

Auch Jobst Seiler war inzwischen eingetroffen, er steuerte sofort auf den Bierstand zu, kam dort mit Kevin und den anderen ins Gespräch, und nach dem Lachen zu urteilen, das wenig später von der kleinen Gruppe herüberschallte, gab Jobst einige seiner Schriftsteller-Anekdoten zum Besten. Sogar Simona und Sebastian hatten sich unter die Leute gemischt, und ihre beiden Kinder heckten zwischen den Pavillons schon die ersten nervigen Streiche aus.

»Nicht erschrecken, wir fangen jetzt an!«, rief uns Márta zu.

Sie hatte sich ihr Akkordeon umgeschnallt, auch die anderen Musiker hatten ihre Plätze eingenommen und ihre Instrumente umgehängt, und Bea stand mit schwarzer Sonnenbrille und schmalem Kleid nahe an der Bühnenvorderkante, hielt das Mikrofon mit beiden Händen umschlossen, atmete tief ein und aus, um sich zu konzentrieren, und tastete mit ihren nackten Füßen den Boden vor ihr nach etwaigen Stolperfallen ab. Dann zählte der Schlagzeuger kurz ein, und gleich danach waren wir alle eingebettet in den pulsierenden Sound von Mártas Band und umschmeichelt von Beas voller, samtener, tiefer Stimme.

Ich schloss die Augen, horchte den fremden Worten nach und hatte nach einer Weile eine Ahnung davon, worum es in den Texten ging – obwohl ich trotz Tamás' Bemühungen noch immer kein Ungarisch verstand. Versuchsweise legte ich meine Hand über meine geschlossenen Lider. Immer dunkler wurde es vor meinen Augen, auch die anfangs noch hell vorüberschwebenden Lichteffekte verschwammen allmählich und hinterließen dunkelgraue Abbilder, wie ein sichtbares Echo. Natürlich konnte ich nicht nachfühlen, was es für Bea bedeutete, blind zu sein – aber die Musik wirkte mit geschlossenen Augen noch etwas intensiver, und als sie sich mit ihrer unglaublichen Stimme für den ersten Applaus bedankte und das nächste Stück ansagte, malte ich sie mir in Gedanken noch schöner aus, als sie ohnehin schon war.

Das zweite Lied begann, und ich sah zu Bea hinüber. Sie war schon wieder ganz in ihrer Musik versunken, und wie sie so sang und den Oberkörper vor- und zurückbewegte, wie sie das Mikrofon mal fester und mal sanfter fasste, wie sie den Kopf zurückwarf und dann wieder den ganzen schlanken Körper anspannte … Wahrscheinlich war sie sich im Moment gar nicht bewusst, dass der ganze Innenhof auf sie schaute, ihr zuhörte und zunehmend ausgelassen mittanzte. Lächelnd sah ich sie singen, beobachtete Márta, wie sie ihr Akkordeon aufzog und zuschob, wie sie dazu Grimassen schnitt und wie ein Derwisch auf der Bühne herumtanzte. Diese Band war etwas Besonderes, und Márta und Bea waren es auch.

Tamás hatte nun eine kleine Atempause, weil alle nur noch zur Bühne hinsahen. Er hatte Viola zu sich hergezogen, und Arm in Arm wiegten sie sich nun im Takt und lächelten sich immer wieder an.

Auch Peer und mein Vater klatschten mit und versuchten sogar, einige prägnante Textpassagen mitzugrölen. Dabei gossen sie sich aus einem großen Krug Weißwein nach, das Tröpfchen zeigte wohl schon erste Wirkung.

Überall standen gut gelaunte Menschen, tanzten oder sangen, hoben ihre Gläser und Becher hoch oder schwenkten ihre Saitenwürstle und Schmalzbrote im schnellen Rhythmus der Musik. Ich kannte längst nicht jeden im Innenhof, offenbar hatten die überall aufgehängten Plakate auch jede Menge Publikum aus der weiteren Umgebung angelockt.

Eine besonders gute Tänzerin fiel mir auf. Sie war etwa Mitte zwanzig, groß und schlank und mit Shorts und einem gelben Motivshirt eher sommerlich gekleidet. Passend dazu hatte sie sich eine große rote Blüte hinter das rechte Ohr gesteckt, die sie mit der Hand festhielt, wenn sie ihre langen blonden Haare besonders heftig im Rhythmus der Musik schüttelte. Ein paar junge Männer hatten sie auch bemerkt, hielten sich beständig in ihrer Nähe auf und versuchten sie anzusprechen oder wenigstens ein Lächeln von ihr aufzufangen.

Ein Mann Mitte fünfzig hatte von ihr ein paar Fotos gemacht, zeigte sie anschließend seiner Begleiterin im Display, richtete sein Objektiv auf die verschiedenen Pavillons und auf die Band und verschwand dann in der Menge, wahrscheinlich auf der Suche nach weiteren Motiven. Wenig später tauchte er direkt neben der Bühne auf und richtete seine Kamera auf die Musiker, ganz konzentriert und ruhig, und der Saxofonist, der gerade nichts zu spielen hatte, ging vor ihm in die Hocke und steckte dem Fotografen seine Visitenkarte zu. Ich erinnerte mich, dass mich Márta gefragt hatte, ob ich ihr jemanden empfehlen könnte, der Bandfotos machen konnte – das hatte sich wohl gerade erledigt.

Ich sah mich noch einmal um und entdeckte Carlo, der zu mir herüberwinkte und auf den Ausgang deutete. Dort hatte sich Fred Wiesnau bei Almut untergehakt und schwankte mit ihr nach draußen.

Sebastian, der Almut ebenfalls bemerkt hatte, lockte seine Frau schnell in die entgegengesetzte Richtung, machte sie auf die schwäbischen Tapas von Tamás aufmerksam und schob sie auf den Pavillon zu, bevor es noch zu einem peinlichen Zusammentreffen von ihr und Almut/Hartmut kommen konnte. Thorben und Soraya hatten wohl irgendwo zwei Cocktails stibitzt, nun lehnten sie neben dem Curry-Pavillon an der Hauswand und stierten mit trüben Augen vor sich hin.

Ich seufzte. Tina fehlte mir, und nach dem vorigen Zusammenprall musste ich mich an dieses üble Gefühl wohl gewöhnen. Kurz spielte ich mit dem Gedanken, Saskia einen Hunderter zuzustecken und mit ihr in mein Büro hinaufzugehen – aber die junge Frau tanzte so ausgelassen zur Musik und wirkte so fröhlich und unbeschwert, dass ich die Idee sofort wieder verwarf und mich wegen meines Einfalls prompt noch mieser fühlte. Nina hatte mir Ähnliches schon häufig kostenlos angeboten, aber jetzt stand sie so eng bei Bankier Rohse, dass es keinen Zweifel mehr daran gab, dass sie sich zumindest für den heutigen Abend neu orientiert hatte.

Scheiße gelaufen …

Rike und Bruno standen gegenüber, sie mit einem neuen Cocktail, er mit einem halb geleerten Weizenbier in der Hand, den anderen Arm hatte er um seine Frau gelegt, die sich glücklich an ihn schmiegte. Als auch noch Carlo herüberkam und Riette half, zum Cocktail-Pavillon hinüberzuhumpeln, ging ich ins Büro hinauf, holte meinen Wohnungsschlüssel und machte mich auf den Weg in die Werastraße.

Die Nachtluft war kühl, es ging ein leichter Wind, und als ich erst einmal die muffig riechende Unterführung unter der Theodor-Heuss-Straße hinter mir hatte, kam allmählich etwas mehr Ordnung, etwas mehr Klarheit in meine Gedanken. Das Café Büchse war gerettet, Tina hatte ihr Ziel erreicht – auch wenn sie nicht wusste, dass sie das letztlich vor allem mir zu verdanken hatte. Tamás hatte seine Viola gefunden, Rike schien ihren Bruno wieder mehr zu schätzen, Wiesnau würde vermutlich genau in diesem Moment dank Hartmut einen heilsamen Schreck erleben, und sogar die herrische Riette Blarer hatte mit Barbetreiber Carlo einen Mann gefunden, dem sie sich anvertraute.

Überall gab es glückliche Paare, selbst die unwahrscheinlichsten Kombinationen funktionierten – nur ich und Tina, daraus würde nichts mehr werden. Womöglich sollte ich ihr nun auch noch Glück wünschen mit diesem Pferdeschwanztypen …

»Verflucht nochmal!« Ich schüttelte mich und fing mir ein paar irritierte Blicke ein. »Is was?« Ich blieb stehen und pampte den nächstbesten Passanten an, der zu mir hergeschaut hatte. Es war zum Glück ein kleingewachsener Hänfling, der schnell anderswo hinsah und sich mit eiligen Schritten davonmachte. So bekam ich wenigstens keine aufs Maul, bis ich die Werastraße erreicht hatte.

Ich ging ins Haus, tappte die Treppe hinauf, holte eine angebrochene Weinflasche aus dem Vorratsraum und setzte mich damit auf das Erkerdach. Ich trank den Bordeaux direkt aus der Flasche, ließ meine Beine baumeln und summte leise eine Melodie, die ich vorhin im Blarer-Carré von Mártas Band aufgeschnappt hatte.

Irgendwann war die Flasche leer und ich sah traurig hinunter auf die Stadt, die immer noch bunt beleuchtet und umtriebig in ihrem Talbett lag, als sei nichts passiert. Ob Tina jetzt in unserer Wohnung war? Ob sie dort mit diesem Wentzinger saß und plauderte, ob er sie tröstete und sie ihm dankbar in die Arme sank?

Ich holte mir eine zweite Flasche, blieb diesmal aber sicherheitshalber in der Wohnung. Und dort, am Esstisch zwischen Naschzeug und Rotweinflecken, kam mir die Idee, mich in Didis Ferienhaus am Bopser zurückzuziehen, mich dort einzuschließen, bis ich die ganze Geschichte aufgeschrieben hatte. Die ganze Geschichte, alles, was Tina nicht wusste und vermutlich nicht einmal ahnte. Die ganze Geschichte, die ich danach Didi zu lesen geben würde. Vielleicht auch meinen Eltern, vielleicht sogar Tina.

Irgendwann.

Kapitel 20 | *Das richtige Ende*

Didi habe ich meine Geschichte wirklich als Erstem zu lesen gegeben. Er hat überraschend lang dafür gebraucht, ganze drei Tage, aber als er mir den dicken Ordner mit den handgetippten Seiten wiederbrachte, wirkte er echt beeindruckt.

Seither liegt der Ordner im Ferienhaus auf dem Wohnzimmertisch, und ich kann mich noch immer nicht dazu durchringen, in mein altes Leben zurückzukehren. Ich weiß ohnehin nicht, in welches denn nun.

Zu Tamás in die Werastraße? Vermutlich ist dort schon Viola eingezogen, oder zumindest wird sie immer wieder bei ihrem Freund übernachten.

Zu meinen Eltern nach Uhlbach? Ein Zimmer war da immer für mich frei, und außer meiner Familie würde ich dann auch Peer häufiger sehen, was zusammengenommen gleich einige Pluspunkte ergibt. Von Mamas gutem Essen und der Tatsache, dass allzeit guter Wein im Haus wäre, mal ganz abgesehen.

Soll ich mich verstärkt in die Arbeit stürzen? Das Büro im Blarer-Carré will ich ohnehin behalten, und die beiden direkt daneben leerstehenden Büros samt kleiner Küche könnte ich mit relativ wenig Aufwand zu einer Wohnung mit direktem Büroanschluss umbauen. Riette Blarer hätte sicher nichts dagegen einzuwenden, sehr praktisch wäre es auch, und alle Mieter und Mitarbeiter im Carré mögen mich, weil sie meinen Namen mit dem Verzicht der Blarer-Schwestern auf die Neubebauung des Areals verbinden.

Fast alle: Tina eher nicht.

Der Gedanke an sie versetzt mir einen Stich, jedes Mal, und manchmal wird mir regelrecht übel dabei.

Gunda Späth kommt mir in den Sinn, und wenn ich an sie denke, werde ich den Verdacht nicht los, dass sie auf irgendeine Weise immer noch die Finger im Spiel hat.

Es klopft an der Tür. Erst leise, dann etwas lauter. Ich habe keine Lust auf Besuch, aber als es ein drittes Mal klopft, stemme ich mich trotzdem hoch und tappe zum Eingang hinüber.

In der Tür steht – Gunda Späth.

Nun ja, nicht nur sie, sondern direkt hinter ihr auch Reinhard Greiff und dieser Typ aus Buxtehude, der so ähnlich heißt wie Zwackelmann, der Zaubererfreund vom Räuber Hotzenplotz.

»Dürfen wir reinkommen?«, fragt Gunda Späth.

Ich komme gar nicht erst dazu, nein zu sagen. Sie schiebt sich schon an mir vorbei ins Haus, ohne meine Antwort abzuwarten, also kann ich Greiff und den anderen auch gleich durchlassen. Die drei setzen sich ohne Umschweife auf das Sofa, und Greiff bietet mir den freien Sessel an, als sei er hier der Hausherr.

»Entschuldigen Sie bitte den Überfall«, sagt Greiff. »Und wir möchten jetzt auch gleich zur Sache kommen.«

»Das wäre mir auch recht. Und wenn mir vielleicht jemand erklären könnte …?«

»Denken Sie ab und zu an Ihre Freundin – oder Exfreundin – Tina?«

Greiff geht wirklich direkt zur Sache. Mir fährt es wie ein Faustschlag in den Magen, und wie er so zwischen Gunda Späth und mir hin- und herschaut und wie ich so darüber nachdenke, dass mir seit langem kein Gedanke an Tina mehr so sehr zugesetzt hat, kippe ich nach hinten und habe noch im Wegdämmern Angst, Didi das Ferienhaus vollzukotzen.

Doch als ich erwache, ist um mich herum alles sauber. Es ist nicht mehr so hell wie vorhin, offenbar hat schon die Dämmerung eingesetzt. Gunda Späth steht an der Küchenzeile und spült einen Kaffeelöffel und ein Glas, Greiff starrt mich unverwandt an und Stackmann steht hinter ihm, wiegt bedeutungsschwer den Kopf und murmelt in einem fort »Faszinierend! Faszinierend!« vor sich hin.

»Er ist wieder wach, Frau Späth«, sagt Greiff schließlich.

Sofort huscht die alte Frau herüber, wischt sich im Gehen die Hände am Kleid halbwegs trocken und schüttelt mir die Hände. Ganz gerührt sieht sie aus, und irgendwie auch geplagt von schlechtem Gewissen. Ich bin noch etwas benommen und schaue sie fragend an.

»Ach, Ronald, Bub, tut mir echt leid, das mit dem Eintopf, ich … Ich hab's doch nur gut gemeint, als ich da …«

»Das reicht, Frau Späth«, kommandiert Greiff und steht auf. »Herr Wimmer oder Herr Derendinger oder wie immer Sie sich gerade nennen: Denken Sie doch bitte noch einmal an Ihre Tina.«

Das lässt sich gar nicht vermeiden, wenn nur ihr Name fällt. Aber diesmal sticht nichts, ich spüre keinen Schmerz und keine Übelkeit, alles bleibt ruhig und mir ist so wohlig und warm im Bauch zumute wie zuvor.

»Alles in Ordnung?«, fragt Greiff und sieht mich dabei forschend an wie der alte Doktor Stapelfeld damals während der Schuluntersuchung in Uhlbach.

»Ja, alles klar.«

»Gut«, sagt Greiff und wendet sich ohne eine weitere Erklärung zum Gehen.

Gunda Späth kommt noch einmal näher zu mir heran, drückt mir beide Hände und raunt mir zu: »Tut mir wirklich leid, Ronald, ich wollte euch doch nur helfen. Bitte, glaub mir das!«

»Frau Späth, kommen Sie?«

Greiff dreht sich nicht einmal um, er bleibt nicht einmal stehen und geht schnurstracks aus dem Ferienhaus – und doch zuckt Gunda Späth zusammen wie vom Blitz getroffen.

Sie krümmt sich ein wenig, dann flüstert sie mir noch ins Ohr: »Das soll auch nie wieder vorkommen!«

»Das wäre ja auch noch schöner!«, gellt Greiffs Stimme direkt in meinem Kopf, und auch Gunda Späth fasst sich an die Ohren, als habe sie etwas sehr Lautes gehört.

Durchs Fenster sehe ich, wie Reinhard Greiff genau in diesem Moment das Gartentor erreicht und auf die kleine Straße Im Eulenrain hinaustritt. Nun dreht er sich zu mir um, grinst mich auf eine Art an, dass es mir selbst über die Entfernung hinweg und durch das geschlossene Fenster hindurch einen Schauer über den Rücken jagt.

Stackmann steht respektvoll zwei Schritte hinter Greiff auf der Straße, und als Gunda Späth die beiden erreicht, nickt mir Greiff noch einmal kurz zum Abschied zu und marschiert den Berg hinauf in Richtung der Stadtbahnhaltestelle, seine beiden Begleiter in eilfertiger Haltung hinter ihm.

Gerade will ich mich abwenden, da sehe ich Didi aus dem Schatten der jenseits der Straße stehenden Bäume treten. Er sieht sehr zufrieden aus, wie er da steht, und nach und nach kommen weitere Besucher aus den Schatten hervor. Kyriakos ist da mit Mäuschen, auch Betty ist gekommen. Viola und Tamás kann ich erkennen, daneben noch Márta und Bea.

Didi und Tamás halten zwei große Proviantkörbe hoch, und dann kommt die ganze Gruppe herüber zum Ferienhaus und es gibt ein großes Hallo, wie einer nach dem anderen mich erst in den Arm nimmt und dann weiter ins Haus hineingeht.

Mein Bruder und seine Frau sind auch da, die beiden hatten sich vorhin wohl noch im Schatten der Bäume versteckt gehalten. Und bald brummt und braust das ganze Ferienhaus, Gelächter ist zu hören und Korken, die aus Flaschen ploppen.

Dann wird es still im Raum und alle sehen zur Tür. Als ich trotzdem mit dem Rücken zum Eingang stehen bleibe, deuten Kyriakos und Tamás ganz aufgeregt hinter mich.

Schließlich drehe ich mich doch um, ganz langsam, und überlege, was mich nun wohl noch erwartet.

Auf Tina wäre ich nicht gekommen.

Sie steht in der Tür, ihre Augen schimmern ein wenig, dann hebt sie die Arme und streckt sie aus. Ich sehe sie stumm an, schlucke ein paar Mal und weiß nicht so recht, was ich jetzt …

»Jetzt komm halt schon her, du Stoffel!«, ruft sie mir zu und kommt mir ein, zwei Schritte entgegen.

— o —

Am nächsten Morgen erwache ich mit Kopfweh – und mit der selig schlafenden Tina im Arm.

Wir sind auf dem Sofa miteinander und mit einer dünnen Wolldecke verknotet. Um uns herum liegen leere Flaschen, Bäckertüten und diverse Salat- und Eintopfschüsseln auf dem Boden. Der Tisch ist übersät mit einer Mischung aus Weinkorken, Knabberzeug und Spielkarten, und am Kühlschrank hängt ein Zettel mit Anweisungen von Tamás, wie das vorbereitete und im Kühlschrank kaltgestellte Mittagessen aufgewärmt und noch abgeschmeckt werden soll.

Ich schlurfe hinüber zur Kaffeemaschine und decke den Tisch, leise, damit Tina nicht gleich davon aufwacht. Dann setze ich mich so, dass ich sie beobachten kann. Sie atmet ruhig, sieht ganz entspannt aus und vor allem kein bisschen wütend. Mein Gott, was habe ich sie vermisst! Und jetzt liegt sie einfach so da, als wäre nie etwas gewesen.

Didi hatte meine Geschichte schneller durch, als ich dachte, und er hat sie danach herumgereicht. Er gab sie meinen Eltern zu lesen, die seither ganz stolz auf mich seien, sagte er. Danach Frau Späth, die so ein schlechtes Gewissen wegen ihres offenbar doch verzauberten Lammeintopfs bekam, dass sie alles diesem Greiff beichtete – mit den gestern erlebten Folgen.

Und schließlich landete der Ordner bei Tina, die allerdings zu diesem Zeitpunkt zumindest schon wusste, welche Rolle ich bei der Rettung des Café Büchse gespielt habe: Riette Blarer hatte sie angerufen und um ein Treffen in der Villa gebeten, und dort droben erzählte sie Tina die ganze Geschichte, soweit sie sie eben kannte – auch davon, dass Ninas Versuche, mich wieder rumzukriegen, ihres Wissens vergeblich geblieben waren. Carlo war in der Blarer-Villa wohl auch dabei gewesen, und er steuerte ein paar Anekdoten aus der Heißen Katze bei, zu Tamás und Viola, zu Sebastian und Hartmut, der so gerne Almut wäre.

Das klingt alles schlüssig als Erklärung für Tinas Sinneswandel, aber ich werde den Verdacht nicht los, dass Gunda Späth aufgrund ihres schlechten Gewissens womöglich doch noch irgendeinen Spezialtee in petto hatte, der Tina schnurstracks in meine Arme zurückgetrieben hat.

Ein Sonnenstrahl kitzelt Tinas Nase, und vom Niesen wird sie wach, sieht sich kurz um, bis ihr wieder einfällt, wo sie ist – und strahlt mich an, dass es mich ganz warm durchflutet. Ich schenke zwei Bechertassen mit Kaffee voll und setze mich zu ihr aufs Sofa.

»Morgen, Ronald«, sagt sie, und ihre Stimme klingt etwas heiser.

»Na, gut geschlafen?«

»Oh ja, das hab ich. Und das auf dieser üblen Matratze …« Sie drückt ein wenig auf das Sofa, das sofort leicht knarzt, und lacht.

»Wir könnten es ja bequemer haben«, sage ich versuchsweise. »Am Eugensplatz …?«

»Klar, lieber heute als morgen. Du holst deinen Kram von Tamás, vielleicht kann dir Sebastian beim Hochtragen helfen.«

Es ist sehr angenehm, offene Türen einzurennen. Wobei …

»Wieso soll mir Sebastian helfen? Was ist mit dir?«

»Ich hab noch einen Termin in der Stadt. Fräulein Blarer will mir einen Job vermitteln: Assistentin im Blarer-Carré.«

»Im Blarer-Carré?«

»Genau da. Heute zeigt sie mir erst einmal das Büro, danach macht sie mir einen Termin bei meinem künftigen Chef.«

»Ach?«

»Obwohl … den könnte ich eigentlich auch gleich machen.« Sie grinst mich an, und allmählich dämmert es mir, was sie meint.

»Du willst … meine Assistentin werden?«

»Klar will ich. Ich hab schon gehört, dass du ein neues Projekt hast, mit dem du die Werkstatt von Kyriakos retten kannst. Da bin ich natürlich dabei.«

»Moment mal! Das Projekt will ich mir erst einmal ansehen, da ist noch nichts entschieden.«

»Fräulein Blarer hat wohl den Eindruck, dass du dich nur der Schau halber noch ein bisschen zierst.« Sie grinst noch breiter.

»So, hat sie das.« Ich muss offenbar wirklich mehr darauf achten, dass sich meine bisherige Auftraggeberin nicht zu meiner Vorgesetzten aufschwingt.

»Und? Was sagst du?«

»Wozu? Zu dem Projekt in der Neckarstraße?«

»Nein, du Dussel, zu deiner neuen Assistentin!«

»Eigentlich ja gerne, aber was ist mit Nina, meiner jetzigen Mitarbeiterin?«

Tina setzt sich aufrechter hin und schiebt die Brust ein wenig nach vorn, ganz wie Nina während der Carré-Party – nur dass es bei ihr weniger billig wirkt. »Kann ich diese Tussi nicht ersetzen?«

»Na ja …«, mache ich mit übertrieben zweifelnder Miene und strecke die Hand nach ihrem Oberkörper aus. »Kommt drauf an.«

»He!«, ruft sie mit gespielter Empörung und klatscht mir auf die Hand.

»Natürlich nehme ich lieber dich als Assistentin, aber ich kann Nina nicht einfach so vor die Tür setzen. Sie macht einen guten Job …«

Tina zieht eine Augenbraue hoch.

»Ich sagte: Job! Mit Nina ist wirklich nichts gelaufen, seit ich dich vor zwei Jahren kennengelernt habe. Ehrenwort!«

»Ist ja gut, ich glaub's dir.« Sie küsst mich. »Nina hat gekündigt, und sie möchte lieber heute als morgen aus dem Vertrag mit dir raus.«

»Ach? Weißt du das von Fräulein Blarer?«

»Ja.«

»Na, die ist ja besser informiert als ich. Und warum hat Nina gekündigt? Ist sie sauer auf mich?«

»Nein, die hat sich in diesen Anwalt verknallt, der auch auf der Carré-Party war.«

»Röbele?«

»Ja, so heißt er, glaube ich. Der zieht hier in der Stadt die Strippen, und er braucht wohl gerade eine neue Assistentin.«

Ich erinnere mich an einige Blicke, die Röbele Nina zugeworfen hat, und ich bin mir sicher, dass er nicht nur für sein Büro eine attraktive weibliche Verstärkung sucht. Und dass Nina ein Typ wie Röbele gefällt, der Geld hat und beste Beziehungen, weiß ich selbst am besten – schließlich hat sie sich vor meiner Zeit mit Tina sicher auch nicht wegen meiner schönen Augen oder meiner polierten Cowboystiefel mit mir eingelassen.

»Tja, Tina, dann bist du hiermit eingestellt.«

»Moooment: Das Gehalt muss passen …«

»Ich zahle erst mal Tarif, aber die Probezeit können wir weglassen.«

»In Ordnung.«

»Allerdings …«

Tina sieht mich fragend an.

»Allerdings müsstest du darauf gefasst sein, dass ich dich recht schnell zur Juniorpartnerin in meiner Firma mache.«

»Junior?«, prustet sie los. »Ich glaube, es hackt!« Sie knufft mich lachend in die Seite. »Außerdem brauche ich freie Zeiteinteilung – ich will weiterhin ehrenamtlich im Café Büchse bedienen können.«

»Geht klar, Tina, gerne auch tagsüber mal zwischendurch – weit hast du's ja nicht von deinem neuen Büro. Und dann hättest du abends früher frei und wir könnten gemeinsam nach Hause gehen.«

»Oder wir gehen essen.«

»Gute Idee. Hast du schon einen Vorschlag?«

»Na ja«, grinst sie. »›Vorschlag‹ trifft es nicht ganz – ich hab schon reserviert für heute Abend.«

— ○ —

Als wir aus der Zahnradbahn steigen und direkt gegenüber das Lokal betreten, habe ich nicht ohne Grund ein heftiges Déjà-vu-Gefühl: Genau hier war ich das erste Mal mit Tina schick essen, vor zwei Jahren. Und wenn jedes meiner Erlebnisse künftig hier endet, mit Leckereien auf dem Teller und Tina auf dem Stuhl mir gegenüber, soll es mir recht sein.

Wir werden quer durchs Lokal geführt, offenbar hat sie es geschafft, den Ecktisch vom vorigen Mal wieder zu bekommen – mit herrlichem Ausblick auf die Lichter im Talkessel. Einige bekannte Gesichter sind heute Abend ebenfalls hier.

Röbele sitzt mit Nina an einem etwas versteckt platzierten Zweiertisch, und als wir die beiden entdecken und ihnen zuwinken, zuckt sie einen Moment lang, als wolle sie ihre Hand schnell wegziehen, und er nickt mir mit Besitzerstolz zu.

An einem Vierertisch lassen es sich die drei Sängerinnen von Honey Pie schmecken. Den vierten Stuhl neben ihnen besetzt ein Mann mit dunklen Haaren und Bärtchen, der, wenn ich mich recht erinnere, mit dem Trio zusammen ein Programm im Renitenztheater bestreitet. Die vier sind so in ihr Gespräch vertieft und mit ihrem aktuellen Gang beschäftigt, dass sie uns gar nicht bemerken.

Unser Tisch ist von Röbele, Nina und dem Bühnenquartett so weit entfernt, dass wir die anderen nicht hören, nicht sehen und dass wir uns ganz auf uns und unser Menü konzentrieren können. Und es ist wieder genau so, wie ich es von meinem ersten Besuch zusammen mit Tina in Erinnerung habe: Essen wird auf- und abgetragen, Wein wird nachgeschenkt, wir genießen und lächeln uns zwischendurch immer wieder an.

Das Gemurmel um uns herum, das leise Geklapper von Besteck und Geschirr, das Klingen von Gläsern und die ehrfürchtigen »Ahs« und »Ohs« der zufriedenen Gäste werden langsam ausgeblendet, und wir fühlen uns wie auf einer kleinen, abgeschotteten Insel inmitten des Restaurants. Ich sehe auch nicht mehr viel außer Tinas dunklen Augen, und sie erwidert meinen Blick und drückt leicht meine Hand.

Den letzten Rest Soße wische ich mit Brot auf, und als danach der Ober abräumt, lehne ich mich zurück und lecke mir noch einmal über die Lippen.

»Weißt du noch, wann wir das erste Mal zusammen hier waren?«, frage ich.

»Na, hör mal! Natürlich weiß ich das noch. War schön damals, und heute ist es übrigens auch sehr schön.«

Sie lächelt, ich strahle sie an und bis das Dessert kommt, reden wir noch einmal über die Ereignisse der vergangenen Wochen.

»Und du bist jetzt ein Fernsehstar«, schließe ich und lehne mich zurück.

»Papperlapapp!«, protestiert sie.

»Doch, ganz ehrlich, diese Reporterin, diese …«

»Fanny Fürchtle?«

»Ja, die hat dich ganz groß rausgebracht. Überall wurde berichtet, du hast richtig Schlagzeilen gemacht mit deinen Demos.«

»Ach, halb so wild. Wenn das jetzt wieder vorbei ist, wird es mir ganz sicher nicht fehlen. Ich stehe nicht so gern im Rampenlicht, weißt du?«

»Hast dich aber richtig gut geschlagen, Tina.«

»Ja, ja, die sind ja auch alle wirklich nett mit mir umgegangen. Wahrscheinlich hat Ferdinand sie schon vorgewarnt, was für eine Stadtpflanze ihnen da blüht.« Sie grinst, dann bemerkt sie meine plötzlich ernst gewordene Miene. »Was ist denn?«

»Ach, wenn du so von diesem Ferdinand von Wentzinger schwärmst …«

»Ich schwärm doch nicht von ihm. Aber er ist wirklich schwer in Ordnung, und er hat mir viel geholfen, als du …«

Das ist nun nicht gerade das, was ich im Moment hören will. Das Gemurmel um uns herum höre ich nun wieder deutlicher, der Zauber des Augenblicks scheint wieder ein wenig zu verfliegen.

»Ach, jetzt sei bloß nicht eifersüchtig. Mit Ferdinand war nichts, glaub mir – so wenig wie bei dir mit dieser …«

Sie sieht sich um, aber Röbele und seine Begleiterin sitzen wirklich zu weit weg von uns, um unser halblautes Gespräch mithören zu können.

»… mit dieser Nina. Ferdinand hat mir mit den Medienkontakten geholfen, er hat die Demos mitorganisiert – fertig. Vielleicht stelle ich euch mal einander vor.«

»Muss nicht unbedingt sein«, brumme ich.

Sie lacht nur und tätschelt mir die Hand.

»Er ist zurzeit eh nicht in der Stadt, muss irgendetwas Geschäftliches in Freiburg erledigen. Ich glaube, er hat dort mit seinem Bruder ein Fernseh- oder Videostudio oder so etwas. Er hat nie viel von sich erzählt, vielleicht habe ich es auch nur falsch aufgeschnappt.«

»Ist mir auch egal. Gut, dass er nicht da ist.«

»Ach, krieg dich wieder ein, Ronald. Mit wem sitz ich denn hier und quatsch über unsere Erlebnisse, hm?«

Ich bin schon besänftigt, mag es ihr aber doch noch nicht zeigen.

»Na, du Muffel?«

»Ja, mit mir, ich weiß«, gebe ich zu.

Sie grinst, nickt dem Ober zu, der uns gerade den Nachtisch bringt, dann beugt sie sich mit Verschwörermiene zu mir herüber. »Aber ganz ehrlich: Wir haben schon auch ein paar Dinger erlebt, was?«

»Das kannst du laut sagen!«

»Laut? Nein, hier lieber nicht«, kichert sie. »Aber das wäre echt ein guter Stoff für ein Buch.«

»So, so … Und wer sollte das schreiben?«

Kurz fällt mir Jobst ein, mein Schriftstellerfreund, der ja tatsächlich an einer Geschichte mit Immobilien und teuren

Hotels und so weiter sitzt – aber den Gedanken verwerfe ich sofort wieder. Jobst ist so durchgeknallt, an ihn als Verfasser meiner Story will ich nicht einmal im Scherz denken.

»Wieso wer?«, plaudert Tina weiter. »Du hast das doch schon alles aufgeschrieben!«

»Ja, aber nur für dich, für mich, für unsere Freunde. Mein Text hat ja noch nicht einmal einen Titel. Und kein Cover.«

»Für das Cover nehmen wir den Schlossplatz, vielleicht irgendein Motiv mit dem Kunstmuseum drauf, abends wäre schön, mit vielen bunten Lichtern und so …«

Sie findet offenbar Gefallen an dem kleinen Gedankenspiel.

»Meinetwegen also der Schlossplatz. Und der Titel?«

»Hm …«

Sie denkt nach, löffelt ihr Dessert, und als alles verputzt ist, legt sie das Löffelchen beiseite, hebt beide Hände hoch, als breite sie ein Stoffband aus, und deklamiert: »Das Komplott – wär das nicht ein geiler Titel?«

Wir lachen, dann fällt mir auch noch etwas ein. »Komplott ist klasse, aber da fehlt noch was, meinst du nicht? Wie wär's mit …«

Ich zwinkere ihr zu, schon weiß sie, was ich meine.

Und gemeinsam rufen wir: »Maultaschen-Komplott!«

Die anderen Gespräche im Restaurant verstummen schlagartig, wir sind wohl etwas laut geworden. Ein paar Gäste und Angestellte drehen sich zu uns um, und vorne am Eingang steht der Chef, sieht zu uns herüber und lächelt wie ein glücklicher Buddha.

ENDE

Schwäbische Rezepte aus dem Buch

Schweinebrota mit Spätzla ond Soß

(Eine von zahllosen traditionellen Varianten, von Seite 145.)

Bratenfond-Zubereitung
(falls Sie Lust haben)
Einen leckeren Bratenfond können auch Kocheinsteiger sehr leicht selbst machen. Bräunen Sie in heißem Fett 1 kg Fleischknochen (gibt's oft beim Metzger gratis zum Braten dazu) und 5 mittelgroße Zwiebeln (geschält und geviertelt) von allen Seiten, gießen Sie mit 2 bis 3 Viertele trockenem Rotwein ab und geben Wasser dazu, bis die Knochen möglichst vollständig von der Flüssigkeit bedeckt sind. Lassen Sie nun alles bei niedriger Hitze köcheln. Ist die Flüssigkeit auf etwa ein Drittel reduziert (das kann etwas dauern), schütten Sie alles durch ein Sieb in eine Schüssel.

Wenn Sie den Fond bereits am Vorabend machen, können Sie ihn sogar als fettreduzierte Variante verwenden: Lassen Sie den gesiebten Fond dazu auf Raumtemperatur abkühlen und stellen ihn dann über Nacht im Kühlschrank kalt. Am nächsten Tag können Sie das oben schwimmende und inzwischen etwas fest gewordene Fett einfach mit der Gabel oder einem Schaumlöffel abheben.

Zutaten für Schweinebrota ond Soß:
(reicht für 4 Personen)

800–1000 g	Schweinebraten (ein möglichst gleichmäßig geformtes Bratenstück, gern etwas durchwachsen),
3	mittelgroße Zwiebeln,
2	mittelgroße Karotten,
50 g	Tomatenmark,
1	TL Senf,
1 l	Bratenfond,
¼ l	trockener Rotwein,
	Wasser,
	Mehl,
1	Prise Zucker
	sowie nach Geschmack süße Sahne, Salz, Pfeffer, Knoblauch, Lorbeer, Wacholderbeeren, Gewürznelken und (passt sehr gut, falls man's mag!) Kümmel.

Zubereitung:
Mit heißem Fett (Schmalz oder ein bratentaugliches Öl) braten Sie das Fleisch in einem ausreichend großen Bräter von allen Seiten sehr kräftig an und, wenn alles rundum tiefbraun ist und alle Poren geschlossen sind, nehmen es aus dem Bräter. Nun gießen Sie das Bratfett ab, geben neues Fett mit etwas Butter dazu und braten darin die grob gestückelten Zwiebeln und die geviertelten Karotten an, auch Tomatenmark und Knoblauch fügen Sie nun hinzu – je früher Sie den Knoblauch in den Bräter geben, desto stärker wird der Knoblauchgeschmack der Soße. Braten Sie vor allem die Zwiebeln so lange an, wie Sie es sich eben trauen – sie dürfen gerne etwas dunkler werden, das bringt mehr Röstaromen, steht aber in recht ungesundem Ruf. (Angeblich macht der später beigegebene Senf das teilweise wieder wett.)

Schütten Sie nun nach und nach so viel Mehl dazu, bis die Flüssigkeit von Fett, Zwiebeln und Tomatenmark gebunden ist, und lassen Sie auch das Mehl noch etwas Farbe annehmen. Dann nehmen Sie den Bräter von der heißen Platte und beginnen langsam kleine, allmählich größer werdende Wassermengen einzurühren, bis sich das Mehl, ohne zu klumpen, im Wasser gelöst hat. Geben Sie nun Bratenfond, Rotwein und Wasser dazu, bis sie etwa das Eineinhalb- bis Zweifache der gewünschten Soßenmenge haben.

Nun legen Sie das Fleisch in die Flüssigkeit und geben die restlichen Gewürze dazu, alles köchelt gut eine Stunde vor sich hin. Je nachdem, wie schwäbisch Sie die Soße haben wollen, lassen Sie sie mehr einkochen (weniger Soße gilt als nicht sehr schwäbisch, aber intensiver im Geschmack) oder weniger (mehr Soße, schwäbischer). Durch die Mehlschwitze sollte die Soße für beide Varianten genug gebunden sein – wenn Sie es dicker mögen, können Sie gleich nach der Mehlschwitze auch noch ein, zwei Scheiben Schwarzbrot mitkochen.

Nehmen Sie das gegarte Fleisch am Ende wieder aus dem Bräter und stellen Sie es warm. Gießen Sie die Soße über ein Sieb in eine Schüssel und schmecken Sie sie danach im Bräter noch einmal nach Belieben mit Salz, Pfeffer und eventuell auch einer Spur Zucker ab. Wenn Sie mögen, können Sie auch etwas süße Sahne unterrühren, nachdem Sie den Bräter vom Herd genommen haben.

Zutaten für Spätzle:
(reicht als Beilage für 4 Personen)
Die »richtige« Zubereitung von Spätzle ist für manche Schwaben eine Glaubensfrage – und für Sie ganz nach Wunsch mehr oder weniger mühsam zu bewerkstelligen.

Die etwas mühsamere Variante:

400 g	Weizenmehl,
6	Eier,
1	Prise Salz,
1 TL	Grieß.

Zubereitung:
Vermengen Sie alle Zutaten mit möglichst wenig kaltem Wasser und verarbeiten Sie sie zu einem gerade so durch die Spätzlespresse drückbaren Teig.

Die weniger mühsame Variante:

400	Weizenmehl,
4	Eier,
1	Prise Salz,
1	gestrichener EL Grieß.

Zubereitung:
Vermengen Sie alle Zutaten mit einem Schuss sauren Sprudels und mit kaltem Wasser zu einem Teig, der gerade nicht mehr vom Rührlöffel »tropft«.

Für beide Varianten gilt: Der Teig ist fertig, wenn es sich leicht vom Rührlöffel löst und an der Oberfläche beim Durchrühren Blasen aufreißen. Beide Varianten kommen dann portionsweise in die Spätzlespresse, werden ins sprudelnde Salzwasser gedrückt und mit dem Handsieb abgeschöpft, sobald sie oben schwimmen.

Wer gerne den Puristen spielen will, braucht für handgeschabte Spätzle einen ausreichend großen Spätzlesschaber und ein Spätzlesbrett (das vorne dünner sein sollte). Stellen Sie dazu die oben beschriebenen Teigvarianten mit etwas mehr Wasser her, damit der Teig streichfähig wird, dann geben Sie kleine Portionen (etwa 3 bis 4 Esslöffel) vom Teig auf das feuchte Spätzlesbrett, streichen Sie sie flach und schaben Sie mit dem schräg angesetzten Schaber Spätzle um Spätzle ins sprudelnde Salzwasser hinein. Das ist nicht allzu schwer zu erlernen – ab vier Gästen ist es mit Blick auf die Belastung des Handgelenks aber nur noch geübten Hausfrauen und -männern zu empfehlen.

Tipp fürs Spülen:
Das Spülen aller Küchenutensilien, an denen noch roher Spätzlesteig klebt, ist weniger mühsam, wenn Sie sie gleich nach Gebrauch unter kaltem oder höchstens lauwarmem Leitungswasser einweichen und abspülen. Das betrifft vor allem die Spätzlespresse.

Albnester

(oder: Linsen-und-Spätzle-to-go, von Seite 243.)

Als Vorbereitung stellen Sie Spätzle (siehe oben) und Linsen her, wie Sie sie vom schwäbischen Nationalgericht Linsen und Spätzle her kennen – je nach Geschmack eher säuerlich oder eher rezent.

Nun nehmen Sie Muffin- oder Cookies-Formen, fetten sie mit etwas Butter und füllen sie etwa zur Hälfte mit den Spätzle. Drücken Sie die Spätzle an Boden und Rand an, bis sie gerade noch nicht zerquetscht sind, dann geben Sie die Form in den auf etwa 100 Grad aufgeheizten Backofen, bis der Spätzlesrand leicht angebacken ist.

Dann stellen Sie die Form zum Auskühlen zur Seite und stürzen die Spätzlesnester, sobald sie kühl genug sind. Vor dem Servieren füllen Sie die nicht allzu heißen Linsen in die Spätzlesnester und garnieren das Ganze mit kross angebratenen Speckwürfeln.

Wenn alles geklappt hat, sollten die Spätzlesnester die Linsensoße aushalten können, ohne durchzutropfen. Wenn's doch tropft oder aus anderen Gründen nicht hält, verbuchen Sie das Ganze bitte als misslungenes Experiment – und schicken mir nicht die Reinigungsrechnung!

Ungarische Rezepte aus *dem Buch*

Gulyás

(oder: Gulyásleves – also Gulaschsuppe, von Seite 50.)

Zutaten:
(reicht für 4 Personen)

600 g	Rindfleisch (Nacken oder Schulter),
1	große Zwiebel,
50 g	Fett (Schweineschmalz),
½ TL	Kümmel,
1	Knoblauchzehe,
	Paprikapulver edelsüß,
	Salz,
1	mittelgroße Möhre,
1	mittelgroße Petersilienwurzel,
2	Paprikaschoten (die roten schmecken Tamás am besten),
1	mittelgroße Tomate,
2	Stängel Sellerieblätter,
400 g	Kartoffeln,
	Tarhonya oder Suppennudeln.

Zubereitung:
Schneiden Sie das Fleisch in etwa 1,5 cm große Würfel. Dann schälen Sie die Zwiebel und hacken sie sehr fein. In einem Topf (er sollte etwa 3 Liter fassen können) erhitzen Sie das Fett und dünsten die Zwiebel darin glasig. Rühren Sie Kümmel und die

zerdrückte Knoblauchzehe unter und braten sie kurz an. Nehmen Sie nun unbedingt den Topf vom Herd und geben Paprikapulver, Fleisch und Salz dazu. Erst wenn das Fleisch etwas Flüssigkeit abgegeben hat, darf der Topf zurück auf die Herdplatte – ansonsten könnte das Paprikapulver anbrennen und dann schmeckt es bitter. Anschließend lassen Sie das Ganze zugedeckt schmoren und gießen bei Bedarf jeweils ein wenig Wasser dazu.

Die anderen Zutaten – das gewürfelte Wurzelgemüse, die entkernten und gestückelten Paprikaschoten, die geviertelte Tomate sowie die Sellerieblätter – geben Sie erst dazu, wenn das Fleisch halb gar ist. Danach füllen Sie den Topf mit 1,5 Litern Wasser auf und lassen alles bei schwacher Hitze 15 bis 20 Minuten lang köcheln. Geben Sie schließlich die geschälten und klein gewürfelten Kartoffeln dazu.

Wenn die Kartoffeln und das Fleisch gar sind, können Sie noch Suppennudeln oder Tarhonya einstreuen. Danach lassen Sie die Mischung weitere 5 Minuten garen – fertig!

Sertéspörkölt

(Pörkölt aus Schweinefleisch, von Seite 31.)

Zutaten:

(reicht für 4 Personen)

800 g Schweinefleisch (Keule oder Schulter),
1 große Zwiebel,
2-3 Paprikaschoten,
1 große Tomate,
60 g Fett,
½ TL Paprikapulver (süß),
Salz,
1 Paprikaschote zum Garnieren.

Zubereitung:
Schneiden Sie das Fleisch in etwa 2 cm große Würfel. Hacken Sie die Zwiebel fein, befreien die Paprikaschoten vom Samenstand und schneiden sie klein. Achteln Sie die Tomate. Die Zwiebelstücke dünsten Sie im Fett, nehmen dann den Topf vom Herd und geben Paprikapulver sowie das Fleisch dazu. Sobald das Fleisch etwas Flüssigkeit abgegeben hat, stellen Sie den Topf wieder auf den Herd und braten alles einige Minuten lang unter stetigem Rühren an. Dann geben Sie Salz hinzu, rühren die Paprika- und Tomatenstücke unter und lassen die Mischung zugedeckt im eigenen Saft schmoren.

Den eingeschmorten Bratensaft können Sie gegebenenfalls mit ein wenig lauwarmem Wasser oder mit Wein angießen. Danach servieren Sie das fertige Gericht mit einer in Ringe geschnittenen Paprikaschote.

Csirke Paprikás

(Paprikás aus Hühnchen, dauert etwas länger, etwa 2 Stunden, von Seite 36.)

Zutaten:
(reicht für 4 Personen)

2	Hühnerkeulen (à 350 g),
1	Hühnerbrust mit Haut (650 g),
2-3 TL	Kümmelkörner,
1 TL	Salz,
4	Knoblauchzehen,
	dünn abgeriebene Schale von einer unbehandelten Zitrone,
1 TL	scharfes Paprikapulver,
4 TL	edelsüßes Paprikapulver,
2 rote	Paprikaschoten (à 200 g),
200 g	Zwiebeln,

40 g	Schweineschmalz (ersatzweise Öl – schmeckt aber nicht ganz so gut),
200 g	Crème fraîche,
200 g	griechischer Joghurt (10 %) oder Schmand,
1 EL	Tomatenmark,
1 EL	Mehl.

Zubereitung:

Durchtrennen Sie die Hühnerkeulen am Gelenk. Halbieren Sie die Hühnerbrust längs und teilen jede Hälfte quer in 2 Stücke. Zerstoßen Sie die Kümmelkörner zusammen mit dem Salz im Mörser. Dann pellen Sie den Knoblauch und pressen ihn durch. Verrühren Sie den Kümmel, den durchgepressten Knoblauch, die Zitronenschale und beide Paprikapulver mit 1 Esslöffel Wasser zu einer Paste. Reiben Sie die Hühnerteile damit kräftig ein.

Nun vierteln und entkernen Sie die Paprikaschoten. Die Paprikaviertel mit der Hautseite nach oben auf ein Backblech legen und unter dem Grill rösten, bis die Haut schwarze Blasen wirft. Nehmen Sie die Schoten aus dem Ofen, bedecken sie mit einem feuchten Tuch, lassen sie abkühlen und häuten sie dann. Die gehäuteten Paprika schneiden Sie je nach Vorliebe in schmale Streifen oder in Rauten.

Erhitzen Sie das Schmalz in einem flachen Schmortopf. Braten Sie darin die geschälten und fein gewürfelten Zwiebeln an und legen Sie die Hühnerteile mit der Hautseite nach unten hinein. Braten Sie das Fleisch kurz von beiden Seiten an und salzen Sie es leicht. Gießen Sie jetzt ¼ Liter Wasser dazu und verteilen Sie die Paprikastreifen oder -rauten auf dem Fleisch. Im vorgeheizten Backofen (200 Grad, keine Umluft) garen Sie das Paprikás nun auf der zweiten Einschubleiste von unten 30 Minuten lang im offenen Schmortopf.

Rühren Sie danach die Crème fraîche und den Joghurt oder Schmand mit dem Tomatenmark und Mehl glatt, arbeiten Sie ¼ Liter Wasser (Wein geht natürlich auch) mit einem Schnee besen in die Masse ein und gießen Sie die Mischung zu den Hähnchenteilen. Lassen Sie alles noch einmal weitere 30 bis 40 Minuten offen garen und servieren Sie das Hühnerpaprikás anschließend – beispielsweise zusammen mit Tarhonya.

Tarhonya

(Ungarische Teigwaren, auch Tarhonyaköret genannt, von Seite 37.)

Tarhonya gibt es fertig zu kaufen – getrocknet, wie man es von anderen Nudeln kennt. Wer Tarhonya selbst machen möchte, wird sich stark an Spätzle erinnert fühlen.

Zutaten für selbst gemachte Tarhonya:
(reicht als Beilage für 4 Personen)

Für die Herstellung

- 400 g Weizenmehl,
- 4 Eier,
- Salz.

Für die Zubereitung

- 1 kleine Zwiebel,
- 70 g Fett,
- 2 Messerspitzen Paprikapulver (edelsüß),
- Salz.

Herstellung:
Wie für Spätzle verkneten Sie auch hier Mehl, Eier und Salz zu einem Teig, der allerdings recht fest ausfällt. Den Teig lassen Sie eine Stunde lang antrocknen, dann zupfen Sie handliche Stücke ab und reiben den Teig so auf einem grobmaschigen Sieb oder einer Reibe mit größeren Löchern hin und her, dass durch die Löcher Nudelgraupen oder -flocken in die Schüssel darunter

fallen. Die ungekochten Tarhonya lassen Sie trocknen, um sie zum Beispiel am nächsten Tag in einem anderen Sieb zu schütteln, bis Mehlreste und allzu kleine Teigkrümel ausgesondert sind. Getrocknet lassen sich die Tarhonya lange aufbewahren.

Zubereitung:

Hacken Sie die Zwiebel sehr fein oder – noch besser – reiben Sie sie. Braten Sie die Tarhonya in einem Bräter im heißen Fett unter fleißigem und stetigem Rühren goldgelb an. Mischen Sie nun die Zwiebel unter und braten Sie alles einige Minuten lang zusammen an.

Danach nehmen Sie den Bräter vom Herd, schmecken die Tarhonya mit Paprikapulver und Salz ab und gießen das Ganze mit der doppelten Menge siedend heißen Wassers (etwa ¾ Liter) auf. Abschließend lassen Sie den Inhalt des Bräters im Backofen zugedeckt etwa 15 Minuten garen. Als Beilage sollten die Tarhonya wie Reis schön körnig bleiben.

Guten Appetit!

Dank

Danke an alle, die sich auch seltsame Fragen gefallen ließen und die diesem Buch informative und skurrile Details bescherten – die Fehler, falls Sie welche finden, kreiden Sie einfach mir an. Das gilt auch für die Rezepte im Anhang: Schweinebrota mit Spätzla ond Soß mache ich selbst auf die beschriebene Weise, die Albnester sind (noch) frei erfunden, und für die ungarischen Rezepte bedanke ich mich herzlich bei meinem Freund Heinrich, der sich durch ungarische Vorfahren, eine gut ausgestattete Küche und die Liebe zu leckerem Essen als sichere Quelle qualifiziert hat.

Sollte sich jemand in diesem Buch wiedererkennen, danke ich für das (unverdiente) Lob: Wie in Romanen üblich, sind Handlung und handelnde Personen frei erfunden. Und wo das für sehr kleine Nebenrollen ausnahmsweise mal nicht der Fall ist, habe ich vorher artig um Erlaubnis gebeten.

Ausdrücklich entschuldigen muss ich mich natürlich bei allen Eigentümern und Mietern der Stuttgarter Gebäude zwischen Büchsen-, Heu-, Kiene- und Schloßstraße: Ihr Areal habe ich für diesen Roman dem fiktiven Großgrundbesitzer Alfons Blarer beziehungsweise dessen Erben zugeschlagen. Im Roman wird das Areal zum umkämpften Renditeobjekt – möge das den wahren Eigentümern und Mietern in der Realität erspart bleiben.

Ansonsten wünsche ich für Versuche, herauszufinden, was an den Schauplätzen real und was erfunden ist, wie immer viel Spaß. Vielleicht sehen wir uns ja mal in der U15 oder unter dem Fernsehturm …

Jürgen Seibold

Mehr von Jürgen Seibold

In Ihrer Buchhandlung

Jürgen Seibold

Bloß keine Maultaschen

Roman

Dieser Roman erzählt humorvoll und mit viel Lokalkolorit vom erfolgreichen Womanizer und rücksichtslosen Stuttgarter Immobilienhändler Ronald D. Wimmer. Der muss sich plötzlich ohne Auto, ohne Geld und ohne feste Bleibe durchschlagen. Ein Unfall am Neckartor, eine Ferienwohnung am Bopser und neue Freunde bringen Bewegung in sein Leben.

280 Seiten.
ISBN 978-3-87407-878-8

Silberburg-Verlag

www.silberburg.de

Noch ein Stuttgart-Roman

In Ihrer Buchhandlung

Julie Leuze

Killesberg Kiss

Roman

Auf dem Killesberg, da gibt's koi Sünd? Von wegen! Wer schon immer mal wissen wollte, wie es auf dem noblen Killesberg wirklich zugeht, der erfährt so manches darüber in diesem heiteren Roman. Im Stuttgarter Norden gibt es Schoßhündchen, die über die Treue ihrer Frauchen wachen, einen umwerfend attraktiven Tierarzt und eine chaotische Tierheilpraktikerin, die zwischen Globuli und neurotischen Kläffern nach der wahren Liebe sucht.

240 Seiten.
ISBN 978-3-8425-1183-5

Silberburg-Verlag

www.silberburg.de